武者小路実篤の研究

——美と宗教の様式

寺澤浩樹

翰林書房

武者小路実篤の研究——美と宗教の様式◎目次

はじめに

1 研究の目的と方法……11
2 武者小路実篤研究の現段階……14
3 本書の構成……22

序章 武者小路実篤の世界観とキリスト教

1 作家と宗教……27
2 初期〈習う〉時代（明治三七年～明治四二年）――キリスト教とトルストイズム……30
3 前期〈創る〉時代（明治四三年～大正二年）――武者小路的宗教の模索と確立……34
4 中期〈待つ〉時代（大正三年～大正六年）――〈神〉への長い道・運命の観照……38
5 後期〈祈る〉時代（大正七年～大正一二年）――宗教的文芸と実践……40

第Ⅰ部 作品論

第一章 創作集『荒野』の世界――調和的上昇志向の文芸――

1 はじめに……53
2 『荒野』における文芸観……54

3 小説「彼」の世界……56
4 『荒野』における人間観……59
5 小説「二日」の世界……61
6 調和的上昇志向と『荒野』における人類観……64
7 おわりに……65

第二章 小説「お目出たき人」の虚構性——素材の作品化の問題をめぐって——

1 「人」の文芸的表現……71
2 伝記的事実の推定……73
3 より厳しい虚構の未来……77

第三章 小説「お目出たき人」の世界——〈自然〉と〈自己〉——

1 はじめに……85
2 構成と主題について……85
3 主人公の恋愛の特質……87
4 「お目出たき人」の発見……90
5 武者小路実篤の〈自然〉と〈自己〉……94

第四章　小説「世間知らず」と〈運命〉
1　はじめに……102
2　伝記と虚構……102
3　作品内容と〈運命〉……109
4　作品形式と〈運命〉……120
5　武者小路実篤と〈運命〉……124
第五章　〈初期雑感〉の特質――〈聖典〉としての文芸――
1　はじめに……132
2　ジャンルの創造と読者への架橋……132
3　力のある短句の集合……134
4　自己の内なる〈自然〉の表現……137
5　読者の内なる自己を生かすこと……139
第六章　戯曲「わしも知らない」の世界――信仰によって生きること――
1　はじめに……145
2　素材について……147
3　流離王プロット――迷いの内に生きる者のはかなさ……152

4　釈迦プロット――真理に向かって生きる者の沈思……155
5　覚者釈迦から布教前のイエスへ……160
6　文芸と演劇……164

第七章　戯曲「その妹」の悲劇性――生命力表現の変容――

1　はじめに……171
2　武者小路文芸における会話と戯曲様式……171
3　「その妹」五幕の劇的構造……174
4　兄妹愛のプロットと広次の自我伸張のモチーフ……176
5　「自己を生かす」哲学の悲劇としての表現……178

第八章　戯曲「その妹」とその上演

1　はじめに……184
2　「その妹」という作品の持つ魔力……185
3　人物の相克と人生の必然の表出……188
4　悲劇の上演の成功……191
5　評価軸としての〈表現主義〉……193

第九章　小説「友情」の世界――生命力と宗教――
1　はじめに……198
2　三つのモチーフと劇的構造……198
3　恋愛のモチーフの特質……201
4　友情のモチーフの途絶の意義……204
5　恋愛に対する野島の宗教的解釈……207
6　過酷な現実の超越を持続させる祈り……211
7　武者小路文芸における宗教的世界観……214
第一〇章　戯曲「人間万歳」の世界――人類調和の願い――
1　はじめに……222
2　作品の背景と素材および構造……222
3　主導する神プロットの調和の歓喜……225
4　神プロットと天使プロットとの構成的結合……229
5　「無限定の愛」が生んだ「狂言」……234
第一一章　小説「第三の隠者の運命」の世界――悟りきれない人間の祈り――
1　はじめに……241

2 梗概……242
3 構成と素材、およびそのモチーフ……249
4 Z―Aプロット――社会・労働・結束……252
5 Z―Xプロット――快楽・信仰・死……255
6 Z―桜子プロット――恋愛・精神・人生……257
7 得恋した救世主……259
8 悟りきれない人間の祈り……264

第Ⅱ部 作家論

第一章 武者小路実篤と北海道

1 はじめに……273
2 女中との性交渉……273
3 タカへの求婚……278
4 お貞さんのいる小樽……280
5 タカとお貞さん……282
6 恋愛と〈自然〉……284
7 「お目出たき人」の批評……285

8 〈宗教〉の意味するもの……287
9 北海道と創作……291
第二章 武者小路実篤と有島武郎――宗教的感性と社会的知性――
1 有島武郎の本質的批判者……303
2 「お目出たき人」をめぐって……307
3 「新しき村」論争について……312
4 遠い「類型」の人……321
第三章 武者小路実篤と「新しき村」
1 武者小路実篤と宗教……329
2 〈習う〉時代から〈創る〉時代、そして〈待つ〉時代へ……330
3 宗教活動としての「新しき村」……332
4 「共生」と創作――〈祈る〉時代へ……334
終章 武者小路実篤の表現様式――美術と文芸の間にあるもの――
1 はじめに……341
2 武者小路の紹介したゴッホ……342

はじめに

1　研究の目的と方法

武者小路実篤という人をひとことでたとえると、「素潜りの名人」だと思う。素潜りなので、身体一つあればすぐにできる。どぶん、と水に入って、深く深く潜っていく。そして、水底に転がっていたものをつかんで戻ってくる。ほとんどがつまらない石ころだが、よく見ると、味わいのある石や貝のかけらのようでもある。そしてまた何かないかと、どぶん、と水に入っていく。それをえんえんと繰り返す。

そうやって考え出してきたタイトルが「お目出たき人」、「世間知らず」、「わしも知らない」、「出鱈目」だ。そして「自分は全身に力を入れた。目から涙がながれた。」などという文だ。日本の「純文学」の歴史に、こういう題名を持つ小説や戯曲や文章があるのは、奇跡的なことだと思う。武者小路以外にかつてなく、おそらくこれからもないだろう。それが日本語表現の可能性の、尊い達成の一つであることは間違いない。

そのような言葉で織りなされた武者小路の文芸の、不思議な魅力を解き明かすことが、この本の目的である。そのために、『白樺』時代の小説や戯曲の主な作品一つ一つを、できるかぎりていねいに読み込んだ。また、武者小路という人について、いろいろな方面から調べた。そして、私の感じたことや考えたことを、できるかぎり客観的に、わかりやすく書き表した。それがこの本の方法である。

その結果わかったことを、簡単に整理すると、武者小路の文芸は、第一に自分をとても大事にする、ということだ。第二に他人ととても深くつながりたい、ということだ。けれども、この二つのことは、そのままでは矛盾してしまうこともある。だから武者小路は、「自然」とか「人類」という考えを、自分と他人の間に置いた。そして、祈ることで、とても大切な自分を、他人と深いところでつなげようとした。武者小路の小説や戯曲には、そういう登場人物ばかり出てくるのだ。だから私は、この本で、そういう考え方を「宗教」という言葉で説明した。

それから、三番目の特徴は、皆で仲よく楽しみたい、ということだ。楽しむといっても、怖いことや悲しいことを一緒に体験することも、そこには含まれる。この本で取り上げた小説や戯曲の中で、一番楽しいものは、戯曲の「人間万歳」だ。二番目が小説の「第三の隠者の運命」だ。次が小説の「世間知らず」だ。それ以外の、小説「お目出たき人」も「友情」も、それから戯曲の「わしも知らない」も「その妹」も、タイトルは面白そうでも、読んでみれば悲しい物語ばかりだ。けれども、私は「友情」が一番好きだ。そして一番励まされる。そして武者小路という人と深いところでつながったような気になれる。こういう気持ちを、私はこの本で「美」という言葉で説明した。

いや、「美」という言葉では説明していないかもしれない。「生命力という情調の表現」などと言った。だからここに書いておくが、私はそれが「美」だと考えている。ほかにも、悲壮とか、深遠とか、荘厳とか、歓喜などの言葉で、小説や戯曲の余韻を説明した。私は、文芸の研究は、このような余韻とか、情調を説明することが、一番大事だと考えている。この本を書きながら、ますますそう思うようになった。そういう考え方なので、私は「文学」という言葉を使わないで、言葉の芸術、という響きを持っている、「文芸」という言葉を使っている。

武者小路の方に話を戻すと、この「美」によって、皆で仲よく楽しんで、とても大切な自分を、他人と深いところでつなげることができたのだから、結局、祈りによる「宗教」も、楽しむことによる「美」も、同じことがらの表裏のようなものだ。そうやって考えると、「宗教」の奥の方に「美」が見えてくるし、逆に、「美」の奥の方にも「宗教」が見えてくる。それが、武者小路の文芸のスタイルなのだと、私は考えている。

さて、先ほど私はこの本で、武者小路の小説や戯曲について、私の感じたことや考えたことを、できるかぎり客観的に、わかりやすく書き表した、と書いた。そのために用いた言葉や考え方の説明が必要だと思われるので、ここで簡単に触れておく。

まず、小説や戯曲などの作品を研究する時に、最初は作家のことは除外しておいて、作品のことだけを考えるように努めた。これは昔から作品論と呼ばれている。こうやって作品の研究からわかったことだけを積み重ねていくと、自然と作家固有のスタイルが浮かび上がってくる。これを私は様式と呼ぶ。この本のサブ・タイトルを「美と宗教の様式」としたのは、そういう理由である。作家のことを直接に調べるのはその後のことで、これを作家論として、武者小路の様式を調べるための助けとした。作品論と作家論とでは、頭の使い方がまったく違う。

作品論は、その主題《テーマ》を突き止めることを目的とした。そのために、いろいろな作品の形の特徴と中身の特徴を調べた。主人公は形、その気持ちが中身、という具合である。この形に込められている中身を意味と呼んだ。それから、主人公は他の人物と事件を起こしたり、気持ちが上がり下がりしたりして、作品が進んでいく。これを筋《プロット》と呼んだ。このプロットとモチーフ《モチーフ》のいろいろな組み合わせの中で、だんだんテーマがはっきりしてくるものである。

時には図表を描いて、その関係を示した。だいたい以上のような方法だが、ひとくちに作品と言っても、小説と戯曲とエッセイとでは形がそれぞれ違うので、その違いにしたがって、調べ方も変っている。

2　武者小路実篤研究の現段階

武者小路の研究の歴史を語るとき、大津山国夫の『武者小路実篤論――「新しき村」まで――』（昭49・2、東京大学出版会）と『武者小路実篤研究―実篤と新しき村―』（平9・10、明治書院）、および近著『武者小路実篤、新しき村の生誕』（平20・10、武蔵野書房）の三冊にまとめられた、氏の数多くの業績に触れないことはできない。特にその第一の著書は、それまでの武者小路研究史に明確な一線を画すものであり、その後のあらゆる研究者は、それに対する姿勢の定め方を迫られることになった。私は、かつて氏の第二の著書を紹介・書評（『日本近代文学』58、平10・5、『国語と国文学』75―8、平10・8）したことがあるが、今回改めて思ったことは、氏の亀井勝一郎への姿勢である。というよりも、亀井の武者小路論が、ほとんど取り上げられていないことである。

戦前から武者小路論を発表していた亀井は、武者小路を「宗教的人間」と考え、その「宗教」の根源に「自然」を置き、同時にそれを芸術の根源であるとした（「宗教的人間武者小路実篤」『文芸』12―12、昭30・8）。これは、まさに美と宗教の様式の仕組みの説明である。私はそうこころざしたわけではないが、結局のところ、亀井の見方を自分なりに考え直したことになった。この亀井の評論とほぼ同じ頃、本多秋五が『「白樺」派の文学』（昭29・7、講談社）にまとめられた、いかにも『近代文学』同人らしい、「政治と文学」の視点による武者小路論を出した。亀井の論を横に置くと、この本多の論と大津山の論は縦に並んで見える。私の位置はそのような所にある。それから、自分の定位ということになると、「自己」と「人類」――武者小路実篤について――」（『成城文芸』16、昭32・11）をはじめとする、遠藤祐の武者小路論にも触れないわけにはいかない。演劇研究にも造詣の深い氏の論は、私の武者小路文芸の世界観と劇的性格の研究に重要な示唆を与えてくれた。
次に武者小路研究の現段階を概観する。それ以前の研究文献目録については、すでに平成一一（一九九九）年二月号の『国文学解釈と鑑賞』（64―2）に瀧田浩の作成した「武者小路実篤参考文献目録」があるので、ここでは主にそれ以後のおよそ一〇年間に出された研究を取り上げる。なお、ここで各研究の詳細を論じることはせず、必要に応じて、本論やその注でそれをおこないたい。なお、言うまでもなく管見のものなので、疎漏もあり得る。
まず、武者小路の作品論ないし作品に触れている主要な研究を、おおむね武者小路の作品発表順に従って紹介する。

【創作集『荒野』、および同人誌『白樺』前史】

『白樺』創刊以前、一九〇八（明治四一）年刊行の創作集『荒野』の周辺に関する研究としては、亀井志乃「〈学習院〉の青年《ユーゲント》たち――『白樺』前史・武者小路実篤を中心に――」（『文学』3―6、平14・11）がある。また、武者小路の初期の文芸活動を丁寧に追究し続けている瀧田浩の「武者小路実篤の「それから」受容と歪んだ三角関係――「生れ来る子の為に」と「ある家庭」をめぐって――」（『立教大学日本文学』97、平18・12）がある。

【小説「お目出たき人」、および「世間知らず」】

一九一一（明治四四）年刊行の小説「お目出たき人」に関する研究は、近年多くの論が出されている。王泰雄「「お目出たき人」における武者小路実篤文学の特質」（『日本文学論集』25、平13・3）、守屋貴嗣「武者小路実篤「お目出たき人」」（『私小説研究』2、平13・4）、楊琇媚「武者小路実篤『お目出たき人』論――主人公における「自己確立」の様相――」（『日本研究』17、平16・2）、松井薫「武者小路実篤の初期思想――『お目出たき人』を中心に」（『哲学と教育』56、平21・3）、瀧田浩「『お目出たき人』という回路――仰視と俯瞰の技法――」（『二松学舎大学東アジア学術総合研究所集刊』39、平21・3）などがある。一九一二（大正元）年刊行の小説「世間知らず」に関する研究には、楊琇媚「武者小路実篤『世間知らず』論――主人公の自己成長に着目して――」（『日本研究』21、平20・3）がある。

【初期雑感、あるいは感想集『生長』】

一九一三（大正二）年刊行の感想集『生長』に含まれる評論や詩に関する研究には、紅野敏郎「『白樺』の「六号雑感」の刺激」（『文学と教育』40、平12・12）がある。また、吉本弥生はこの時期の武者小路を追究する論考が多く、「一九一一年「絵画の約束」論争――白樺美術展にみる〈自己の為の芸術〉をめぐって――」（『阪神近代文学研究』7、平18・3）、「武者小路実篤の「自我」――一九一〇年前後を中心に――」（『阪神近代文学研究』8、平19・3）、「武者小路実篤の初期における「画家」への憧憬――「自己」を視座として――」（『有島武郎研究』10、平19・3）、「「絵画の約束」論争――「印象」から「象徴」に向かう時代のなかで」（『日本研究』41、平22・3）など、旺盛に研究成果を出している。

【戯曲作品】

武者小路の戯曲作品に関する研究には、枚野信子「武者小路実篤初期戯曲論考――自我と運命のかたち――」（『光華日本文学』9、平13・8）が、一九一四（大正三）年発表の「わしも知らない」を含む、前・中期四篇の作品を論じている。一九一五（大正四）年発表の「その妹」に関する研究には、楊琇媚「芸術への執着と妹の献身―武者小路実篤『その妹』におけるジェンダー意識―」（『近代文学試論』40、平14・12）がある。同じ楊琇媚には、一九一七（大正六）年刊行の「ある青年の夢」を論じた「武者小路実篤における戦争認識の本質―『ある青年の夢』と『大東亜戦争私感』を中心に―」（『国際日本文学研究集会会議録』28、平17・3）もある。一九二三（大正一二）年刊行の戯曲「人間万歳」に関する研究としては、菅野博「「人間万歳」の位置―武者主義の頂点」（『千葉大学日本文化論叢』1、平12・2）がある。

【小説「友情」】

一九二〇（大正九）年刊行の小説「友情」に関する研究は以前から多いが、最近は多様な方面からのアプローチがあらわれてきた。藤森清「欲望の模倣――武者小路実篤『友情』」（『国文学』46―3、平13・2）、千葉一幹「クリニック・クリティック第三十一回　素数的友情」（『文学界』56―9、平14・9）、江間通子「甦る「友情」――時代が押し出す力学によって構築される「読み」――」（『近代文学研究』21、平16・3）、楊琇媚「武者小路実篤『友情』論―作中人物におけるジェンダー言説に着目して―」（『国文学攷』184、平16・12）、石井三恵「ジェンダーの視点からみた武者小路実篤『友情』」（『ジェンダーの視点からみた白樺派の文学　志賀、有島、武者小路を中心として』平17・3、親水社）、西山康一「〈肉体〉におびえるとき――モダニズム前夜のスポーツ小説として『友情』を読む」（『スポーツする文学』平21・6、青弓社）などがある。

【小説「第三の隠者の運命」、およびキリスト教三部作】

一九二一（大正一〇）年刊行の「第三の隠者の運命」を含む、一九一九（大正八）年刊行の「幸福者」、一九二〇（大正九）年刊行の「耶蘇」とともにキリスト教三部作に関わって論じたものには、東海林広幸「武者小路実篤における労働と芸術―「幸福者」・「耶蘇」・「第三の隠者の運命」をめぐって」（『湘南文学』38、平16・3）、および同「武者小路実篤論（上）―〈新しき村〉時代に於ける作品・思想・作者像の変化」（『近代文学注釈と批評』6、平19・3）、王泰雄「初期　武者小路実篤の性格と特質――「新しき村」と「幸福者」を中心に――」（『文芸と批評』9―2（82）、平12・11）、および同「「幸福者」と「新しき村」」（『日本文学研究（大東文化大学）』40、平13・2）などがある。

【同人誌『白樺』時代以後の作品】

一九二六（大正一五）年刊行の戯曲「愛慾」に関する研究も以前から多いが、最近のものには楊琇媚「兄弟の共存共生と妻殺し―武者小路実篤「愛慾」における家父長的価値観―」（『近代文学試論』42、平16・12）、宮越勉「武者小路実篤「愛慾」を読む」（『国文学解釈と鑑賞』73―4、平20・4）などがある。また、一九三九（昭和一四）年刊行の小説「愛と死」に関する研究には、吉野未央「武者小路実篤『愛と死』における戦争と母」（『国文白百合』39、平20・3）がある。また、先の楊琇媚には他にも一九四六（昭和二一）年刊行の小説「若き日の思ひ出」を論じた「武者小路実篤『若き日の思ひ出』論―戦争イデオロギーとのかかわり―」（『アジア社会文化研究』9、平20・3）があり、武者小路の幅広い著作期間に応じた研究をおこなっている。

次に、武者小路実篤という作家やその活動を対象とする主要な研究を、類別に紹介する。

【作家論全般】

まず全般的な作家論の中で、武者小路の思想に注目したものでは、枚野信子「武者小路実篤の思想とその限界」（『光華日本文学』6、平10・8）がある。また、王泰雄は「武者小路実篤の思想と文学（1）――武者小路実篤の植民地意識を中心に――」（『文芸と批評』9―1、平12・5）、および同「武者小路実篤と佐藤春夫の植民地観の比較――植民地台湾を中心に――」（『大東文化大学近現代文学研究』3、平13・3）などのポスト・コロニアル視点からの論を出している。ほかに、生井知子「武者小路実篤詩論――歌と欲望をめぐって――」、および同「武者小路実篤論――意識・言葉・理屈と無意識・身体・心――」（ともに生井知子『白樺派の作家たち　志賀直哉・有島武郎・武者小路実篤』平17・12、和泉書院に収録）、馬場祐一「複雑な印象の中の「したたかさ」――「『それから』に就て」から見える武者小路実篤像――」（『近代文学研究と資料　第二次』3、平20・3）などがある。『白樺』との関わりで論じられたものには、山田俊治「「作者」と天才――「白樺」的主体の生成――」（『国語と国文学』77―5（918）、平12・5）、関川夏央のエッセイ『白樺たちの大正』（平15・6、文藝春秋）などがある。キリスト教の方面からの研究には、有光隆司「白樺派の「隣人」観

――志賀・有島・武者小路の場合――」（『清泉女子大学キリスト教文化研究所年報』13、平17）がある。また、大津山国夫の「武者小路実篤の志向（講演記録）」（『解釈』51―11・12、平17・12）は、武者小路の生涯の活動期間から、その「志がよく表現されている言葉」を紹介した興味深いものである。その他、西田勝「歴史に埋れていた一文　戦争　武者小路実篤」（『世界』664、平11・8）、宗像和重「プランゲ文庫データベースと近代文学研究――武者小路実篤、志賀直哉の新出資料を中心に――」（『インテリジェンス』1、平14・3）、水野岳「〈資料紹介〉武者小路実篤、全集未収録作品群」（『語文（日本大学国文学会）』123、平17・12）などがある。

【新しき村】

武者小路と「新しき村」をテーマとする研究や批評は以前から多いが、最近は多様な領域からのアプローチが増えている。望月謙二には「新しき村の盲目の詩人　加藤勘助――その一　新しき村の土地さがしまで――」（『研究紀要　京都女子大学宗教・文化研究所』11、平10・3）、および同「新しき村の盲目の詩人　加藤勘助――失明そして入村へ」（『解釈』44―11・12、平10・11）、および同「加藤勘助――「新しき村」での生活」（『研究紀要　京都女子大学宗教・文化研究所』14、平13・3）などの一連の論がある。ほかに、木村昭仁他「Rural romanticism とユートピア　ウイリアム・モリス、宮澤賢治、武者小路実篤の思想と活動」（『デザイン学研究　研究発表大会概要集』45、平10・10）、今村忠純「新しき村とポリセクシュアル」（『国文学』44―1、平11・1）がある。社会学者の西山拓は「武者小路実篤とユートピア共同体――新しき村の構想について――」（『社会科学研究科紀要　別冊（早稲田大学大学院社会科学研究科）』8、平13・1）、および同「新しき村論争再考――佐藤春夫と倉田百三の賛同意見を中心に――」（『社会文学』16、平13・12）、および同「大杉栄の「新しき村」批評――アナキズムと共同体主義の接点」（『初期社會主義研究』15、平14・12）などによって、「新しき村」の再評価を積極的に出している。ほかに、尹一「武者小路実篤における「神の国」」（『Comparatio』5、平13・

3）、金素亨「武者小路実篤による「新しき村」の地理学的研究」（『大学院年報』18、平13・3）、河野真智子「〈卒業論文〉日向新しき村における武者小路実篤」（『日本文学誌要』67、平15・3）、大津山国夫『武者小路実篤、新しき村の生誕』（平20・10、武蔵野書房）、歌代幸子「「武者小路実篤」の理想郷「新しき村」90年の今」（『週刊新潮』53―45（2671）、平20・11）、劉岸偉「周作人伝　ある知日派文人の生涯　第八回」（『アジア遊学』118、平21・1）などがある。

【武者小路と人】

武者小路の縁者に関する調査・研究には、吉田隆「武者小路房子の最期」（『新潮』89―10、平4・10）、生井知子「武者小路実篤と志茂シズ・テイ姉妹」（『同志社女子大学日本語日本文学』15、平15・6）、大津山国夫「武者小路実篤――父の予言」（『国文学解釈と鑑賞』69―4、平16・4）などがある。

武者小路と他の作家の関係を論じたものとしては、黄英「宮沢賢治「ポラーノの広場」論――「新しき村」との関連を中心に――」（『Comparatio』4、平12・3）、亀井志乃「〈世界〉を憂える青年――斎藤野《の》の人《ひと》から武者小路実篤へ――」（『日本近代文学』63、平12・10）、生井知子「志賀直哉と武者小路実篤――その友情のはじまりをめぐって……」（『国文学解釈と教材の研究』47―5（682）、平14・4）、大津山国夫「志賀直哉と武者小路実篤――「志賀も志賀すぎるが……」――」（『国文学解釈と鑑賞』68―8、平15・8）、有田和臣「生命主義芸術教育論の勢力圏――武者小路実篤、片上伸、小林秀雄の〝自己表白〟――」（『文学部論集（佛教大学文学部）』88、平16・3）、有光隆司「武者小路実篤の「個人主義」思想――夏目漱石との関連で――」（『上智大学国文学論集』39、平18・1）などがある。

【比較文学】

比較文学的研究は、近年盛んになってきている。影響者のトルストイに関しては、阿部軍治が「武者小路実篤とトルストイ（その1）」（『言語文化論集（筑波大学現代語・現代文化学系）』44、平9・1）に始まる論考を『白樺派とトルス

トイ　武者小路実篤・有島武郎・志賀直哉を中心に』（平20・10、彩流社）にまとめて刊行した。また、メーテルリンクに関しては、一柳廣孝「武者小路実篤――メーテルリンク受容の光と影」（『国文学』46―11、平13・9）がある。
被影響者に関しては、魯迅との関係を論じたものが多い。及川智子「『白樺』ロダン号売却記事について――周作人と武者小路実篤の出会い――」（『実践国文学』58、平12・10）、于耀明『周作人と日本近代文学』（平13・11、翰林書房）、楊英華『武者小路実篤と魯迅の比較研究』（平16・9、雄松堂出版）、および同「武者小路実篤と魯迅の文学における使命感と悲劇性の一考察」（『昭和女子大学大学院日本文学紀要』17、平18・3）、および同「魯迅『壁下訳叢』と武者小路実篤「上海まで」など」（『昭和女子大学大学院日本文学紀要』18、平19・3）などがある。ほかに、ジェンダー論に立つ江種満子の「一九一〇年代の日朝文学の交点――〈白樺〉・〈青鞜〉と羅蕙錫」（『文教大学文学部紀要』20―2、平19・3）がある。

【美術】

武者小路と美術の関係をテーマとする研究は、最近とみに盛んとなり、また徐々にその精密度を増している。近藤直子「資料紹介　武者小路実篤とアンリ・マチスの交友～1通の紹介状から～」（『館報駒場野（東京都近代文学博物館）』41、平11）、富澤成實「『白樺』の美術運動と大正という時代――「絵画の約束論争」を中心に――」（『明治大学図書館紀要』3、平11・1）、和田博文「『白樺』研究のカルチュラル・スタディーズ――パリへの憧憬、パリでの衝撃」（『国文学』44―12（647）、平11・10）、江間通子「実篤の出発――マックス・クリンガーを合わせ鏡として――」（『大妻国文』31、平12・3）、清水康次「『白樺』派の作家と西洋絵画――画家の自我から文学者の自我へ――」（光華女子大学日本語日本文学科編『日本文学と美術』和泉書院、平13・3）、井上承子「『白樺』の理想とする芸術家像――その由来と変遷――」（『論樹（都立大近代文学ゼミ）』15、平13・11）、亀井祐美「白樺派の〈人生への欲望〉について考察する――芸術家評伝の「作品批評」を手がかりに――」（『美学・芸術学（美学芸術学会）』20、平16）、佐藤洋子「彫刻家ロダンと日本における近代の形成」（『早稲田大学日本語研究教育センター紀要』18、平17・6）、米山禎一「「絵画の約束」論争―論争範囲の再検討を中心に―」（『台大日本語文研究』10、平17・12）、立川和美「武者小路実篤に関する文学と美術に関する試論」（『流通経済大学論集』44―1（164）、平21・7）、同「武者小路実篤の文学と美術に関する再考」（『流通経済大学論集』44―2（165）、平21・9）などがある。ほかに、紅野謙介の「武者小路実篤と広告の時代――実篤記念館「ポスターの美」展に即して――」（『国文学研究』148、平18・3）は美術だけの問題ではなく、メディアとしての『白樺』と広告に関する斬新な論考である。

3　本書の構成

すでに触れたように、本書は一九一〇（明治四三）年に創刊され、一九二三（大正一二）年に廃刊となった、同人誌『白樺』の発行期間を中心とする、武者小路実篤の文芸様式の解明が目的である。そのために本書は、作品論として作品分析を中心とする第Ⅰ部と、作家論として作家活動の検討を中心とする第Ⅱ部とに分けて構成されている。ただし、第Ⅰ部の前に「序章」として「武者小路実篤の世界観とキリスト教」と題する論を置いた。この論は、武者小路とキリスト教との関係を軸にして、『白樺』時代全体の武者小路の文芸と、それに関わる活動とを概観しながら、武者小路文芸の時期区分をおこなったので、本書全体の導入部としてふさわしいと考えたからである。

第Ⅰ部では、一九〇八（明治四一）年刊行の創作集『荒野』から、一九二三（大正一二）年刊行の小説「第三の隠者の運命」までの九つの作品を、第一章から第一一章にわたって、発表年代順に検討した。第Ⅱ部では、第一章から

第三章までは、武者小路の作家活動を、おおむね年代順に並べて検討した。その次に「終章」として「武者小路実篤の表現様式――美術と文芸の間にあるもの――」という論を置いた。その題名からわかるとおり、それまでの作家論の章とはやや性格を異にしていて、前期における武者小路と西洋の美術作品、特にムンクとゴッホとの関係を検討して、武者小路の表現様式を追究したので、本書全体の結末部としてふさわしいと考えたからである。

次にその時期区分にしたがって、第Ⅰ部・第Ⅱ部の各章の概要を簡単に説明する。

【初期〈習う〉時代　一九〇四（明治三七）年〜一九〇九（明治四二）年】

第Ⅰ部　作品論　第一章「創作集『荒野』の世界――調和的上昇志向の文芸――」では、一九〇八（明治四一）年四月刊行の創作集『荒野』を論じた。従来、おもに『白樺』前史の研究資料として取り扱われてきた諸作品を、自立した文芸作品として解釈したものである。

【前期〈創る〉時代　一九一〇（明治四三）年〜一九一三（大正二）年】

同　第二章「小説「お目出たき人」の虚構性――素材の作品化の問題をめぐって――」、および同　第三章「小説「お目出たき人」の世界――〈自然〉と〈自己〉――」では、一九一一（明治四四）年二月に刊行された小説「お目出たき人」を論じた。第二章では創作論、第三章では作品論をおこなって、従来、作者武者小路そのものと見なされていた主人公を、独立した虚構的人物と考えることで、小説「お目出たき人」の文芸としての意義を論じ、また武者小路の〈自然〉という理念との関わりを明らかにした。

同　第四章「小説「世間知らず」と〈運命〉」では、一九一二（大正元）年一一月に刊行された小説「世間知らず」を論じた。これも「お目出たき人」と同じく、従来、作者そのものと言われていた主人公像を多面的に分析して、この小説の虚構的特質を追究し、また武者小路の〈運命〉という理念との関わりを明らかにした。

同　第五章「〈初期雑感〉の特質――〈聖典〉としての文芸――」は、一九一三（大正二）年一二月に刊行された感想集『生長』を中心に論じた。武者小路文芸の魅力の一つと言われる〈雑感〉を短文形式の文芸ととらえることで、その形態的特徴と内容的特徴、そして作品と読者との関わりを一種の〈聖典〉としてとらえた。

【中期〈待つ〉時代　一九一四（大正三）年～一九一七（大正六）年】

同　第六章「戯曲「わしも知らない」の世界――信仰によって生きること――」では、一九一四（大正三）年一月に発表された戯曲「わしも知らない」を論じた。仏教的素材の調査と作品分析、および上演の反響などの検討により、宗教的世界の文芸表現のありようを追究した。

同　第七章「戯曲「その妹」の悲劇性――生命力表現の変容――」、および同　第八章「戯曲「その妹」とその上演」では、一九一五（大正四）年三月に発表された戯曲「その妹」を論じた。第七章では作品論を、第八章ではその上演に関する研究をおこなった。従来、閑却されがちであった、この作品の悲劇性を、作品分析と上演の反響などの検討によって明らかにした。

【後期〈祈る〉時代　一九一八（大正七）年～一九二三（大正一二）年】

同　第九章「小説「友情」の世界――生命力と宗教――」では、一九一九（大正八）年一二月に完結した小説「友情」を論じた。作品のテーマが、友情や恋愛を超えた、人と世界のドラマの中にあることを明らかにした。

同　第一〇章「戯曲「人間万歳」の世界――人類調和の願い――」では、一九二二（大正一一）年九月に発表された戯曲「人間万歳」を論じた。作品分析によって、その調和劇としての特徴を明らかにした。

同　第一一章「小説「第三の隠者の運命」の世界――悟りきれない人間の祈り――」では、一九二二（大正一一）年九月に完結した小説「第三の隠者の運命」を論じた。独特な主人公、登場人物像と背景の持つ意味をていねいに検討し、作品のもつ様々な意義と、文芸的価値の追究をおこなった。

第Ⅱ部　作家論　第一章「武者小路実篤と北海道」は、一九一一（明治四四）年の北海道旅行の意義を追究したものので、おもに前期〈創る時代〉に関わる。

同　第二章「武者小路実篤と有島武郎——宗教的感性と社会的知性——」は、有島武郎とのやり取り、および武者小路から見た有島像を検討したもので、『白樺』時代全般に関わる。

同　第三章「武者小路実篤と「新しき村」」は、大正七年に創設された「新しき村」を宗教的実践ととらえ、そこに至るまでの武者小路の文芸創作との関係から検討した。後期〈祈る〉時代を中心としながら、『白樺』時代全般に関わる。

序章　武者小路実篤の世界観とキリスト教

1　作家と宗教

近代日本文芸の諸作家は、多かれ少なかれキリスト教などの宗教的影響を受けている。白樺派の作家たちもこの例外ではないが、彼らのキリスト教体験が一様ではなかったことは言うまでもない。武者小路実篤のそれを論じるにあたり、最初に志賀直哉と有島武郎におけるキリスト教の影響を概観し、武者小路の場合の特質を対比的に知る手がかりを得たいと思う。

志賀直哉は、周知のごとく、内村鑑三によってキリスト教に入信した。この影響による志賀の作家としての主体的人格の形成は、菊田茂男によって次の四点にまとめられている。[*1] それは第一に道義性、道徳的潔癖性、第二に自己絶対的感性思考の態度、第三に実行家としての人生態度、第四に自己のための社会という思想である。こうした形で志賀的に内村のキリスト教は受容されつつも、しかし、他方では性欲の問題から内村に強く反発した志賀はその圏外に出ていくことになった。結局、志賀は作家的主体としての自我の内実を内村によって充足しつつ、自己の抑圧としての内村体験をばねに、初期作品に見られるような病的、神経症的、夢幻的文芸世界へと飛翔するのである。後にも先にも志賀がキリスト教に最も接近したのは、この作家的出発時をおいてはほかにないのであり、この意味で志賀直哉とキリスト教との関係は、作家的自己形成とその創作モチーフにおいてのみ認められるものと言える。

有島武郎とキリスト教との関係が、有島文芸の本質に深く関わるものであることは言うまでもない。それはやはり志賀と同じように性欲の問題が中心であるが、有島の場合にはキリスト教的二元論における負の側に自己を認識してしまった。その信仰の内実については諸説あるが、宮野光男はそれを神・人・自然の関係から考察している。[*2]カーライルら英国ロマンティシズムの詩人たちの影響を素地とする、小児としての自己に対する厳父あるいは慈母としての自然＝神という図式、いわば汎神論的自然観を入信後の有島は持っていた。しかし、罪意識を喚起する神の声の強まりは、汚れに満ちた自己の認識を深化させ、贖罪の喜びを伴わない自己否定に至ることになる。ここにおいて神と自然は切り離され、さらに自然の慰藉もキリスト教の愛の前には無力であるがゆえに、その極限においていわゆる正統的信仰に入らなかった有島に残されたものは、もはや絶望と、神そして自然不在の場での人間追求でしかなかった。有島とキリスト教との接点は、具体的には一八九九（明治三二）年の札幌基督独立教会入会から一九一〇（明治四三）年の退会までの一〇年余りではあるが、以上のような形でその影響は生涯にわたって深刻である。

武者小路実篤へのキリスト教の影響には、トルストイがその重要な媒介者となっているが、この点では志賀における内村の位置が類似している。しかし志賀が最もキリスト教に接近したのがその初期のみであったのに対して、武者小路の場合は二度にわたっている。ひとたびトルストイを離反したのが一九〇七（明治四〇）年頃、そしてかなり時を隔てた一九二〇（大正九）年前後には、「耶蘇」を書いて再びキリスト教に接近しているが、この二度めの接近は最初のそれとは大きく異なる。また、有島の汎神論的あるいは自然神学的自然観とは形の上では類似するところもあるが、その自己観そして人生上の結末についてはまったく逆である。

武者小路の神・人・自然観の特質は、たとえばイエスに対する対等に近い救世主意識、また、神に比肩する「自然」、「人類」という超越的理念、さらにはキリスト教を超えた無限定の発想による調和的世界観、そして何よりも、これらの根底に一貫する「自己を生かす」哲学の存在などに現れている。しかし、これらの特質がキリスト教と無交渉に成立したのでは決してない。そこで本章では、武者小路とキリスト教との関係を、武者小路的宗教観、世界観との接点に注目して検討してみたいと思う。それにあたり、武者小路の文芸活動の時期区分を『白樺』時代までに限っておこなっておきたい。この問題に関しては亀井勝一郎、本多秋五、大津山国夫などに諸説があり、細かな点で異なるところもあるが、筆者は大まかに次の四期に分けることにする。

まず『白樺』創刊以前、第一創作集『荒野』の発表された一九〇八（明治四一）年を中心として、一九〇四（明治三七）年から『白樺』創刊前年の一九〇九（明治四二）年までの六年間を初期、すなわち〈習う〉時代とする。思想は借り着、文芸もまだ習作であった時代である。[*3]『白樺』時代は三期に分けられる。これを前期〈創る〉時代、および中期〈待つ〉時代、および後期〈祈る〉時代と表現したい。前期は『白樺』創刊の一九一〇（明治四三）年から一九一三（大正二）年までの四年間で、大津山の言う「「自然」の時代」とほぼ一致する。強烈な自我主張の見られる時代である。中期は一九一四（大正三）年から一九一七（大正六）年までの四年間で、いわゆる人道主義の、やはり大津山に従えば「「人類」の時代」である。後期は「新しき村」に移った一九一八（大正七）年から『白樺』廃刊の一九二三（大正一二）年までの六年間である。以後この区分に従って論を進めたい。

2　初期〈習う〉時代（明治三七年〜明治四二年）――キリスト教とトルストイズム

一九〇三（明治三六）年、武者小路数え年一九歳の夏、彼は避暑先の叔父勘解由小路《かでのこうじ》資承《すけこと》宅で初めて聖書を手にした。自伝的小説「或る男」〈七十五〉には次のように述べられている。

> 彼はその夏休みに始めて聖書をよんだ。始め彼は耶蘇を嫌つた。叔父の処によく牧師が来た。（中略）彼は牧師を軽蔑することが、愛国心のあらはれのやうに思つてゐた。それでよく叔父に耶蘇の悪口を云つた。読まずに悪口を云つたつて駄目だと或日叔父に云はれた。
> 「よし、よんで悪口云つてやらう」
> 彼はさう思つて馬太伝一章からよみ出した。馬鹿々々しいものだ、それ見ろ、と彼は二三章よんだ時は内心得意だつた。所が五章をよんだら、すつかり感心してしまつた。こいつは偉い奴だと思つた。
> それから彼はよむに従つて、耶蘇をほめないわけにはゆかなくなつた。*4

この記述の自伝的小説としての脚色を考えると、その表現自体を完全に信頼することはできないが、川鎮郎はこの表現に注目して次のように述べている。

> 常に厳然と現在の自己を肯定した上で、（というよりも、全く否定をすることなく）相手の主張の中から、み

ずからの吸収できるもののみを見出し、評価したことを表わしているのであって、キリスト教的な自己否定などというものは全く見ることはできないのである。[*5]

当時の武者小路が「厳然と」どころか「自己」「肯定」さえ覚束なかったのは次に述べるとして、「みずからの吸収できるもののみを見出し、評価」するのは健全な精神をもって書物を真摯に読む者にとっては当然の態度と言うほかはない。また、武者小路に対してこの時点で「キリスト教的な自己否定」を求めるのは性急かつ困難なことであろうが、川の批判はむしろ、聖書について語る武者小路のこの文体への、川の違和感から由来するものであろう。「或る男」のこの部分の記述は一九二一（大正一〇）年のものであるが、そこに至るまでの変遷はどのようなものだろうか。

武者小路が初めて聖書を手にしたその翌年、すなわち一九〇四（明治三七）年に、彼は初めての大きな失恋を経験した。その年の三月、初恋の人「お貞さん」こと志茂テイが、彼の熱い想いを受け容れぬままに学業を終えて郷里の大阪に帰って行ったのである。[*6]この経緯は、後に回想小説「第二の母」（『白樺』大3・4、後に「初恋」と改題）に詳しく描かれているが、「そのことは彼にとつて大なる打撃だけあつて、彼はそれから起き上り切るには九年か十年を要した」（「或る男」〈八十一〉）[*7]と彼自身が述べているように、この失恋は後の武者小路の人生に、そして文芸に大きな影響を残した。

さて、この失恋とトルストイとの出会いの関係については、次のような記述がある。これは聖書を初めて読んだときと同時期のものである。

トルストイの名はその時分よく叔父の口からもれた。

その時分訳されだしたトルストイの本は殆ど全部叔父はもつてゐた、彼はそれをよろこんだ。しかしトルストイを本当に恋しだしたのは一年のちであつたが、しかしその時分でも随分尊敬して、影響をうけ出したことはたしかであつた。

之はお貞さんとの恋がうまく行かなかつた賜もの、一つである。お貞さんが彼をさけてくれたことの賜物の一つである。

同〈七十五〉[*8]

キリスト教とトルストイを初めて知ったのが一九〇三（明治三六）年、そして「トルストイを本当に恋しだしたのは一年のち」、すなわちテイが帰郷した一九〇四（明治三七）年であり、これが「お貞さんとの恋がうまく行かなかつた賜もの」の意味と考えられる。またほかに「彼の失恋の精神的方面のおぎなひはトルストイによつて一番おぎなひを得た」（同〈八十四〉）[*9]とも述べられているが、失恋当時の武者小路はその寂しさとひたすら戦うことを日課としていた。自らの孤独を思っては涙し、自己を慰撫するために多くの脚本を書いては捨てたという（同〈八十五〉）。後年の武者小路の作品に、恋愛をそのモチーフとするものは非常に多いが、それらのほとんどは、この失恋体験をもとに創作されたものである。これらのことから、武者小路の作家的自己形成の要因として、失恋による精神的欲求の覚醒が、トルストイとの出会いによって、その充足を得たという事実があることがわかる。[*10]しかしこの事実はまた逆に、後のトルストイ離反の重大な要因ともなる。ともあれ、キリスト教とトルストイとを同時に知った武者小路は、その「自己を生かす」道をトルストイに求め、それを媒介としてより詳しくキリスト教を知ることになるのである。

次に、武者小路におけるトルストイズムのあり方を見てみよう。武者小路の日記「彼の青年時代」（大12・2刊）の前半には、当時の強いトルストイの影響が窺われる。たとえば「この世の不合理のことを打破する為に、一生を献ぜざるべからざる事を深く感ず」（明39・3・22）[*11]という記述からは、この世の不正を糾弾して理想社会を実現させようとするトルストイの美徳が、武者小路を強く魅いていたことがわかる。すなわち彼にとってトルストイは富貴の罪を悟らせ、神の国を地上に建設せよと号令する師だったのである。トルストイがその著作によって反体制的宗教家としての相貌を現し、国家から強い弾圧を受けていたことは周知の事実である。日本におけるトルストイ受容の特質として、こうした反体制運動の影響の強いことは久保忠夫らによって詳細に論じられている。[*12]しかしまた、武者小路にとってのトルストイは性欲の厳格な否定という厳しい倫理的要請をつきつける師でもあった。日記「彼の青年時代」の中にはむしろ、この点に関してより多くの苦悩の記述が見られる。「嗚呼、肉慾の力は何故かほど迄強く、人の心は何故かほど迄に変化しやすいものだらう」（明39・4・19）[*13]、「嗚呼、吾人は如何に弱く、如何に肉欲強きか」（明39・6・2）[*14]などの記述の他にも、「クロイツエル・ソナタ」を読んでは「「肉慾の満足によつて、愛は消える……」／　あゝ吾人はこの言を信ぜざるを得ず。吾人は苦しむ」（／は改行、筆者注、以下同じ）と書いている。そして次のような興味深い言葉を続ける。

吾人は如何にして、最も多数の人間を幸福ならしめ得るかの問題を、全力を以つて研究すると共に、全力を尽して何人もさけ得ざる、両性の研究をせんと欲す。

「彼の青年時代」明39・6・8[*15]

後年の武者小路の思想的特徴に、性欲の肯定があるが[*16]、彼はこの時から肯定の可能性を求めて日夜呻吟していたのである。

以上のように武者小路へのトルストイの影響は、理想的調和社会の建設と性欲の否定の二点において捉えられる。前者は後年「新しき村」の実践として受け継がれるが、後者は結局は受け容れられずにトルストイ離反の最も重大な要因となること、そしてそれが本能すなわち「自然」の肯定という思想となることは、大津山国夫の指摘する通りである。[*17] 筆者はここでさらに、性欲を包含する恋愛を否定しようとしたトルストイへの反発があったことも補足したい。すでに述べたように、武者小路の精神的欲求の充足の動機は、彼の失恋体験にあったのである。性欲を含む恋愛の否定は、武者小路の聖域に触れることになる。したがって、この点に関してトルストイに反発することになるのは、当初からの必然であったと言えよう。そしてまたそれが、トルストイというフィルターを通して知ったキリスト教的世界からも離反する要因となるのは言うまでもない。しかし彼が後にトルストイを離れてキリスト教を見た時、武者小路独自のキリスト教観が生まれ、表現されることになるのである。

3　前期〈創る〉時代（明治四三年〜大正二年）——武者小路的宗教の模索と確立

トルストイを得て、またそれを通してキリスト教と神を知った武者小路が、メーテルリンクの「智慧と運命」などによって「自然」を尊重する自我主義を主張し、トルストイズムから離反したという過程は、多くの研究者が指摘している。[*18] ここでは、この過程を武者小路の世界観の変化という観点から見直したい。武者小路はトルストイズムを捨てると同時に、トルストイ的キリスト教を、そして神をも捨てたのである。そしてそれに代って彼の最高の理念となったのが「自然」である。しかし、それは孤独な戦いであった。なぜなら、彼は「自己を生かす」ための宗教を自ら創らねばならなかったからである。

感想「自分と他人」（『白樺』明43・7）は、その冒頭の「自分は他人に冷淡なことを感謝する。／他人の自分に冷淡なことを感謝する」[*19]という文章の衝撃性をもって、また「自己の如く隣人を愛することが実行された時、吾人はうるさくてまいるであらう」[*20]という表現の反キリスト教的性格をもって、以後の「自然」の時代の徴表として有名な文章ではあるが、その末尾に附された次の言葉には注意を要する。

昔は神と名づけられ得るものがあつた。かくて人々はそれを真心から讃美する事によつて、万人と合奏する事が出来た。しかし今はさう云ふものがない。ないのはいゝ。たゞ万人と合奏することが出来ないのが悲しい[*21]

ここには他者との連帯の契機としての「神」を失った寂しさが述べられているのである。武者小路はその第一創作集『荒野』（明41・4刊）に発表した新体詩「人道の偉人」で次のように書いていた。

人類はすべての主なり。
主とならざるべからず。
万一、人にして神の奴隷ならんか、
吾人は神を人類の奴隷となさゞるべからず。
人類よ、
人類よ、

吾が神は汝なり。[*22]

『荒野』を統一するモチーフは、人類精神という普遍性の認識を背景とする、自己と他者の調和的上昇志向である（詳細は次章「武者小路実篤『荒野』の世界――調和的上昇志向の文芸――」参照）が、感想「自分と他人」、すなわちこの約二年後には、武者小路は個人の連帯を保証していた「人類」に代えて、トルストイの時代で抑圧されていた自己の「自然」を、逆に「人類」の上位に置き換えたのである。

こうしてトルストイ的、キリスト教的神に代って、新たに神の座を占めた「自然」は「万人と合奏することが出来ない」神、すなわち自己のための神である。そしてそこにあるのは神と自己との一対一で完結する孤独な世界である。そこに武者小路が個人主義を標榜するゆえんがある。感想「個人主義者の感謝」（『白樺』明44・8）には、自己の孤立に耐えようとする努力が述べられている。自己の成長、自我の主張を命ずる「自然」はその孤独な世界において個人主義をも命令するのである。武者小路の自我主張が他者への干渉にはなり得ない、すなわち人間関係あるいは社会の破壊に直結しないのは「自然」を背景とするからである。

武者小路がこの孤独な世界から再び「人類」による連帯の世界に戻るためには、長い歳月と内部での様々な確執があったことは後に述べよう。ともあれこの「自然」という宗教的理念のもとで初めて武者小路は自己を肯定、確立、主張し得たのである。そして同時に、それは大津山の言うように「閉鎖の擬態」[*23]でもあった。この閉鎖を解除した時、武者小路はトルストイに、そしてイエス、釈迦に対してさえ対等意識を持って姿を現すことになる。

武者小路の神に対する、あるいは「自然」に対する認識の出発点として極めて興味深い対話に「今に見ろ」という題で『白樺』一九一二（明治四五）年六月号に発表されたものがある。本書の第Ⅰ部第九章で小説「友情」を論じる際にまた詳しく触れるが、この対話で武者小路は自身の悲惨な現実を「或る神」の意志に帰したが、「或る神」の意志は一方で「或る男」の熱烈な信仰に現れているから、問題は「或る神」を克ち取る戦いとなる。題名の「今に見ろ」の意味がそれである。武者小路の世界観の確立を知る上で貴重な作品である。

さて、従来、武者小路の自我主義の確立を窺わせるものと見られていた戯曲「わしも知らない」(『中央公論』大3・1)は、実はそこで表現された世界観においてこそ注目すべきであるが、同じ月の『白樺』には「耶蘇と神」という対話が発表された。「私は憐な人間を救ふ力が得たくなりました」と言うイエスに対して、神は「まだいけない」と答えて立ち去る。イエスは「私は御心に叶はない人間で御座いますか」、「御心のまゝにおみちびき下さい」[24]と祈るのである。この対話と同じく、キリスト教的素材を用いて、同じモチーフをそのまま戯曲化したのが、翌月の『白樺』に発表された戯曲「二十八歳の耶蘇と悪魔」(後に「二十八歳の耶蘇」に改題)である。この作品の創作動機について武者小路は「釈迦の如くにまだ覚り切れない自分には不安がある。／その不安が「二十八歳の耶蘇」をか、した」(「「向日葵」の序文の内より」、『白樺』大4・8)[25]と述べている。戯曲「わしも知らない」で、一族の滅亡を己の真理のために看過せざるを得ないという苦痛を描いた後、対話「耶蘇と神」によって創作メモのようなものを発表し、この戯曲「二十八歳の耶蘇と悪魔」が書かれたのである。つまりここでは、武者小路自身の困惑が人間としてのイエスを通して描かれている。しかしこの困惑は、高堂要の指摘する「未だ「トルストイ主義」を完全に脱し切れてい[26]」ない所から来るのではない。すでに人間としての自己を確立した武者小路が、神としての自己、あるいは自己の神的なものを模索しようとしているのであり、神の国を地上に建設することを号令する師であったトルストイへの回帰を示すものとも言える。その意味で、この戯曲「わしも知らない」は、次の中期〈待つ〉時代、いわゆる「「人類」の時代」に属するものと考えられる(詳細は本書第I部第六章「戯曲「わしも知らない」の世界——信仰によって生きること――」第5節参照）。

4　中期〈待つ〉時代（大正三年～大正六年）――〈神〉への長い道・運命の観照

一九一四（大正三）年から一九一七（大正六）年までの四年間は「『人類』の時代」あるいは「ヒューマニズムの時代」と呼ばれているが、[*27] 筆者は一九一五（大正四）年の戯曲「その妹」、あるいは一九一七（大正六）年の小説「不幸な男」の存在に着目して、この時期に現実認識のモチーフがあることを指摘しておきたい。[*28] それによって「自己を生かす」哲学の文芸上の実践としての生命力表現が試されたと考えることができるのであるが、この現実認識のモチーフを、ここでは、「運命」の観照という観点から捉えてみよう。

この時期に武者小路は「運命」に関する作品を数多く発表している。戯曲「Aと運命」（『白樺』大3・4）、対話「ダビデの運命」（『白樺』大3・7）、戯曲「その妹」（『白樺』大4・3）、戯曲「ある青年の夢」（『白樺』大5・11完結）、小説「不幸な男」（『新公論』大6・5）などである。「Aと運命」の一節を抜き出そう。

A′。事実以上の事実とはなんだ。

A。断片的の事実を運命によって結びつける時に、その事実は事実以上の事実になる。さうして吾人に交渉してくる。さうして吾人を生長させる。（中略）

A′。それならお前はその事実以上の事実をつくる名人だ。

A。さうかも知れない。しかしかくて俺は運命を生む。（中略）俺は自己のリズムを自由になりひゞかせる。さうしてそれを芸術にして見せる。宗教にして見せる。

〈七〉Aの室[29]

「A′」とは「A」の分身であるので、これはA自身の対話の部分である。自己の周辺の事実は運命によって体系化される。それは自己を「生長」させるためだ、と見るのである。そこで生ずる葛藤を芸術に、宗教にしようとするのである。Aのこうした態度は、戯曲「その妹」で追求されたモチーフに現れている。「ある運命の内に一人の人間をたたきこんで、その人間のもつてゐる愛や恐怖を働かせるだけ働かせたい気がしてゐる」[30]（前出「「向日葵」の序文の内より」）という創作意図で、「人間がどんなに苦しくも生きやうとするその力」（「或る男」〈百七十七〉[31]）を「その妹」で表現しようとしたのである。前節で見たように、一九一二（明治四五）年の対話「今に見ろ」の「或る男」の苦境は「或る神」の意志であった。「或る男」はそれを「愛」と感じている。そう感じられるように「或る神」が人間を創ったからである。だから人間は心を開いて信仰に入り、自身の内部に慈愛の神が見出せればよい。すなわち、各個の運命を通じて、神を得ようとしたのである。「その妹」の広次も、その苛酷な運命の道から神に向かおうとしたのである。しかし、作品は純粋な悲劇となった。「Aと運命」のAも、最後は不慮の事故で死ぬという設定になっているのである。しかしこの作品では、Aの亡霊が現れ「自然の意志」への帰依を語る。これをより現実的な状況下で描いたものが、「その妹」である。そしてさらに現実に接近し、神を持ち得なかった人間の不幸を描いたものが、一九一七（大正六）年五月の小説「不幸な男」であった。

この「「人類」の」あるいは「ヒューマニズムの」時代とされている中期の武者小路の作品に、実は悲劇が多いのは、武者小路の意図が運命の執拗な追求、それもきわめて現実的な筆致による追求があったからである。それが社会生活に向けられれば、当然、社会批判の、そして人道主義的に見える作品となるであろう。筆者は「人道主義」

という言葉の偽善めいた語感をそのまま武者小路に適用することに疑問を禁じ得ない。武者小路のある意味でエピゴーネンである長与善郎は、声高らかに「人道主義」を称揚した。志賀直哉はそれを嫌って『白樺』から遠ざかった。しかし武者小路の「自然の意志」という理念、そして「人類の意志」という理念にさえ、いわゆる「人道主義」とは相反する本質があることは、すでに大津山国夫が詳細に解明している通りである。そしてさらに、そこに武者小路の終生変らぬ「自己を生かす」哲学の存在への注意を付け加えたい。

武者小路はこの時期、自ら意図するとしないとに関わらずに多産してしまう悲劇に耐えていたのではないだろうか。そしてそこに運命の観照の持つ恐ろしさを感じていたのではないだろうか。「こうした現実との対立は、その救済を求めて、後の小説「幸福者」（大8・6完結）、評伝「耶蘇」（大9・6完結）などに見られる宗教的世界への帰依、ひいては「新しき村」の実践へと続くのではないだろうか」（第Ⅰ部第七章「「その妹」の悲劇性――生命力表現の変容――」第5節末尾参照）と筆者が考えるのは、そのためである。思想的には「自己を生かす」哲学のための、〈神〉への長い道のりとしての運命の観照が、文芸的には生命力という情調の表現のための悲劇が、この時期の武者小路の特徴であり「人道主義」という現象の本質であることを強調したい。そしてそれが「自然」、「人類」の意志へ通ずる道なのである。

5　後期〈祈る〉時代（大正七年〜大正一二年）――宗教的文芸と実践

最初に『白樺』時代の武者小路のキリスト教的要素を持つ主な作品を発表順に列挙しよう（年月は完結時）。

大2・7　戯曲「嬰児殺戮」中の一小出来事[*32]」
大3・2　戯曲「二十八歳の耶蘇」
大8・6　小説「幸福者」
大8・12　小説「友情」
大9・6　評伝「耶蘇」
大10・4　小説「ユダの弁解」
大10・5　小説「ヨハネ、ユダの弁解を聞いて」
大11・6　戯曲「神と男と女」
大11・9　戯曲「人間万歳」
大11・10　小説「第三の隠者の運命」

一見してわかるように、この大部分は後期、すなわち武者小路が「新しき村」に移住した後の作品である。またこれらの作品は「友情」、「第三の隠者の運命」などを始めとして、どれも武者小路の代表的作品である。したがって「新しき村」の実践とキリスト教的な宗教性と作品の文芸的価値の高さとの間には深い関係があるのではないだろうか――と筆者は考えている。このことを本多秋五は次のように述べている。

「新しき村」の建設にふみ出して、内には救世者的な予感と決意を感じ、外には予言者的な光彩につつまれて見えた作者は、従来の作域をはっきり越えた『幸福者』を書き、こういう作品の作者でなければ書けぬところのある『耶蘇』を書き、それと並行して別系統の傑作である『友情』を書き、つづいてこの『第三の隠者の運命』を書いた。この作品の連載中に、作者は大作『或る男』を書きはじめ、『或る男』のまだ終らぬうちに傑作戯曲『人間万歳』を書いている。この前後数年間は、武者小路実篤という作家の成熟期であったばかりでなく、まさしく創作力のもっとも昂揚した時期であった。[*33]

また、本多は「幸福者」について「作者はこの当時、新しい理想国の建設のさなかにあって、『聖書』を枕頭の書とし、自分を予言者、救世主のごときものと感じる瞬間をもったに相違ない」[*34]と述べている。こうした武者小路の「救世主」意識が彼に「新しき村」の実践に向かわせたことは、次の文章からわかる。

今に運命が呼び出してくれるだらうと思つてゐる時には運命は呼び出してはくれませんでした。この頃やつと創作家としておちつけるやうになつた時、不意に呼び出されたのです。正直に云ふと私が金をとる為に大阪の毎日に感想をかいてゐるうちに、ふみとゞまらう、ふみとゞまらうと思つてゐる内につい道が開けたのです。

「母上に」(『新しき村』大7・8)[*35]

運命の呼び出しを待つという発想は、すでに戯曲「Aと運命」(大3・4)に表現されていた。「この子は世界に一人と云ふ人間になる」(「或る男」〈四〉)[*36]という父の予言を信じて育って来た武者小路が、こうした救世主意識を持って、自然の、あるいは人類の意志という最高理念による運命の召喚を信じていたことは当然であろう。したがって、この時期の武者小路にとって信仰の問題が重要なものとなる。[*37]先に挙げたキリスト教的要素を持つ作品群に一貫する、重要なテーマがそれである。

キリスト教三部作と評される[*38]「幸福者」、「耶蘇」、「第三の隠者の運命」の三作が発表されたのはこの時期であるが、これらの作品のキリスト教的性格は、すでに朝下忠による詳細な論究によって明らかにされている。朝下は「耶蘇」をトルストイの「要約福音書」（一八八一〈明治一四〉年発表）の影響によるものとして「要約福音書」の知的、合理的解釈が「耶蘇」においても「トルストイの方法や思想の影響[*39]」として見られる、と述べている。ただし、武者小路は「叔父はその時分よく聖書のなかの不審や、仏教のなかの不審を兄達と話してゐた。彼はそれを何げなく聞いて感心した言葉なぞによく出逢つた」（「或る男」〈七十五〉[*40]）と述べており、「耶蘇」における知的、合理的解釈が「要約福音書」によるものとは断定し得まい。朝下の推定によると、一九一八（大正七）年から刊行された『トルストイ全集』で初めて邦訳されたこの書物の入手の影響[*41]ということになるが、はたして入手が事実かどうかは明らかではない。むしろ、知的、合理的解釈は、武者小路独自の（あるいは入信していない者一般の）解釈と見るべきではなかろうか。「耶蘇」の特質がこの点にあることは明らかだが、武者小路はこうした視点からイエスの奇蹟を切り捨てることによって、人間イエスを追求し、イエス自身の信仰の力の高まりに注目している[*42]。すでに「二十八歳の耶蘇」で信仰力と奇蹟について苦悩するイエスが描かれていたが、この見方は「耶蘇」でも変っていない。「悪魔の誘惑[*43]」の場面には特に注目し、「耶蘇の信仰の次第に確かになつたことを語る話として面白く思ふ」（「耶蘇」〈二〉[*44]）と書いている。信仰の問題はユダの背信に関しても追求されている。武者小路は背信の理由は金のためだけでなく、神の国を地上に建設しようとせず、「段々現世的ではなく、精神的になり、しまひにはあの世的にさへなつたことを不満足に、不安心に思つた」（同〈二十九〉[*45]）からではないか、と解釈している。小説「ユダの弁解」（『生長する星の群』大10・4）でも同じことが書かれている。武者小路自身、「来世の話になると、ある処からは嘘のやうな気がし、他の処では譬へ話のやうな気がする」（「耶蘇」〈二十九〉）[*46]と来世信仰には懐疑的である。したがってイエスは「人間の心の内に神の国を建てる」（同）者として捉えられている。さらにイエスについて「耶蘇を自分は神とは思つてゐない。いざと云ふ時神と合一した人だと思ふ」（同〈終りに〉）[*47]と述べ、「私はまだ君の友としては話せない小さいものだ。いつかは君と心置きなく話せる人間になりたい」（同）[*48]とイエスを人間としてのみならず、自己と対等なものとして捉えている。これは武者小路自身の「新しき村」の実践という、神の国の地上での建設という使命感から来ているものであり、この点でイエスと異なるからである。「耶蘇」における武者小路の批判的態度は、すべてここから来るものである。しかし、「自分は耶蘇の居ない人類を考へることは出来ない。この世に耶蘇と仏陀のゐてくれたことはどの位感謝してい、かわからない。彼等のことを思はずに生きることはつらい」（同）[*49]と言い、イエスの愛に強く感動し、イエスを通して自ら神の高みにまで昇ろうとした武者小路を「「キリスト」教とも本質的に完全に無縁の考え方」[*50]を持つ者、と断定することに多くの意義はあるまい。武者小路において、キリスト教は愛と信仰の文芸的、そして現実的実践という形で、大きな影響を与えた、というべきである。[*51]

注

＊1　菊田茂男「志賀直哉とキリスト教――内村鑑三との関係を中心として――」（『東北大学文学部研究年報』23、昭49・3）。

＊2　宮野光男「有島武郎研究――自然観にみるキリスト教受容と定着化の考察――」（『国語教育研究』昭38・12、後に『白樺派文学』昭49・8、有精堂に収録）。

＊3　初期の開始時期については、創作集『荒野』に収められた作品の中で、最も早い執筆の詩「女」（明39・11）を起点とする考え方もあるが、ここではその準備期間として、お貞さんとの別れ、そしてキリスト教およびトルストイへの傾倒の始まる一九〇四（明治三七）年を起点とした。また、「〈習う〉時代」、「〈創る〉時代」、「〈待つ〉時代」、「〈祈る〉時代」の言葉を本

文および各節題に挿入した。本書収録にあたり、初出時に対して以上の変更を加えた。

なお、瀧田浩は「武者小路実篤の「それから」受容と歪んだ三角関係――「生れ来る子の為に」と「ある家庭」をめぐって――」(『立教大学日本文学』97、平18・12)において、『荒野』刊行以後『白樺』創刊以前の武者小路の作風を「トルストイ主義的傾向」、「素朴感情主義的な傾向」、「ストーリーの中心に三角関係を配置する傾向」の三期に区分している。従来、トルストイ主義の下限をめぐる思想史的検討が多かった中で、作風の変化に着目した瀧田の考察は興味深い。

＊4 「或る男」とは武者小路の自伝的小説(『改造』大10・7～同12・11に断続的に掲載)である。その〈七十五〉の引用は、『武者小路実篤全集』5(昭63・8、小学館)、123頁下に拠る。

＊5 川鎮郎「解説　武者小路実篤」(『近代日本キリスト教文学全集』7、昭52・3、教文館)414頁。川のこの考え方は「武者小路実篤とキリスト教」(『有島武郎とキリスト教並びにその周辺』、平10・4、笠間書院)65頁、「武者小路実篤と『聖書』」(『国文学解釈と鑑賞』64―2、平11・2)でも変っていない。

＊6 生井知子「武者小路実篤と志茂シズ・テイ姉妹」(『同志社女子大学日本語日本文学』15、平15・6)の調査によれば、従来一九〇三(明治三六)年三月と考えられていた志茂テイの帰郷は、実際にはその一年後の一九〇四(明治三七)年三月である。本書ではこの指摘を容れ、初出時の記述を書き改めた。

＊7 「或る男」〈八十一〉の引用は＊4と同書、130頁上に拠る。

＊8 同〈七十五〉の引用は同前、124頁上～同下に拠る。

＊9 同〈八十四〉の引用は同前、133頁上に拠る。

＊10 この点に関しては、本書第Ⅱ部第一章「武者小路実篤と北海道」第4節参照。

＊11 日記「彼の青年時代」の引用は、『武者小路実篤全集』1(昭62・12、小学館)、196頁上～同下に拠る。

＊12 久保忠夫「トルストイ」(『欧米作家と日本近代文学』3、昭51・1、教育出版センター)参照。

＊13 日記「彼の青年時代」(明39・4・19)の引用は、＊11と同書、207頁上に拠る。

＊14 同(明39・6・2)の引用は同前、214頁下に拠る。

＊15 同(明39・6・8)の引用は同前、217頁上～同下に拠る。

＊16　この点において武者小路は、トルストイ、キリスト教に一線を画す。後の小説「幸福者」（大8・9刊）、小説「第三の隠者の運命」（大12・5刊）などの重要な特質となっている。
＊17　大津山国夫「トルストイ離反」（『武者小路実篤論――「新しき村」まで――』昭49・2、東京大学出版会）参照。
＊18　菊田茂男「メーテルリンク」（＊12と同書、290頁）には、一九〇五（明治三八）年秋に上田敏によってその名を知り、『智慧と運命』のドイツ語訳本を入手した一九〇七（明治四〇）年頃から、その影響が顕著になったとある。
＊19　感想「自分と他人」（明42・10執筆）の引用は、＊11と同書、317頁上に拠る。
＊20　同前、317頁下に拠る。
＊21　同前、318頁上に拠る。
＊22　新体詩「人道の偉人」（明40・12執筆）の引用は、＊11と同書、73頁下～74頁上に拠る。
＊23　大津山国夫「閉鎖の擬態」（＊17と同書）参照。
＊24　対話「耶蘇と神」の引用は、＊11と同書、588頁下～589頁上に拠る。ここでイエスの「いつ力が出来ます」という問に答える神の「それはわしも知らない」という言葉は興味深い。
＊25　「「向日葵」の序文の内より」の引用は、『武者小路実篤全集』3（昭63・4、小学館）、694頁上に拠る。
＊26　高堂要「近代日本戯曲とキリスト教」（『近代日本キリスト教文学全集』12、昭56・1、教文館）、338頁。
＊27　大津山国夫「序に代えて――前期武者小路文学の時代区分――」（＊17と同書）の解説による。なお、後に大津山はこの時代を「個我の時代　人類を指標として」と呼び改めた（「後記に代えて――武者小路文学の時代区分――」（『武者小路実篤研究―実篤と新しき村―』平9・10、明治書院）、および「武者小路実篤論」（『国文学解釈と鑑賞』64―2、平11・2）参照）。
＊28　遠藤祐は「武者小路実篤――「白樺」時代を中心に――」（『国文学』昭34・2）で「武者小路実篤は、一面確かに楽天家の素質を持っている。少くとも物事を肯定的にみようとする傾向の強い人である。けれども、人間の内的な葛藤に決して無関心でも無理解でもなかったのだ。「桃色の室」を筆頭に、大正に入ってからも「その妹」（四年）「不幸な男」（六年）「友情」（八年）「愛慾」（十五年）とたどられる作品の系譜があることを、ここに指摘しておきたい」と述べている。筆者はこの系譜こそ、武者小路文芸の劇的様式の基本的な表れと考えている。

＊29　戯曲「Aと運命」の引用は、『武者小路実篤全集』2（昭63・2、小学館）、244頁下〜245頁上に拠る。
＊30　「「向日葵」の序文の内より」の引用は、＊25と同書、694頁下に拠る。
＊31　「或る男」〈百七十七〉の引用は、＊4と同書、251頁下。
＊32　初出時にはこの戯曲「「嬰児殺戮」中の一小出来事」が漏れていたので、本書収録にあたり追加訂正した。また、初出時には「耶蘇」を「小説」としたが、正確には「評伝」と呼ぶべきと考え、これも訂正した。武者小路自身も「小説風といふよりは、説明といふ方があたつてゐる」（一九五二（昭和二七）年の『キリスト』（「耶蘇」をこの時のみ改題）の「序文」、『武者小路実篤全集』4、昭63・6、小学館、646頁上）と書いている。
＊33　本多秋五「代表作についてのノート」（『『白樺』派の作家と作品』、昭43・9、未来社）、65頁。
＊34　同前、73頁。
＊35　「母上に」の引用は、『武者小路実篤全集』4（昭63・6、小学館）、591頁下〜592頁上に拠る。
なお、「大阪の毎日」の「感想」とは、この時『大阪毎日新聞』に連載されていた対話「ある国」（後に「新しき村に就ての対話　第一の対話」に改題）のことである。
＊36　「或る男」〈四〉の引用は、＊4と同書、66頁下に拠る。
＊37　王泰雄は「「幸福者」と「新しき村」」（『日本文学研究（大東文化大学）』40、平13・2）で、小説「幸福者」が「キリスト教精神を基底としたというよりは、信仰としての宗教ではない、思想としてのキリスト教、仏教、儒教を基底としている」と指摘しつつも「武者小路実篤の不安定な、それだけに切実な祈りがあったこと、その事は「幸福者」の悲壮感を醸し出している」と結論付けている。筆者が問題にしたいのは、その「切実な祈り」が存する、「信仰としての宗教」と「思想としてのキリスト教」等の間にある。
＊38　初出時「「キリスト教三部作」と言われる」と書いたが、本書収録にあたり「キリスト教三部作と評される」に訂正した。筆者が根拠とした朝下忠の「武者小路実篤の三部作」（笹淵友一編『物語と小説――平安朝から近代まで――』昭59・4、明治書院）には、「『幸福者』・『耶蘇』・『第三の隠者の運命』は、作者みずから三部作と呼んでいる作品である。それはこれらの三作品がキリスト教的主題と聖書を基調とする世界をもっていること、そして、作者が最もキリスト教に傾倒していた人

生の一時期を象徴する意義をもっているからである」と説明されているが、正しくはここに「キリスト教三部作」とは表記していないからである。なお、武者小路の講演「自分の三部作について」の筆記録がある（＊35と同書、541頁上～554頁下）。

＊39 「武者小路実篤とキリスト教」（『近代日本文芸の研究』昭56・5、風間書房）、214頁。

＊40 「或る男」〈七十五〉の引用は、＊4と同書、123頁下に拠る。

＊41 ＊39と同書、210頁以降。朝下は続けてトルストイの「要約福音書」と武者小路の「耶蘇」の間で、「奇蹟に関する記事」の省略部分の一致を挙げ、それらの類似性を指摘している。朝下の説には首肯すべき点もある。

＊42 笠原芳光は「続・日本人のイエス観 7 耶蘇のことを思ふ――武者小路実篤『耶蘇』」（『春秋』376、平8・2）で評伝「耶蘇」を細かに論じた上で、「神とは人間の外にある客観的な存在や実体ではな」くて「人間の問題であって、しかも人間を超えた問題」であるが、この作品には「人間の外部と内部、表層と深層、現実と究極の間、その矛盾においておこる」「宗教的な逆説がなく、いわゆるヒューマニズムにとどまっている」と述べている。この作品にそうした「逆説」がないのは明らかだが、しかし、武者小路の人生と創作には、「宗教的な逆説」が満ちていると筆者は考える。

＊43 マタイ伝4・1～11、マルコ伝1・12～13、ルカ伝4・1～13。

＊44 「耶蘇」〈二〉の引用は、＊35と同書、333頁上に拠る。

＊45 同〈二十九〉の引用は同前、374頁上に拠る。

＊46 同前、376頁上に拠る。

＊47 同〈終りに〉の引用は同前、395頁上に拠る。

＊48 同前、398頁上に拠る。

＊49 同前、397頁上に拠る。

＊50 川鎮郎、＊5と同書、421頁。なお、有光隆司の論評「白樺派の「隣人」観――志賀・有島・武者小路の場合――」（『清泉女子大学キリスト教文化研究所年報』13、平17）においても、キリスト教の「隣人」の意味を「神が各自の道程において人すべてに対して示すべき」もの、「関心の対象たる「他者」」と述べた上で、『白樺』時代全体にわたる武者小路の言説を引きながら、その他者意識を「無関心の対象としての「赤の他人」」ないし「身内の一人」に過ぎないと断定し、「キリスト教か

らはまったくかけ離れたもの」と結論付けられるに過ぎない。

＊51　東海林広幸は「武者小路実篤における労働と芸術―「幸福者」・「耶蘇」・「第三の隠者の運命」をめぐって」（『湘南文学』38、平16・3）で、「新しき村」の内紛やその中での武者小路の立場に注目して、キリスト教三部作執筆の背景を詳細に検討し、これら「三つの作品を書く度に一つずつ大きな困難を乗り越えていった」から「拠り所として描かれた三部作」と呼んで「武者小路の内面」に注目すべきである、と述べている。「内面」とは多義的であるが、東海林の主張も首肯に値するものである。しかし、それらの創作が「拠り所」となり得た理由を考えれば、やはり再び宗教性の問題に立ち戻ることになるだろう。

第Ⅰ部　作品論

第一章　創作集『荒野』の世界――調和的上昇志向の文芸――

1　はじめに

同人誌『白樺』は一九一〇（明治四三）年四月に創刊されたが、それ以前の時期の武者小路実篤を対象とする研究は本多秋五、[*1]大津山国夫、[*2]米山禎一[*3]などによって整理されてきてはいる。[*4]しかし、一九〇八（明治四一）年四月、警醒社書店から出版された武者小路の第一創作集『荒野』は、とかく当時の武者小路のトルストイ主義などの思想的側面からの研究の資料として扱われがちであった。したがって作品それ自体の詳細な研究、とりわけ武者小路の文芸様式の形成の過程の解明を主眼とする研究は手薄である。

大津山国夫が「いずれも習作以前の感じであって、芸術的価値は少ない[*5]」と述べているように、確かに言語芸術としての、この創作集の完成度は高いとは言えないだろう。しかし、文芸批評とは異なって、文芸研究の目的はその芸術性の審級のみを目的とするものではない。作家活動の初期において発表された作品の内容と形式、そしてその両者の関係はどのようなものなのか、さらに、ここに示された作者の文芸観、人間観、人類観等は、いかなるものであるのか、こうした視点からの研究は、決してないがしろにはできないだろう。本章では、代表的な小説二篇といくつかの評論の検討を中心にして、以上述べた視点から『荒野』の考察をおこないたい。

2 『荒野』における文芸観

武者小路は『荒野』の「序」で、自著の上梓の目的について次のように述べている。

学力と文才に就て自信なき私にとりて、唯一の自信は「自分が人間である」と云ふ事です。私が人間である以上は自分の思ふ事を正直に書いたならば、必ずその中に他人の心と共鳴し得る或ものが有ると思ひます。今の私にとりて他人と共鳴する事は無上の喜びです。かゝる意味に於て私はこの小冊子を公にする事が出来た事を喜びます。

しかし翻つて考へる時、私は不安です。私は不具な人間かも知れません、或は読者諸兄と共鳴し得るには余り小なる人間かも知れません。されば親しき友の鼓舞が無かつたならば、私にはこの小冊子を公にする勇気は無かつたでせう。[*6]

大津山国夫が当時の武者小路について、「公卿華族の子弟という特殊な条件」の「自覚と罪の意識」が「読者、あるいは他者との連帯感を確実に所有したいという衝動」に「拍車をかけている」と指摘しているように[*7]、この「序」のような武者小路の「自分が人間である」という言葉は、同時に、公卿華族でも人間であるという意味である。しかし武者小路がここで言うのは、そうした階級的罪悪感をさらに超えたところでの、より普遍的な「共鳴」であることは看過できない。そこに彼の人間平等意識の成立のあり方が見られるのである。

そして「他人と共鳴する事」を「無上の喜び」とするとあるのは、こうした他者との関係の中での自己の存在証明を、「自分の思ふ事を正直に書」くという文芸の創造と発表を通して確認したいという願望の表れと言えよう。

次に、文芸自体の目的については、武者小路は「短文」と題する感想[*8]の中で次のように述べている。

○昔の人は文芸に依つて楽を得やうとしたが、今の人は文芸によつて自己を知らうとする。されば昔の人は技巧を貴んだが、今の人は人生にふれる事を貴ぶ。

昔の人は文芸によつて情をのみ満足しやうとしたが、今の人は文芸によつて知の満足をも要求する。

換言すれば今の人は文芸を以て、自己の心の鏡としやうと思つてゐる。して自己の美しくうつる鏡よりも、自己のありのまゝにうつる鏡を要求してゐる。

これは、同時代の読者の側からの文芸の目的を述べたものである。続けて武者小路はこれを作者の側から捉え、その創作の目的を次のように述べる。

如何なる文芸が人間の心の最もよき鏡であらうか。それは概念的人間を最もよく顕はしたものでなければならない。個性を写すよりも更に深く入つて万人共通のものを写したものが最もよき心の鏡である。言葉を換へて云へば人間の人間、純なる人間を描いた文芸が最も現代に要求せられてゐる文芸と思ふ。

最後に、一読者としての武者小路自身の体験を次のように記している。

現代の児なる吾人は文芸を翫賞して、自己の感じて知り能はざりし自己を知り得たる時、最も大なる喜びを感ずる、その喜びは失はれたる子を得たる親の喜びにも比し得べき喜びと思ふ。

ここで説かれているリアリズム論は、それ以前の文芸を徹底的に批判した日本自然主義の主張と似通っているが、ただ、文芸によって「知」り得る「自己のありのまゝ」、「万人共通のもの」が、「最も大なる喜びを感」ぜしめるような「純なる人間」であるとする点において異なっている。したがって「自己の感じて知り能はざりし自己を知」ることは「最も大なる喜び」であり、これが武者小路にとっての文芸の享受、創作の至上の目的となるのである。もちろん、「楽」や「技巧」や「情」が全面的に否定されることはあるまい。こうした一段高い目的において、それらは用いられるべきことを武者小路は説いていると考えられよう。

以上のように武者小路の文芸観においては、前提として他者との間に「人間である」という共通性を認識した上で、「純なる人間」という人間の本質、普遍性そのものを表現する文芸が最上のものとされるのである。

それでは、その本質、普遍性は具体的にはいかに表現されているのだろうか。次に、本多秋五が『荒野』における「代表的作品」[*9]と呼ぶ小説「彼」を検討することによって、これを考えてみたい。

3　小説「彼」の世界

一九〇七(明治四〇)年六月に書かれたこの作品は、肉欲によって堕落した美青年が、少年時代の親友の青年の忠告・訓戒によって、理性と情欲の葛藤を経て、人間の本性に目覚めてゆくという物語である。しかし、この物語の語り手は、更生してゆく美青年自身ではなく、更生に導く方の青年「僕」であり、作品はその視点から描かれている。

したがって、この作品は「僕」の忠告・訓戒の成功とその歓喜を描いた物語とも考えられる。つまり、作品のプロットは「彼」の行為による事件展開にあるとともに、それに従って変化する「僕」の心情の動きの方にもあるのである。

このように、語り手「僕」は口頭や書簡によって「彼」からもたらされる情報を待ち、それに対して反応するのみの、いわば座ったままの存在である。ここに、会話や書簡の多用の意義がある。作品は、こうした「僕」のありかたを利用して、結末の呈示を引き延ばしつつ大団円に至る、という構成を持っている。

さて、全六章から成るこの作品の冒頭の一文は次の通りである。

今迄うつむいて神妙に僕の云ふことを、聞いてゐた彼は突然首を挙げた。恨むが如く僕の顔をじろつと睨んだ。〈一〉[*10]

かなり真剣な、二人の青年の会話の最中の場面から始まる。第一章には、「僕」と救済を求めてやって来た「彼」との出会い、「僕」の説教とそれに対する「彼」の反発（引用の部分）を通して、二人の間に再び涙ながらの親しい友情が蘇る様子が描かれる。

いわゆる不良青年である「彼」の心は頑なであり、二人の間の重々しい葛藤によって初めて、「彼」の心の奥底に渦巻く孤独、苦痛、自責、後悔が「僕」に明かされるという点が中心であろう。

第二章では、その具体的な事情が「僕」に懺悔として告白される。「彼」は悪い友人の感化で「僕」から徐々に遠ざかり、高等学校入学試験の失敗後の乱れた生活の中で、遂にその一週間前、雛妓を「金の力」で「強姦」したというのである。その雛妓を「愛してゐる」と言う「彼」は、また罪悪感と共に結婚を思うが、「家の人は妾にしろと云ふ」ので迷っている。

この告白に対して、妾制度自体をも厳しく批判する「僕」は、「彼」が「自分を救はうと思ふ」のなら、その雛妓と結婚せよと主張する。「彼」の最大の罪は「金の力」によって雛妓という一女性を人間としても堕落させた点にあり、結婚という罰を進んで受けることによってのみ救済されるというのである。「彼」を見送った後、「僕」は「彼」が雛妓と結婚することによって、「彼は今の世の中の人に向つて、「人類は平等なり」と覚醒の暁鐘を第一に撞くものだ、愉快。しかし現代の犠牲になるものかも知れない」と思い、興奮する。

第三章には、その翌日の「僕」の感慨と、「彼」からの書簡による報告が記されている。

家に戻った「彼」は、以前「僕」から送られたトルストイの「復活」の梗概を読み、ネフリュードフになろうと一夜の煩悶を経た後に、雛妓の自分への愛情を確かめるために、今日一人決意して雛妓の家に求婚に赴き、承諾を得たというのである。

「彼」は、次に家の人と戦うことになった。第四章は、その後の十数日間におこなわれた「僕」と「彼」との書簡の往復、そして遂に勝利の知らせを受けた「僕」の喜びが描かれている。

第五章は「彼」の訪問と報告、そして「極楽のやうな」楽しい語らいが描かれている。

「彼」が苦しい戦いを経て得た、家人の結婚の承諾の理由は、無理心中を恐れてのことであった。家人を「理性とか、真の愛とかに就いては少しも考へて居ないのにはあきれた。実際不具だ」と言う「彼」に対して、「僕」は「さうだらうね。忠君愛国と云ふ事より外に、世の中に美しいものはないと心得てゐる人々だからね」と答える。「彼」が救済されたのは、「自分はまだ心の底の方にほんとの愛の種を持つてゐた」ためであり、「これあればこそ、君も僕を捨てず、彼女も知らずく僕を愛するやうになつたのだらう」と反省する。

そして最終章の第六章においては、「僕」は結婚後の「彼」を訪問し、田舎での農耕と読書の穏やかで幸せな暮らしぶりを祝福する。

登場人物としての「僕」は、「彼」にとって人生の教師である。しかし傍観的ではない。「彼」が救済され、また、雛妓であった「彼」の結婚相手とその母が幸福な境遇に導かれるにつれて、「僕」は「愉快」になってゆく。このように考えると、一見変化のない、座ったままの人物を主人公に据えたもう一つの理由は、おのずと明らかになろう。「僕」は、周囲の人物の幸福を自身の幸福とする人物なのだ、と作品はそう語っているように思える。[*11]

さて、「自分はまだ心の底の方にほんとの愛の種を持つてゐた」という、「霊性」の「肉欲」に対する勝利として描かれた「彼」の「復活」――自己の良心の覚醒によって、登場人物すべての心情と境遇は調和的状態へと収斂されていった。したがってこの作品の主題は、良心の復活による調和的世界の形成、と言えるだろう。このような上昇志向の鍵となっているのは「彼」の「心の底」の「ほんとの愛の種」、つまり「人間の本性」であることは疑いを容れない。「彼」の不幸は、その本性を無視してしまった所から始まったのである。

4 『荒野』における人間観

このような「人間の本性」の考え方は『荒野』の各所に見いだされる。

評論「人間の価値」は、小説「彼」と同じく一九〇七（明治四〇）年六月に書かれたものである。題名に付して「（この文は学校で演説しやうと思って書いたものです）」とあるように、本文は他の「論文」とは異なり、口語の敬体で記されている。また、繰り返し換言し、あるいは例を挙げることによって、努めて聞き手（ないしは読み手）に趣旨の理解を容易にさせようとしている。

さて、この評論の主眼が次の言葉に尽くされていることは、衆目の一致するところである。

今仮りに諸君が私に人間の価値は何処にあるか、かうお聞きになつたならば今の私は直ちに答へます。人間の価値は真の善と、真の快楽との一致することにある、換言すれば真の快楽を求めればそれが同時に善であり、真の善即ち真心から発した善は同時に真の快楽である、と云ふ処に人間の価値があるのですと。わかり易く云へば良心の命ずる処をふむことによつて真の快楽を得る、即ち真の利己を謀ればそれが人類の為になるやうに人間が作られてゐる処に人間の価値があるのですと。[*12]

単に表層的な「利己を謀」ることはたやすいが、それは到底「人類の為に」などはならないだろう。それでは深層的な「真の利己を謀」るとは、どうすることか。本多秋五は、この点に関して次のように述べる。

「真の利己を謀ればそれが人類の為になる」というアダム・スミス的な信仰は、武者小路実篤の生涯を通じて底流する思想だが、ここでは《真の利己》という、その《真》の一字に全秘密がかくされている。同様に《真の快楽》は《真の善》に一致するとの説にしても、《真の快楽》という、その《真》の一字に、解き放てば満天の雲となるあらゆる疑団が封入されている。[*13]

しかし、それは自覚による意識的な行為であらねばならない。その行為を武者小路は「聖霊の命を聞き行」うと言っている。[*14]つまり、そこには厳しい道徳的要請、つまり当の本多が別のところで言う「トルストイ」的「ピューリタニズム」[*15]が含まれている。その要請に従うことによって初めて「善」をおこない、「他人の為を計」ることができるのであって、たとえ武者小路の深い実感に基づく考えではあっても、それは一般普遍の人間に当てはまるわけではない。

この点に『荒野』時代の武者小路の人間認識の、ある意味での限界を指摘することはできるだろう。後に彼は、より広く、人間をありのままに近い形で肯定するようになるからである。それがメーテルリンクの思想の助けを得てからであることは言うまでもない。

ともあれ、『荒野』時代の武者小路の人間観は次のような考えがその中核をなしている。「短文」から引用する。

○人間はすべて自覚なき聖人である、故に自己を知ることは人間にとつて最も必要なことである。[*16]

5　小説「二日」の世界

次に小説「彼」の翌月、つまり一九〇七（明治四〇）年七月に書かれた小説「二日」について述べる。大津山国夫は「この小説は、まことにトルストイアン武者小路の手持ちをすべてさらけだした」[*17]点において、これを『荒野』

の代表作としている。

さて、この作品は、郊外の田園で質素な生活をしている青年「自分」(小谷)が、都会で豊かな暮らしを送っている旧友山川に再会しながらも、彼の考え方の変化に深く失望して帰る一日目と、やはり旧友である別の青年田宮夫妻の訪問によって、昔と変らず意気投合し、幸福を感じる二日目とが、豊富な感情描写によって対照的に描かれた物語である。

作品は全七章から成る。

第一章では、数年ぶりになる、裕福な昔の親友山川の家への訪問と、彼の変化による「自分」の失望が描かれる。第二章では、その帰宅の途上において、過去の山川との交遊、そしてそれが徐々に疎遠になる過程が回想される。第三章では、「自分」は田舎の自家に戻り、その寂しい静けさの中で、万人平等の思想と人間愛を失い、国家主義を唱えるようになった山川の身の上を思いやり、そうした変化は「富貴の罪」によるものと考える。第四章では、その翌朝「自分」は彼に絶交の手紙を書く。ここまでが前半と考えられる。

第五章には「自分」と同じ考えを持つ親友田宮夫妻の来訪を、心から喜び待ちわびる様子が描かれ、第六章では、田宮夫妻との楽しい語らい、親友と心を一つにして論ずる喜び、その中での山川への批判と同情が描かれる。彼らは、山川のような富める者は良心を「麻酔」させるか、現実の直視から逃避するしかないのであろうと憶測し、「つらいだらう」、「たまらないだらう」と同情する。そして第七章で「自分」は満足と別れの寂しさを胸に抱いて田宮夫妻を駅に見送る。以上が後半と考えられよう。

語り手かつ視点人物である「自分」が、別の二人の友人と会うということ以外には、この物語には事件らしい事件はない。ということは、逆に、この二つの面会が「自分」の心情の変化に及ぼす意味は小さくはないということになろう。その点に注意すれば、前半では旧友に会う期待から絶交の決意に至るまでの「自分」の心情の変化が、後半では親友に会う喜びから別れる悲しみまでの「自分」の心情の変化が、それぞれ対照的に表現されていることがわかる。つまり、この作品は二重の対照構造を持つと言える。

さらに、田園の幸福な精神生活の中では、変貌した山川は「同情」という形で「自分」と田宮夫妻に許容されるという内容的な意味を考えれば、前半は後半に、拮抗しつつ吸収されると言えるだろう。つまり、前半の対照構造は後半のそれの中で調和的に止揚されるのである。作品の主題はここに求められる。

また、この作品には女性（田宮の妻、「お春さん」）が登場し、固い議論による無用な緊張を緩やかにほぐす役割を演じている。それはとりわけ、三者の会話の場面において顕著である。さらに、それは結婚のモチーフの導入にもなっている。前半からしばしば「自分」の口にされた「淋しさ」が、後半で触れられた独身生活の「淋しさ」に関係することが暗示されているようである。

さて、都会の物質生活の空虚さと田園の精神生活の充実の対照構造において、「富貴の罪」に対する「自分」の心情の動揺を作者の側から考えるならば、上層階級の武者小路自身が、この作品の中で意識化された「富貴の罪」を描くことによって、その出自そのものによる自己否定を解消しようと意図したとも言えるだろう。したがって、武者小路の眼が「自分を知」り得ぬ「自覚なき」人の多数なるがゆえに理想社会が実現され得ない、という現実に向けられてゆくのは当然のことであったのだ。

6　調和的上昇志向と『荒野』における人類観

一九〇七（明治四〇）年九月、武者小路は論文「光の子と闇の子」を書いた。この論の出発点は、光と闇、すなわち善と悪の二元論的世界である。「光の子は人格を重じる、闇の子は人爵と金を重じる」〈四〉[*18]と記し、また次のように述べる。

自分は確かに今の多くの青年が光の子とならうともがいてゐることを知つてゐる。もし自分の如きものでも光の歌を声高に唱ひ、光の歌につれて働けば必ずその結果は予定よりも遥かにいゝ、と思ふ。〈八〉[*19]

このような考え方によって「闇の子」を精神的に救済しようとする武者小路にとって、二元論は二元論ではなかった。しかし、さらにここで注意したいのは、武者小路が他者のために働くということは、同時に、自己の向上でもある、ということである。これを他者と自己との調和的向上と言ってよいだろう。それは武者小路自身の次のような願望の表れでもあるのだ。

自分は清く美しく神聖なるものを見たい。さうして高き人によつて創作されし、美術を味はえる者に為りたい。心の平和を得たい、自由を得たい、高き人となりたい。変らぬ楽を得たい、さうして意味ある一生が送りたい。〈三〉[*20]

武者小路は自ら「光の子」たらんと強く欲求する。これは自己を成長させたいという願いであり、この時期の武者小路の「自己を生かす」哲学の表れにほかならない。そしてそれはそのまま、他者の救済は自己犠牲を必ずしも必要としないという思想になる。

人の為に犠牲になる、甚だ美しい。されど自ら地上に、単純質素なる楽園を造り、自ら清き楽を楽め。〈十〉[*21]

以上のように、己の眼を現実に向けて、「自分を知」らない「自覚なき」者、すなわち「闇の子」を精神的に救済しようとする武者小路の態度は、自己の成長をも含めた他者救済を目指すものであり、自己と他者との調和的上昇志向の態度と言えるのである。

これは、『荒野』における人類観に深く関連する。一九〇七（明治四〇）年一二月に書かれた文語自由詩「人道の偉人」から数行引用しよう。

人類は何者にも犠牲をはらうことを要せず。
人類はすべての主なり。
主とならざるべからず。
万一、人にして神の奴隷ならんか、
吾人は神を人類の奴隷となさゞるべからず。
人類よ、

人類よ、
吾が神は汝なり。[*22]

武者小路はこの詩の中で「人類」を観念的な理想の対象と考えている。「人類」が他者と自己を含む理念であることは言うまでもないので、つまり、武者小路の調和的上昇志向の態度は、いわば神格化された人類に吸収され、拡散されてゆくのである。

翌年の一九〇八（明治四一）年一月に書かれた評論「人生に就て」では、「人類」に対するこうした思想が体系化されている。武者小路は、人生の意義は献身にあると述べる。それによって人生を楽しむことができ、かつ、死を超越し得る愛の極みが得られると言う。こうした「献身」の考え方には、次のように彼の独自性がよく表れている。

献身と云ふことは自己を捨てると云ふ意味ではない、自己を他人の内に生かすことである。自己の存在の意義をすべて他人に捧げることである。〈四〉[*23]

このように武者小路の「献身」とは自己主張の意味が強い。また、この時期から「自己を他人の内に生かす」という武者小路思想の根本が早くも現れていることも興味深い。

こうした「献身」の対象が、恋人や親などのような無常な人間ならぬ人類であるならば、人生には喜びと死の超越がある、と武者小路は言う。自己が死んでも対象は滅びないからである。さらに武者小路は、人類と個人の関係は人体と細胞の関係であり、愛は人類と個人を結び付ける血液である、と人体の生命維持の機能に例えて説明し、次のように述べる。

すべての人の心は異なるが其間に何か共通なものがある、自分はそれを人類と云ふ巨人の精神と云ひたい。〈六〉[*24]

武者小路の調和的上昇志向は、世界観とも言い得るこのような人類観、人類精神の理解を背景としている。それは武者小路の、普遍性と真理の認識の独自の方法なのである。

7 おわりに

最後に私見をまとめる。

創作集『荒野』に一貫する人間観は「人間はすべて自覚なき聖人である」という考え方であった。それは現実社会の不幸追放の可能性を保証する。したがって武者小路には他者の救済が天職と考えられた。それは自ら「光の歌」を歌うという、自他同時的な救済の方法によるものであり、つまり調和的上昇志向と言えるのである。その考えはさらに、普遍的かつ崇高な人類精神を極致として、愛を契機とする人類の連帯の思想に発展する。また、その普遍性ゆえに武者小路の「自分が人間である」から「他人の心と共鳴し得る」という希求的認識、「純なる人間」を描いた文芸が最も要求されているという文芸観が導き出されるわけである。こうして『荒野』に見られる武者小路文芸の中心概念は、人類精神という普遍性の認識を背景とする、自己と他者との調和的上昇志向である、と結論できよう。

そしてそれは多様な形式によって表現された。創作集『荒野』の構成は、配列順に小説五篇、論文七篇、新体詩七篇となっている。本章では触れ得なかった小説「隣室の話」を始めとして、小説「彼」、「二日」ですでに見てきたように、小説には戯曲の根本となる効果的な会話表現が多く用いられている。文芸作品の根本的三様式は、抒情的文芸としての詩、叙事的文芸としての散文、そして劇的文芸としての戯曲であることは言うまでもないが、武者小路は『白樺』創刊以後、これらの三つの様式の作品を数多く発表することになる。このように考えると、『荒野』には充分に後年の武者小路文芸の多様性の芽生えが認められることがわかる。また、「論文」の中にも、書簡体小説とも言える「背かせんが為なり」、警句形式の「短文」など、散文形式としての多様な形式が認められる。大津山国夫は『荒野』の諸作品について、「全篇にみなぎっている、神の寵児になりたい、神の国を地上に建設したいという無垢の理想主義が、芸術的価値のひくさをかろうじて救っている」[*25]と述べているが、こうした多様性は、その「無垢の理想主義」が自ら選び取った作品の必然的諸形態にほかならないのである。[*26]

注

＊1　『『白樺』派の作家と作品』（昭43・9、未来社）。

＊2　『武者小路実篤論――「新しき村」まで――』（昭49・2、東京大学出版会）、『武者小路実篤研究――実篤と新しき村――』平9・10、明治書院。

＊3　『武者小路実篤――日本の超越主義者――』（昭61・3、中華民国大新書局）、「『白樺』精神の系譜」（平8・4、武蔵野書房）など。

＊4　亀井志乃は「〈学習院〉の青年《ユーゲント》たち――『白樺』前史・武者小路実篤を中心に――」（『文学』3―6、平14・11）で、武者

小路の貧しい出自と当時の学習院の内実の関係を詳細に検討しつつ、『白樺』派の青年たちの苦悩に満ちた自己と文体の確立を詳しく検討している。

また、阿部軍治は『白樺派とトルストイ　武者小路実篤・有島武郎・志賀直哉を中心に』（平20・10、彩流社）において、武者小路とトルストイの著作の関係を綿密に調査している。

＊5　大津山国夫、＊2の前著、85頁。
なお、瀧田浩「『荒野』の時点――トルストイ主義と文学――」（『語文論叢』18、平2・11）は、前時代からの「遊離」に見える武者小路の文学史上の定位を目的に、『荒野』を「芸術として」「不成功」と指摘し、その理由をトルストイ主義のモチーフの過重による、武者小路の創作志向の崩壊と説明する。また「『荒野』――若きトルストイアンの本――」（『国文学解釈と鑑賞』64―2、平11・2）では、「若きトルストイアン」の「日論見」としての「論文集のような本」と指摘している。

＊6　『荒野』「序」の引用は、『武者小路実篤全集』1（昭62・12、小学館）、3頁上に拠る。以後、本章ではこの本を「テクスト」と記す。

＊7　大津山国夫、＊2の前著、70頁。

＊8　「短文」、テクスト70頁下。

＊9　本多秋五、＊1と同書、129頁。

＊10　「彼」〈一〉、テクスト3頁下。

＊11　わかりやすく整理すると、作品構造における「座ったまま」の存在としての「僕」の意義は、第一に結末の呈示が引き延ばされつつ大団円を迎えるという劇的構成を作り、第二に周囲の人物の幸福が自身の幸福となるような主人公像を造型している、ということになる。よく考えられた設定と評価し得るだろう。

＊12　「人間の価値」、テクスト43頁上～同下。

＊13　本多秋五「武者小路実篤の「自己」形成期」（同前）、725頁下。

＊14　イエスの言葉の引用に続けて「実に聖霊の命を聞き行へば人は善をしないではゐられません、他人の為を計らないではゐられません。他人の苦んでゐる間は自分は安楽は出来ません。それを助ける方法に力を尽すより外はありません。実にすべ

ての人が聖霊の命に従ふ時にこの世は直ちに天国になるのです。人間の価値はこ、にあります」（テクスト47頁下）とある。

＊15　本多秋五『『白樺』派の文学』（昭35・9、新潮社）、96頁。
＊16　「短文」、テクスト70頁上。
＊17　大津山国夫、＊2の前著、86頁。
＊18　「光の子と闇の子」〈四〉、テクスト55頁上。
＊19　同〈八〉、テクスト57頁下。
＊20　同〈三〉、テクスト54頁下。
＊21　同〈十〉、テクスト58頁上。
＊22　「人道の偉人」、テクスト73頁下～74頁上。
＊23　「人生に就て」〈四〉、テクスト62頁下。
＊24　同〈六〉、テクスト64頁上。
＊25　大津山国夫、＊5に同じ。
＊26　従来の、そして現在においても、『荒野』研究の傾向には、トルストイ主義の検討とともに、その後の創作との切断面を強調し過ぎる傾向があると思われる。しかし、この創作集には、後の武者小路の文芸、思想、そしてもちろん「新しき村」の実践につながる、様々な種子の芽生えが多様な形で含まれている。本論で述べたこと以外にも、たとえば、新体詩「平和の人」は、後の小説「第三の隠者の運命」と同じく、「新しき村」の活動の象徴に見える。同じ新体詩の「男波」は、小説「友情」の野島の行動と同じであるし、小品「不幸なる恋」にも杉子（そしてそのモデルとしてのお貞さん）の原型が示されている。評論「人生に就て」では、後に「人類の意志」として表される神秘的な世界観が、かなり体系的に説明されている。切断によってこぼしてしまうよりも、連続面を見て、すくい上げることが重要ではないかと思われる。

第二章　小説「お目出たき人」の虚構性——素材の作品化の問題をめぐって——

1　「人」の文芸的表現

一九一〇（明治四三）年二月に脱稿、翌一九一一（同四四）年二月に洛陽堂から他の五篇の付録とともに刊行された、武者小路実篤の最初の中篇小説「お目出たき人」は、従来、「いい気な楽天主義」[＊1]、「とほうもない楽天性」[＊2]などと批評されてきた。あるいは、「単なる楽天性だけでは」ない理由として、主人公が「意志―自我に従っ」たという「強い自信」を挙げる論[＊3]も出されたが、いずれにせよ、強烈な自我肯定といった常套句的発想を脱け出してはいない。中川孝が「「お目出たき人」の失恋は、失った以上のものを得て、終わってい」ると言うように[＊4]、作品に描かれた失恋と、その主人公の超越には「失った以上の」何かがあるのは確かである。大津山国夫は「たとえ失恋しても失恋しない人間を造型するのがこの小説の目的であった」と述べているが[＊5]、まさにその「失恋しても失恋しない」理由、あるいは「失った以上の」何ものかに対する正面からの考察なしには、作品を論じることはできない。遠藤祐は、武者小路の実際の失恋を作品の失恋と関連づけて次のように述べている。

事の破れたのち「鶴」の面影が去り難かつたように、メーテルリンクの「自我共鳴」の思想にしばらくの間武者小路実篤は希望を見出そうと努めたのであつた。あるいは、それは自我の孤立化にたえかねる心の動きの表われだつたかも知れぬ。もしかしたら、失われたものの代償を現実に期待したといつていいのかも知れない。（中略）けれども期待は結局期待に終るほかなかつたのである。[*6]

「失われたものの代償を現実に期待した」という指摘はきわめて鋭いが、遠藤が作品を伝記的事実から、いわば挫折の産物と解釈しているのは残念である。もとより紅野敏郎が作品の主人公を「まぎれもなく武者小路実篤と断定してさしつかえない」と断定しているように、[*7]作品の主人公と作者武者小路は同一視され、そのために作品論の自立性は脅かされ、あるいは非現実的作家像が空想されることになってしまいがちである。たとえ同様な失恋であるにせよ、作品の主人公の現実と伝記的事実とはまったく別物である。小説「お目出たき人」は、その題名からわかるように「人」の文芸的表現であり、それゆえこの問題の考察に関して、非常な危険をはらんでいる。つまり、この作品を論じる前提として、当然、これを虚構として捉えねばならないのである。武者小路の自伝的小説「或る男」〈百二十〉には、この作品について「過半つくりもの」、「噓が多い」とあるが、[*8]研究史では作品の虚構性は結局は不当に軽視されている。[*9]大津山は作品の素材を詳細に検討したが、[*10]その目的は伝記の記述にあるために、作品の虚構性、さらに作品自体の考察には有意義とは言い難い。そこで本章では、作品の虚構性の問題を、〈書く〉過程における伝記的事実から作品的現実への変容の様相の問題、つまりいかに素材が作品化されたのかという問題として検討することによって、先に述べた「お目出たき人」の内実の考察の基礎を固めたいと思う。

2　伝記的事実の推定

まず、作品の素材となる伝記的事実の推定を行いたい。

「お目出たき人」の「鶴」は、武者小路の第三の恋人、日吉タカ[*11]をモデルとする。武者小路の初恋の女性「お貞さん」こと志茂テイは、彼の熱い胸中を知らぬまま、一九〇四（明治三七）年三月[*12]、学業を終えて東京を離れた。これが武者小路の最初の失恋である。その後、自家の女中まきに恋心を抱くが、家族に知られたために彼女もまた帰郷することとなり、武者小路は第二の失恋を体験する。タカを恋し始めたのは、一九〇六（明治三九）年秋のことである。武者小路の自伝的小説「或る男」〈九十六〉には、その年の一一月の日付が記された、タカへの恋愛詩が紹介されている。また、その翌年つまり一九〇七（明治四〇）年には、結婚の意志を母に打ち明けたという記述がある。これを初めとして武者小路は、その翌年、つまり一九〇八（明治四一）年には、家族や縁者に次々と相談し、タカの情報を入手し、七月一九日の最初の求婚にこぎつけることになるが、「まだ若いからそんな話は」と簡単に断られた。これは武者小路の日記「彼の青年時代」後半の七月一九日の記述によるが、この日記によれば、それが記されていた期間、つまり一九〇八（明治四一）年四月一六日から一二月六日までの間で、求婚がおこなわれたのはこの一回限りとしか考えられない。

大津山は「若き日の志賀への手紙[*13]」の一九〇八（明治四一）年六月一六日付の志賀直哉宛書簡の求婚拒絶の記述を根拠として、「七月一九日の高島の申込みは、「外の方法」による再度の尽力だったことになる[*14]」と述べており、年譜でも一九〇八（明治四一）年六月一六日の項に「日吉たかへの求婚がことわられたことを志賀に報告した。以後、高島平三郎と資承をわずらわせて数回の求婚がおこなわれた」と記している。[*15] しかし、一九〇八（明治四一）年六月一六日の日記にはそれらしい記述がまったく見当らないばかりでなく、翌一七日の日記には「姉が三輪田女学校の先生から聞く処によると、品性もよく、学問も出来、身体もよく、非難すべき処はないと[*16]」とある程度の進みぶりである。また、同日の志賀直哉宛書簡には「昨日姉が女学校の先生に聞いてきた、（中略）これからどう進むかわからないが、この夏中にはどつちかにきまると思ふ[*17]」と記されており、これらの資料から明治四一年六月一六日に、あるいはそれ以前に、求婚拒絶があったとは考えられない。次に引用する『志賀直哉全集』別巻（昭49・12、岩波書店）の『志賀直哉宛書簡』では、問題の求婚拒絶の書簡は、一九〇九（明治四二）年六月一六日付のものとして収録されている。

> 例のこと、先方より返事があつて断はつて来た。しかしその表面(?)の理由は身分がちがう《ママ》からと云ふのだ。正親のとまるで反対の理由だ。しかしこの理由は理由にならないと高島さんは思つてゐるからもう一度外の方法をとつたらい、だらうと云ふ考へを持つてゐるさうだ。[*18]

一九〇八（明治四一）年七月一九日の、最初の拒絶の理由は「まだ若いから」であり、この、翌一九〇九（明治四二）年六月一六日の、何度めかの拒絶の理由は「身分がちがう《ママ》から」である。高島は「もう一度外の方法」をとって、さらに何度めかの求婚を勧めていると考えるべきであろう。

さて、一〇月八日の日記によれば、武者小路は日吉家の転居をこの日に知ったことがわかる。大津山は「お目出たき人」の素材に関する検討の筆を、ここで止めている。「それ以上の推定にこの小説を援用するのは危険である[*19]」

のは当然というほかはない。大津山の目的は伝記の記述にあるが、しかしわれわれの目的は、作者が〈書く〉ことにおける、素材の作品化の様相の解明にある。そのためには、先の六月一六日付書簡をも含めて、一九〇九（明治四二）年の伝記的事実の推定が必要となる。とりわけ、「お目出たき人」の主題に密接に関連する求婚とその拒絶の問題をなおざりにすることはできない。

「或る男」〈百二十〉には次のようにある。

> 彼が彼女については同じ考をもちつゞけてゐた。高島さんがまた先方へ出かけて行つて同じくことわられて来た。それは三月の始めだつた。と思ふがあてにはならない。彼はそのことを「お目出たき人」の内にかうかいてある。「お目出たき人」は過半つくりものであるが、こゝは事実そのまゝにかゝれてゐる。高島さんのことを川路と仮名がつけてある。そして彼女の名はたかだが鶴になつてゐる。[*20]

この記述に続いて「お目出たき人」〈八〉の、三月二日の拒絶報告のことが引用されている。実際の求婚拒絶が「あてにはならない」とコメントされつつも「三月の始めだつた」とあり、「こゝは事実そのまゝにかゝれてゐる」ともあるので、この記述を信用し、実際に三月上旬に拒絶があったと仮定しよう。とすれば、最初の求婚拒絶（明41・7・19）から「お目出たき人」脱稿（明43・2）までの間では、それは一九〇九（明治四二）年三月上旬ということになる。したがって、これはおそらく二度めの拒絶であろう。次に、タカとの電車での遭遇についてであるが同じく「或る男」〈百二十〉には次のようにある。

彼の小説にはその他嘘が多いが、しかし或日、四月の四日かと思ふ、小説には五月十二日となつてゐるが、
それは彼の誕生日なのでわざと五月十二日にしたので、本当は五月十二日ではなかつた。（中略）
しかし逢つた時の事情や気持は全部本当がかゝれてゐる。[*21]

この「四月の四日かと思ふ」という記述も信用するとして、これも先と同じように、一九〇九（明治四二）年四月四日のことと推定されよう。最後に、一九〇九（明治四二）年六月一六日付の志賀への拒絶報告の書簡があるが、これは明らかに事実と認める他はなく、この六月一六日におそらく三度めの求婚拒絶があったと推定される。

空白の期間と言われる、一九〇九（明治四二）年の伝記的事実に関しては、以上の三件が推定される。また、この期間の著作には「旧稿の内より（潔の日記）」、初版本『お目出たき人』（明44・2刊）の付録、および初期習作などがあるが[*22]、これらの中で求婚拒絶に関わるらしいものとして、「潔の日記」に「望野に出した[*23]」として紹介されている、三月三日執筆の「男女交際論について」と題された、恋愛と自然と淋しさについて書かれた感想、および六月一六日執筆の詩「過渡期[*24]」のあることを指摘しておく。また、「お目出たき人」の素材ではないが、一九〇九（明治四二）年七月末頃に脱稿され、すでに散逸してしまった「楽天家」という小説がある。大津山はこの小説について「「自然」の寵児たらんと志す青年の恋を描くことがこの小説の主題であり、その素材として武者小路自身の日記が援用され、かなり事実に密着した小説であったと思われる[*25]」と述べ、この「楽天家」を「お目出たき人」の前身と推定している。[*26]

3　より厳しい虚構の未来

　さて、次々頁の図表を御覧いただきたい。この図表の左側は、以上の検討から明らかとなった伝記的事実である。右側は、作品的現実を時間の順序に従って配列したものである。この左側と右側とを比較すると、実際の一九〇四（明治三七）年二月の志茂テイ帰郷から、一九〇九（明治四二）年四月四日のタカとの電車での遭遇までの伝記的事実は、作品の七年前の「月子」帰郷から、去年四月四日の「鶴」との電車での遭遇までの作品的現実と、ほぼ一致することがわかる。しかし、実際の一九〇九（明治四二）年六月一六日の求婚拒絶は、作品では六月のこととしては描かれていない。この素材の変容の問題を含めて、次に作品の語り開始時以降の虚構性を考察しよう。

　言うまでもなく、小説「お目出たき人」は、一人称「自分」の語りによって叙述されている。この「自分」が語り始めるのは、作中の表現に従えば、「明治四十〇年」〈六〉[*27]の一月二九日である。図表からわかるように、作品の語り開始時は、実際の一九一〇（明治四三）年初めに対応している。作品の脱稿は一九一〇（明治四三）年二月であるから、この符号は興味深い。つまり、作品は架空の一九一〇（明治四三）年一月二九日から、その年の暮までの約一年間を先取りして、すなわち作者にとっての未来を描いたものと言えるのである。遠藤祐によれば、作品中の月日と曜日の関係は一九〇九（明治四二）年のそれと一致するという。[*28]大津山はそこからこの架空の年を「四二年と決めてしまうと、四三年でなければおかしい記述が二、三にとどまらず発見される」[*29]と述べているが、作品の架空の年が一九〇九（明治四二）年のままである必要はない。つまり、作者は執筆時、すなわち一九一〇（明治四三）年に、前年の日付と曜日を架空の年、つまり虚構の素材として用いたに過ぎないのである。遠藤の調査は、むしろ、この架空の年が架空の一九一〇（明治四三）年暮までの未来の一年として描かれたことを推測させるものではないか。このように、語り開始時以降、つまり作品の大半は、作者にとっての虚構の未来が描かれているのである。もちろん、いかに未来を描こうとも、その素材には作者の過去の経験が用いられるわけであるから、問題はその素材がいかに変容され、作品化されたのかということである。

伝記的事実では、一九〇九（明治四二）年三月の二度めの求婚拒絶の後、武者小路は四月にタカと電車で遭遇し、六月には三度めの求婚をおこなうが、これも拒絶されてしまった。この事実展開をより単純化して、失望――希望――失望というパターンに置き換えよう。一方、作品では語り開始前年の三月の求婚拒絶、四月の「鶴」との電車での遭遇、そして語り開始後の〈八〉での三月の三度めの拒絶という経過がある。これも同様に単純化すれば、失望――希望――失望というパターンとなり、伝記的事実と一致することがわかる。つまりここに素材の作品化を見たいわけであるが、作品の二度めの求婚拒絶と四月の遭遇は、語り開始前年のこととして、作品ではごく軽く回想されているだけである。「或る男」〈百二十〉で述べられていたように、特に実際の一九〇九（明治四二）年四月の遭遇は、作品では四月ではなく、五月一一日のこととして虚構化されていたはずである。ここでは実際の一九〇九（明治四二）年六月の求婚拒絶が、作品の〈八〉の三月の拒絶の素材であることを確認しておこう。

次に作品の語り開始時以降、つまりその筋展開を検討しよう。作品は〈八〉で三度めの求婚拒絶を受けた主人公が、〈十一〉での「鶴」との電車での遭遇の後に再び結婚成就の希望を強めつつも、〈十二〉で遂には「鶴」が工学士に嫁いでしまったために、結婚が不可能となる現実に直面する、という筋展開を中心とするものである。この筋展開も、より単純化すると、失望――希望――絶望というパターンとなる。そしてここにも、素材の作品化を見たいと思う。つまり、実際の一九〇九（明治四二）年三月の拒絶と四月の遭遇、そして六月の拒絶が、作品の〈八〉の

図表

伝記的事実		作品的現実		
明治37・3	志茂テイ帰郷	7年前	（1年目）	月子帰郷
38		6年前	（2年目）	
39・11	タカへの恋愛詩〈或96〉	5年前	（3年目）	鶴を恋し始める
40	母に打ち明ける〈或96〉	4年前	暮	母承知
41・4・4	叔父の賛成および調査報告〈書簡〉	3年前	春	父承知
5・22	兄の賛成〈日記〉			
	同〈書簡〉			
6・17	姉の報告〈日記〉			
	同〈書簡〉			
7・19	求婚（1）		7月下旬	求婚（1）
9・7	芳子没〈日記〉			
10・8	タカ転居〈日記〉		秋	鶴転居
42・3	求婚（2）〈或120〉	去年	3月	求婚（2）
4・4	電車で遭遇〈或120〉		4月4日	電車で遭遇
6・16	求婚（3）〈書簡〉			
7	「楽天家」脱稿			
43		今年	1月29日	（語り開始時）
2	「お目出たき人」脱稿		2月18日	叔父見舞〈七〉
			3月2日	求婚（3）〈八〉
			5月12日	電車で遭遇〈十一〉
			10月	鶴結婚〈十二〉
			暮	（語り終了時）
44・2	『お目出たき人』刊行			
6・25	求婚			
45・5・12	電車で遭遇			

※1〈或96〉は「或る男」96章を、〈書簡〉は志賀直哉宛書簡を、〈日記〉は日記「彼の青年時代」をそれぞれ示す。事実推定の根拠である。

※2「7年前」から「今年」までの数え方は、数え年によるものとした。

三月の拒絶と〈十一〉の五月の遭遇、そして〈十二〉の一〇月の結婚と、類似のパターンを通して対応していると考えられるわけである。

すると、すでに述べたパターンの一致を考え合わせると、実際の失望――希望――失望というパターンは、二重に作品化されていることがわかる。さらに実際の一九〇九(明治四二)年六月の拒絶が、作品では〈八〉の三月の拒絶と〈十二〉の一〇月の結婚との二度にわたって用いられていることが明らかとなる。素材の変容による作品化、つまり虚構化の中心点はここにある。作者武者小路は、一九〇九(明治四二)年六月の、三度めの求婚拒絶という実体験の衝撃を素材として、作品〈八〉では、これをそのまま三度めの拒絶の詳細な描写に用いて、失望として表現し、同時に〈十二〉では、これを最終的な拒絶、つまり「鶴」の他の男との結婚という形、すなわち絶望として表現したのである。

ここで、先に触れた「楽天家」が一九〇九(明治四二)年七月末に脱稿されていることを想起されたい。この小説は、おそらく前月の拒絶の衝撃をばねにして、それを中心的素材として創作されたと推測される。そして大津山の言うように、この小説が「お目出たき人」の前身であるとすれば、「お目出たき人」もまた、この拒絶を中心的素材として創作されたと考えられるのではないだろうか。

また他に、明らかな素材の変容と見られる三つの虚構化がある。第一に数え三歳で父を亡くした武者小路にとって、作品の父は明らかに虚構である。このことはすでに大津山が指摘しており、この父は「叔父と兄を合体させた架空の人物」ということになる。[*30] 第二に姪の春ちゃんであるが、そのモデルと思われる武者小路の姪の芳子は、一九〇八(明治四一)年九月七日に生後わずか半年余りで病没している。作品では春ちゃんは家庭的幸福の象徴として、恋愛による主人公の孤独感と対照的に描かれており、ここにその虚構化の意図が窺われる。第三に作品の叔父は癌で死ぬことになっているが、そのモデルと思われる武者小路の叔父の勘解由小路資承は当時まだ健在である。先の春ちゃんが家庭的幸福のモチーフの表現を担っていたように、この作品の叔父もまた、死のモチーフの表現という機能を持つ登場人物であり、そこに虚構化の意図が窺われるのである。

さて、以上のように本章で「お目出たき人」の虚構性を中心的に論じたのは、この作品において伝記的事実の改変が特に重要であることを主張したいがためではない。すでに述べたように、伝記的事実と作品的現実との不用意な混同に由来する、作家論、作品論それぞれの誤解を防ぎたいがためである。

いったい、お目出たいのは誰か。作者武者小路でないのは当然として、実は作品の主人公でもない。主人公は現実との格闘の果てに、自身の内に〈お目出たき人〉を発見したのである。だから主人公は、あえて「我は目出たし」と自身を評する。作品は、この新しい自己の獲得の過程の表現にほかならない。それを書いたのは武者小路である。そしてその〈書く〉過程で、彼は自身の体験を失望的かつ絶望的状況という、より厳しい現実として虚構化したのである。それでもなお作者武者小路をお目出たいと評することは、虚構という、体験と表現の環流、つまり文芸の文芸たるゆえんの無視にほかならない。そこで次に作品を〈読む〉ことによって、「お目出たき人」の内実を論じたいわけであるが、これは次章に譲ることにしよう。

注

＊1　臼井吉見「人と文学」には「失恋によって少しも傷つけられず、かえって自己を鼓舞する結果になるなど、作者独特のものである。こういういい気な楽天主義は、自然主義に育てられた目から見れば、いかにもたわいないものに映ったに相違ない」(『武者小路実篤集』現代文学大系20、昭39・5、筑摩書房、474頁)とある。

＊2　紅野敏郎「作品の解説」には、「結末のとほうもない楽天性をも含めて、冷笑されるのを知りつつ、みずから〈お目出たき

人〉と名のり出たところに、当時の自然主義への反撥が躍如として現われている」（『人と作品 現代文学講座』5、大正編Ⅰ、昭35・12、明治書院、126頁上）とある。

＊3 松本武夫によれば、「かれが運命を甘受し、自らを勇士という理由は、自己の意志に忠実であり、その意志―自我に従って人為で可能な限りの努力を試みたという強い自信があるからなのである。不幸な終幕に対するかれの態度は、単なる楽天性だけでは解明されないのである」（「作品と解説」、『武者小路実篤・人と作品』、昭44・6、清水書院、133頁）ということである。

＊4 中川孝「作品解説」（『お目出たき人』、昭44・6、角川書店）、283頁。後に『武者小路実篤――その人と作品の解説』（平7・1、皆美社）、17頁に再録。

＊5 大津山国夫「「お目出たき人」の素材」（『武者小路実篤論――「新しき村」まで――』、昭49・2、東京大学出版会）、194頁。

＊6 遠藤祐「武者小路実篤―初期雑感をめぐる覚書―」（『国語と国文学』35―1、昭33・1）。

＊7 紅野敏郎、＊2と同書、125頁下。

＊8 「或る男」〈百二十〉の引用は、『武者小路実篤全集』5（昭63・8、小学館）、183頁上および186頁下に拠る。

＊9 他にこの小説を「印刷した公開日記的ラブレター」だとする山本昌一「「お目出たき人」ノート――私小説の系譜――」（『国文学論輯』3、昭56・12）など。しかし近年では、瀧田浩が「「お目出たき人」論の前提――〈主観〉の文壇・よそおいのイヒロマン――」（『語文論叢』22、平6・11）において、同時代の批評界や志賀直哉との論争を詳細に紹介したうえで、武者小路の創作手法を「よそおいのイヒロマン」と呼び、その虚構性を的確に指摘している。

＊10 大津山国夫、＊5に同じ。

＊11 初出時「たか」を、本書収録にあたり、「タカ」に改めた。大津山国夫の調査（『武者小路実篤研究―実篤と新しき村―』平9・10、明治書院、282頁～283頁）に基づく。なお、大津山はここで一九一〇（明治四三）年三月に卒業したタカの成績が「一五五人のうち上位から四番」であったことなどに続けて、次のように書いている。「大正元年の後半から翌二年七月までのあいだに、「陸軍武官稲葉氏」と結婚、大阪市東区寺山町に転居した。大正三年に東京市麻布区桜田町に転居、大正九年ころ千駄ヶ谷町三六二一に転居した。／　大正初年に陸軍武官稲葉某氏の若妻であった稲葉タカさんのことを知りたいと思うが、

手がかりはないであろうか。」（／は改行、以下同じ）

なお、守屋貴嗣は「武者小路実篤「お目出たき人」」（『私小説研究』2、平13・4）で、「「鶴」の引っ越しは「旧山の手」から「新山の手」への時代と一致した移行であり、「旧山の手」の住民である「自分」との決定的な截断」と指摘している。

*12 生井知子「武者小路実篤と志茂シズ・テイ姉妹」（『同志社女子大学日本語日本文学』15、平15・6）の調査によれば、従来一九〇三（明治三六）年三月と考えられていた志茂テイの帰郷は、実際にはその一年後の一九〇四（明治三七）年三月である。本書ではこの指摘を容れ、初出時の記述を書き改めた。

*13 「若き日の志賀への手紙」は、雑誌『新しき村』に断続的に一三回（昭26・9〜同28・9）にわたって連載された、武者小路実篤の志賀直哉宛書簡。詳細は大津山国夫「若き日の志賀への手紙」（*5と同書、121頁以後）参照。

*14 大津山国夫、*5に同じ、185頁。

*15 大津山国夫「武者小路実篤年譜」（*5と同書）、394頁。ただし、この記述はその後『武者小路実篤全集』18（平3・4、小学館）所載の年譜、および大津山『武者小路実篤研究―実篤と新しき村―』（*11と同書）所載の年譜からは削除され、同年七月一九日の項に移された。

*16 日記「彼の青年時代」に拠る。引用は『武者小路実篤全集』1（昭62・12、小学館）、256頁上に拠る。

*17 『志賀直哉宛書簡』（『志賀直哉全集』別巻、昭49・12、岩波書店、19頁）。後に『武者小路実篤全集』18（平3・4、小学館）の「書簡　志賀直哉」の書簡番号「七六」（32頁上）に収録された。引用は後者に拠る。

*18 同前、21頁。『武者小路実篤全集』18の方では、書簡番号「九八」（38頁上）。

*19 大津山国夫、*5に同じ、185頁。

*20 「或る男」〈百二十〉の引用は*8に同じ、183頁上に拠る。

*21 同前、186頁下に拠る。

*22 一九〇九（明治四二）年執筆となるすべての作品を、以下日時順に列挙する（カッコ内は脱稿月日）。小品「彼女の手」（1・10）、感想「覚え帳」（「潔の日記」による（原稿には「鶴」の名がある）、2・25）、感想「男女交際論について」（「潔の日記」による、3・3）、小品「なまぬるい室」（3・14〜15）、感想「自己を大にすることに就て」（「潔の日記」による、

3・26)、評論「猜みと尊敬」(5・18)、詩「過渡期」(6・16)、書簡体小品「生れ来る子の為に」、(7月)、小説「楽天家」(7月、散逸)、小品「小さい樫」(8・23)、詩「秋が来た」(9・27)、詩「淋しい」(9・27)、詩「全身に力が満ちた」(9・30)、小戯曲「無知万歳」(9月)、詩「長い廊下」(10・11)、詩「亀の如し」(10・21)、詩「お目出たう」(同)、小品「生れなかつたら?」(10月)、戯曲「ある家庭」(10月)、感想「自分と他人」(10月)、小品「死の恐怖」(11・16~22)、小戯曲「夢」(11・17)。感想「わが一生」(11・28)、会話「亡友」(11月)。なお、この年『学習院輔仁会雑誌』77(明42・3)に投稿した小論「貴族主義」があるが、執筆日は不明。その他『白樺』創刊号(明43・4)発表の詩「重い歌」の三篇(「我にたよれ」、「二つの歌」、「二人」)が、この年10月の作らしいが、詳細は不明。

*23 「潔の日記」の引用は*16と同書、288頁上~同下に拠る。

*24 「過渡期」は、一九六九(昭和四四)年三月に皆美社から刊行された詩集『人生の特急車の上で一人の老人』に初めて収録された、六行ずつの二聯からなる詩で、「自分はもう過渡期を悲しまうとは思はない。/希望に燃えて過渡期を喜ぶ歌が唄ひたい」、「自然は新なるものに新なる力を与へた」(*16と同書、699頁上)などの言葉が見える。本書収録にあたり、初出時本文に書き加えた。

*25 大津山国夫「若き日の志賀への手紙」、*5と同書、130頁。

*26 瀧田浩は「『荒野』後の武者小路実篤――散逸小説「楽天家」を中心に――」(『昭和学院短期大学紀要』38、平10・3)で、「旧稿の内より(潔の日記)」の「旧稿」こそが「楽天家」の一部であると鋭く指摘している。

*27 「お目出たき人」〈六〉の引用は*16と同書、93頁上に拠る。

*28 遠藤祐「お目出たき人」(『現代日本文学講座・小説4』、昭37・3、三省堂)、39頁の注(一)など。

*29 大津山国夫、*5に同じ、191頁。

*30 同前、194頁の注(1)。

第三章　小説「お目出たき人」の世界——〈自然〉と〈自己〉——

1　はじめに

一九一〇（明治四三）年二月に脱稿、翌一九一一（明治四四）年二月に洛陽堂から刊行された小説「お目出たき人」は、武者小路実篤独自の自然観、自己観によって創作された劇的様式の虚構である。その〈書く〉ことにおける虚構化については、すでに前章で述べた。そこで筆者は、作者自身の体験が失望的かつ絶望的状況という、より厳しい現実として虚構化されたということを実証した。作者は〈お目出たき人〉という謎めいた人物を表現するために、あえて絶望的な状況を設定したのである。本章では作品の主題解釈に不可欠な〈自然〉と〈自己〉の理念を導入することによって、小説「お目出たき人」が実はこうした絶望的状況設定による失恋小説ではなく、まったく逆に、これが得恋小説であるという〈読み〉を提示したい。[*1]

2　構成と主題について

作品の構成を確認しておこう。「自分」を視点とする一人称形式によって叙述されている[*2]この作品は、主人公「自分」の「鶴」への求婚をその筋とする。冒頭から主人公はすでに求婚を二度拒絶された人物として登場し、作中でもまた第八章（以後〈八〉と記す）および〈十二〉において求婚を拒絶される。しかし、いずれの場合においても主人公は失望するのみで本当の絶望には陥らず、再び立ち直るのである。つまり、作品は求婚に関する主人公の失望と再起の繰り返しという基本的構成を持つ。これは二度繰り返されるので、〈八〉と〈十二〉を境にして、〈一〉～〈七〉、〈八〉～〈十一〉、〈十二〉～〈十三〉の三部構成と考えてよいだろう。この構成を時間の視点から見ると、第一部は二ヶ月間、第二部は三ヶ月間、第三部は六ヶ月間ほどとなる。叙述量は後ろほど逆に少なくなるので、作品は徐々に時間進行が速くなるという構成的特質を持つことがわかる。つまり作品は、種モチーフの表現を可能とする緩やかな筋展開の叙事的性格から、緊密な筋展開によってライト・モチーフおよび主題の表現に至る劇的性格へと推移しているのである。

次にモチーフを確認しておこう。作品には、家庭愛（〈二〉、〈五〉）、死（〈二〉、〈七〉）、性道徳（〈三〉、〈五〉）、職業（〈五〉）、芸術（〈六〉、〈十〉）に関する挿話がさし挟まれている。これらは求婚の筋展開への直接の関連はないとはいえ、主人公の人物造型、および主題表現の一部分の分担という機能を持つモチーフと捉えられる。それらの中心となるライト・モチーフは、求婚の筋展開と密接に関連する恋愛のモチーフである。

さて、作品は恋愛をライト・モチーフとして、主人公の失望からの再起を劇的に構成したものであることがわかった。そこで作品評価のために、その主題を悲劇的現実の超越と解釈してみたらどうだろうか。「鶴」の他の男との結婚という悲劇的現実は、〈お目出たき人〉である主人公によって超越されたのだ。しかし、主題解釈はこれではやはり不十分である。なぜなら、悲劇的現実の超越という問題性の持つ重みが、〈お目出たき人〉という人物造型の非現実性によって解消されてしまうからだ。そうであれば、〈お目出たき人〉とは字義通りの単なる世間知らずであるに過ぎない。現実世界と自己との徹底的な対立関係において、強烈な自己肯定によって強引に現実世界を否定し去った人物と主人公を解釈[*3]するのでは、作品を批判することにはなれ、評価することは不可能である。大津山国夫は「たとえ失恋しても失恋しない人間を造型するのがこの小説の目的であった」[*4]と述べているが、いったい、〈お目出たき人〉とはどのような〈人〉なのだろうか。その人物造型は、本当に非現実的なそれなのだろうか。次に、作品のライト・モチーフである恋愛の特質の検討を通して、主人公像の独自性を明らかにし、それらの問題の解答を探ろう。

3　主人公の恋愛の特質

主人公は当初から現実の求婚問題に対しては現実的、日常的な思考を働かせているが、それ以前の、自身の恋愛感情、「鶴」との恋愛関係、そして「鶴」の恋愛感情に対しては、非日常的な洞察を働かせている。主人公の恋愛意識にはこのような思考と洞察の二重構造がある。最後には前者は破局的、悲劇的現実の前に立ち止まらざるを得ないが、後者はそれを超越する根源となる。作品が失恋小説という筋立てとなっている理由は、この後者のリアリスティックな表現が意図されたためにほかならない。この非日常的な洞察とは、主人公独自の〈自然〉信仰である。言うまでもなく〈自然〉は作中頻出する重要語であるが、この〈自然〉は作品のライト・モチーフである恋愛のみならず、その主題に密接に関連する概念である。一般に〈自然〉は、〈内なる自然〉、〈外なる自然〉、〈超越的自然〉の三者に分けて捉えられるが[*5]、この作品の中で、それらがどのように解釈できるかということを、順を追って検討してみよう。

恋愛は自己の内部に発生して、既存の自己を脅かし、自己そのものの改変を迫る。したがってそれは自己を反省させる契機となる。主人公は「鶴」への熱い恋愛感情を抱き、その熱烈さゆえに、恋愛という一つの自己内部の劇的事件を真摯に洞察しようとしているのである。

女に餓えて女の力を知り、女の力を知つて、自我の力を自分は知ることが出来た。〈一〉[*6]

主人公はこのように言う。これは恋愛感情の発生による自己認識を物語る言葉だ。この「女に餓えて」いるという主人公の言葉は作中しばしば繰り返される表現であるが、この欠如感はなぜ主人公の身に生じたのか。

自然は男と女をつくつた。互に惹きつけるやうにつくつた。之がために自分は淋しく思ふことも、苦しく思ふこともある、しかし自分は自然が男と女をつくつたことを感謝する。互に強くひきつける力を感謝する。〈同〉[*7]

主人公は自身が「女に餓え」るようになった原因を、「自然は男と女を」「互に惹きつけるやうにつくつた」ことに求めている。つまり恋愛感情としての〈内なる自然〉に対する深い洞察から、〈超越的自然〉という一種宗教的な理念を導き出したのだ。[*8]そして主人公は、その恋愛が「自然の深い神秘な黙示」〈九〉[*9]によって成就すると信じている。したがって「自分の妻になることが鶴にとつても幸福」〈一〉[*10]であるということになる。こうした考えを主人公自身が「迷信」〈九〉[*11]あるいは「不合理」〈同〉[*12]と表現するが、それによって、主人公は恋愛成就の「希望を持ち得る」〈同〉[*13]のである。もとより、主人公は神秘主義者とも言い得るほどに、非日常的世界への鋭敏な感受性を有する人物として造型されている。たとえば金曜日に対する迷信〈二〉、あるいは安心を得るために祈る癖〈五〉、さらに神秘的思想家メーテルリンクの引用[*14]〈四〉など、枚挙に暇がない。主人公のこうした人物造型は「自然の深い神秘な黙示」の信仰と密接に関連すると考えられよう。「迷信」は「気にかゝる」[*15]〈二〉のであって、決して否定されてはいない。このことは、作品の根幹に関わる。自身には窺い知ることの不可能な自己の、そして世界の暗部を絶対的に尊重している。「雷と隕石があぶない」という主人公の「空想」も、あながち誇張とは言えない。その裏側は「自分は之からの」「大器晩成の人間だ」[*16]〈二〉という信念に支えられている。〈感じる〉こと、〈考える〉こと、そして〈信じる〉こと、これらに主人公は調和の均衡を与えようと強く努力している。評価されるべきは、こうした柔軟な、しかし、強固な人生態度であろう。

> 始めはかう云ふ希望をもたうと知らず〱の内に苦心したかも知れない。しかし足掛五年の月日はこの希望を習慣にしてしまつた。いくらこれを否定する出来事が起つても、いくらこれを否定する理屈が立つても、何《い》つのまにか鶴と自分とは夫婦になるやうな気がする。〈九〉[*17]

主人公の失望からの再起の構造は、ここにおおよそ語られている。主人公の内部で、恋愛の成就への希望は、当初の意識的な努力から、遂には「何《い》つのまにか」「気がする」という、無意識で自然な帰結となったのである。つまり、「不合理」な「迷信」という主人公の〈超越的自然〉への洞察は、恋愛の過程において、自己の〈内なる自然〉として統一され、その結果、深い信仰となり得たのではないか。この二つの統一された〈自然〉への信仰、これが主人公の非日常的洞察の内実である。

4　「お目出たき人」の発見

さて、作品ではこのような〈自然〉信仰は、二度の求婚拒絶という現実に直面せざるを得ない。すでに述べたように、〈八〉と〈十二〉において主人公は深く失望する。これらは、運命として主人公に与えられた〈外なる自然〉と解釈できるだろう。主人公の〈自然〉信仰が試される時である。最初に前者、つまり〈八〉の三月二日の求婚拒絶における主人公の内面を考えてみよう。

ここで主人公の悲嘆は切々と語られはするが、やはり最後には恋愛成就の希望を抱くようになる。確かに、これは求婚拒絶が「鶴」の意志とは無関係であると推測する余地があったためである。主人公はこのように現実的な思考を働かせるのだが、しかし、日記に書かれる「目出度し」という詩には、次のような興味深い一節がある。

我、彼女を見すてることを
見すく〳〵彼女を不幸におとすことゝ思ひおる也
されば我、思ひ切らず
思ひ切らざるを以てほこりとす

我たゞ驚く
云ふべき言葉を知らず

さなり〳〵
汝の忠告をきかんには
我余りに目出たし
目出たし〳〵
目出たき故に他人と自分を苦しめる程
目出たし〈八[*18]〉

「我たゞ驚く」とは、自分自身に対する驚きである。そして驚くべき深層の自己を「目出たし」と表現している。この詩は自己内部での我と汝の対話であるが、このように自己は表層と深層とに区別され、主人公は深層の驚くべき自己を尊重しようとする。このとき、主人公は日常的思考と非日常的洞察との間にあって、後者に従おうとするのである。そしてそれが「他人と自分を苦しめる」選択であることを熟知しつつも、主人公が深く愛する「鶴」、それゆえに自身をも深く愛しているはずである「鶴」のために、そして二人を結婚させようとする〈自然〉のために、主人公は「思ひ切らざるを以てほこりとす」るのである。主人公が自身に都合の良いように思考しているのでは決してない。作品は「鶴」の他の男との結婚を予定していることを考えればわかることだ。主人公は非日常的洞察による、深層の驚くべき自己、つまり「お目出たき人」の発見に感動しているのである。

筆者は、本書ではあえて自我と自己を区別し、後者を用いている。これは深層心理学で意識的領域に中心点を持つ自我と、さらに無意識をも含む領域に中心点を持つ自己とが区別されているためである。[*19]この作品の主人公の〈内なる自然〉そしてその根源となる、先の驚くべき深層の自己とは、後者、すなわち無意識的領域をも含む自己認識によって得られる発想だと解釈できないだろうか。つまり、主人公が無意識の自己を尊重するのは、それが、自己の〈内なる自然〉の根源でありながらも、根本的には不可知であるために、同時に、自己を越えた〈超越的自然〉に——ちょうど普遍的無意識と同じように——拡散しつつ包含されるという構造による、と説明できないだろうか。作品にはまた、「真心」という表現があり、主人公の人物造型がこのように解釈され得ることを物語るかのようである。二つ引用する。

口ではうそがつける。耳にはうそがつける。しかし真心はうそをつかない。真心にはうそはつけない。〈四[20]〉

真心は真心に通ずる。自分が鶴を恋してゐるやうに、矢張り鶴も恋してゐてくれたのだ。〈十一[21]〉

前者は無意識を意味し、後者はそれが〈超越的自然〉によって通じ合うことを意味していると考えられる。

さて、先に述べた後者、つまり〈十二〉の一〇月の「鶴」の結婚という悲劇的現実に対しては、主人公の〈自然〉信仰はどのように働くのだろうか。〈お目出たき人〉という人物造型のリアリティが問われるのは、作品世界の幕が閉じられる、次の一節においてなのだ。

鶴が『妾は一度も貴君のことを思つたことはありません』と自ら云はうとも、自分はそれは口だけだ。少くも鶴の意識だけだと思ふにちがいない《ママ》〈十二[22]〉

先に見たような主人公による無意識への注視は、ここによく現れている。ここで主人公は「鶴」の意識を否定しているのではなく、「鶴」の無意識を尊重しているのである。[*23]〈お目出たき人〉とは、人間の「真心」、つまり無意識を尊重する者のことである。それは無意識的自己が「鶴」への恋愛感情という〈内なる自然〉を通して、二人を結び付けようとしている、さらに大きな〈超越的自然〉につながっていると信じられているからである。そしてより重要なのは、〈自然〉信仰によって、日常を思考する意識と、非日常を洞察する無意識との均衡において、悲劇的現実という〈外なる自然〉に対して調和的自己を保とうとする主人公の人生態度なのである。このように考えてくると、主人公は失恋したと簡単には断定できないことがわかる。確かに、「鶴」との結婚はもはや（少なくとも当分の間は）不可能である。しかし、「鶴」との恋愛関係はいまだに継続している。主人公がそのように信じているからではない。現に、我々読者はそれを否定することができないからだ。「鶴」の意志が一行たりとも書かれていないことは、この意味で、作品の巧妙な機能として働いている。[*24]そしてむしろ、得恋という主人公の結論こそが、日常の平板な現実性を超えた新しい現実性を帯びて、我々読者に訴えかけてはこないだろうか。我々が文芸作品に求めているのは、このような新鮮さ、あるいは驚きではないだろうか。それはこの作品の主たる情調である。[*25]

作品の筋は「鶴」への求婚の経過に従って展開し、その間に主人公の恋愛のライト・モチーフが様々に表現された。しかしすでに見てきたように、恋愛によって、さらにその根底にあるものとして導き出されたのは、主人公の〈自然〉信仰にほかならない。したがって作品の主題は、悲劇的現実の、〈自然〉信仰による超越と言っていいだろう。〈内なる自然〉と〈外なる自然〉とが、〈超越的自然〉において調和的に統一され得た様相が、ここに表現されたのである。[*26]

作品は『文明と教育』を買う知識青年の「自分は女に餓えてゐる」という告白から始まる。この対照的な教育と性欲との並置は、それらが対立ではなく、調和的関係にあるべきものと考えられているからであろう。このことは、主人公が恋愛結婚を真剣に実行しようとしている「道学者」[27]（〈二〉など）であるという関係にも妥当する。こうした〈反〉常識性の正当性は、主人公の〈自然〉信仰によって確信されているのだ。まさに「お目出た」さのゆえんであるところの「失恋しても失恋しない」という結末の〈反〉常識性も、同じ〈自然〉信仰に由来する。一見対立する二項の調和、それが〈自然〉信仰の根幹なのだ。

5　武者小路実篤の〈自然〉と〈自己〉

一通りの〈読み〉を終えて、最後に作品外の視点から、この小説の特質を検討しよう。初収単行本『お目出たき人』には、付録として小説「二人」などの小品五篇が収められている。付録の扉には「「お目出たき人」の主人公の書けるものとして見られたし」[28]とあるが、それらの中でも小説「二人」は、まさにその主人公の書いたものとして、「お目出たき人」と同様の特質を持っている。その末尾の一節を引用しよう。無意識に恋し合う「一郎」と「静」が、それぞれ別の人間と結婚した後のことである。

静は夫を愛し、一郎は妻を愛してゐる。しかし二人の夫婦の間は、意識なしには感情の調和は望めない。二人の夫婦は意識上の夫婦である。意識にのぼることにて夫婦間になくてはならぬことは皆満されてゐる。幸に二人は意識し得ないもの、存在を認めないから今の自分を以て満足してゐる。

されど、今も二人の感じて知り能はざる或ものは孤独に泣いてゐる、さうして互に恋ひ慕つてゐる。[29]

この作品には「意識」という語が極めて多く用いられており、自己の意識のみに従って行動した男女の悲恋が描かれている。このような意識の過誤による悲劇という作品の性格は、「お目出たき人」と同様のものである。

もとより武者小路が〈自然〉、〈自己〉などの理念を得たのは、すでに菊田茂男が指摘しているように[*30]、「お目出たき人」の中にもその名が引用されているメーテルリンクによってである。米山禎一の「修養の根本要件」（明39・12執筆）の発掘[*31]によって、武者小路の〈自然〉、〈自己〉を考えるときに、その影響の重要性が改めて見直されるべきことは、さらに明らかとなった[*32]。同時に、夏目漱石の〈自然〉の継承も見逃すことはできない。漱石は主人公の恋が「相当の考のある、純粋な人の恋」である点に価値を見いだし[*33]、その独自性を「不徹底ぢやない」、「たゞあゝ云ふ恋と思ふべし。恋の一種類と思ふべし。さうして其特所に同情すべし」と鋭く指摘している[*34]。武者小路が初版本『お目出たき人』の序文で「我儘な文芸、自己の為めの文芸[*35]」を主張し、またその広告文で「この作者は他の作家と内面的に全く異なれる世界に生活してゐる[*36]」と述べたのは、そのような「考」、「特所」が作品から読み取られることを読者に期待してのことであった。一方、有島武郎はこの作品に対して「広汎な同情[*37]」の欠如を指摘し、武者小路はそれに答えて「宗教家[*38]」になりたいとその真情を吐露したが、その真意が、〈自然〉を後ろ楯とする自己の思想・感情を唯一絶対のものとして表現するという、武者小路独自の文芸創作の方法論への志向の表明であったことは、後（本書第Ⅱ部第一章「武者小路実篤と北海道」第7節および第8節、および同第二章「武者小路実篤と有島武郎」第2節）に詳述する。そこで、より普遍的な文芸創作のために、武者小路は「自己のうち」なる「自我と他人と、人類と、自然と[*39]」のさらに多様かつ具体的な表現を志してゆくことになるのである。

注

＊1　言うまでもなく〈読み〉の提示とは、作品に〈書かれたこと〉のみを対象とする解釈の実践のことである。したがって、ここでは作家の伝記的事実は問題とならない。

＊2　河原信義は「武者小路実篤ノート――『お目出たき人』と『世間知らず』――」（『研究紀要（立教高等学校）』26、平8・3）で主人公の語りの「今」に注目し、「日記を付けていくような」「ある程度の塊ごとに回想していくような」特徴のある「一人称回想形式」と指摘している。また、この作品に日記、詩、小説が挿入される特徴を指摘し、特に詩の挿入の意義を強調している。河原の意見は、筆者にはこの作品の成立の問題として、および語り手の技法の問題として、興味深く感じられる。

＊3　前章の注＊1〜＊3で挙げた、臼井吉見、紅野敏郎、松本武夫など昭和40年代頃の研究。しかし、こうした解釈は近年でも変らず出されている。たとえば楊琇媚は「武者小路実篤『お目出たき人』論――主人公における「自己確立」の様相――」（『日本研究』17、平16・2）において、主人公の「自我」は「不自然に膨張している状態にある」と述べている。

＊4　大津山国夫「『お目出たき人』の素材」（『武者小路実篤論――「新しき村」まで――』、昭49・2、東京大学出版会）、194頁。

＊5　〈自然〉の捉え方については、源了圓「日本人の自然観」（『新岩波講座哲学 5 自然とコスモス』、昭60・7、岩波書店）、349頁に拠る。なお、ここで「内なる自然」とは human nature の意味で、「外なる自然」とは①美的享受の対象、および②科学的認識の対象の二種の意味で使われている。「超越的自然」は本章での表記であり、源が「宗教的、形而上的自然」と表現したもののことである。

＊6　〈一〉の引用は、『武者小路実篤全集』1（昭62・12、小学館）、82頁上に拠る。以後、本章の作品論においては、この本を「テクスト」と記す。

＊7　同前、81頁下。

＊8　和田敦彦は「オナニー――武者小路実篤『お目出たき人』／志賀直哉『濁つた頭』」（『国文学』46―3、平13・2）で、主人公の〈自然〉の身体性に鋭く着目しつつも、〈自己〉と〈自然〉が自明なものとして同一視された、とする解釈に陥っている。

＊9　テクスト〈九〉、100頁上。「この事は自分には未だ嘗つて経験したことのないことである。自分は今迄の恋に於て自分は結婚する資格ないものと思つてゐた。しかるに今度の恋は自分に彼女と結婚せよと命じてゐる。／　自分はこの事実の裏に自然の命令、自然の深い神秘な黙示があるのではないかと思ふ。この黙示は／『汝、彼女と結婚せよ、汝の仕事は彼女によつて最大の助手を得ん。さうして汝等の子孫には自然の寵児が生れるであらう』／と云ふのだ。／　之が自分の迷信である、どうしてか、さう思へる。さうして運命がお夏さんを恋させて失恋させたのは彼女と自分を結びつけるためではなかつたらうかと。」の一部。なお、／は改行を示す。

＊10　テクスト〈一〉、80頁下。「女に餓えてゐる自分はこゝに対象を得た、その後益々鶴を愛するやうになり、恋するやうになつた。さうして自分の妻になることが鶴にとつても幸福のやうに思へて来た。」の一部。

＊11　テクスト〈九〉、100頁下。引用は＊9と同じ部分から。

＊12　同前、99頁下。「自分はまだ鶴が自分を恋してゐるやうに思つてゐる。それにもまして運命が自分と鶴とを夫婦にしなければおかないやうな気がする。『なぜ？』と聞かれても『なぜだか』としか答へられない。自分の頭は理屈ぽいがどうしてかこの不合理なことを信じてゐる。信じ切つては居ないがさう思はれる。」の一部。

＊13　同前、101頁上。「かゝる迷信を持ち得る自分はいかなる時も鶴と自分とは運命によつて合一されると云ふ希望を持ち得る。」の一部。

＊14　一柳廣孝は「武者小路実篤――メーテルリンク受容の光と影」（『国文学』46―11、平13・9）において「大正期のメーテルリンク受容が、生に対する肯定的な理想主義と、心霊学に隣接した独自の神秘主義的アプローチの両極のなかで展開されたとすれば、武者小路と芥川は、結果的にこの各々の極からメーテルリンクにアクセスした」と述べて武者小路を前者とするが、そこには誤解が含まれていると思われる。筆者は逆に、武者小路の宗教的世界観は、メーテルリンクの影響による部分がきわめて多いと考える。

なお、『白樺』における神秘主義思想については、創刊当初から武者小路の思想的同伴者であった柳宗悦の一連の論考を紹介した、成瀬正勝「白樺派文学の背景としての柳宗悦の論文」（『国語と国文学』37―1、昭35・1）を参照されたい。

＊15　テクスト〈二〉、83頁上。「その時自分は今日は金曜日だと云ふ事に気がついた。自分は中々の迷信家だ、人智を信じない

自分は運命を信じたくなる。運命に頼り切れるほどには信じてゐないが可なり信じてゐる。従つて可なりの迷信家だ。打ち消しながら信じてゐる。少くも気にかゝる。」の一部。

＊16　同前、83頁上〜同下。「これも空想だらうと思ふが、自分は雷か、隕石にうたれて死ぬやうな気がする。／　さもなければ肺病になつて若死するかも知れない気がする。どうも自分はなが生《いき》しないやうな気がする。しかしさうかと思ふとなが生出来さうな気もする、中々死にさうもないと思ふ。しかし天災、中でも雷と隕石があぶない。／　自分は之からの人間だ、大器晩成の人間だ。さう思はないではゐられない人間だ。それが今死んではたまらないと思ふ。」の一部。

＊17　テクスト〈九〉、101頁上。

＊18　テクスト〈八〉、99頁上〜同下。

＊19　河合隼雄は「西洋人は自我を中心として、それ自身ひとつのまとまった意識構造をもっている」のに対して東洋人は「無意識内にある中心（すなわち自己）へ志向した意識構造を持っている」と述べている（『無意識の構造』、昭52・9、中央公論社、152頁）。なお、後述するが、武者小路は「お目出たき人」の付録とした小説中には「無意識」の語を用いている。

＊20　テクスト〈四〉、87頁上。

＊21　テクスト〈十一〉、105頁上。

＊22　テクスト〈十三〉、107頁下。

＊23　遠藤祐は「「意識だけだ」とは、心情においてはそうではなく、自分を恋しているのだという意味」と述べている（「お目出たき人」、『日本文芸鑑賞事典』4、昭62・11、ぎょうせい、192頁）が、それは「意識」しえない「心情においては」「自分を恋しているのだ」という解釈であり、無意識の働きを指すものであろう。

　また、王泰雄の「「お目出たき人」における武者小路実篤文学の特質」（『日本文学論集』25、平13・3）は、この小説を「本能」「自我」「楽天性」「文体」の各視点から分析したが、この末尾の一節については「他者の自我を認めない矛盾を露出している」と解釈するにとどまっている。

＊24　「鶴」との恋愛関係の継続について、外尾登志美は「『お目出たき人』――自己の可能性追求の意欲――」（『国文学解釈と鑑賞』64―2、平11・2）で、主人公は「この時代の女性一般の自我のないあるいはあっても主張できない現実」の「的確

な客観的現実認識によって」「自己否定的思いに囚われるところを乗り越えた」と述べているが、主人公はそういう現実認識を含みつつも、さらに広がりのある世界観を持っていると筆者は考える。詳細は次注参照。

また、瀧田浩は「武者小路実篤の「それから」受容と歪んだ三角関係――「生れ来る子の為に」と「ある家庭」をめぐって――」(『立教大学日本文学』97、平18・12)において、「結末における鶴と工学士の結婚」は「自然崇拝に基づく恋愛至上主義」によって「大きく歪んだ三角形の構図」をなすもの、と興味深い指摘をしている。しかしこの作品においては、それは歪みの可能性ではあっても歪み自体ではない。付録の小説「二人」の四角関係は歪んではいない。歪みの解消は「自然崇拝」の成熟と表裏一体となって進むと筆者は考える。

*25 ここにはいくつかの興味深い問題が含まれるので、それらを少し補足したい。第一に、この小説末尾の一文は文芸の異化作用を持つこと。第二に、これを我々読者の問題、つまり寓喩と考えれば、人間関係の二重拘束《ダブル・バインド》から解放され得る可能性を持つこと。第三に、こうした世界観は人間の関係性として社会化し得ること。第四に、それは結婚制度に対する反措定《アンチ・テーゼ》の面を持つこと。この点は*24の瀧田の指摘に関連しながら、夏目漱石の小説「それから」のような悲劇を生まない社会を模索する動機となると考えられる。

*26 沼沢和子は「『お目出たき人』の恋と『世間知らず』の結婚」(『男性作家を読む フェミニズム批評の成熟へ』平6・9、新曜社)で、「現実に押しつぶされることを拒否し、絶望的な事態を、あるいは絶望しようとする自分の心の動きを「空想」の力でのりこえてゆく「空想家」(それを世間では「お目出たき人」と蔑称する)の造型が目的だった」と的確に指摘している。

また、鄭旭盛も「武者小路実篤「お目出たき人」論――「自分」の「空想」をめぐって――」(『日本文芸論叢』11、平9・3)において、「自然」に基づいた主人公の「空想」の力が、主人公に「不透明な「運命」そのものを、確かなものとして考え」させた、と同様な指摘をしている。

*27 テクスト〈三〉、85頁下~86頁上。「鶴と結婚が出来れば随分い、話のたねになるから、さう云ふ話に馬鹿に興味をもつ人はつい自分を揶揄ふかもしれない。/ その時自分はかう答へる。/『え、見初めて結婚したのです。残念ながら真の恋を幾分か知つた僕には貴君のやうに多くの女に興味を持つことは出来ません。何でもござれとはゆきません』/ かう云つて

自分は苦虫《にがむし》をつぶしたやうな顔をするだらう。さうして坐はそれが為に白らけるであらう。しかし自分にはまださう云ふ時に超絶することは出来ない。／　このことに超絶することが出来れば自分はもう道学者じやない。教育家でもない。さうしてもしその時皆が黙つてゐたら自分は話頭をかへるであらう。しかしなほ自分を嘲笑する人があつたら、自分は黙つて帰るにちがいないと思つた。かう思つた時自分は微笑んだ。」の一部。

なお、ここで「超絶する」とは、狭義の「道学者」や「教育家」を超えた広義のそれらであること、つまり〈自然〉信仰に貫かれた自信を持って行動できること、と考えられる。

＊28　付録の扉の引用は＊6と同書、108頁上に拠る。

＊29　「二人」は初め「聖なる恋」という題で『荒野』に収められた。したがって執筆日は「お目出たき人」よりも二年あまり早い、一九〇七（明治四〇）年一一月である。引用は同前、37頁上。

＊30　菊田茂男は武者小路の「『自己』『個人』『自然』『人類』などの概念が、すべてメーテルリンクの『智慧と運命』中の用語に負っている」と述べている（「メーテルリンク」、『欧米作家と日本近代文学』3、教育出版センター、昭51・1、291頁）。

＊31　米山禎一『武者小路実篤――日本の超越主義者――』（昭61・3、中華民国大新書局）で初めて検討が加えられ、小学館版『武者小路実篤全集』1に収められた。以後、武者小路初期におけるトルストイとメーテルリンクそれぞれの影響の期間やその濃淡に関する議論は、現在に至っても様々に続けられている。

＊32　「お目出たき人」では〈運命〉という理念も重要である。作中には「何にしろ自分は自分の鶴に対する恋程、智的な運命のことを考」えた恋はない、という表現もある（〈十二〉）。紅野敏郎によると、原稿から初版本への過程で、新たに「さうして鶴の運命が気になりだした。」という文章が加えられた（「解題」、＊6と同書、747頁上）という。この〈運命〉が鍵となる作品が、次章で論じる小説「世間知らず」である。

また、森田喜郎は「武者小路実篤における「運命」の展開」（『近代文学における「運命」の展開』平10・3、和泉書院）で、「自然と運命をやや同じに考えている」（182頁）と述べているが、この作品での「運命」の基本的な意味は、〈超越的自然〉による人間への現実世界における働きかけ、すなわち〈外なる自然〉と考えることができる。しかし、より重要なのは、この作品では、〈超越的自然〉自体は主人公を裏切ってはいないと、主人公に信じられているということなのだ。

＊33　引用は一九一一（明治四四）年二月一七日付小宮豊隆宛夏目漱石書簡（『漱石全集』30、昭32・8、岩波書店）、13頁下に拠る。

＊34　引用は一九一一（明治四四）年二月二四日付小宮豊隆宛夏目漱石書簡（同前）、14頁下〜15頁上に拠る。

＊35　初版本『お目出たき人』序文の引用は「自分は我儘な文芸、自己の為めの文芸と云ふやうなもの、存在を是認してゐる。この是認があればこそ自分は文芸の士にならうと思つてゐる。されば自分の書いたもの、価値は読者の自分の個性と合奏し得る程度によつて定るのである。従つて自分の個性と合奏し得ない方には自分は自分のかいたものを買ふことも読むことを《ママ》要求する資格のないものである。」の一部。引用は＊6と同書、79頁上に拠る。

なお、瀧田浩は「『お目出たき人』という回路——仰視と俯瞰の技法——」（『二松学舎大学東アジア学術総合研究所集刊』39、平21・3）で小説集『お目出たき人』の「序文において「我儘な文芸、自己の為めの文芸」を標榜する者が、なぜ素朴に主観を吐露して個性の理解をもとめる」「私小説を書かずに密かに虚構をほどこすのか」を問題としているが、筆者には、作者が文芸作品の創作にあたって「密か」な「虚構」を含む、様々な技法を用いるのは当然のことと思える。この序文は「かなり挑発的な内容の書物なのだから、わかる人間だけにはわかって欲しい」と、字義通りに理解すべきものと考える。

＊36　「お目出たき人」広告文は『白樺』明44・3などに見える。引用は＊6と同書、745頁上に拠る。

＊37　有島武郎「「お目出度人」を読みて」（『白樺』明44・4）。引用は『有島武郎全集』7（昭55・4、筑摩書房）、40頁に拠る。

＊38　「武郎さんに」（『白樺』明44・4）。引用は＊6と同書、364頁下に拠る。

＊39　「自分の立場（六号雑感のかはり）」（『白樺』明44・6）。引用は＊6と同書、368頁上に拠る。

第四章　小説「世間知らず」と〈運命〉

1　はじめに

一九一二（大正元）年一一月、書き下ろしで洛陽堂から刊行された、武者小路実篤第一の中篇小説「世間知らず」[*1]は、多数の書簡を含む構成方法と、結婚に至るまでの作者自身の恋愛体験という素材の特質によって、従来、実体験そのままの大胆な告白と見られてきた。また、そこに描かれた生々しい恋愛体験によって、前作「お目出たき人」のプラトニック性との断絶が指摘されてきた。しかし、いかなる素材に依拠しようとも、言語テクストであるこの小説「世間知らず」は、芸術的意図によって構成された一篇の虚構作品にほかならない。また、その題名からも知られるように、「世間知らず」と「お目出たき人」との間には、密接な内的関連があることは明らかである。本章では、作品の内容的、形式的中心部をともに〈運命〉という理念で捉えることによって、以上述べた点を検証したい。

2　伝記と虚構

言うまでもなく、この小説「世間知らず」には、後に付録として書簡集「AよりC子に」が付け加えられた。これは、「世間知らず」刊行の約五年後には、独立した一作品として発表された作品なので、それぞれを別々に検討することが可能である。[*2] そこで、最初に小説のみを考察の対象とする。なお、付録の書簡集を読んだ後に再び小説に戻って読み直すと、主人公Aの姿が少なからず異なって見えてくる。このような、小説本篇と付録の書簡集との関係については、また後ほど触れたい。

さて、虚構作品としての解釈のための問題点を明らかにするために、次に本文異同の主なものを挙げる。一九一二（大正元）年の初出から、一九一九（大正八）年の最初の再録の間に大幅な削除がおこなわれた。

私もういばらないわ、　〈二〉（121頁下15行～16行）

C子は淋しい女だと思つた。　〈二〉（122頁上24行～25行）

「酪酒屋の女か青鞜か」と云ふ人もゐた。　〈五〉（127頁下15行）

また、同じく初出から最初の再録の間で、次のような改変がある。初めが初出である。

C子の顔や手をおもちやにすることの出来ないのを　→　C子の顔や手にさはることの出来ないのを　〈十一〉（140頁上22行～23行）

二度目にあつた時既に肉交してゐる。　→　二度目にあつた時既に関係してゐる。　〈二十五〉（166頁上16行）[*3]

こうした初出から再録にかけて大幅な削除・改変は、校訂者の紅野敏郎によると、すでに日向の「新しき村」の運動が進展していた時点で、C子のことを配慮しての削除とのことである。[*4] 全体的にはその通りかと思われるが、たとえば最初の削除「「酪酒屋の女か青鞜か」と云ふ人もゐた。」の部分は、逆に青鞜の女性たちへの配慮によるものとも考えられる。また、二番目の「C子は淋しい女だと思つた。」の部分は、削除を受けるほどの意味を含む表現とは思われない。三番目の「私もういばらないわ、」という部分は、本文で二度繰り返された語句の片方を削っただけのものである。また、後の「肉交」から「関係」への改変は、C子以上のものへの配慮によるのではないだろうか。作者による作品の改変が、どのような意図によるかという問題は、いわゆるモデル問題とは切り離した上で検討すべき点もあるだろう。すでに触れたように、従来の研究史において、この小説があたかも作者の実体験そのままの大胆な告白であるかのような扱いを受けてきたことに、筆者は異を唱えたいと思う。

次に引用するのは、作者武者小路によるこの作品の序文である。

> 「お目出たき人」を公けにした自分にはこの小冊子を公けにする義務があるやうな気がする。然しその義務のみがこの小冊子を公けにさしたのではない。自分は恐らく「お目出たき人」を公けにしないでも、この小説は公けにしたらうと思ふ。この小説はある意味で自分の之からかくもの、第一章の気がする。しかし自分にだけさう云ふ気がするのかも知れない。この小説の書き方は自分に許されてゐる書き方の内最も自信のある書き方の一つである。しかしすべてゞはない。さうして勿論まだ過程にゐる。自分はまだ云ひたいことがあるけれど、何しろ物が物だから黙つてゐやうと思ふ。しかしこゝに書かれたことが外面的事実と寸分もちがわないと思ふ人があれば、それは作者の手腕を買ひかぶつてゐる人である。
>
> 『世間知らず』自序[*5]（傍点は筆者による。以下同じ。）

ここで、「こゝに書かれたことが外面的事実と寸分もちがわないと思ふ人があれば、それは作者の手腕を買ひかぶつてゐる人である」と作者のいう言葉は、どのように解釈できるだろうか。大津山国夫はこの部分について多くの証言を引用し、次のように述べている。

> 『世間知らず』（中略）の主人公はA、女主人公はC子となっている。そのまま武者小路と房子と考えてよいであろう。引用されているAの手紙もC子の手紙も、モデルの手紙そのままであり、「人物の名をかへた他は（中略）文句をまるでかへなかつた」という（『彼の結婚と其後』序）。（中略）初版本の自序に、「こゝに書かれたことが外面的事実と寸分もちがわ《ママ》ないと思ふ人があれば、それは作者の手腕を買ひかぶつてゐる人である」と記されている。事実と寸分もちがわない、ということはもちろんあるまい。房子から最初に届いた手紙は尾竹紅吉との連名であったが、これを房子だけの手紙のように書いた、という（『或る男』一四五）。こういう操作はほかにもあると思われるが、全体としてはむしろ事実に密着した小説であったといってよい。（中略）武者小路自身も刊行直後の『白樺』では、C子が八月《つき》で生まれたと書いたこと以外は「大概本当」と書き（「友に」大正元年12月号）、後年、「馬鹿正直の見本のような小説」と呼んでいる（『一人の男』二二）。房子は武者小路から送られたこの小説のゲラ刷りを読んで、作者の「馬鹿正直」ぶりにかなり不満であった（「AよりC子に」大正元年一〇月二三日の書簡参照）。この「自序」は房子の不満が届く前に書かれていたようだが、小説が事実そのままでないことを読者に印象づけようとする筆致は、武者小路の房子にたいする思いやりの自然な発露と考えるべきであろう。[*6]

先の紅野と同じように、大津山は「武者小路の房子にたいする思いやりの自然な発露と考えるべきであろう」と言うが、しかし、たとえどれほど多くの証言があろうとも、先の武者小路の序文は、いかにも真実にしか見えない作り事である、という自作に対する作者の並々ならぬ自信の言葉、と素直に考えたいと思う。それは、第一に、あらゆる〈書かれたもの〉は、あくまでも現実の模倣《ミメーシス》であり、虚構にほかならないからである。第二に、作品分析では、伝記的に何が書かれているか、ということよりも、虚構的にいかに書かれているか、ということの方が重要であると思われるからである。そこで、次にその後者、すなわち研究史上での作品解釈を見てみよう。

まず、本多秋五は次のように述べている。

主人公は子爵家の坊ちゃん、とはどこにも書いていない。しかし、家の女中が「女中仲間」と複数で書かれるような家の坊ちゃんである。大きな体をして生活費をかせぐ必要をみとめないで暮していられる、いわば歴としたお家柄の子弟である。（こういう家庭は、その当時はきわめて小数であったと思う。）主人公の母親は家の体面を気にする人である。この母親を主人公は深く愛している。その主人公が、一見キ印かと疑われかねない跳ね返り娘のうちに人間としての純粋さを認め、この娘と結婚してもいいと考え、「自分は又C子が勘当されているのが嬉しかった。自分の母の手前は少し都合がわるいけれども、なろうことならばC子が勘当されながら自分の妻に来てもらいたく思った。そうするとつまらぬ義理のつきあいはしなくってい、……」と少しも強がりでなしに考える。主人公は、ほとんど生れながらの革命家であるといってよろしい。この大きな坊ちゃんは、娘と二度目に会ったときもう野合して、後悔も不安も感じない。[*7]

本多は、作品の粗筋を記しつつ、主人公像を「ほとんど生れながらの革命家である」と解釈しているが、それは本当に「生れながら」なのだろうか。

また、紅野は次のように述べている。

> この『世間知らず』の主人公とC子との出あいから手紙のやりとり、あいびき、結婚に至るスピーディな経緯は、子爵の家に生まれたはずの武者小路にとって、大胆不敵といえる冒険的行為でもあった。なりふりかまわずに自分の意中の人に向って、自己の心に忠実に生きていこうとする。今日ならいざ知らず、この時代の男女のありようとしては破天荒のことといってよかろう。その破天荒な行動のなかで、周りへの顧慮をとり払い、一挙に結婚へのコースにひた走るのだが、C子の一本気の特殊なありようも、当時の新しい女の一種の代表とみてよかろう。[*8]

紅野は、作者と登場人物を同列に論じつつ、その彼が「なりふりかまわずに自分の意中の人に向って」、「一挙に結婚へのコースにひた走る」と述べているが、C子は本当に主人公の「意中の人」なのだろうか。また、主人公は、ただ単に「結婚へのコースにひた走」り得たのだろうか。これらの解釈は疑いなしとは言えないのではないか。その理由は後述する。

さて、作者武者小路は、彼の自伝的小説「或る男」〈百四十九〉の中で、小説「世間知らず」の創作意図を次のように解説している。

> この小説は彼の結婚を書くのが目的ではなかつた。彼は一方こゝで告白もしたかつた。又房子に瞞されてゐ

るやうに思はれるのもいやだつたのも事実だ。だがそれだけではなかつた。彼はこゝで自棄に落ち入つた女が、信用されることによつて、希望をとり戻す径路が書きたかつた。又一度道をふみ迷つた女が、あと戻りが出来ないやうに人々が思つてゐることに反対したかつた。

彼はその為めに、房子の廃頽した感じを初めの方に強く書かうとした。このことはよくなかつたかも知れない。だが賢き人は之によつて房子を非難はしないであらう。

道を一度ふみはづした女に対する社会の態度は、女の気持をどう変化させるかと云ふことは誰もが知つてゐる所であらう。彼はその社会の態度を正しいものとは思つてゐないのである。彼は後悔は生きなければならないものと思つてゐる。社会は後悔は先に立たずと云つてゐる。しかし後悔は次の時期に於いては先に立たなければならない。

しかし彼はこの小説で世間を非難しやうとは思はなかつた。たゞ世間を無視出来るものが、無視した処に興味をもつた。「世間知らず」ではあるが、「世間の知らないことを知つてゐる」と彼は私かに自信してゐるものである。

この小説には一つ大きな嘘がある。しかしそれは彼の告白にならず、妻の告白になる。妻は彼と結婚する前に彼に告白した。彼はそれを過去のことゝして責める気はしなかつた。彼にも責める資格はないのである。

彼は他人の告白をこの小説の内に書かうとは思はない。

彼は過去のことは現在と未来を生かすものとしてのみ、価値を認めようとするものである。*9

この中で最も重要な部分を引用しながら、本多は次のように批評している。

作者はこの作品について、「彼はここで自棄に落ち入った女が、信用されることによって、希望を取り戻す経路が書きたかった。又一度道をふみ迷った女が、あと戻りが出来ないように人々が思っていることに反対したかった。」(『或る男』)と書いているが、よく書けているのは主人公の気持である。主人公の気持は、この主人公と同種の精神構造の作者には普通なかなか直視することの困難なところまで突っ込んで書かれている。[*10]

つまり、作者の意図はC子の救済にあったが、しかし、より明らかに作品から読み取れるのは、主人公の自身に対する気持ちである、という意見であるが、この点には筆者も賛同する。つまり作者の意図と作品の表現が分裂しているということだが、問題となるのは、後者であろう。次にそれ、すなわち作品の構成と主題を分析する。意図と表現の分裂の問題はまた後ほど検討したい。

3　作品内容と〈運命〉

次頁図表**作品の構成**を参照されたい。この作品は、全二六章からなる。各章冒頭部には日時が記されていることが多いので、作品の時間進行を知ることができる。それによってこの作品は、五月中旬から八月中旬までの約三ヶ月間の出来事が描かれていることがわかる。その間にC子から全部で四九通の書簡が送られてきている。また、AからC子には一六通の書簡が送られている。

さて、この作品はAを視点とする一人称「自分」によって叙述されている。またAとC子の間の恋愛関係の進展

作品の構成

部	章	時間	C子書簡	A書簡	主な内容	AよりC子に
一	一	五月十五日〜一週間あまり	1〜5	①	C子の最初の書簡。	
	二	五月二十四日	6		C子の来訪。	
	三	五月二十五日〜その後	7	②	文通が盛んになる。	1
	四	ある朝	8	③	A、気分を害する。	
	五	その午後	9〜10	④〜⑤	仲直り。	
	六	その後	11〜12	⑥	C子、生い立ちを打ち明ける。	
	七	五月三十一日	13		C子、自己を語る。	
二	八	六月一日			鵠沼で関係する。汽車の事件で精神的絆を感じる。	
	九	その晩			友人らに簡単に報告。	
	十	六月三日	14	⑦	A、脅迫を疑う。	
	十一	六月四日	15		恩地宅で会ったC子と大津宅を訪問。最初の接吻。	
	十二	六月六日〜七日	16	⑧	C子、金を無心。A、絶交を覚悟。	2
	十三	その晩〜六月九日	17〜18		C子、弁解。仲直り。	3

	十四	六月十一日〜十二日	19〜20	⑨	料理屋で会う。金を渡す。	4〜5
	十五	六月十四日、十七日〜十八日	21〜22		料理屋で会う。性欲の弱さを心配する。	6〜8
	十六	六月十九日〜二十二日	23	⑩〜⑪	兄に知られる。C子を疑う。木村を訪問。	9〜14
	十七	七月三日〜二、三日後			恩地宅でC子と会う。帰途、金を渡す。	
	十八	ある朝〜二日後		⑫	C子を疑う。C子、来訪。A、信じる。	15
	十九	その夜中〜二日後	24〜25		田川に借金を依頼。	16
三	二十	（七月七日）	26		C子、書簡で結婚に触れる。Aの深い洞察。	
	二十一	七月九日〜十日	27		料理屋で会う。金を渡す。	17
	二十二	七月十一日?〜十六日	28〜29	⑬	C子、帰郷する。	18
	二十三	七月十七日	30〜31	⑭〜⑮	結婚問題を語り合う。	
	二十四	その時分	32〜45		愛に満ちたC子の書簡。	19〜21
	二十五	七月二十八日〜二十九日	46	⑯	林の言葉に不快を感じる。母と衝突。	
	二十六	その十数日後〜翌日	47〜49		母の賛成。C子、結婚の夢を語る。	22〜25

※1 「AよりC子に」の「1」は、書簡集「AよりC子に」の中のAからの第一信のことである。
※2 「主な内容」の項で傍線を付した部分は、それが世間との闘争、すなわち作品中の事件であることを示す。

をそのプロットとしているので、言うまでもなく主人公をAと考えることができる。[*11] この二人の恋愛関係は、〈八〉の鵠沼行きで肉体的にも精神的にも強まり、〈二十〉ではC子の書簡がAに結婚を決意させるまでに進展する。したがって、この作品は〈八〉と〈二十〉を境として、〈一〉から〈七〉までを第一部とし、〈八〉から〈十九〉までを第二部とし、〈二十〉から〈二十六〉までを第三部とする、三部構成と考えることができる。

「世間知らず」という題名からもわかるように、この作品は主人公Aによって、「世間知らず」たることの意義の肯定を試みたもの、逆に言えば、「世間」的なるものとの闘いを試みたものと考えることができる。この〈世間的なるもの〉とは、第一部および第二部では、C子を疑おうとするA自身の理性である。とりわけ第二部では、恋愛問題と経済問題とが錯綜し、きわめて鋭くAの理性を刺激する。そして二人の関係が安定した第三部では、この二人を取り囲む社会、つまり文字どおりの「世間」がその闘争の対象となる。構成の図の「主な内容」の項目で傍線を付した部分は、これらの闘争を指す。これは同時に、プロット展開に劇的緊張をもたらす事件でもある。しかし、最終章ではAにとっての「世間」の象徴であった、彼の母の賛成が克ち取られることによって、AとC子の物語は調和的世界のなかに収束することになる。

以上のように考えると、作品の主題はAをして〈世間的なるもの〉に勝利せしめたもの、と言えるだろう。結論から言えば、それはAの独特な〈運命〉への洞察ないしは信仰と言える。次にAと運命の関係を検討することによって、これを実証したいと思う。

まず、運命の一般的な意味を見てみよう。

うん‐めい【運命】①［名］幸福や不幸、喜びや悲しみをもたらす超越的な力。また、その善悪吉凶の現象。巡り合わせ。運。転じて、今後の成り行き。＊中右記―寛治七年一二月四日「夢想有二医師一、書二図我衣裳一、相レ我云、身体尤吉也、運命必可レ余二七十一」＊平家―二・教訓状「人の運命の傾かんとては、必ず悪事を思ひ立ち候ふ也」＊わらんべ草―四「知恵、才覚ありといふ共、うんめいあしければ、功をなしがたし」＊虞美人草〈夏目漱石〉五「君は日本の運命（ウンメイ）を考へた事があるのか」＊南史―羊玄保伝「文帝嘗曰、人仕官非㆓唯須㆒㆑才、亦須㆓運命㆒」（後略）

『日本国語大辞典』[*12]

うん‐めい【運命】人間の意志にかかわりなく、身の上にめぐって来る吉凶禍福。それをもたらす人間の力を超えた作用。人生は天の命（めい）によって支配されているという思想に基づく。めぐりあわせ。転じて、将来のなりゆき。平家二「当家の――尽きぬによつて」。「こうなるのも――か」「歌舞伎の――はどうなるか」

『広辞苑』[*13]

一般に「運命」とは、「人間の力を超えた」や「力」の「支配」による「作用」、ないしは「人間の意志にかかわりなく、身の上にめぐって来る」「善悪吉凶の現象」と考えられている。つまり、「運命」の背後に神のような超越的存在を想定する場合と、しない場合とがあるわけである。現代に生きる私たち一般も、また作品発表当時の一般の知識人たちも、後者、すなわち確たる超越者を想定しない場合に属するであろう。特別な宗教的思想背景がなくても、「運命」という言葉を日常生活の場で用いることは可能である。では、主人公Aの場合は、どうだろうか。結論から言えば、すでに述べたような、C子を疑おうとするA自身の理性のために、彼が選択の岐路に立たされた時、彼は「運命」を「信じる」という態度によって、自分の進むべき道を選択している。このことを、Aが「運命」に言及する部分のすべてと、それに関連すると思われる部分を検討しながら考えてみたい。

自分はくり返して読んだ。さうして自分は面白い、い、友達の出来たことを喜んだ、しかし又あまり馴れ

〳〵しく、うまいことを書くので恐ろしくも思つた。しかし自分は避けやうとは思はなかつた。むしろ正面にひきうけてゆく処まで行つて見やう、深か入り出来るだけ深か入りして見やう、ひどい目にあつたら、どうひどい目に逢ふか逢つて見やう、自分はC子がいくら勝気な我儘な利口な女であらうとも、女には負けないつもりでゐた。又自分にはC子を運命が自分に与へてくれた得やすからざる送り物のやうな気もした。〈三〉[*14]

Aが積極的に働きかけてくるC子を「避けやうとは」せず、「むしろ正面にひきうけてゆく処まで行つて見やう」とする理由は、「女には負けないつもりでゐた」からでもあるが、より大切なのは、AがC子を「運命」の「送り物」と考えていたからだ、という理由である。

藤沢についた時はもう夕方だつた。汽車がくるのに少しまがあつたので茶屋に休んだ。人々は二人を注意したけれども自分はもう馴れてゐたので別に不愉快を感じなかつた。さうしてこれから先きのことを考へて見たが自惚の強い自分には不安がなかつた。たゞあんまりC子が平気だつたのでいろ〳〵の男と関係して病気にでもなつてゐはしないかと一寸思つたがすぐうちけした。さうして何が起つて来てもそれは自分を成長させることにすぎないと思つた。二人は前よりもよく話をするやうになつた。〈八〉[*15]

こうしたAの覚悟によって初めて、「不安がな」く、「何が起つて来てもそれは自分を成長させることにすぎない」という、一見強烈すぎる程のAの自信が現れてくることがわかる。

僕は貴女を疑ひはした。しかし憎みはしなかつた。反つて同情した。僕はお人よしだ。優秀の人がすべてお人よしのやうにお人よしだ。自分はだまされても安楽に生きてゆける人間だ。〈十一[*16]〉

さきにAは自身を「自惚れの強い」と形容していたが、自身を「優秀の人がすべてお人よしのやうにお人よし」と言っているように、逆説的にその意義が強く肯定されている。

C子はもしかしたら矢張り自分を信用して自分にたよつてゐるふりして、実は金をしぼりとるだけしぼりとるのが唯一の目的じやないか知らんと不安に思つた。しかしそんなことはあるまい、自分はC子の心をみぬいてゐる心算だと思ひ返した。さうしてゆく処まで行つて見やうと思つた。〈十六[*17]〉

「ゆく処まで行つて見やう」と言っているのも、同じように、こうした根拠から来ているものである。

次に引用する部分には、今まで検討してきたような、Aの独特な運命信仰の特質が、すべて表現されている。

だまされてるのではないかと何度も思つたが、自分はそれよりもつよくC子を心の底では信じてゐた。自分は自分や自分の運命を信ずるのと同じ態度を以てC子を信じてゐた。自分はどうしてかC子を妻にすることによつて自分の世界は広くなり、深くなることを信じてゐた、自分は今迄の自分の恋を思つて、運命のいたづらを思つた。しかし自分は不安を感じなかつた。さうしてC子のやうに世間を恐れない人で始めて自分の妻になれるやうな気がして来た。自分は自分のお目出たい性質を笑つた。しかし自分は不安を感じなかつた。〈二十[*18]〉

これは、C子との結婚を決意したときの、運命に対するAの深い洞察の中心部の引用だが、それが作品のプロット展開の節目である〈二十〉で語られているということは、作品構成の面における、Aの運命信仰の重要性の証左にほかならない。

自分はC子に逢つてからよく友に「自分が失敗すれば自惚が強いからだ」と云つた。それはもしもの時の云ひわけの為だつた。しかし自分はそんな時の永遠に来ない事を腹では信じてゐた。それ程自分は自分とC子と運命とを信じてゐた。〈二十〉[*19]

考へて見れば随分乱暴な話である。自分はあたりまいの道をあたりまいの顔して歩いて来た心算でゐるが、二度目にあつた時既に肉交してゐる。いくら考へてもあまり賞めた話ではないやうだ。この事実は自分達に可なり復讐をしてゐる。しかし二人はたゞの一度も後悔しなかつた。自分はその時C子と結婚しやうと云ふ気はなかつた。しかしC子と自分の運命がそれによつてきづゝけられないことを信じてゐた。〈二十五〉[*20]

五時半頃林の処を辞した。帰りの電車で、なぜ自分は今度C子と結婚するかと云ふことを手紙風にかいて、今度の結婚に反対しさうな人に見せやうかと云ふ気がした。さうしていろ〳〵考へてゐる内に、自分とC子は実際運命に導かれた無二の良縁だと云ふ気がして来た。〈同〉[*21]

以上の三つの引用部分には、結婚の決断によって自身とＣ子の二人が共有することとなった〈運命〉への信仰が語られている。

「いくら家がよくつたつて、あれぢや仕方がないぢやあないか、妾はいゝとしたつて世間で笑ひますよ」

　自分はこの時、母はいゝことを云つてくれたと思つた。

「お母《たあ》さんそれはまちがつてゐます。お母さんがあの女がいやならいやと云つて下さい。世間の人が笑ふなんて云はれるといやな気がします。世間の人がなんと云つたつていゝぢやありませんか。世間の人はどうせ別に考へもしないで云ふのです。そんなことを一々気にしてゐたらきりがありません」　〈二十五[*22]〉

　世間の評判を心配する母に対して、Ａは「世間の人はどうせ別に考へもしないで云ふのです」と反論しているが、この「考へ」の内容が〈世間的なるもの〉と闘う武器であった、Ａ独自の運命信仰であることは言うまでもないであろう。

　さて、すでに見たように、「運命」の背後に神のような超越的存在を想定する場合と、しない場合とが考えられたわけだが、以上の検討によって、与えられた現実を「運命」と解釈し、それを信仰することによって、自信を持って自己を積極的に生かそうとしたＡの場合は、明らかに、その背後になんらかの超越的存在を想定している、と言えよう。つまり、Ａは宗教的思想背景のもとで運命という表現を用い、それによって初めて調和的にＣ子と結びつき得たと考えられるのである。したがって、ＡにとってＣ子を、紅野が述べたような「意中の人」とは考えにくいのではないだろうか。また、運命の信仰を必要としたＡが、本多の評するような「ほとんど生れながらの革命家」

などのような、特殊な先天的性格を持つ人物でないことも明らかである。また、Aは紅野の言うように、簡単に「一挙に結婚へのコースにひた走」り得ているのでもない。

Aの無用な警戒心がC子の協力によってひとつずつ解除されてゆく、しかしついに完全に解除されるにはいたらない、その経路がこの小説の読みどころであろう。AはC子に、「お目出たい俺だからこそ、真正面にお前をひき受けることが出来たのだ」という。しかし、Aは自分でいうほど「お目出たい」人間ではない。誰もが「お目出たい」人間になれるわけではなく、そのためには、世間的小智を流し去る覚悟と精進と天賦が必要であった。「お目出たい」人間たるべき覚悟をAに与えた功績の一半は、C子にある。[*23]

このように大津山は、本多、紅野らのように、主人公Aを単なる大胆な冒険者としては捉えていない。逆に、Aをやや小心な人物と批評し、代って、恋愛関係の進展におけるC子の役割を強調するという、斬新な意見を述べている。しかし、C子はAに本当に協力していただろうか。筆者には、むしろAの誤解を招く行動、言動の方が多いと思われる。それはむしろ「協力」ではなく、Aに突き放されては謝罪し、甘えることの繰り返しであるだけではないだろうか。また、C子に対するAの当初からの「警戒心」は、常識的に見て当然というほかはなく、決して「無用」のものではないであろう。すでに見たように、C子を疑おうとするAの理性の働きは、「世間知らず」たる者の反措定として、作品の中で重要な役割を負っている。大津山は、さらに、その「警戒心」が「完全に解除されるにはいたらない」と述べているが、筆者とは反対の結論である。[*24]

自分は之を読んで母のことを思つた。さうしてめでたし〳〵と思つた。さうして微笑んだ。
さうして之から先のことを考へた。〈二十六〉[*25]

これは作品世界の幕を閉じるAの最後の言葉だが、ここでAは「さうして之から先のことを考へた」と言っている。この時Aが何を「考へた」のかは、容易に想像し得る。つまりこれは、C子との事件がすべてにおいて調和的に終ったように、「之から先の」未来の生活も、自身の運命に対する深い智恵・洞察によって幸福に生きようとする決意の表白と思われる。ここに作品の深い余韻、情調が感じられる。大津山は、この深遠な一行をどのように解釈するのだろうか。

なお、この作品は二人の意識的〈世間知らず〉の結びつきを描いたものである。その意味で、AのみならずC子の〈世間的なるもの〉との闘いないしは対立をも示さねばならないであろう。そこで、次にその中心的部分を抜きだしておこう。

私はいろ〳〵のことをして居ります。私は何でもないと思ふことが人には意外の事であつたり、罪と云ふ名になつたりして居ります。そんなことがうるさくてしかたがありませんから何でも平気にしてそして自分をごまかして居ります。ほんとに私も利口さうでまぬけでこまります、それは伯母に申させますと世間をしらないからだ。世間を見ずに、人にもすれずにそして世間をこわがらないからこわいと申します。〈七〉[*26]

C子もまた〈世間知らず〉であった。しかし、それはAの言う〈世間知らず〉とはまた別物である。つまりC子の言葉はあくまでもC子の言葉であって、決してAの言葉ではないのだ。実はこの点にこそ、この作品の重要な構造的特質――この作品がAの叙述とC子の書簡の引用からなる、一種の書簡体小説である、という特質がある。次にこの問題を「作品形式と〈運命〉」という、やや比喩的な題名のもとで考えてみよう。

4　作品形式と〈運命〉

言うまでもなく、作品の外側には作者がおり、作品の内側には語り手と登場人物がいる。小説「世間知らず」の場合は、作者武者小路と、語り手でかつ登場人物である「A」と、その書簡によっておのれの肉声で語る「C子」との、三者が存在する。さらに、小説に五年ほど遅れて発表され、後に付録となった書簡集「AよりC子に」という、一種の物語についての物語《メタ・フィクション》をも考慮すると、小説「世間知らず」をとりまく状況には、かなり複雑なものがあることがわかる。これらの関係を、今ここでは「三つの物語」として、整理しておきたいと思う。

第一に、本篇の小説「世間知らず」と付録の書簡集「AよりC子に」の二作にまたがる、〈作者Aの物語〉である。第二に、小説「世間知らず」の語り手で登場人物である、〈語り手Aの物語〉である。第三に、小説「世間知らず」の登場人物で、かつ、そこに引用された書簡の書き手である〈C子の物語〉である。

まず、第一の〈作者Aの物語〉について考えてみよう。付録の書簡集「AよりC子に」を読むと、その書き手Aは、同時に本篇の小説「世間知らず」の作者でもあることがわかる。[*27] しかし一読して、この書簡集のA、すなわち作者Aは、小説「世間知らず」の主人公Aとはやや異なった風貌をしていることに気付く。

私は貴女とたゞ遊ぶだけでは我慢が出来ません。貴女を自棄の谷から引ずり上げないではゐられません。貴女の今迄の生活に何か後悔することがあつたら。皆それを貴女から取り去らなければゐられません。（中略）貴女は私によつて絶望からのがれやうとされなければいやです。私は今迄貴女が知らないものを貴女に与へたく思つてゐます。そのかはり私は誰よりも貴女を信じてゐます、

「ＡよりＣ子に」上、六月六日[28]

ここでＡは、絶望の自棄の谷の底にいるＣ子を救おうとする、慈愛に満ちた救世主のように語っている。しかしすでに見てきたように、小説「世間知らず」からは、Ａのこのような態度はほとんど読み取れない。本多が触れていたように「よく書けているのは主人公の気持」であって、Ｃ子の「更生」の希望ではない。この意味で、小心とも言えるほどに自分の信仰ばかりを語っていたＡを、大津山が「「お目出たい」人間ではない」と批評する[29]のは筋違いながらも、理解はできる。つまり、大津山はＡの信仰の意義を認めず、Ａが直接Ｃ子を信じていない点を批判しているものと思われる。もとより小説「世間知らず」では、ＡはＣ子個人を信じたのではなかった。あくまで運命という文脈《コンテクスト》においてのみ、Ｃ子の求愛を受け入れたのである。以上のように作者Ａの物語とは、Ｃ子救済という幻想の〈物語〉と言えよう[30]。

さて、次の引用は小説「世間知らず」について、作者Ａが説明している部分であり、小説「世間知らず」とこの書簡集「ＡよりＣ子に」を含めた全体をメタ・フィクションと呼べるゆえんである。

お前は何を怒つてゐるのか。少しもわからない。「お目出たき自分は……」と小説の中にかいてあるのを怒つてゐるのかい。俺は「お目出たくなかつたら」お前との事件はかう発展さすことが出来なかつたのにちがひな

い。「お目出たき自分は」と云ふのは「お目出たき人」の主人公に「世間知らず」の主人公をむすびつける為にもかいたのだが、事実俺はお前を何度も疑がつたよ。お前があんまりまぬけだからな。しかし俺はその疑つた自分を又疑つたのだ。（中略）お目出たき自分と云ふのは何でも物を肯定的に疑がうくせがあるからだ。（中略）俺の云ふ「お目出たい」と云ふ言葉の意味はお前にはわからないのだ。あれは俺の一生をつらぬいて働く最も高尚な力を仮りにあゝ名づけたのだ。

「AよりC子に」下、十月二十三日[*31]

始めつから俺がお前を信じてゐたらお前の俺に対する態度の面白さは半分以上なくなつてしまう。小説家の俺はその呼吸をちやんとのみ込んでゐる。

鏡花風の女にお前をかいたらお前はキザな女になつてしまう。疑がはれてゐるのに安心して心の底を見ぬきたよつてゐる所が珍らしい処の一つだよ。

同、十月二十五日[*32]

最初の引用文では、Aが小説「お目出たき人」の主人公かつ作者であることさえも語られている。また、ここでは「何でも物を肯定的に疑がう」という「「お目出たい」と云ふ言葉の意味」が、「俺の一生をつらぬいて働く最も高尚な力」と、高らかに称揚されている。引用の二つ目では、小説「世間知らず」でのAのC子に対する小心とも言えるほどの疑いが、充分に文芸的な意図による、虚構的誇張であることが明らかにされている。[*33]

第二の〈語り手Aの物語〉とは、すでに充分論じたような、小説「世間知らず」の世界のみを舞台としてAの運命の信仰をテーマとする、A自身の物語のことであるのは言うまでもない。[*34]

しかしすでに触れたように、小説「世間知らず」は、Aの叙述とC子の書簡の引用からなる、一種の書簡体小説という特質を持っている。C子はAの叙述という、一種の制度的枠組みの中で、その書簡によっておのれの肉声で語っている。それは、小説という宿命的な語りの構造を一挙に相対化する、いわば小説における〈他者〉の登場と言うことができる。これが第三の〈C子の物語〉である。我々読者はC子の書簡を直接読むことができる。一方、小説の事件展開に対しては、語り手Aという媒介者を通して、比較的客観的な距離を保つことができる。これらの直接性と間接性とによって、我々は、作者のみならず、語り手の意図をも相対化することができる。つまりこの小説を、C子が疑惑と防御心に満ちたAをいかに自身のものとしたか、その過程の表現と読むことも可能なのだ。

　大津山は次のように述べている。

> 小説の後半において、C子はすっかりAによって去勢されたかのように見える。（中略）C子らしからぬことであるが、仔細に読めば、C子を統御したと思っているらしいAがかえって虚勢をはる子供のようにみえ、従順にして可憐なC子像がかえって妖しい力強さを発揮してくるから不思議である。変幻自在のC子にくらべて、Aの心はまだまだこわばっている。C子の過去をいわゆる前非としてとらえ、自分をC子とその家族にたいする「優勝者」として認識したとき、彼の人間としての硬化が始まったようである。C子もAも、C子はAとの結合によって救われたと思っている。しかし、ほんとうに救われたのは、むしろAの方だったのではあるまいか。Aは自分でいうほど「お目出たき人」でもなければ「世間知らず」でもない。それに徹底したいと願いながらいまだに徹底できない、中途はんぱな人間である。こういう感想が誘い出されるのは、この小説の巧妙なカラクリのせいであろうか、それとも、相愛の男女とはそういうものなのだろうか。[*35]

最終部ではすっかり手懐けられ、「従順にして可憐」なように見えるC子の、「変幻自在」で「妖しい力強さ」が新たに感じられてくる。大津山は再度ここでAの「お目出たき人」や「世間知らず」への「徹底できない、中途はんぱ」を指摘し、続けて「こういう感想が誘い出されるのは、この小説の巧妙なカラクリのせいであろうか、それとも、相愛の男女とはそういうものなのだろうか」と興味深い指摘をおこなっているが、こうした指摘を整理するのが、筆者がこれまで述べたような、一見煩瑣にも思われる三つの物語構造の階層化をおこなった目的である。

つまり、作者AがC子を救済しようとしながらも、語り手Aが自己の信仰に汲々としているばかりで、逆にC子が自身の肉声でAを手懐けたようにも見える、という三つの物語の階層をいっしょくたに考えると、確かに大津山の言うように、Aは不「徹底」で「中途はんぱ」にも見えてくる。しかし、それぞれの物語を独立させて考えれば、これらの物語に対して、また別の異なる解釈が出てくるのは当然のことである。つまり作品に対して、こうした多様な解釈が可能であるという状況は、まさに我々が生きている現実世界の恋愛関係とほとんど変らないのではないだろうか。小説「世間知らず」は、一篇の虚構作品であるという理由以上に、構造的に作者や語り手の意のままにはならない〈他者〉が登場する作品であるという理由によって、〈運命〉という形式を有する作品であると言えるのではないだろうか。

5　武者小路実篤と〈運命〉

まず、小説「世間知らず」と小説「お目出たき人」との関係を考える。

大津山は次のように述べている。

『世間知らず』の「自序」に「『お目出たき人』を公けにした自分にはこの小冊子を公けにする義務があるやうな気がする」とある。『世間知らず』の世界は、「お目出たき人」の地つづきにはなく、その川向こうにあった。「公けにする義務」は、両者の結節面を示すためにではなく、切断面を示すために必要だったのである。

（中略）Aは、「なぜ自分は今度C子と結婚するかと云ふことを手紙風にかいて、今度の結婚に反対しさうな人に見せようか」と考える。『世間知らず』執筆の現実的モチーフはここにあった。それは「お目出たき人」の単なる姉妹篇であってはならず、「お目出たき人」ファンに対する挑戦的な宣言の書でなければならなかった。[*36]

大津山は、「世間知らず」の自序の「『お目出たき人』を公けにした自分にはこの小冊子を公けにする義務がある」という作者の言葉の「義務」の意味を、この二つの小説の「切断面」を示す義務と解釈し、「世間知らず」を「『お目出たき人』ファンに対する挑戦的な宣言の書」と規定している。確かに、この二つの小説に描かれていた恋愛の外形は、大きく異なると言えよう。「お目出たき人」では主人公の一方向的な、観念的恋愛であり、「世間知らず」では肉体関係を伴いつつ結婚に至る、現実的な恋愛である。また、恋愛対象の女性像もまったく対照的である。

しかし、まず両者の題名には類似性がある。「世間知らず」にしても「お目出たき人」にしても、一般的には蔑称に用いられる表現である。それをあえて小説の題名とした以上、そこには逆説的な積極的意味付けが認められるはずだ。そしてそれは、題名のみにとどまらず、作品のテーマに関わる問題となる。

前章で述べたように、「お目出たき人」とは、非日常的洞察によって感動的に発見された、深層の驚くべき自己のことである。つまり、「お目出たき人」の主人公は、〈自然〉と深く結びついた、この深層の自己に従うことによって、「鶴」の結婚という悲劇的現実を超越し得たのである。そして一方の「世間知らず」とは、すでに見てきたように、独自の「運命」信仰によって初めて、「世間」からは、冒険的にも大胆にも見える恋愛結婚を成就させ得た人物のことなのである。「お目出たき人」、「世間知らず」の両者ともに、主人公の努力によってそうあり得た、理想的人間像なのである。

次に、この両者の相違点を考えてみたときに、「世間知らず」が「世間」、すなわち現実の社会を想定しているのは興味深いことである。「お目出たき人」においては、主人公の内面からの感情が中心に描かれており、彼はそれを〈自然〉として尊重した。それに対して「世間知らず」では、主人公に対する外界からの作用が中心に描かれており、彼はそれを〈運命〉として尊重したのである。この〈運命〉が〈自然〉の意志によるものであることは言うまでもない。ここに小説「お目出たき人」から小説「世間知らず」への変化が、発展的転換であることが明らかになる。作者武者小路は、外形的には異なる二つの恋愛の「結節面」を示すために、「「お目出たき人」を公けにした自分にはこの小冊子を公けにする義務がある」と語ったのである。[*37]

最後に「運命と自分」(『白樺』大2・10)という、武者小路の評論の一部を引用しよう。

> 自分はこの頃やゝもすると一種宗教的気分になる。何者かに自分の運命が支配されてゐるやうな気がする。(中略)自分は或る生長してゐない、或は或る片輪に生長した個人に向つては自我の権威を主張するけれども、元来は自分を支配してゐるものに権威があるので、自分自身には権威がない。(中略)自分に課せられた道を自分が歩いてゐる時にのみ、又自分に課せられた道を何処までも歩かうとする時にのみ自分にある権威を感ずるが、それもあるもの、自分の云ふ自然によつて権威を感ずることを命じられて感ずるので事実何者からも切り

はなされた自分が感ずるのではない。其処に宗教的気分が起る。自然に見込まれて使命を与へられやうとしてゐると云ふ敬虔な念が起る。[*38]

この文章には、〈自然〉と〈運命〉と〈自己〉との関係が、武者小路独自の宗教的枠組みの中で語られている。こうして彼は、以後「わしも知らない」（大3・1）、「その妹」（大4・3）など、運命と人間との鋭い対立を描いた、よりドラマティックな作品を発表していくことになるのである。

注

*1　次にその主な書誌を挙げる。

①一九一二（大正元）年一一月一四日、書き下ろしで洛陽堂から『世間知らず』として刊行。

②一九一九（大正八）年一一月一八日、聚英閣刊行の『一つの道』に「お目出たき人」と共に再録。

③一九二二（大正一一）年六月三〇日、新潮社刊行の『武者小路選集』3の「彼の結婚と其後」に再録。

その後、芸術社版全集、新潮社版全集などに収められ、最新の小学館版全集は①を底本としている。本章では以後、この『武者小路実篤全集』1（昭62・12、小学館）をテクストとして用いる。

*2　AよりC子宛の三八の書簡からなる書簡集「AよりC子に」は、一九一七（大正六）年七月、我孫子刊行会刊行の『不幸な男』に、それまで『白樺』などに発表されたものなどを含めて、初めて整理して独立した一作品として収録された。これは「世間知らず」が一九二二（大正一一）年新潮社刊行の『武者小路選集』3に再録された際には、初めて付録として収録された。しかし、後の芸術社版全集には作品自体収められなかった。新潮社版全集では再び付録として収録され、最新の小学館版全集では収録に加え、先の『武者小路選集』3に収録の際に削除された部分が補われている。

*3　主な削除には、他に次のようなものがある。

「兄がたいいはいした姿だと申します。」　〈六〉128頁上21行〜22行

「M、とは去年からよびます、」　〈六〉128頁下9行

「こ、に註として次ぎのC子からの手紙をかきそへる、それは余程あとにC子が故郷に帰つてからよこしたものだが、「父の生家は名高い旧家で真鍋と申ます、父は二十《はたち》の時今の家に養子にまゐりました。本宅に今年六十二になるお母さんが居ます《戸籍上私等姉妹三人の母（兄と云ふのはC子の父の義妹の長男なのだ）》そして番頭夫婦にまかせきりにして父はちつともまゐりません、一年に一度づ、夏、妹たちをつれてまゐりますきりでしじゆうこの家に母と居ります、父は母のない子供は可愛さうだと申します、私はよく小供のころうちの母のことを、父が私が可愛い、為に母と呼ばせておくのだと申ましたのがどんなに不思議に、口悔しかつたか知れません。」C子の父は可なり名の知れてゐる政治家なのだ。

自分はついでに、こ、に自分の父が自分の三つの時死んだこと、自分の兄が独逸に行つてゐること、自分が母とくらしてゐることをつけ加へておく。」　〈六〉129頁下12～24行

「自分は何度も接吻した。」　〈十一〉142頁上23行

「今年四十四五で柳川ますと申ます、」　〈二十〉156頁上10行

「さうして母は私を八月で生みました。」　〈二十四〉163頁下22行～23行

「私はどうしても他人に犯されるのはいやでございます。」　〈二十六〉169頁下9行～10行

なお、書簡集「AよりC子に」については、＊2で述べたように、一九二二（大正一一）年の新潮社版『武者小路選集』3に再録された際に削除、改変があった。削除の重要な部分を次に挙げる。

〈下〉に属する「十月二十五日」の項より「十一月四日朝」の項まで（184頁上7行～188頁上23行）はすべて削除。

「私は人ごみの処へ行くとなるべく注意をされないやうな態度をとつてゐます。」　〈上〉五月二十六日　170頁下12行～13行

「何しろ正直にかいたものだから。……（以上始めて公けにす）」　〈中〉八月八日朝　182頁下23行～24行

以上、書誌および本文異同は、すべて紅野敏郎「解題」（『武者小路実篤全集』1、昭62・12、小学館、747頁下～750頁下）を参考とした。

＊4　同前、748頁上。

＊5 「世間知らず」自序の引用は＊3と同書、119頁。

＊6 大津山国夫「『世間知らず』とC子」(『武者小路実篤論――「新しき村」まで――』、昭49・2、東京大学出版会)、248頁～249頁。

＊7 本多秋五「代表作についてのノート」、『『白樺』派の作家と作品』、昭43・9、未来社、60頁。

＊8 紅野敏郎「武者小路全集――初版本の意義――『世間知らず』(本のさんぽ―183)」(『国文学』昭62・11)。

＊9 「或る男」〈百四十九〉の引用は、『武者小路実篤全集』5(昭63・8、小学館)、220頁上～同下に拠る。

＊10 本多秋五、＊7に同じ、61頁。

＊11 正確には、主人公は「A」という名を持つ「自分」である(ただし、作中で「A」という文字は〈二〉の最後の方の母の言葉「女中が芸者が素人にばけて来たのかも知れないと云つてゐたから、Aのやうな人の処へ押しかけてくる程実意のある芸者ならおいてやつてもい〻と云つてやつた」の一ヶ所に見られる)。しかし、登場人物・語り手・作者の三様の「A」を並置して整理するために、本章では主人公を「A」と呼ぶこととする。

＊12 『日本国語大辞典』2(縮刷版、昭54・12、小学館)、122頁。

＊13 『広辞苑』(第4版、平3・11、岩波書店)、266頁。

＊14 テクスト〈三〉、124頁上。

＊15 テクスト〈八〉、135頁上。

＊16 テクスト〈十二〉、143頁下。

＊17 テクスト〈十六〉、150頁上。

＊18 テクスト〈二十〉、157頁下。

＊19 同前、157頁下～158頁上。

＊20 テクスト〈二十五〉、166頁上。

＊21 同前、166頁下。

＊22 同前、167頁下。

＊23　大津山国夫、＊6に同じ、264頁。
＊24　後に引用するが、大津山はC子の自由さと対照的なAの硬直化を指摘している（同前、267頁）。
＊25　テクスト〈二十六〉、170頁上。
＊26　テクスト〈七〉、130頁上。
＊27　題辞にも「（『世間知らず』の主人より女主人公に。）」とある。
なお、沼沢和子は「『お目出たき人』の恋と『世間知らず』の結婚」（『男性作家を読む フェミニズム批評の成熟へ』平6・9、新曜社）の注（5）で「寺沢は触れていない「Aの手紙三つ」の存在」を指摘している。この「Aの手紙三つ」とは、単行本『世間知らず』出版翌月の『白樺』（大元・12）に「（Aは拙著「世間知らず」の主人公なり）」という題辞とともに発表された、「或人に」、「C子に」、「友に」の三通の「手紙」からなる書簡体小品である。この作品には「或人」および「友」という、「C子」以外の人物にも宛てられた「手紙」であるという点で、またおそらくその内容から、かつて再録されたことがなかったという点で、書簡集「AよりC子に」とは異質のものであるが、それに付せられた題辞によって、作者Aの物語に属するものと見なすことはできる。
＊28　「AよりC子に」上、六月六日の引用は＊3と同書、171頁上〜同下に拠る。
＊29　大津山国夫、＊23に同じ。
＊30　なお、次に「AよりC子に」から、作者Aによる、「運命」への言及部分を二つ挙げておく。
「段々貴女が好きになります。もう今より貴女が好きになると困ると思つてゐます。自然はいたづらものです。運命もいたづらものです。貴女とこんなに親しくならうとは思つてゐませんでした。」　〈上〉六月十五日、174頁上
「運命はへんな方法で君と私をむすびつけましたね。私達はこの運命に感謝して最もい、運命を生まなければなりません。」　同　七月八日、178頁下
特に最初の引用は、「運命」の背景の超越的存在と思われる「自然」について触れている点に、興味深いものがある。
＊31　「AよりC子に」下、十月二十三日の引用は＊3と同書、183頁上に拠る。
＊32　同、十月二十五日の引用は、同前、184頁上〜同下に拠る。

＊33　なお、先に見た「或る男」〈百四十九〉の中でも、C子ならざる房子救済の意図、そのための「房子の廃頽した感じ」の誇張の意図、さらには「一つ大きな嘘」という虚構がこの作品に加えられていたことが明らかにされている。これらは〈作者武者小路の物語〉ということになり、またここにも〈作者Aの物語〉と同じように、作者の意図と作品の表現との分裂を指摘することができる。

また、河原信義は「武者小路実篤ノート――『お目出たき人』と『世間知らず』――」（『研究紀要（立教高等学校）』26、平8・3）で、小説「世間知らず」と書簡集「AよりC子に」の内容と表現を比較検討し、武者小路の「創作の過程」ないし「虚構の技法」を考察している。

＊34　正確には、語り手と登場人物とは、たとえ同じ「自分」であっても区別して論じ、その距離や時制を注意深く検討すべきであるが、三つの物語として考察を進めている本章では、その区別なしにまとめておくこととする。

＊35　大津山国夫、＊6に同じ、267頁。

＊36　同前、261～262頁。

＊37　江種満子は「一九一〇年代の日朝文学の交点――〈白樺〉・〈青鞜〉と羅蕙錫」（『文学部紀要（文教大学）』20―2、平19・3）で、この「二つの小説の主人公は「お目出たい」点において同一人物である。さらに言えば、『お目出たき人』の主人公の〈お目出たさ〉を『世間知らず』の作者もまた共有しようと、意志的に決めている。『それから』の恋の結末のつけ方にも不満だったのも、宮城ふさとの恋をスキャンダラスに報じて嘲笑した新聞の三面記事に動じなかったのも、自己の欲望を信じておしていく〈お目出たさ〉を、実篤がすでに思想にまで鍛えあげていたからだ」と鋭く指摘している。

＊38　「運命と自分」の引用は、＊3と同書、574頁上に拠る。

第五章　〈初期雑感〉の特質——〈聖典〉としての文芸——

1　はじめに

武者小路実篤の初期の〈雑感〉は、一九一三（大正二）年一二月、感想集『生長』として上梓された。それを原型とし、後に何度か編集し直されたものが、現在〈初期雑感〉と呼ばれるものである。それらの中には作者自身を表現する意味での私小説性や、きらめく個性の表現を凝縮した詩的特質、あるいは折々に湧き出るパトスの表現としての劇的本質など多様な文芸的特質を持つ作品がある。本章ではこのような〈雑感〉全体を武者小路が創造したジャンル、一種の〈聖典〉の様式と考えることで、その文芸的特質を解明したい。テクストとしては、これまで未収録であった初期の〈雑感〉をほぼすべて網羅した、最新の「新編生長」を用いる。[*1]また、ここで「初期」とは大津山国夫の言う「「自然」の時代」に当る一九〇八（明治四一）年から一九一三（大正二）年まで、筆者による時期区分では、初期〈習う〉時代の最後の二年から、前期〈創る〉時代までのものとする。[*2]

2　ジャンルの創造と読者への架橋

本多秋五は〈初期雑感〉について、武者小路の「初期」の「仕事全体のうち」、この「時評的感想は、もっとも面白く、且つもつとも重要なもの[*3]」と述べているが、武者小路自身は「感想」ではなく「創作」の方に自信を持っている。「自分の感想と創作」（『白樺』大元・12[*4]）には「大概の人、殊に文学に通じてゐる人は僕の創作を軽蔑して感想の方をいく分かとり処があるやうに云ふ」が、「自分はどうしても創作の方がいく分か生命のある気がしてゐる」とある。感想集『生長』以外の同時期の主な「創作」には、小説「お目出たき人」（明44・2）や「世間知らず」（大元・11）、戯曲集『心と心』（大2・12刊）に収録された作品などがある。これらが「感想」よりも面白くなく、重要でもないとは言えないが、〈初期雑感〉という形でまとめられたものの味わいが、明確な形式を持った他の作品にはないことは確かである。その本質は何であろうか。

〈初期雑感〉には随筆、詩、会話、小説、公表書簡、評論、回想など様々な形式を有する作品が含まれているが[*5]、それでは〈初期雑感〉とは、このような詩や会話や小説などを除いた、純然たる随筆のたぐいを指すのかというと、そうではない。そもそも武者小路は〈雑感〉の諸作品の形式による分類を拒否する。『白樺』一九一一（明治四四）年五月号に「日記の内より」という題名のもとに発表されたものは、会話形式の作品一篇と詩形式の作品二〇篇だが、その表現形式について述べている序文によると、これらの作品は「論文」でも「小説」でも「詩」でもない。「何ものか」もわからないが、しかし、このようなものに「最も自信」があるのだという[*6]。つまり武者小路はこれらの断片的文章を〈雑感〉という一つの新しいジャンルないしは様式として創造したというのである。次に挙げる感想集『生長』の広告文には〈初期雑感〉の文芸的意義がほぼ語り尽くされている。

　この書は著者が五年の間にかいた感想を集めたものである。著者は自己の感じたことを最も直接法に自由にこの書の内に発表してゐる。その内には詩の形、対話の形、手紙の形、物語りの形、論文の形をとつたものがある。さうして著者の智も情も意もこの書の内にたたき込まれてゐる著者《ママ》はこの書に於て先づ自己を生かさうとした、自己の一生に力と希望と意義を与へやうとした。さうしてそれがとりもなほさず若い心をもつ人々に力と希望と意義を与へることを信じてゐる。（本屋にたのまれて嘘をつかぬ程度で、著者）[*7]

それは、「詩の形、対話の形、手紙の形、物語りの形、論文の形」をとって「自己の感じたことを最も直接法に自由に」「発表」するという、〈雑感〉というジャンル創造の意義、そしてそれによって「先づ自己を生か」し「自己の一生に力と希望と意義を与へ」、「それがとりもなほさず若い心をもつ人々に力と希望と意義を与へることを信じてゐる」という、作者と読者の間に架橋された作品のテーマの持つ意義である。次に、ここで述べられた二つの意義を〈初期雑感〉の形式と内容それぞれの特徴の検討を通して考察したいと思う。

なお、ジャンルの創造という筆者の考え方について付言したい。日本文芸における随筆の伝統は、文芸の第四の様式としての自照の系譜とも考えられ、〈初期雑感〉における自然観照、自己観照の表現もまた伝統の継承と見ることができる。一方、本多秋五の言うように「即興的に、思つたことを思つたままに書く、といふ」「「雑感」といふ形式は、おそらく武者小路さんの創始にかかるもの[*8]」という見方があり、また近代における随筆文芸の流行も大正末期以降のことである。本章では、その「創始」の武者小路的な意義に絞って問題を考える。

3　力のある短句の集合

最初に武者小路の〈初期雑感〉の形式的特徴をまとめると、創作時のリズムの重視と作品の短さ、用語の易しさ、そして多作による重複と反復である。

まず、リズムの重視と作品の短さについて見てみよう。「あいつ」という作品（『白樺』大2・6）[*9]は、武者小路とおぼしき作家の書く〈雑感〉をめぐる批評の対話ないしは会話である。この二人は作家「あいつ」に厚意的ではあるが、それだけに本質的な批判者でもある。さて、ここではまず一方が「あいつはかきたいものがある時、すぐかくからいけないのだね。切角大きいものがかける材料を摑んでもあいつは何時もそれを小さい儘にはきだしてしまう。さもなければ切り売りをしてしまう」と述べ、作品の短さが「材料」すなわち素材の未熟として批判される。それに対して他方は「あいつはかきたいものが出来た時に、すぐ書かないとあとでもう再びかくことの出来ない性質に生れついてゐる」ので「ある興奮を感じた時、その興奮のリズムにあはせて作品をつくり上げないと、再び作品をつくること」ができないと答えている。つまり「リズム」が素材よりも優先される結果、作品は短くならざるを得ないということである。ここで「リズム」とは、ある強い感情の直接的な描写と考えられる。

「一行でかけるものを」（『白樺』大2・4）[*10]という警句を次に示す。

一行でかけるものを三行でかくことは恥辱である。
三行でなければかけないものを一行でかくのは卑怯である。

これは、贅言を省く能力への自尊心と、凝縮し過ぎて逃げとなった言葉への批判を述べたものと考えられる。また、この作品自体が二行と非常に短く、これによってその短さの適切性が、強いリズムで述べられている。

次に用語の易しさについてであるが、短詩型の文芸では一般にその表現の技巧が特に重要となる。しかし、武者小路の文章一般がそうだが、短い作品の多い〈初期雑感〉にもまた、難解な抽象的表現や飛び抜けて非日常的なイメージの連鎖といったものはない。「無限の言葉」（『白樺』明45・2）[*11]という感想では、「自分は女が好きだと云ふ言葉」を例として「この言葉のふくむ含蓄」の「はかり知れぬ深さ」の伝達の難しさを指摘している。一方、「自分の言葉」（『白樺』大2・3）[*12]では「自分の言葉には如何にも詩らしい処がない」と自己批判し、「出来るだけ「はりきつた感情」をうたう為に翼の生へた言葉が自分の内からあふれ出るやうにしたい」と述べている。しかしここでわざわざ敢えて「「はりきつた感情」をうたう為に」と断るのは、むしろ、そうした充実の美の表現と「翼の生へた言葉」の共存の矛盾を指摘しているようにも思われる。充実美は単純《シンプル》な表現を求めるということであろう。

さて、〈初期雑感〉の作品数の夥しさという特徴についてはあえて触れるまでもない。それも、似たような内容が繰り返し述べられるのである。〈雑感〉様式の欠点とも言い得るこの特徴については、先の「あいつ」では「あいつの沢山かくのは乱作とはちがう、さうしてあ、云ふゆき方をする奴は沢山かけばかく程自分と云ふもの、印象がはつきりしてくるのだ」[*13]とその意義が述べられている。つまり、「自分と云ふもの、印象」の明確化が作品の多量さの原因である。では、何のためにそれが必要となるのだろうか。このことは〈初期雑感〉の内容の問題となってくる。

ところで、早く一九〇七（明治四〇）年八月一〇日付けの志賀直哉宛の書簡[*14]で武者小路は、雑誌発刊の意義を説明する、「吾人は人間なり、して読者諸兄も人間なり、吾人の真心より出づるものはいかで諸兄の真心に通ぜざらんやこれ吾人の敢てこの雑誌を発刊せし故なり、他に故なし」という人間への信頼を語る言葉に続けて、「論語でもバイブルでも短句の集合だ、短句は長篇と同一の力のあるものだ」と述べている。ここでは人間に対する信頼を語るのに用いられる「短句」の有効性を、「論語」や「バイブル」という儒教やキリスト教の聖典を例に引いて説明している。武者小路の〈初期雑感〉の形式の特徴は、リズムのままに、短い文章を、易しい言葉で、繰り返し書く、ということであったが、そのような「短句の集合」は「長篇」に劣らず「力」強いものとして初めから意識されていたのである。それをここで聖典の形式として例に引いているのは暗示的であるように思われる。つまり、聖典とは神を語る言葉の集合体にほかならないが、〈初期雑感〉の形式は、武者小路の〈神〉を語る形式、すなわち聖典の形式と言えるのではないだろうか。

4　自己の内なる〈自然〉の表現

〈初期雑感〉の内容的特徴は、総じて、深い個性（主観性）の探求を通して自己、人類、自然の表現を目的とするということである。

「自分の筆でする仕事」（『白樺』明44・3）[*15]では「自分の筆をとるのも実に自我の為である、それ以外の時には自分の筆はす、まない。しかも他の誰人よりも直接に自我の為である。この点が自分の特色である、同時に欠点である」と「自我の為」の文芸という「特色」を強調している。また「自分の立場」（『白樺』明44・6）[*16]には「自分は絶対的に自分の性格に」頼り、「自分の思ふこと、感じること」すなわち「自己のうちに自我と他人と、人類と、自然とをさがし出してそれを紙の上にぶちあけることより外の能力はない」とあるが、ここでは「自我の為」の文芸の内容、およびその形式との関連の密接さが述べられている。つまり、武者小路にとって「自我の為」の文芸とは、「自己のうち」なる「自我と他人と、人類と、自然」という内容を表現する形式にほかならない。先に見たような、「自分と云ふもの、印象」の明確化が必要とされるゆえんである。

「自己のうち」なる「自然」の表現は「賞翫者と批評家と創作家に」（『東京朝日新聞』明43・5）[*17]で、「個性を発揮すれば発揮する程作品の範囲の狭くなること」は「お互の個性にとつて仕幸なことである。かくて分業が行はれ進歩してゆくのである」と述べられているような、個性の狭さと深さの積極的な肯定によっておこなわれる。こうした個性の純化は武者小路の言う〈自然〉に到達する適切な方法ではあるが、これを批判的に見れば、武者小路は敢えて一般性、客観性を排除するという方法を意識的に取っているわけである。それは文芸の内容的社会性、形式的一般性という〈広さ〉との対立概念となる。そこでは、思想の合理主義的構築や形式の客観化が第二義的な問題であることが、意識的に強調される。これは「広汎な同情」の欠如として、有島武郎に手厳しく批判された点である。[18]このような一般性の排除は、その代償として受容層の限定を生まざるを得ない。武者小路文芸の本質的長所と短所はここにある。『白樺』一九一一（明治四四）年四月号の「六号雑感」には、次のような興味深い一節がある。

○自分は何等かの意味でも自分を尊敬することの出来ない人と話をするのはいやだ。又そのやうな人に自分の書いたものを読まれるのはいやだ。自分は何等かの意味で自分を尊敬することの出来る人の為めに生きてゐるのだ。又筆をとるのだ。
○自分の書いたものを面白く思へない人は自分を何等かの意味でも尊敬することが出来ない人だ。自分の書いたもの、価値は読者が自分を尊敬する程度によつてきまる。だから自分のものがつまらなくともそれは自分の罪ぢやない。[19]

大津山国夫の指摘[20]のようにこの文章の「自分」はすべて筆者武者小路自身を指すが、ここで武者小路は作者への尊敬の度合いが作品の価値を決定すると述べている。もし作品が駄作に見えるならばそれは駄作に見えた読者の方が悪いというのである。つまり作品とはいわば普遍的な神の言葉のようなものであり、したがってそこには駄作などなく、すべてが優れた文芸作品だということになる。しかしこれは、先の志賀直哉宛書簡の「吾人は人間なり、して読者諸兄も人間なり、吾人の真心より出づるものはいかで諸兄の真心に通ぜざらんや[*21]」という了解を前提とする、「六号雑感」らしい誇張のレトリックである。もちろん、読者による作品の評価もまた作者にとって普遍的な神の言葉であるということもない。その問題は、こうして作者と作品と読者の間に向かうことになる。[*22]

少々わき道に逸れたが、以上、〈初期雑感〉の形式と内容の特徴をまとめると、武者小路は深い個性の探求による、自己の内なる〈自然〉という〈神〉の表現のために、自己のリズムを尊重するのに最も適した〈聖典〉の形式の文芸を創作したと言えよう。[*23]

5　読者の内なる自己を生かすこと

さて、先の「自分の立場」の末尾には「自分の技巧及び技巧上の苦心は一つにこの点にあつまつてゐる。自分は之をかく時我はかく見、かく感じ、かく思へりと常に云ひ得るものをかくことを唯一のほこりとする。かゝる自分のゆく極致は宗教であらねばならぬ[*24]」とある。ここで言う「宗教」とは何だろうか。武者小路は「宗教」の言葉に広い意味を与えている。「ロダンと人生」（『白樺』明43・11[*25]）では「真に生を味つたロダン」は「宗教的色彩を帯びている」という。そして「自己の味つた真生命をさながらに他人に伝へ得る大芸術家」ロダンは、とりもなおさず「吾人を自然と合奏し得るやうに導いてくれる宗教家」であるという。なぜなら「新らしい生命のある宗教」は「人生や自然を真に味ふこと」、つまり「自然と共鳴し或は合奏するやう人生を導く宗教である。さうしてロダンはその予言者の最大の一人である」からである。したがって「ロダンに頼ることは自分には自然に頼るやうな気がする。或人が耶蘇によつて神に頼るやうに自分はロダンによつて自然に頼るものである」ということになる。このように、武者小路は深い芸術的感興を「自然」との「合奏」と考えることによって、芸術的体験の宗教性、あるいは宗教的体験の芸術性を主張している。

武者小路は『白樺』一九一一（明治四四）年二月号の「六号雑感[*26]」では、虚構創作の意義について触れ、「しかし自分は小説家じゃ《ママ》ない。小説家になりたくもなれないある性質を持つてゐる」と述べているが、先の「自分の筆でする仕事」では、創作は「手段である、目的ではない」、「芸術の為に自分の一生をさゝげることの出来ない」「自分にとつて第一なものは自我である、自我の発展である。自我の拡大である、真の意味に於ての自己の一生を充実させることである[*27]」と考えている。これは単に芸術至上主義の否定ではない。また、本多の言うような「自我主義」の発露と言って終るものでもない。それは人生至上主義の芸術と言えるが、武者小路はそれを「宗教」と表現する。ロダンをそうであると主張したように、武者小路自身もまた、このような意味での「宗教家」たらんとしていたのである。そしてその実践の最たるものが、この〈初期雑感〉なのであるが、具体的には、その実践はどのようにおこなわれるのか。次の「いくら書いても」（『白樺』大2・7）を見てみよう。

「どうしてもこの淋しさはぬけないのだ。さうしてこの淋しさは自分に何かかくことを強いるのだ。自分にこの淋しさがある間、筆をとる、何時までも筆をとる。たゞ時々気分がぼんやりしてこの淋しさを感ぜずにすむことがある。しかし気分がはつきりしてくると、この淋しさは自分をとりかこんでくる。自分はそれに強いられる間水が低きにつくやうに、何か書いてゆく、書いてゆく、何処までもかいてゆく。書きすぎて、他人が五月蠅がると思ふけれど、書いてゆく、書いてゆく、何処までもかいてゆく。それより外仕方がないのだ」[*28]

この文章がそうであるように、〈初期雑感〉において武者小路が創作する動機は、主に恋愛の不首尾と文壇の無視ないしは蔑視からくる淋しさである。ところが、実はこの文章はフィクションと思われ、これを書いた頃は結婚（大2・2）後の精神的安定の中で淋しさは卒業したと別の所で書いている。むしろ、過去の独身時代の淋しさを自身の「生長」欲、すなわち創作欲のために想起したものと読むべきかもしれない。[*29]すでに見たように感想集『生長』の広告文には「先づ自己を生か」して「自己の一生に力と希望と意義を与へ」、「それがとりもなほさず若い心をもつ人々に力と希望と意義を与へることを信じてゐる」という、作者と読者の間に架橋された作品のテーマが、情調としての清冽な響きとともに述べられていた。「自己を生か」すこととは、作家である武者小路にとっては文芸の創作にほかならない。したがって、創作それ自体を描いた〈初期雑感〉は、生身の武者小路実篤という人間全体ではなく、創作して自己を生かそうとする自己というフィクションを読者に提示するものと言える。その提示によって（武者小路の言葉を使えば）、読者の内なる武者小路としての自己を生かし、読者を武者小路とともに〈自然〉という〈神〉に向かわしめる文芸である〈初期雑感〉とは、すなわち、武者小路の聖典という虚構テクストにほかならないのである。

注

＊1　〈初期雑感〉の編集と刊行の経緯を次に示す。
①感想集『生長』（大2・12、洛陽堂刊）。
②芸術社版『武者小路実篤全集』10（大12・12）。明42〜大4の作品を収録。

③本多秋五編『若き日の思索』（三笠文庫、（昭27・10）、後に角川文庫（昭30・2）に再編集される）。『白樺』および②の芸術社版全集などを基に、明41〜大2の作品を収録。
④新潮社版『武者小路実篤全集』23（昭31・11）。総題は「白樺時代の感想」。
⑤小学館版『武者小路実篤全集』1（昭62・12）。総題は「新編生長」、明治41〜大2の作品を収録。これまで収録されていなかったものがほとんど網羅された。本章では、以後、これを「テクスト」と表記する。

＊2　「「自然」の時代」については、大津山国夫『武者小路実篤論――「新しき村」まで――』（昭49・2、東京大学出版会、2頁）を参照。なお、後の『武者小路実篤研究―実篤と新しき村―』（平9・10、明治書院、402頁）では、それは「個我の時代」の「「自然」を指標として」という名称に改められた。

＊3　本多秋五編『若き日の思索』（昭30・9、角川書店）の解説、197頁。

＊4　「自分の感想と創作」、テクスト488頁上。なお、この表題は芸術社版全集で付けられた。

＊5　作品形式による「新編生長」第一部の分類を次に示す。
①全402篇の内訳　→散文288篇（72％）、詩56篇（14％）、会話55篇（14％）
②散文288篇の内訳→感想259篇（全体の65％、散文中では90％）、小説29篇（全体の7％、散文中では10％）
③感想259篇の内訳→随筆213篇（全体の53％、感想中では82％）、評論12篇（全体の3％、感想中では5％）、その他34篇（全体の9％、感想中では13％〈内訳は公表書簡20篇、回想13篇、紹介1篇〉）
④小説29篇の内訳→小説20篇（全体の5％、小説中では69％）、書簡体小説9篇（全体の2％、小説中では31％）
こうして見ると、随筆が53％と最も多く、全体の半分ほどである。詩と会話のそれぞれ14％が、それに続いている。以上の分類は、すべて筆者の判断による。なお、「感想」とは小説形式以外の散文すべてを含むものとした。また、「新編生長」第一部とは、「新編生長」全体から「挿画に就て」と「編輯室にて」を除いたものである。

＊6　「日記の内より」序文には、「「論文か」／「あらず」／「小説か」／「あらず」／「詩か」／「あらず」／「何ものか」／「知らず」／／「何故にか、るものを出すか」／「我、か、るものに最も自信あれば」／「か、るものにか」／「然り！」」などとある。テクスト369頁上〜同下。なお、／は改行を示す。

＊7 『生長』広告文の引用は、紅野敏郎「解題」（『武者小路実篤全集』1、昭62・12、小学館）、754頁下に拠る。

＊8 本多秋五、＊3と同書、199頁。

＊9 「あいつ」の初出総題は「雑感」、小表題は芸術社版全集で付けられた。テクスト541頁下〜542頁上。

＊10 「一行でかけるものを」の初出総題は「雑感」、小表題は芸術社版全集で付けられた。テクスト527頁下。なお、本書収録にあたり、この引用前後の初出時本文に対し、若干の補足説明を加えた。

＊11 「無限の言葉」の初出総題は「他人の内の自分に」、小表題は芸術社版全集で付けられた。テクスト421頁上〜同下。

＊12 「自分の言葉」の初出総題は「六号感想」、小表題は芸術社版全集で付けられた。テクスト520頁下。

＊13 「あいつ」、＊9に同じ、542頁上。

＊14 志賀直哉宛書簡の引用は、「書簡　志賀直哉」44（『武者小路実篤全集』18、平3・4、小学館）、20頁下に拠る。

＊15 「自分の筆でする仕事」の初出総題は「三つ」、テクスト346頁下〜348頁上。

＊16 「自分の立場」の初出時の表題は「六号雑感のかはり」、テクスト367頁下〜368頁下。

＊17 「賞翫者と批評家と創作家に」、テクスト334頁上〜335頁上。

＊18 有島武郎「「お目出度人」を読みて」（『白樺』明44・4）。『有島武郎全集』7（昭55・4、筑摩書房）、38頁〜43頁参照。なお、この件の詳細については、本書第Ⅱ部第二章「武者小路実篤と有島武郎――宗教的感性と社会的知性――」第2節を参照。

＊19 引用は「六号雑感」、テクスト362頁上に拠る。

＊20 大津山国夫『武者小路実篤論――「新しき村」まで――』（昭49・2、東京大学出版会）、232頁。

＊21 志賀直哉宛書簡、＊14に同じ。なお、この趣意は後に最初の創作集『荒野』（明41・4）の序（＊7と同書、3頁上）に用いられている。

＊22 武者小路の文芸に限ったことではないが、読者の側に作品や作家への主体的で意欲的な関心や感性がなければ、作品や作家の評価は難しい。これは端的に解釈学的循環の問題である。たとえば、中村三春は「武者小路実篤の随筆・雑感――他者へ、無根拠からの出発――」（『国文学解釈と鑑賞』64―2、

平11・2）で、〈初期雑感〉の思想的特質を「自己の行動（言論・行為）の基盤をただ自己にのみ置」く「無根拠からの出発」と捉え、「思索が陥る陥穽の形を明瞭に呈示した」と、旧来の研究と同様な批判にとどまっている。

一方、山田俊治は「普遍主義の陥穽――武者小路実篤における自然という根拠――」（同書）で、武者小路の「自然」を「神を失うことで」「回復不能」となった「他者との間を貫通するような普遍的な基盤」を模索する過程を的確に検討している。

また、吉本弥生は「武者小路実篤の「自我」――一九一〇年前後を中心に――」（『阪神近代文学研究』8、平19・3）で、武者小路の評論「修養の根本要件」（『学習院輔仁会雑誌』71、明40・3）の「大我」に着目し、後の自他調和精神の源を指摘している。

＊23　武者小路の独特な自然観、自己観を考察する補助として、筆者は「〈自然〉と〈自己〉――その文芸的表現論の序章――」（『研究紀要　福島工業高等専門学校』24、昭63・12）という論考を以前発表し、日本的「自然」の意義、その文芸的表現、自己に関する哲学、「実感」と「生命力」の意義等を考察した。

＊24　「自分の立場」、＊16に同じ、引用は368頁下に拠る。

＊25　「ロダンと人生」、テクスト349頁下〜352頁下。

＊26　「六号雑感」の引用は、「自分のかく小説にはうそが随分入つてゐる。それは多く他人に迷惑をかけない為か。事実そのま、かくと面倒になるか。反つてうそらしくなるかする為である。」に続くもの。テクスト355頁下。なお、この月には小説「お目出たき人」が刊行されている。

＊27　「自分の筆でする仕事」、＊15に同じ、346頁下。

＊28　「いくら書いても」の初出総題は「「或る画に就て」及び其他感想」、テクスト556頁下〜557頁上。

＊29　「自分は独身の時は絶えずある淋しさを感じてゐた。今はその淋しさはまるで感じなくなつた」とある（「六号感想」、『白樺』大2・12、テクスト585頁下）。

第六章　戯曲「わしも知らない」の世界——信仰によって生きること——

1　はじめに

新人作家の登竜門であった商業誌『中央公論』の一九一四（大正三）年一月号に掲載されたことで、武者小路実篤の出世作となった戯曲「わしも知らない」[*1]は、その知名度に比べて、研究史上では、これを単独で扱った作品論は少なく、『白樺』時代の創作活動の節目として、もっぱらその思想的傾向の表れを探る資料として言及されることが多かった。たとえば遠藤祐は、この作品から次のように「人間信頼」というヒューマニズムを主に読み取る。

われわれは、武者小路実篤の態度が個性以上に「自然・人類」の意志を尊重する方向に移っていく過程を見逃してはならない。その延長上に、理想的調和へ到達する可能性を現世の人間のうちに信じてやまぬ「人間信頼」の念が成り立つのである。かくして、戯曲「わしも知らない」（大正三年）が武者小路文学における大切な存在となる。[*2]

かたや大津山国夫は、「釈迦と流離王は、「自然」の生んだ二人の愛児である」としつつも、主人公の釈迦よりも流離王に注目することで、この作品から「自然」の「力と自由」、いわばエゴイズムの側面を読み取る。

> 「自然」の時代に武者小路が力をこめて描いた一連の権力者像がある。「二つの心」(大正元年11月号)の殿様、「仏御前」(大正2年11月号)の清盛、「わしも知らない」(『中央公論』大正3年1月号)の流離王である。彼ら、とくに清盛と流離王は、常識的にみれば血も涙もない無法の覇者であるが、作者はけっして否定的には造型しなかった。彼らは、いずれも内面から充実しきった力を備えている。流離王は釈迦の権威と四つに組んで、いささかもたじろがない。釈迦の悟達よりも流離王の悲運に共感する読者がいても、すこしも不思議ではあるまい。(中略)力と自由をほこる覇者の系列は、「わしも知らない」の流離王が最後となった。[*3]

あるいは、武者小路の戯曲を総じて「いささかの対立もない」、「舞台軽視、技巧無視」と批判する大山功が、この作品に対しては「いつもの作品とはちがってどこかに暗さが潜んでいる。作者を永遠の楽天家と評するのにいささか躊躇を感ぜざるを得ないように思われる。しかし作者は釈迦を通じて調和の到来を信じてやまず、その点やはり実篤の作品なのである」[*4]と矛盾を露呈する。同じように永平和夫は、この作品を「新歌舞伎とイプセン模倣の生硬な翻訳調の脚本に慣れた劇文壇に、画期的な文学の新風をもたらすもの」、「武者小路実篤その人の呼吸が独得の台詞のリズムを生む」と評価する一方で、「その文体の自由が作者と主人公の直結に、思想の新しさが作者の一方的な断案にもとづくものとすれば(中略)はたして劇は存在するのであろうか」[*5]と一方的に断案している。遠藤や大津山の観点の対立はともかく、大山や永平らの先入観に基づく誤謬に至っては、武者小路の文芸に対する、あるいは文芸、戯曲という様式そのものに対する評価基準の揺れを感じざるを得ない。[*6]

　そこで本章では、仏教を正面から取り上げたこの作品の素材を検討し、また綿密な作品分析によってその主題を明らかにすることで、武者小路文芸の様式の解明の一助としたい。また、この作品が武者小路の戯曲の中でも、実際に上演された最初のものである点に注目し、その反響を検討しつつ、文芸と演劇の相違についても触れたい。

2　素材について

『中央公論』の原稿依頼から「わしも知らない」の創作過程までについては、「或る男」〈百六十三〉に詳しく、また大事な資料でもあるので、該当部分を次に引用する。


その時分文壇の新人発見者のオーソリチーと認められてゐた滝田哲太郎氏が彼の所へたづねて来た。そして「清盛と仏御前」を感心したと云つて、何か「中央公論」にかいてくれと云つた。

志賀はそれより半年か一年前に、滝田氏にたのまれて小説をかいて、生れて始めて百円の原稿料をとつて祖母さんに孝行したが、彼もかく気になつた。彼は元よりそれをうれしく思ひはしたが、しかし彼の誇りはそれを喜ぶことを恥ぢた。

しかし彼は始めて原稿をたのまれてかくので、締切り日が気になつた。そして締切りまぢかまで何をかいていゝかわからなかつた。彼は自分の頭のなかの、あらゆる倉のなかゝら、隅の隅まで材料をさがした。蚕が繭をつくるのにいゝ所はないかと捜して歩くやうになつたものである。そして彼の捜し出したのは、釈迦八相記の内の、釈種の滅亡にたいする釈迦の態度であつた。

彼は子供の時に、死んだ姉がよく古本屋から草冊子を借りてよんでゐた。彼はその本に出てゐる画を見るのが好きであつた。そして母や姉にその絵について話を聞くのが好きだつた。その内に特に白縫物語と釈迦八相記が頭に残つて随分面白い本のやうに思つた。大きくなつてから白縫物語も釈迦八相記も子供の時母や姉に聞かされた思ひ出をなつかしく思うてよんで見たが、母に聞いたやうな面白い話はかいてないのでがつかりした。

しかしその為め、彼は釈迦八相記を買つてもつて居た。そして故国がやられる時の釈迦と目蓮の気持は印象強くのこつてゐた。自分だつたらどうするだらうと思つたのと、トルストイの無抵抗主義、暴力に抵抗するのに暴力をもつてしない所に興味をもつた。

それを急にかく気になつた。それで彼は初めの一場をかいた。二場までかいたかも知れない。その時不意に、釈迦の伝記をともかく一度よくよんで見やうと思つた。そして神田の古本屋を一軒々々捜して歩いて、ある所でやつと薄い伝記を見つけた。その本で始めて彼は流離王が釈迦に個人的恨みをもつてゐるのを知つた。釈迦のためにつくつたお堂に生れの少し賤しい流離王がそんなことを知らずに入つたので、釈種の人達が怒つて、流離王の歩いた処の床をけづりとつた話を知つた。

彼はその話が本当か、嘘か、或は釈迦八相記にものつてゐるかゐないかを知らなかつた。しかしその話は面白い話だと思つた。書いたあとで知つたら随分残念がつたらうと思つた。そしてその本が手に入つたのをよろこんだ。

そして帰るとすぐに今迄かいた所をその事実によつてなほした。そしてつゞけて十一月二十一日に最後までかいた。彼は釈迦が目蓮に説教した言葉にはあまり自信がなかつたし、場が短かすぎるのが少し気になつたが、一方自信ももつた。

之が彼の所謂出世作かも知れない。だが彼は滝田氏にほめられた他、あまりほめられた覚えはない。友達にほめられるのは馴れつこになつてあまり記憶にのこつてゐない。世間の悪評ももう覚えてゐる程気にしなくなつたと見える。[*7]

志賀直哉の小説「大津順吉」が『中央公論』に掲載されたのは、一九一二（大正元）年九月のことで、『白樺』同人としては最初の名誉でもあり、武者小路のライバル心もさぞ刺激されたものと思われる。これに遅れること一年二ヶ月にして、一九一三（大正二）年一一月の『白樺』に掲載された戯曲「仏御前」（後に「清盛と仏御前」に改題）に「感心」したという『中央公論』の名編集長、瀧田樗陰こと「滝田哲太郎」に、武者小路もついに原稿を頼まれたのである。それだけに、彼の新作にかける意気込みは相当強かったに違いない。しかし右の文によれば、『白樺』一一月号の掲載作を読んで原稿依頼を決めたという瀧田が来た一一月のある日以後、依頼を受けた武者小路が「締切りまぢかまで」苦心した結果、「十一月二十一日」の脱稿日を迎えたことになるので、彼の資料調査や執筆に許された期間は、かなり短かったことになる。

こうした重圧の中、良い素材を求めて締め切り間近まで悩み、「自分の頭のなかの、あらゆる倉のなかゝら、隅の隅まで材料をさがした」結果、幼時に親しんだ絵入り草双紙「釈迦八相記の内の、釈種の滅亡にたいする釈迦の態度」を用いることにした。それは「故国がやられる時の釈迦と目蓮の気持」に対して「自分だつたらどうするだらうと思つたのと、トルストイの無抵抗主義、暴力に抵抗するのに暴力をもつてしない所に興味をもつた」ためである。一、二場書きかけた後、改めて釈迦の伝記を求めて古本屋を探し回り、「ある所でやつと薄い伝記を見つけた。その本で始めて彼は流離王が釈迦に個人的恨みをもつてゐるのを知つた」。中でも「釈迦のためにつくつたお堂に生れの少し賤しい流離王がそんなことを知らずに入つたので、釈種の人達が怒つて、流離王の歩いた処の床をけづりとつた話」に興味を抱き、それまでの原稿を書き直したという。

さて、流離王の個人的な怨恨さえ描かれていなかったらしい「釈迦八相記」はともかくとしても、武者小路の創作意欲を盛り上げた「流離王の歩いた処の床をけづりとつた」挿話を含む「薄い伝記」のことが気になるところだが、関口弥重吉によれば「それが何であるかは不明。（中略）経典では漢訳の増壹阿含経巻二六にこの話が載っている」という。[*8]しかし、その「増壹阿含経」には、釈種滅亡の話はあっても、右の挿話は書かれていない。[*9]武者小路がかなり後に書き下ろした評伝「釈迦」（昭9・11刊）には、「琉璃太子が自分の国に帰るとすぐその踏んだ、階段をかへ、足跡をけづり、殿中の土を七尺もほりすてて、浄土をもつて来てうめ、すつかり講堂をあらひきよめた」[*10]と、「七尺」という細かさまで加わって、その挿話が書かれている。「釈迦」の後書きには、この本を書いた際に最も重用した文献として、常磐大定編『仏伝集成』（大13・1、丙午出版社）が挙げられている。この常磐大定の著書には、一九〇八（明治四一）年一〇月に初版が出された『釈迦牟尼伝』があるので、該当部分を次に引用する。

王子長じて後、外氏を省せんが為、迦毘羅城に至り、高広厳浄なる講堂を見て、之に休息して、涼を納れたり。此講堂は、釈種が仏陀の為に造立せる所にして、新築正に成り、仏を迎へて供を設けんとし、仏に先ちて堂に上るを厳禁せるものなりき。而して賤種の出なる王子が、之に休息せるを見たり。豈驚き慍らざらんや。乃はち之を罵り、辱かしめ、其足跡を削り去り履む所の宝階を改修せり。（南伝本生経には、王子の去りて後、香乳を以て洗はしめつゝありしを、王子の従者の為に発見せられたりと為す。）王子、此の垢辱を深く憤り、且つ自己が釈種の詭計によれる賤女の出なるを知り、他日志を得ば、釈種を滅亡して、其怨を晴らさんと期しぬ。[*11]

この書物は釈迦の伝記というよりは、その研究書なので、その他の釈種滅亡に関わる記述は少ない。明治期出版の一般的な釈迦伝には、山田意斎編他『釈迦御一代図会』全六巻（明15・9、日新館）から、聚栄堂編輯部編『釈尊御実伝』全一巻（明43・9、大川書店）ほか様々にあるが、これらは先に関口が紹介していた「増壹阿含経」などの意訳である。したがって、右の挿話を含み、かつ釈種滅亡全体の記述も詳しい「薄い伝記」というものは考えにくいが、いずれにせよ、典拠と呼べるものは今のところ見当らない。ここでは、「増壹阿含経」の記述に最も近かった、伊藤俊道『釈迦実伝記』全二巻（明35・9、森江書店）の下巻の中の「（五十四）釈種族破滅流離王震死及び其宿縁《しやくしゆぞくはめつるりおうしんしおよそのしゆくえん》」*12を参考に、原話と「わしも知らない」のおおまかな相違点を挙げておく。

　原話では仏弟子中、神通力第一と評判の目蓮が、釈迦に向かってその力で釈種の危機を救おうとする問答が一度あるばかりであるのに対し、「わしも知らない」の目蓮は特別な力を持たず、また三場にわたって登場して問答を繰り返している（ただし原話の目蓮が釈迦に再三説き伏せられる対話の形には類似性がある）。また、原話にある様々な挿話（釈種の戦士「奢摩童子」の追放、偽祖父「摩呵男」の入水、流離王による「祇陀太子」斬殺など）が「わしも知らない」では省略されている。特に、釈迦が最後に因果応報のゆえんを説く捕魚食の挿話の省略は、「わしも知らない」の輪廻転生、因果応報思想の希薄さに対応している。また、原話には毘沙門天、帝釈天（釈提桓因）が現れて釈女たちを成仏させるが、「わしも知らない」では天上界や神々への具体的な言及はない。また、流離王たちが「阿鼻地獄」に堕ちたと明記されているが、「わしも知らない」には、そもそも地獄がない。また、原話では、流離王の慰み者となることを拒否した、五百人の釈女へのむごい仕打ちとその成仏の描写が詳しいが、「わしも知らない」では、これを童男童女それぞれ五百人の殺戮や拉致に置き換え、やはり最も悲惨な出来事の象徴としている。逆に成女を幼女に代えたことで、より悲惨になったとも言える。また、原話では余りに多い釈種の人々を殺すのに、地中に足を埋めて一気に象で踏み潰す話があるが、これは童男を車でひき潰すヒントとなったかもしれない。ほかにも様々に相違点は多いが、典拠とは言えないものとの比較なので、これほどとしておく。

3　流離王プロット——迷いの内に生きる者のはかなさ

さて、作品は五つの章（脚本としては「場」となるので、以後、章ではなく「場」と呼ぶこととする）から成り、第一、第三、第五場では流離王との戦に敗れつつある釈迦の一族の惨状を見守る釈迦と、その弟子目蓮の姿が主に描かれ、第二、第四場では流離王の暴虐と勝利、そして滅亡への過程が主に描かれている。作品の進行とともに、流離王を中心とする動の場と、釈迦を中心とする静の場とが、交互に現れるように工夫されている。

信仰なきがゆえに救われない流離王の場を包み込むように配置された、覚者釈迦を中心とする筋を、釈迦プロットと呼ぶ。動的な事件展開はないが、事件の悲惨さに直面することで、現世に生きる者の信仰が葛藤となって表れる、主に心理のドラマが演じられる。

これに対して、釈種の滅亡と勝利、一転して不慮の焼死という、二つの事件がそれぞれの場となる、その名も哀れな流離王を中心とする筋を、流離王プロットと呼ぶ。パトス的人物[*13]と呼ぶにふさわしい、その奥深く強い恨みと過激な行為によって、この作品の五つの場全体を動かす力を発生し、主に行為のドラマが演じられる。したがって、最初にこの流離王プロット、次に釈迦プロットという順で、この作品を検討する。

流離王プロットのはじまり、占領された迦毘羅城の一室での、流離王と好苦梵士を中心とする、釈種虐殺の一場面が描かれる第二場は、逃げ回る女たちを窓から投げ殺す場面から始まることで、その動的性格が象徴される。ここではまた、兵士たちの会話によって、流離王がかつて受けた恥辱と、それゆえの強い怨恨、そしてこの虐殺が流離王の報復であるという、現世の因果関係が明かされる。ただし、怨恨が「はれ過ぎたやうなものだ」（第二場、以下同じ）[*14]と評する兵士二の、そして「腹いせなのだ」と説明する兵士一の言葉には、雪辱の程度への批判が見られるが、それによって、後の流離王の「之で数年来のわしの胸の中のうさもはれた。子供の外は一人ならず殺したらうな。わしを耻しめた奴は一人のこらず殺したらうな」という言葉に表された、その怨恨の深く強く、そして何よりも狭いことが、より一層強調されることになる。

　釈種の悲劇は、その子供たちの虐殺場面によって頂点に達する。この第二場の流離王と好苦梵士の会話のほぼすべてが、この虐殺についてである。流離王は初め「小供は何にも知らない。許してやつてもい、と思ふが、お前はどう思ふ」と好苦に問うが、好苦は「親兄弟の殺されたことをうらみ」に思うから「之はどうしてもお殺しになるより仕方がないと存じます」と説得してしまう。軍師らしい賢さと同時に、闇雲に深いだけの怨恨が、非人間的な制度に、さらに避けがたい悲劇的な運命に進みゆくさまが見て取れる。好苦によって勇気を得た流離王の言動は、以後、偽悪的にさえなっていく。

　室内劇であるこの第二場は、しかし、「窓」という装置を通して、建物の内部と外部の両方を描き出すことに成功している。[*15]童子のひき潰される様子のおぞましさは、それを見た兵士が貧血を起こしてしゃがみ込むという換喩的行動によって、間接的ながらも強いリアリティをもって、読者あるいは観客を暗澹たる感情に落ち込ませる。

　さて、新築された自国城内での勝利の酒宴と、不意の火事による流離王らの滅亡とが描かれる第四場は、「黒い幕」を背にした、土地の若い男たちの会話から始まる。舞台を意識した、観る者の感興を引き立たせる設定と言えよう。彼ら三人はこの作品の道化役として、その軽妙な会話の中で、それぞれ現実主義、理想主義、個人主義の立場からの感想を述べることによって、筋の解説と客観的な批評をおこなっている。[*16]

一方、流言の最後の七日目の夜も過ぎようとしている城内は、盛大な酒宴のただなかである。祝祭の華やかさの象徴であるべき寵姫が、最も強く流言の実現を恐れ続け、容赦なく吹きすさぶ人ならぬ暴風[*17]が、寵姫を通して流離王はじめ城内の人々の不安をあおり立てている。それに逆らうように「風よ。もっと吹けよ。吹けるだけ吹け。さうして臆病共を嘲笑へ」と叫ぶ流離王だが、傍の好苦梵士に「お前は風を恐れはしまいか」と問う。好苦は「私達は天も恐れません。地も恐れません。死も恐れません。恐れるのはたゞ我が君の御心に背くこと許りで御座います」と答え、この現世とその勝者を力強く肯定する。流離王は内心の不安を好苦梵士の言葉に打ち消され、いよいよ浮かれ騒ぐ。彼らの様子は、勝利者の傲りと喜びに溺れ込もうとするかのようである。

そこに火事の知らせが入り、風評は事実となってしまう。もはや避難が不可能であることを知ると、観念した流離王は好苦梵士に「お前はこの火をどう思ふ？　天罰だと思ふか」と尋ねる。「天罰では決して御座いません。偶然なことで御座います」と答える好苦梵士に流離王は同意し、「釈迦を信じる人々に偶然のことだと云ふことを知らすことが出来ないのが無念ぢや」などの言葉を最後に、好苦梵士と互いの胸を貫く。

釈迦の予言通りとなってしまった一瞬、流離王と好苦梵士は心底からの恐怖を感じたはずである。ましてそれが「天罰」であるとすれば、自分たちが釈迦一族におこなった悪行の報いであると思わねばならない。しかし、彼らはこれを「天罰」とは考えず、「偶然のこと」として死に赴いた。つまり、釈迦一族の虐殺は、流離王たちにとっては正当な復讐であって悪行ではない。「天罰」ならざる「偶然」の事故死であれば、むしろ悲運の武将として、従容として死を迎えることができる、ということになる。

だが、そこには本当に少しの迷いもなかったか。それどころか、迷いがあるからこそ、死の間際にそうした問いが口を突いて出たのではないか。多くの死者の呻きが聞こえなかったか。「釈迦を信じる人々に偶然のことだと云ふことを知らすことが出来ないのが無念ぢや」という流離王の言葉は、むしろ、「釈迦を信じる人々」にではなく、「偶然」であることを打ち消そうとする己の心への虚勢のようである。これが信仰を持たない者の、真に悲惨な死なのだ。そして私たちの大半は、流離王と同じ立場にある。

こうして流離王プロットは、流離王の深い怨恨のパトスを動力に、彼らの悲劇的末路が、栄華の頂点から没落の深淵までの激しい事件展開として描かれ、その中に、倨傲と不安の感情、救われない人間の孤独な死、すなわち迷いの内に生きる者のはかなさというモチーフを表現して終る。

しかしすでに述べたように、作品世界全体の事件展開を主導する、この二つの場からなる動的なプロットは、構成上では、逆に三つの場からなる静的なプロットに包み込まれることで、そのモチーフの問題点が、まったく別の観点から見直されることとなる。次にその釈迦プロットを検討しよう。

4　釈迦プロット――真理に向かって生きる者の沈思

林の中での釈迦と目蓮との対話によって、事件に関する二人の心情の起伏が描かれる第一場は、林の中を歩きながら一人思索している釈迦の所に、彼を探していた目蓮がやってくる場面から始まる。釈迦と顔を見合わせただけで、双方ともに、相手の悲痛な心情を察知する。のちの目蓮の「はい私もさうかと存じておりました」という言葉からも、二人それぞれにこれから繰り広げられることになる、釈種の悲劇を予知していることがわかる。「あなたはどうなさる御つもりです」と目蓮に尋ねられた釈迦は、「わしは黙つて見てゐる心算《つもり》だ。それより他《ほか》はわしには許されてゐない」と答える。釈迦の、この無慈悲にも見える態度は、最後まで一貫して変らない。それに対する「それではあまりむごたらしくはおぼしめしませんか」という目蓮の反応からわかるように、こうした釈迦と目蓮との対位的関係によって、釈迦の逆説的にも見える思想と、強い態度が表されていく。目蓮が流離王を「恐ろしい人間ださうで御座いますね」と言えば釈迦は「流離王が恐ろしいと云ふよりも、流離王の内に燃えてゐる恨が恐ろしいのだ」と答える。さらに釈迦は、釈種の子供たちを待ち受ける惨劇に触れて「わしは人間の運命はすべて知つてゐる」と言い、次のように続ける。

釈迦。　さうだ。それでもだ、しかしそれでも見てゐるより仕方がないのだ。お前はまだ真に自分の力を知らない。わしの力を知らない。運命の力を知らない。だからどうかすればどうにかなると思つてゐられる。しかしわしにはわしの力がわかり過ぎてゐる。だからわしは今度はたゞ見てゐるより仕方がないのだ。　〈一〉*18

釈迦の思想を表す言葉は「運命」である。それは、すでに定まったことは決して避けたり変えたりすることはできない、という意味であり、それに従うことの過酷さが、「見てゐるより仕方がない」という言葉の繰り返しのうちに表現される。そこへ追い打ちをかけるように、すぐに虐殺されることになる、やさしくかわいらしい子供たちが登場する。第一場の心理劇は、これによってリアリティのともなう行為の劇となる。「私の信仰の弱いことはいくらでもせめて下さい」と訴えて動揺する目蓮に対し、釈迦は「厳かに」次のように続ける。

釈迦。　すべてのことは過ぎてゆく。過ぎてゆく嵐だ。過ぎてゆく洪水だ。過ぎてゆく戦だ。死屍はいくら山を築かうとも、血はよし川の如く流れようとも、断末魔の叫びは天地に響かうとも必ず過ぎてゆく。さうして

ゆく先きは海だ。涅槃だ。〈同[*19]〉

釈迦の「涅槃」という言葉を聞いて、目蓮も「厳かな表情」に変る。この「海」のごとき「涅槃」とは何か。それは、悟りの向こうにある世界、すなわち、あらゆる煩悩の滅却した、絶対的自由と永遠の至福の境地であるが、この文脈上では、それは死後に至り着く、天上の極楽ということになろうか。第一場はこうして、極楽としての「涅槃」への深い想いによる、「厳か」な情調の余韻のうちに終る。

さて、酸鼻を極めた釈種の惨劇を堪え忍ぶ弟子達の苦悩と、彼らを教え諭す釈迦の姿が描かれる第三場は、尼拘《にく》留園《るえん》の五百羅漢を前にして、やはり無抵抗への疑問を繰り返す目蓮の問いから始まる。ついには「阿羅漢の内には迷を起しかけておるものも御座ります。なにとぞ、こゝにかうしております理由《わけ》を教へて戴きたう御座ります」と、興奮して詰め寄るような目蓮に答えて、釈迦は次のように説く。

釈迦。 目蓮。お前にも似合はないことを云ふな。我が教は過去、現在、未来を通して宇宙の調和に従がう道ぢや。数十万の人の生命《いのち》、何万の子供の生命《いのち》がよし悪人の手に失なはれやうと、我が教は厳然《げんぜん》と聳《そび》へてゐる。（中略）わが教に従がうものはこの処にわれと共にゐるがいゝ。さうして乱されかけたるこの世の狂ひをくひ留めるがいゝ。すべてのものは消えてゆく、しかしわが教は消えてはゆかない。わが教に従がうものは、宇宙の心を心にしなければならぬ。涅槃の心を心にしなければならない。〈二[*20]〉

第一場では「運命」に従い「涅槃」に赴くことだけが説かれていたが、ここではさらに一歩進んで、釈迦の教えとは「過去、現在、未来を通して宇宙の調和に従がう道」であること、「乱されかけたるこの世の狂ひをくひ留める」教えであることが説かれる。超時間的な考えに立つ前者は、現世の幸不幸をはるかに超えた宇宙の真理、あるいは「涅槃」を説くものである。それに対して、「この世の狂ひ」という言葉が見られる後者は、そうした真理に従うことが現世の幸福にもつながることを述べていて、興味深いものである。

これに続けて釈迦は流離王らの焼死を予言するが、それを聞いて喜ぶ弟子たちに対して、「お前達には流離王や、好苦梵士の焼け死ぬのが嬉しいのか」、「しかしそれは喜んでいゝのか、悲しんでいゝのかわしは知らない」と言う。彼らの報復心が流離王のそれと変らないものであり、また流離王とその周囲の人々を釈迦は「憎めない」からである。このような釈迦の沈鬱な言葉に続く「沈黙」の余韻とともに、弟子たちの激しい葛藤の心理ドラマであった第三場は終る。

さて、火災の翌朝の戸外での釈迦と目蓮との対話によって、事件の終焉による想いが描かれる第五場の始まりは、前の場の騒々しさから一転して、うららかな早朝の平和な静けさに包まれている。目蓮は小鳥のさえずりを耳にして「昨日の嵐によく死なゝかつたものでございますね」と言うと、釈迦は「死んだものがないとも限るまい。生きてゐるものだけがうたつてゐるのだ」と答える。また、目蓮が「すべてのことが過ぎました」と言うと、釈迦は「しかし又生れる。何度でも生れる。わしの教を覚らぬものにとつてはこの世に生きることは迷の内に生きることだ。さうして平和な夢を見るものは稀だ。今、朝日は輝きわたる。だが今に夕べがくる。すべてはめぐる。死ぬ、生れる。生れる、死ぬ」と答える。流れるように美しい、また権威に満ちた言葉である。二人の対位的な問答には、表層だけを見る目蓮と、その深層にある、現世を動かす真理を見る釈迦との鮮やかな対照関係がここには見て取れる。しかし、ここで釈迦が思いを馳せるのは「涅槃」だけではない。

釈迦。（中略）だがわしはわが教に従つてすべての人が調和して生きてゆくことを望んでゐる。さうしてさう云ふ時の来るのを夢想してゐる。

目蓮。さう云ふ時が参りましやうか。

釈迦。くる。

目蓮。いつさう云ふ時が参りましやう。

釈迦。それはわしも知らない。

（沈黙）

〈五〉*21

ここでは、釈迦の「わが教に従つてすべての人が調和して生きてゆくことを望」み、「さう云ふ時の来るのを夢想してゐる」という言葉に注意しなければならない。現世の幸福ばかりを望んでは釈迦にたしなめられていた目蓮の、おそらくは驚きとともに発された「さう云ふ時が参りましやうか」という問いに対し、釈迦は、「くる。」と短く明瞭に、その実現を断言したのである。しかし、それがいつのことかは、「わしも知らない」と釈迦は答え、深遠で厳粛な「沈黙」とともに、作品世界は幕を閉じる。

釈迦プロットの心理劇には、釈種滅亡の惨劇を、釈迦の厳しい教えに従って、無抵抗で貫き通した弟子たちと釈迦の、信仰による激しい葛藤のパトスが表現された。しかし、その三つの場には、どれも厳かな沈黙によって終るという共通点がある。釈迦の教えが、それを聞く弟子たちの心の深みにしみ入っていく様子が表現されているのである。ここに、真理に向かって生きる者の沈思という、この釈迦プロットのモチーフを考えたい。それは同時に、この釈迦プロットが静的であることのゆえんでもある。

5　覚者釈迦から布教前のイエスへ

すでに触れたように、第一、第三、第五場よりなる静的な釈迦プロットは、第二、第四場の動的な流離王プロットを包み込むように配置されている。このような場の構成と、交互に現れる静と動の場との対比によって浮かび上がってくるものは、真理に向かって生きる者の沈思という、釈迦プロットに表されたモチーフである。次に、その内実にもう一歩踏み込みたい。

この作品における釈迦の教えは、涅槃あるいは現世を超えた宇宙の真理に従うというものである。それによって、釈種の者たちは、迷いのうちに生きて死んだ流離王たちのはかなさを知り、また自分たちの悲惨な人生、あるいは悲惨な死をも、正気を失わずに受け入れることができるからである。しかし、それが口で言うほど容易なものではなかったことは、現世での救いを求め続けて、釈迦に向けられた目蓮の執拗な問いかけにも明らかである。それゆえにこそ葛藤は激しく、教えの後の沈思は重い。これはまさしく信仰の問題であり、この作品のテーマである。

すでに見たように、第三場で釈迦はその説法の中で、教えに従うことで「乱されかけたるこの世の狂ひをくひ留めるがい、」と語った。これは現世で生きる目的を表している。また、第五場の最後、すなわちこの作品の最後では「すべての人が調和して生きてゆく」時が「くる。」と語った。これは現世で生きる希望を表している。つまり釈迦は、教えに従って生きてゆく上での、現世での目的と希望をあえて示したのである。それはいわば、信仰のための証しを与えたようなものだが、しかし、それにすがり付いてしまって「いつさう云ふ時が参りましやう」と、現世の救いにだけ捕われてしまえば、現世を超えた教えの意味はなくなってしまう。だから釈迦は「それはわしも知らない」と、否定形によって答え、「わしも」と言って目蓮の心に寄り添いつつも、突き放したのである。

このように、作品の題名でもある「わしも知らない」という言葉は、否定形の逆説である。つまり「わしも知らない」ことにこそ意味があり、その意味を求めて、そこには様々な思いがめぐることになる。釈迦の答えの後に続く「沈黙」が、流離王と釈種の生死の激しい波乱と、それに堪え続けてきた釈迦とその弟子たちの激しい葛藤、すなわちこの作品世界のすべてを含んで象徴となる、深遠で厳粛な「沈黙」であるゆえんである。この情調が、この戯曲「わしも知らない」の文芸的価値である。そして、しいてその意味を説明するならば、それは永遠の否定によって理想世界に至る、弁証法的運動であろう。あるいはそれを一言でいえば、信仰によって生きよ、ということになる。

さて、この作品が、このようにきわめて宗教的なテーマを持つに至ったのはなぜか。また、この作品は、武者小路の創作活動にどのような意義を持っているのか。次に、これらの問題について考えたい。

すでに見たように、武者小路は『中央公論』という文壇の登竜門、初めての晴れの舞台に向けて、「自分の頭のなかの、あらゆる倉のなかゝら、隅の隅まで材料をさがし」てまで、かつてなく力のこもった良い戯曲作品を創作しようとしたはずである。そうして思い至ったのが「釈種の滅亡にたいする釈迦の態度」という、釈迦の伝記中でも最も劇的な場面だった。同人誌ならざる商業文芸誌の幅広い読者向きの、有名な逸話を選んだ、という理由もあるだろう。そのような素材を用いることで、「故国がやられる時の釈迦と目蓮の気持」という宗教者の極限的心情の表現、そして「トルストイの無抵抗主義、暴力に抵抗するのに暴力をもつてしない所」という、仏教思想の核心部への新解釈によって、武者小路独自の文芸的表現を創出しようとしたのである。仏教的素材による作品としては、すでに戯曲「或る日の一休」（『白樺』大2・4、初出時題名は「或る日の一休和尚」）を発表してはいたが、この「わしも知らない」は、まさに仏教のドラマへの正面からの挑戦であった。それは同時に、武者小路独自の宗教的世界観の実験でもあったはずだ。

しかしこの挑戦は、作品発表のすぐ後に、武者小路の反省を呼んだようである。後にこの作品を収めて刊行された戯曲集『向日葵』（大4・9）の序文には、武者小路の次のような言葉が見られる。

「わしも知らない」に於ては材料の関係から自分の内の最も清い心が釈迦を通してあらはれてゐる。しかし釈迦の如くにまだ覚り切れない自分には不安がある。

その不安が「二十八歳の耶蘇」をかゝした。こゝに於ては自己の愛に対して実力の不足の淋しさをかゝないではゐられなかつた。耶蘇は二十八歳の時に愛に燃えてはゐなかつたか。さうして世の中は一日も早き耶蘇の出現を待つてはゐなかつたか。しかし耶蘇は三十になるまでは大工の子として人類の運命、他人の不幸を見逃がすことを強ひられてゐたにちがひない。[*22]

この戯曲「二十八歳の耶蘇」（発表時の題は「二十八歳の耶蘇と悪魔」）は、「わしも知らない」脱稿の約一ヶ月後、一九一四（大正三）年一月一日に執筆された。引用文からもわかるように、「愛に燃え」ながらも「人類の運命、他人の不幸を見逃がすことを強ひられてゐた」という、布教前のイエスの激しい葛藤が描かれた作品である。これを書くことによって、「釈迦の如くにまだ覚り切れない自分」にあったという「不安」は解消され、「彼はかきながら之こそ小劇場で芝居にやれるものと思つた」（「或る男」〈百六十五〉[*23]）と武者小路自身が思う。この「不安」は、後年の「新しき村」の実践につながっていく、「トルストイによつて自分の現在の生活をつゞけることに心苦しさを感じさせられながら、新しい生活に入れない」「不安」（同）という、思想と生活の問題とは、微妙に異なるものと思われる。この二つの戯曲の共通点と相違点は何か。

まず、共通点は、悲惨なこの世の救いを釈迦（神）に禁じられた目蓮（布教前のイエス）の葛藤のドラマ、という点である。ここからは、この二つの戯曲が、ともに〈待つ〉ことをモチーフとすることがわかる。これを第一の理由として、筆者は「わしも知らない」を中期〈待つ〉時代の作品と考えたい。

次に相違点は、主人公が覚者釈迦から、布教前のイエス、つまり禁じる側の神から、待つ側の人へと変えられたことである。「わしも知らない」の構成や台詞から考えて、やはりこの戯曲の主人公は釈迦であると考えられるが、しかし、信仰によって生きよ、というそのテーマは、「覚り」に至らず葛藤する目蓮の側にある。だからこそ、この釈迦と目蓮の懸隔を埋める沈黙が重要となる。しかし、後にまた触れるが、これは本の上で読んでわかったとしても、舞台の上で演じられた時には、よほど上手に演出をしない限り、伝えられることの難しい余韻である。それに比べて、「二十八歳の耶蘇」では葛藤する人物が主役であり、緊張と対立を根本とする劇としても、こちらの方がより整っている。また、仏教からキリスト教に変った意味も大きいと思われる。覚者釈迦はすでに神のような存在だが、イエスはたとえ布教後にあっても、より人間的な面が強い。「わしも知らない」の着想の当初に求められていたドラマ性は、仏教思想に覆い隠されてしまったのである。さらに、武者小路自身が「釈迦の如くにまだ覚り切れない自分」と書いているように、作者が十分に感情移入できない主人公の造型は、武者小路の創作論から見ても、許せなかったはずだ。

「わしも知らない」脱稿前後の執筆と思われる「六号感想」（『白樺』大2・12[*24]）には、ゴーリキーやストリンドベリの劇や戯曲に衝撃を受けたこと、それまでの自分の創作をひとまとめに刊行して区切りを付けたいことが書かれているが、これは一九一三（大正二）年一〇月二九日から三一日にかけて、自由劇場によって帝国劇場で上演されたものと思われる。[*25] すると、武者小路はゴーリキーの「夜の宿」を見て強い刺激を受け、それまでの仕事に区切りを付けたいと考え始めた折しも、瀧田樗陰が彼のもとを訪れ、『中央公論』への寄稿を依頼した、ということになる。したがって武者小路は、より力強いドラマの創作に向けての新しい決意を、「わしも知らない」に込めたと考えられる。その結果はともかくとしても、こうしたドラマへの決意が、釈種滅亡という素材を得て、力強く生かされると武者小路は考えたのであろう。このことが、筆者がこの戯曲を中期のものと考える、第二の理由である。

以上のように、武者小路の一九一三（大正二）年は、そのような気持ちで刊行された、一二月の第一戯曲集『心と心』および第一感想集『生長』をもって前期〈創る〉時代を終え、翌一九一四（大正三）年一月の『中央公論』に掲載となる戯曲「わしも知らない」によって、中期〈待つ〉時代に入っていくことになる。

6　文芸と演劇

文芸座の林和《やわら》が武者小路に「わしも知らない」の上演を持ちかけたのは、この再出発から約一年半後の一九一五（大正四）年五月のことであった。この間、武者小路は私家版『わしも知らない』（大3・12）、小説集『死』（同）、小説・戯曲集『彼が三十の時』（大4・2）を刊行、そして後の第二戯曲集『向日葵』（大4・9）に収められることとなる戯曲「その妹」を発表したのは、その二ヶ月前という、旺盛な創作のさなかであった。脚本家を目指してはいたが、「自分のものが舞台にのることは空想としては考へてゐたが、現実として考へるのは虫がい、やうに思つてゐた」（「或る男」〈百八十一〉）[*26] という武者小路にとって、初めての上演は願ってもない幸福だった。

だが、舞台化の技術や知識のなかった武者小路にとって、上演は随分不安であったらしい。それに先立って書かれた「「わしも知らない」上演に於て」(『白樺』大4・6)には、次のようにある。

演ずるには少し贅沢すぎる脚本である。短かいくせに場面が多くつて、登場人物が多くつて、音楽やおどりがあつて、わりに金のかゝる芝居になつてしまつた。

それに気になるのは幕のあいてゐる時間が少なくつて、幕のしまつてゐる時間が長くつて、見物人にはあつけない感じを与へるかも知れないと思つたことだ。しかしする人に自信があれば、自分にも少くもその位の自信があるのは当然である。

「わしも知らない」は自分の作の内、最も大きくものをつんだ作だ。さうして一番絵画的な作だ。釈迦の出てくる一、三、五、はドラマチツクな所が外見にはない。一、には小供の出る所が少し芝居になつてゐるが。活人画式な傾向がふくまれてゐる。それ等が何処まで見物人を満足させるかは疑問である。さうして不安である。[*27]

上演前の原作者としての、プライドと不安の混じった言葉だが、後年の回想には「精神には少し背のびしてものを云つてゐる所はあるが、嘘ではない。そして清浄な静かさ、ほがらかな朝で万事が終つてゐる悪夢のさめたあとのほがらかな朝の感じには自信がなくもなかつた」(「或る男」〈百八十一〉[*28])という自負心も隠し持っていたようである。

上演は一九一五(大正四)年六月二八日から三〇日までの三日間、帝国劇場で林和の舞台監督のもとに、守田勘弥の釈迦、市川猿之助の流離王という配役でおこなわれた。しかし、その結果は武者小路にとってはあまり芳しからぬものとなった。三日間の上演期間が終ると淋しくて仕方なく、敗軍の将のように鵠沼の自家に帰って十日間も寝込んでしまった。その理由は「覚悟してゐたやうな見物の嘲罵も、又私かに望んでゐたやうな興奮をも与へてもらふことは出来なかつた。自分の作の淡いのに不安を感じた」（同）[*29] ためであり、「力がたりない、よさが足りない、神聖な感じが人の心にしみわたらない内に幕がおりてしまう」（「わしも知らない」を見て」『白樺』大4・8）[*30] ためであった。友人や関係者以外の周囲の批評も厳しく、時事新報や朝日新聞に酷評[*31]され、また夏目漱石からも長所と短所を指摘した手紙が届き、武者小路の神経を刺激したらしい。

上演の不人気と作品の関係を改めて考えてみよう。すでに述べたように、この作品の文芸としての魅力は、最後の釈迦の言葉、「それはわしも知らない」という否定形の逆説をめぐる、深遠で厳粛な沈黙の情調であった。そこにはさらに「時間」という言葉を追加してもよいと思う。しかし、それに反して、舞台では「神聖な感じが人の心にしみわたらない内に幕がおりてしま」ったのは致命的なことで、その奥にある、信仰によって生きよ、というテーマへと思い至るどころか、逆説的な題名どおり、釈迦の責任放棄のようにさえ感じられてしまったのかもしれない。それはあたかも、小説「お目出たき人」（明44・2）や「世間知らず」（大元・11）の発表当初、その題名の逆説が伝わらなかったのと同じように。文壇の登竜門への初寄稿の「戯曲」は、肩の力が入りすぎて、あまりに「文芸」過ぎたのである。

こうした意味でこの作品はその真意を理解されることは難しく、上演においても、人気があったのは意外に流離王だった、などということにもなったのである。「釈迦は内からかけてゐるが、流離王は内から十分にかけてゐない、二三分外から無理に充実させてある」（「或る男」百八十二）[*32] と武者小路は言うけれども、その流離王の造型は彼自身が書き直し、差別の報復をする戦士としてのリアリティを得たのは皮肉なことで、後の「その妹」（『白樺』大4・3）に見られるような、戯曲は行為を描くという原理を、彼はこの時まだよく理解していなかったことがわかる。「わしも知らない」は最初に上演されたほかに再び取り上げられることは、ほとんどなかった。

注

＊1　戯曲「わしも知らない」は、その後、私家版で限定発行された創作集『わしも知らない』（大3・12）、戯曲集『向日葵』（大4・9）、創作集『小さき世界』（大5・4）などに収められた。
＊2　遠藤祐「武者小路実篤――「白樺」時代を中心に――」（『国文学』昭34・2）。
＊3　大津山国夫『武者小路実篤論――「新しき村」まで――』（昭49・2、東京大学出版会）、228頁および299頁。
＊4　大山功「武者小路実篤」（『近代日本戯曲史』2、昭44・10、近代日本戯曲史刊行会）、345頁～347頁。
＊5　永平和夫「白樺派の劇作家――人間探求の文学・武者小路と有島の間」（『近代戯曲の世界』昭47・3、東京大学出版会）、106頁～109頁。
＊6　「わしも知らない」に短く触れた他の論には、渡辺聰「武者小路実篤の自我像――戯曲「わしも知らない」「人間万歳」――」（『東京学館浦安高等学校研究紀要』3、平7）、および枚野信子「武者小路実篤初期戯曲論考――自我と運命のかたち――」（『光華日本文学』9、平13・8）などがあるが、いずれも作品の解釈は困難なようである。
＊7　「或る男」〈百六十三〉の引用は、『武者小路実篤全集』5（昭63・8、小学館）、233頁上～234頁上に拠る。
＊8　関口弥重吉「解題」の引用は、『武者小路実篤全集』2（昭63・2、小学館）、674頁上に拠る。
＊9　「増壹阿含經巻第二十六、等見品第三十四」（大正大蔵經2阿含部）の該当部分は「是時流離太子將五百童子。往至講堂所即昇師子之座。時諸釋種見之極懷瞋恚。即前捉臂逐出門外。各共罵之此是婢子。諸天世人未有居中者。此婢生物敢入中坐。復捉流離太子撲之著地。是時流離太子即從地起。長歎息而視後。是時有梵志子名好苦。是時流離太子語好苦梵志子曰。此釋種取我毀辱乃至於斯。設我後紹王位時。汝當告我此事。是時好苦梵志子報曰。如太子教。時彼梵志子曰三時白太子曰。憶釋所辱。」というもので、この後は流離太子の王位継承と釈種への報復の始まりへと話が変る。引用は、「大藏經テキストデータベース研究会（SAT）」製作『大正新脩大藏經』のT0125_02.0690c03よりT0125_02.0690c13までに拠る。
＊10　評伝「釈迦」の引用は、『武者小路実篤全集』9（平元・4、小学館）、306頁上に拠る。

＊11　引用は、常磐大定『釈迦牟尼伝』（大6・6、丙午出版社）、128頁〜129頁に拠る。この書の閲覧には国立国会図書館の「近代デジタルライブラリー」を参照した。明治41年10月初版という書誌情報はこれに拠る。

なお、引用部について、常磐は主に「佛説琉璃王經」（大正大蔵經14經集部）の「頒衛士定省外氏。方來入城。見視講堂。高廣嚴淨。都雅殊妙。世所希有。則於其上。頓止息涼。監講堂者。往白諸貴姓言。舍衛太子。來止講堂。貴姓聞之。興怒罵曰。吾等家産。有何異徳。敢登此堂。本造斯殿。乃爲佛擧當具上饌。延屈世尊至眞聖衆。供養畢訖。然後吾等乃宜自處。而微者前尊。置體于此。尋遣使者。面罵辱之。催逐發遣。令不久滯。所蹈之地。削去足迹。所履寶階。輒更貿易。時琉璃太子。聞其罵音。姿色變動。心懷毒恚。勅太史曰。深憶記之。須吾爲王。當誅此類。」（引用は＊9の『大正新脩大藏經』に同じ）という記述に拠ったものと思われる。

また、常磐は「附録　迦毘羅城滅亡論」（『釈迦史伝』明37・8、森江書店）においては、右の挿話に拠らず、「乳水を以て洗滌」と書いている。なお、「佛説義足經、維樓勒王經第十六」（大正大蔵經4本縁部）には、七尺掘って土を換えた上に、殿中を香乳で洗い清めたと書かれているが、常磐は後の『仏伝集成』（大13・1、丙午出版社）では、これに拠って記述している。

＊12　山田意斎編他『釈迦御一代図会』、聚栄堂編輯部編『釈尊御実伝』、伊藤俊道『釈迦実伝記』等の釈迦伝についても、＊11と同じく国立国会図書館の「近代デジタルライブラリー」を参照した。なお、釈種滅亡譚自体は有名な話で、「今昔物語集」巻第二第二十八にも「流離王、釈種ヲ殺セル語」がある。

＊13　ドイツの文芸学者、E・シュタイガーは劇的様式の根本概念を「緊張」と呼び、それを「パトス」と「問題性」の二面から説明している。「パトス」については、「存在していないものが、存在するようにならなければならないのだ。それを目指しているのが現在と未来のあいだの緊張によって生命を得る、焰をもえたたすようなリズムであり、拒否しえない要請となってわれわれを揺がせる衝撃であり、存在しないものの空虚さが露呈される休止であり、いわば持続するもの、低きものが吸い込まれてゆく真空である」（『詩学の根本概念』昭44・4、法政大学出版局、198頁〜199頁）と述べる。なお、ここで言われている「持続」とは、叙事的様式の根本概念である。

＊14　「わしも知らない」の引用は＊8と同書、128頁上〜137頁上に拠る。以下、本章ではテクストにはこれを用いる。

＊15　武者小路は「殊に演ずるのに難かしいのは二、である。しかもそのむづかしいのは舞台うらである。かう云つてもわかる人に切りわからないと思ふが。」(「わしも知らない」上演に於て」、「六号雑記」、『白樺』大4・6、『武者小路実篤全集』3、昭63・4、小学館、466頁下）と書いているが、それはこの窓の向こう側のことを言っているのであろう。

＊16　＊15に同じく「「わしも知らない」上演に於て」(同前、467頁上）によれば、初出に対して、「丙。何しろ焼ける方がいゝ。」「甲。焼けない方がいゝ。」「乙。そんなことはどつちでもいゝ、どつちでも俺には損得はないからね」という台詞を加筆したという。発言順序や言葉が、戯曲集『向日葵』を底本とするテクストとは微妙に異なるが、いずれにせよ、この加筆によって三者の立場は一層明確となったと言える。なお、先の永平が引用して評価していたのは、この会話の周辺部分である。

＊17　不吉な予言の象徴であるべき風の音については、実際の上演時について書いた「或る男」〈百八十一〉には「彼は二日目は舞台の裏にゐて、嵐の音をさせる手つだひをしてゐた。その場が終つた時、猿之助が舞台から帰つて来て、暗い所にゐる彼等に怒鳴つた。／「一たい今日の嵐はどうしたのだ。でたらめにならされるので、声が通らないで困つた」／　彼は本当に悪かつたと思つた」(＊7と同書、259頁上）とある。裏方として、作者ならではの演出が期待されたのかもしれないが、武者小路には不慣れだったようである。なお、／は改行を示す。

＊18　テクスト〈一〉、129頁上。

＊19　同前、129頁下～130頁上。

＊20　テクスト〈三〉、132頁下～133頁上。

＊21　テクスト〈五〉、136頁下～137頁上。

＊22　『向日葵』序文の引用は、「「向日葵」の序文の内より」(「六号雑記」、『白樺』大4・8)、＊15と同書、694頁上～同下に拠る。

なお、これと同じことがらについて書いたものとして「或る男」〈百六十五〉の「翌年の一月一日に彼は「二十八歳の耶蘇」を一気でかき上げた。(中略）彼は「わしも知らない」で自分がまだ到達できない境地をかいたのが気になつてゐて、こゝでまだ救世主になれない時の耶蘇の淋しさをかいた。彼はそれまでによく、三十歳迄の耶蘇について考へたことがある。それは彼がトルストイによつて自分の現在の生活をつゞけることに心苦しさを感じさせられながら、新しい生活に入れないので、その不安をあらはすのに適当な材料だつたから。」（＊7と同書、235頁下）という記述もあるが、この言葉が「新しい生活」、すなわち「新しき村」の活動中に発表された、自伝的小説中の言説であることを考慮して、本論では同時代の文章を引用した。

＊23　「或る男」〈百六十五〉の引用は、＊7と同書、236頁上に拠る。

＊24　「六号感想」（『白樺』大2・12）については、『武者小路実篤全集』1（昭62・12、小学館）、585頁上〜586頁下参照。同じことがらについての記述は「或る男」〈百六十一〉にもあるが、時期が明瞭なのは、この「六号感想」の方である。

＊25　ゴーリキー「夜の宿」の上演記録は、早稲田大学演劇博物館 デジタル・アーカイブ・コレクション 近代演劇上演記録に拠る。

＊26　「或る男」〈百八十一〉の引用は＊7と同書、256頁下〜257頁上に拠る。

＊27　「「わしも知らない」上演に於て」の引用は＊15と同じ、466頁上に拠る。

＊28　「或る男」〈百八十一〉の引用は＊7と同書、257頁上に拠る。

＊29　同前、258頁下〜259頁上に拠る。

＊30　「「わしも知らない」を見て」（「六号雑記」、『白樺』大4・8）の引用は＊15と同書、481頁上に拠る。

＊31　『東京朝日新聞』（大4・6・30）の観劇評は竹の屋主人（饗庭篁村）によるもので、「「わしも知らない」は珍劇なり、其中へザツトしたサロメの様な千歳の天竺踊りはお釈迦様の出る劇だけに甘茶式ともいふべし、昔は思ひの外の事を「お釈迦様でも御存じあるまい」と云つたが、今はお釈迦様の方で「わしも知らない」と白化けにでるとは、此等が新しいとでも悦ぶべき所か、勘弥の釈迦、編袒右肩で真面目で目蓮を諭すところが勿体ないが滑稽にて、柳蔵の目蓮は門徒坊主のお布施の催促のごとく、並んだ羅漢達は貧相なり、猿之助の流離王は天竺ばなれのした江戸ッ子で東蔵の好苦梵士の万歳はナンボ現代語で云ふからとて万歳汚しなり」と皮肉に満ちた酷評である。

＊32　「或る男」〈百八十一〉の引用は＊7と同書、258頁下に拠る。

第七章　戯曲「その妹」の悲劇性――生命力表現の変容――

1　はじめに

従来の武者小路実篤研究では、彼の思想面での人道主義的、理想主義的傾向を「底抜けの楽天主義」[*1]、「オ坊チャン性」[*2]などとする否定的評価が、武者小路の文芸作品の批評基準にまでなってきていた。しかし、武者小路文芸の本質は人道主義でも理想主義でもない別の所にあって、それらはこの本質の一つの表れに過ぎないのではないだろうか。本章では一九一五（大正四）年に発表された戯曲「その妹」を論じ、その本質に迫ってみたいと思う。

2　武者小路文芸における会話と戯曲様式

武者小路は『白樺』一九一三（大正二）年五月号の「雑感」の中で次のように述べている。

自分が文芸の仕事を選んだのは元より自分の一生を賭して文芸の仕事をしやうと思つたからだ。自分はこの仕事より外の仕事をする気はまるでない。自分の自我は文芸の仕事を外にして自己を生かす道を知らない。

「文芸の仕事」[*3]

武者小路は「自己を生かす」ことをつねに望んでいた。その表現を彼は文芸に求め、またそれによって自身の「自己を生か」そうとしたのである。このことは本多秋五がすでに武者小路文芸を「「自己を生かす」哲学のあらわれであり、それが「人類の意志」と「自然の意志」をうしろ楯とした」ものである、[4]と述べていることからも理解できるだろう。けれどもその「自己を生かす」哲学は、あくまで武者小路思想の本質であり、彼の文芸の本質ではないことは言うまでもない。問題は、思想がいかに作品に表現され、作品がいかなる文芸的価値を持ち得たか、という点にある。筆者はその価値を「生命力」という情調の表現と考え、武者小路文芸の本質をそこに見出したいと思う。

「その妹」を論じる前に、武者小路とその表現様式としての戯曲との関係について少し触れておきたい。彼は作家としての自己の立場について次のように述べている。

> 小説をかく時自分は自由を得られない。（中略）自分はもつと自由な、自己表現をする道として脚本、或は会話を選ぶべき人間だと思つてゐる。小説家と思はれるのは少し恐ろしい。
>
> 「有名にもならないのに」（『白樺』大4・1）[5]

これは「その妹」執筆の直前に書かれたものであるが、それまでに発表された主要な作品には、小説に「お目出たき人」（明44・2刊）、「世間知らず」（大元・11刊）、「彼が三十の時」（大3・11完）などがあり、また戯曲には「ある家庭」（明43・5発表）、「二つの心」（大元・11発表）、「或る日の一休」（大2・4発表）、「清盛と仏御前」（大2・11発表）、「わしも知らない」（大3・1発表）、「罪なき罪」（大3・3発表）、「或る日の事」（大3・7発表）など[6]があり、これらの小説と戯曲とを比較すると、確かに戯曲の方が作品としてのまとまりがあり、佳作と呼べるものが多い。『白樺』時代の武者小路の作品でも、その前半は、「新しき村」の実践を始めた後半に比して小説よりも戯曲の方が、その数、質においてまさっている。このように、「その妹」執筆時には武者小路は戯曲創作に強い意欲、関心を持っていたことがわかる。

次に、「自由な自己表現をする道として」の戯曲様式について考えたい。武者小路の自伝的小説「或る男」〈百十三〉の一九〇八（明治四一）年、創作集『荒野』出版後の頃を回想した記述には次のようにある。

彼は小説よりは脚本の方に自信があつた。彼は小説では地の文章に困つた。そしてものを考へたり、あるシーンを空想したりする時はいつも会話で、そして其処にあらはれてくる人々に彼はなりすますことが出来た。

（中略）

又、エロチックな空想や、その他、自分が感情をあらゆる方面に生かさうとする時、彼は会話を選んだ。[*7]

戯曲、小説を問わず、武者小路の作品に会話が非常に多いことは、そのリズムの滑らかさなどの評価とともに、すでにしばしば指摘されているが、このように会話は武者小路の発想および表現の根本形式なのである。「其処にあらはれてくる人々」に「なりすます」ことによって彼は自己と登場人物とを同一化し、そこで初めて「感情をあらゆる方面に生か」すことが可能になる。「心が全部的に燃えあがる時に、筆をとる」（同〈百八〉）[*8]という態度で創作に臨む武者小路にとっては、「感情」を十全に「生か」すことは「自己を生かす」ことにほかならない。この意味で彼の資質は会話表現を主体とする戯曲様式にきわめて適していたと言えるのである。

3 「その妹」五幕の劇的構造

戯曲「その妹」は一九一五（大正四）年二月に脱稿、同年三月に『白樺』に発表され、これによって武者小路は劇作家としての地位を確立した。[*9] この作品について彼は次のように述べている。


画家が盲目になる。自己を生かす道を新たに考へなければならない。（中略）それで生きる道をやつと見出したのが文学である。（中略）彼は人間がどんなに苦しくも生きやうとするその力がかきたかつた。

よき目をもつた画家が目を失ひ、よき妹をもつてゐた画家が妹を失ふ。そしてなほこの世にしがみついて、更に生きやうとする。其処がかきたかつた。

「或る男」〈百七十七[*10]〉

このように武者小路がこの作品で表現しようとしたものは「人間がどんなに苦しくも生きやうとするその力」なのであり、彼は極限状態の人間の生の葛藤の表現、つまり「自己を生かす」哲学の実験として、生命力表現の可能性を試みようとしたものと思われる。したがって、会話をその主体とする戯曲という表現様式によって「その妹」が書かれたのは、こうした劇的様式の表現という作者の意図とともに考えても当然のことであった。「あれを脚本にか丶なかつたら何に丶かいたらい丶のか、あれは脚本として出来上つてゐるもので他のものとしてあれを顕はすことは出来ないとしか自分には思へないのだ」（「六号雑感」『白樺』大4・9[*11]）という武者小路の言葉も、その意味において理解できるのである。

それでは「その妹」の構造について考えたい。戯曲の構造は言うまでもなく、場と幕によって構成されている。「その妹」は五幕より成り、場の区別はない。この五つの幕は、外面的な枠組みであるだけではなく、作品の内面構造としての機能、すなわち劇的事件展開の部分としての機能を持っている。このことは後に詳述するが、五という数字から連想されるように、この作品の構造はフライタークの五部三点説によって、かなり明確に説明できるのである。つまり第一幕は発端、第二幕は上昇、第三幕は頂点、第四幕は下降、そして第五幕は破局という構造になっている。[*12]

次に登場人物とその関係によって表現されるモチーフについて考えたい。戯曲では登場人物はほとんど複数であるので、登場人物相互の関係によって、具体的には場面での会話によって、一つのモチーフが表現される。このモチーフを表す人物関係をプロットと呼びたい。主要登場人物は広次、静子、西島の三人であるので、三つのプロットができる。そして広次―静子プロットでは兄妹愛、広次―西島プロットでは友情、西島―静子プロットでは恋愛という、三つのモチーフが考えられる。次に、登場人物個々のモチーフにも注意しなければならない。それは広次の自我伸張のモチーフ、静子の献身のモチーフ、そして西島の協力のモチーフの三つである。これらは各人物の言動、行動に一貫するものとして、作品全体から判断できるものである。この三つのモチーフで特に注目すべきものは、すでに述べたように、作者の意図である広次の自我伸張のモチーフである。

これら六つのモチーフを発生、展開させるもの、すなわち作品の筋を進行させる動力は、静子への求婚問題である。この事件展開によって「その妹」の世界は変動し、その構造が形作られるのである。[*13]

4　兄妹愛のプロットと広次の自我伸張のモチーフ

第一幕では主要な三人が登場し、作品世界を開示する。広次―静子プロットでは兄妹の苦境と、それゆえに深まりゆく兄妹愛が描かれている。広次の演説の口述筆記という形を借りた独白によって、広次の自我伸張のモチーフが表現される。西島の登場時に静子への求婚問題が発生し、西島は野村広次、静子兄妹への同情からその協力者となる。これが緊張誘発点であり、第一幕を発端部として性格づけている。

人物設定では、やはり広次が問題の中心である。目の見えない画家が自己の志を遂げるために小説家をめざすのであるから、現実は空疎であるがゆえに未来の可能性を求めようとする広次には、つねに苛酷な緊張がつきまとう。この意味で広次はパトス的人物[*14]と規定できるであろう。

第二幕では主要な人物六人が登場し、そこで野村兄妹の苦境への同情によって、連帯の輪が形成される。これが基調となって、この幕の上昇性を表しているのである。ここでも西島はその中心となって、兄妹への助力を惜しまない。しかし、この西島の協力のモチーフは芳子によって相対化されていること、また連帯の輪にしても、芳子と高峰との唱和の場面の異様さに象徴される、その結合力の不安さなど、事件の悲劇的展開の複線も存在していることに注意したい。

第三幕では、西島をはじめとする広次の友人達の経済的、心情的援助によって、野村兄妹の新しい生活が始まる。すなわち愛と連帯による理想が実現されたのであり、これが作品世界の頂点であることは言うまでもない。しかし、地上的頂点の極みを過ぎて訪れるものは急激な下降である。第三幕はこの転換点つまり悲劇的動機をも備えている。

それは静子が西島の妾だという噂の流布によってもたらされる危機である。

広次―静子プロットの兄妹愛の描かれ方にも二面性が見られる。ここでは作中でも最もその兄妹愛の深まった姿が見られるが、実は広次は噂の事で、静子は雑誌評の事で、互いの胸中に秘密を抱いているのである。また、西島―静子プロットの恋愛のモチーフはこの幕で明らかになるが、それは兄妹愛のモチーフを相対化し、さらに悲劇的事件展開を推進する役割を担うことになる。広次の態度は冷静であるが、これは彼に凶々しい未来が明確に見えていたためであり、したがって自我伸張のモチーフは表現されにくくなっている。それに比して、静子の狂乱を見るまでの西島はやや冷静を欠いており、したがって広次―西島プロットの友情もどこかチグハグである。以上のように第三幕は変転が激しく、転換部とも言えるのである。

第四幕は時間的緊張の高まりとともに、事件展開の緊密な内的必然性によって予想される結末に、すべてが急流となって突進する。西島はもはや静子への想いを自制できず、接吻未遂によって静子に求婚の承諾を決意させることになる。これが悲劇的結末、すなわち破局の招来を決定する。

西島と広次の「心の内のあるもの」[*15]が静子の相川との結婚を望んでいる、という心理状態に彼ら自身が恐れ慄く。むろんこれは二律背反を意味し、それだけに彼らの苦痛は大きい。特に広次の自我伸張の欲求と兄妹愛とが対立せざるを得ない状態となっていることに注意したい。

第五幕と第四幕との間、作品世界の外側からは不可知の時間に静子の決心が叔父家に伝えられるという構成が、第五幕の破局的性格を象徴する。事態の急変を知らない広次は、この苦境でもなお静子と西島への信頼に基づいて、自己の理想を追求しようとする。けれども広次のこの自我伸張のモチーフも、一つの事実の前にはその現実的無力を露呈せざるを得ない。その時もはや広次は、そして西島も、自己の力の及び得ない深淵を目の当りにしてなすすべもない。愛と連帯による理想的世界は瓦解し、兄は妹を失い、友は恋人を失う。そしてこれらは首尾一貫した必然性をもってもたらされた結末、すなわち破局なのである。

以上、五つの幕を検討した結果を整理してみよう。登場人物の関係、すなわち三つのプロットによって表現された兄妹愛、友情、恋愛のモチーフは、悲劇的事件展開に吸収されてしまう。特に恋愛のモチーフは事件展開に加担し、破局への内部からの必然性をもたらすのである。友情はここでは恋愛に裏打ちされているという、相対的価値をしか持ち得なかったことは言うまでもあるまい。個々の登場人物によって表現された三つのモチーフについては、西島の協力のモチーフの価値が、同じ理由で相対化されている。これに対して静子の献身のモチーフは作品全篇を通じて一貫しているが、これをライト・モチーフとすることは果して妥当と言えるだろうか。静子にとって献身がその「自己を生かす」ことと一致しようとも、確かにこれは「あまりにも悲劇的な妹の肯定面[*16]」に過ぎない。それに対して広次の自我伸張のモチーフは、場面が広次の部屋である第一幕、第三幕、第五幕での悪化してゆく状況の中で、希望を求め、生きる力を得ようと苦闘する広次の姿によってくり返し表現されている。すでに述べたように、そこにはつねに苛酷な緊張がつきまとい、それは劇的緊張の様式としてのパトスなのである。したがってこれをライト・モチーフとすることに異存はあるまい。

5 「自己を生かす」哲学の悲劇としての表現

以上のように「その妹」はその構造および内容において純然たる悲劇的世界[*17]を形成しているのである。そして作者の意図が「人間がどんなに苦しくも生きようとするその力」の表現にあったことを考えれば、その悲劇性が広次の自我伸張というライト・モチーフの表現、すなわち生命力という情調の表現のために用意されたものであることも当然のことである。けれどもそれは充分に達成されたと言えるだろうか。すでに述べたように広次は悲劇的事件展開の中で自己の無力を認めざるを得ない。特に作品世界の終焉である「俺は今力がほしい。」[*18]という広次の発語に感じられる弱々しさは、そのライト・モチーフの表現に大きなマイナスとなっている。つまり広次は未来の可能性を完全に奪われてしまったのである。用意立てられた悲劇性が広次の自我伸張のモチーフの表現を超えてしまったのである。すなわちここで「その妹」の生命力表現は変容せざるを得なかったのである。

○今度の自分の脚本は社会劇でも問題劇でもない。（中略）盲目とその妹をあゝ云ふ境遇におくと自分の今のリズムは二人をあすこに迄流れつかすのである。問題劇とか、性格劇とかを書かうとは夢にも思つてゐないのである。

「六号雑記」（『白樺』大4・3）[*19]

武者小路が社会劇、問題劇、性格劇という言葉にこれだけ拘っているのも、その証左にほかならない。この作品に悲劇性をもたらした最大の要因は静子の結婚である。これについて武者小路は、先に見た「或る男」〈百七十七〉で次のように書いている。

彼はその妹をいやな男と結婚させたくはなかつた。しかし運命ととつくんで、血みどろになつて、それでも勝てない事実はこの世にも多くある。（中略）そして彼は泣き〱、その妹を不幸な位置におとし入れた。兄の犠牲にした。[*20]

武者小路の関心はその創作過程において、悲劇的な事件展開自体の方に向いてしまったのではないだろうか。広次の自我伸張のライト・モチーフによって表されるべき生命力という情調の表現は、こうしてその変容を余儀なくされたと思われる。

しかし、このように当初意図された情調の表現が達成できなかったとは言え、「その妹」の悲劇としての価値が高いのは、その根底に「自己を生かす」哲学が確固として存在しているためにほかならない。ただそれが生命力という情調としては表現されず、その変容によって悲劇という表現の形を得たに過ぎないと考えるべきであろう。武者小路が「自分の今のリズムは二人をあすこに迄流れつかすのである」（前出「六号雑記」）といい、また「ある運命の内に一人の人間をたたきこんで、その人間のもつてゐる愛や恐怖を働かせるだけ働かせたい気がしてゐる」（戯曲集『向日葵』序文[*21]）と、その創作意図を述べているように、会話を主体としてその「感情」を十全に「生か」すことができる戯曲様式において、きわめてリアリスティックで完全な一つの劇を創作し得たということは、高く評価されねばならない。

武者小路文芸は、基本的には劇的様式においてとらえられると筆者は考えている。したがってこの戯曲「その妹」のように現実と鋭く対立するような作品は小説「お目出たき人」（明44・2刊行）、戯曲「わしも知らない」（大3・1発表）、小説「不幸な男」（大6・5発表）、小説「友情」（大8・12完結）、など他にも多数あるが、どの作品も「自己を生かす」哲学の劇的表現の系譜においてとらえられると思われる。こうした現実との対立は、その救済を求めて、後の小説「幸福者」（大8・6完結）、評伝「耶蘇」（大9・6完結）などに見られる宗教的世界への帰依、ひいては「新しき村」の実践へと続くのではないだろうか。

注

＊1 臼井吉見は「大正四、五年から八、九年にわたる数年間の日本の社会は、白樺派の運動が展開されるにふさわしい条件をそなえていたのである。個人を生かすことが、そのまま、人類の意志に通ずるというごとき、底抜けの楽天主義、その「人間万歳」思想に基づく運動が、社会から孤立するどころか、文学運動であると同時に、社会運動でさえありえた事情を見のがすわけにはいかない」と述べている（「人と文学」、『現代文学大系』20、昭39・5、筑摩書房、482頁下〜483頁上）。

＊2 筑波常治「白樺派のオ坊チャン性」（『文学』昭32・2、後に『日本文学研究資料叢書 白樺派文学』（昭49・8、有精堂）に収録）参照。

＊3 「文芸の仕事」（『白樺』大2・5）の初出総題は「雑感」、小表題は芸術社版全集で付けられた。引用は『武者小路実篤全集』1（昭62・12、小学館）、536頁下に拠る。

＊4 本多秋五「武者小路実篤論」（『『白樺』派の作家と作品』昭43・9、未来社）、83頁。

＊5 「有名にもならないのに」（『白樺』大4・1）の初出総題は「六号雑感」、小表題は『武者小路実篤全集』3（昭63・4、小学館）で付けられた。引用は同書、397頁下〜398頁上に拠る。

＊6 初出時の戯曲作品例示に対して、本書で新たに「二つの心」、「清盛と仏御前」、「罪なき罪」、「或る日の事」の四篇を加えた。

＊7 「或る男」〈百十三〉の引用は、『武者小路実篤全集』5（昭63・8、小学館）、170頁上〜同下に拠る。

＊8 「或る男」〈百八〉の引用は「感情を抑へるこつと、興奮を文章にもかきこむ術をだん〳〵のみこんで来たであらうが、彼はいつも、心が全部的に燃えあがる時に、筆をとる。筆をとるに従つて心が全部的に充実し文章にそれが全部的にそゝぎこめる時はい、、さもない時には、彼は筆のとれない男である」の一部。同前、164頁上に拠る。

＊9 戯曲「その妹」は、発表と同年の一九一五（大四）年九月、洛陽堂から刊行された戯曲集『向日葵』に収められた。翌年新潮社の『代表的名作選集』23として刊行され、昭和初年まで61版もの重版があり、この作品によって武者小路の劇作家としての地位は不動のものとなった。その他詳細は関口弥重吉「解題」（『武者小路実篤全集』2、昭63・2、小学館）参照。

＊10 「或る男」〈百七十七〉の引用は＊7と同書、251頁下に拠る。

＊11　「六号雑感」（『白樺』大4・9）の引用は＊5と同書、529頁下に拠る。
＊12　フライターク『戯曲の技巧』上（島村民蔵訳、昭24・4、岩波文庫版）による。なお、五部三点説の三点とは、発端部と上昇部の間に置かれる「刺激的動機」、頂点部と下降部の間に置かれる「悲劇的動機」、下降部と破局部の間に置かれる「最後の緊張の動機」であるが、この説の適応について、後日、藤木宏幸から批正を受けた。確かに「最後の緊張の動機」の要素のみは、この作品には薄いことが認められる。またこの書では第四部を「降下または転向」、第五部を「段落」と表記してあるが、構造の明確化のために、それぞれ「下降」、「破局」の語を用いた。
＊13　小峰道雄「武者小路実篤『その妹』に就いて」（『日本文学誌要』49、平6・3）は、この作品の前日談となる「二十一歳の広次」（『文章世界』大5・1）を参照しつつ、「その妹」の構造を、広次を中心に他の五人を巻き込む「渦巻き」にたとえて説明して興味深い。
＊14　「パトス的人物」については、前章「戯曲「わしも知らない」の世界――信仰によって生きること――」の＊13を参照。
＊15　作品本文の引用は『武者小路実篤全集』2（昭63・2、小学館）に拠り、これをテクストとする。引用は477頁下に拠る。
＊16　松本武夫は「戯曲『その妹』」（福田清人・松本武夫『武者小路実篤――人と作品――』昭44・6、清水書院、144頁）で「妹は、その「自己を生かす」ことによって、自分自身の自己を生かし得たと言いうるかもしれない、しかしそれはあまりにも悲劇的な妹の肯定面であろう」と述べている。
　ところで静子の造型に関して、沼沢和子は「『その妹』」（『国文学解釈と鑑賞』64―2、平11・2）で、静子の置かれた状況を歴史的に検討して作者に批判的であるが、さらに楊琇媚は「芸術への執着と妹の献身―武者小路実篤『その妹』におけるジェンダー意識―」（『近代文学試論』40、平14・12）で、状況設定の現実性とは対照的な人物造型の非現実性には「作者の主観的意識」の過剰があり、作者は「作品の深層における女性差別」を「意識化できていない」と手厳しく批判しているが、そのような見方に立つならば、静子のような女性が多数存在した社会の悲劇を描いたことは、逆に評価されるべきではないか。
＊17　大津山国夫は「冬らしい気配も、冬でなければならぬ必然性も存在しない」（「『その妹』の構造」『武者小路実篤論――「新しき村」まで――』昭49・2、東京大学出版会、321頁）と述べているが、この悲劇性は当然「冬」を連想させるものでは

ないだろうか。

もとより評者それぞれの見方により、この作品の悲劇性を認めない意見は昔から多い。前掲松本書には「兄妹の主観的意欲のうちには「自己肯定」という脈々とした勝利の感が大きく二人を前進させている」と、また大山功「武者小路実篤」(『近代日本戯曲史』2、昭44・10、近代日本戯曲史刊行会、348頁)には、「俺は今力がほしい。」という結末の広次の発語に対して「その力が広次に出てきてそこに明るい未来が開けてくるのではあるまいか」とあるが、理解が難しい。

＊18　テクスト第五幕、495頁上。
＊19　「六号雑記」(『白樺』大4・3)の引用は＊5と同書、684頁下～685頁上に拠る。
＊20　「或る男」〈百七十七〉の引用は、＊10に同じ。
＊21　戯曲集『向日葵』序文の引用は、「六号雑記」(『白樺』大4・8)の「『向日葵』序文の内より」に拠る。＊5と同書、694頁下。
なお、永平和雄はこの作品を「「その妹」という題名の示すように、妹静子の劇」と捉え、「最後まで無力でしかなかった男たちには見えぬ「運命」に、明らかに眼を見開いたまま静かに従う」(「武者小路実篤「その妹」の静子」、『国文学』25―4、昭55・3)と興味深い指摘をしている。

第八章　戯曲「その妹」とその上演

1　はじめに

　武者小路実篤の戯曲「その妹」は『白樺』一九一五（大正四）年三月号に発表され、同年九月刊行の戯曲集『向日葵』に収められた。最初の上演は一九一七（大正六）年三月三〇日と三一日の二日間、赤坂見附ローヤル館で、山本有三の舞台監督のもとで舞台協会により演じられた。[*1]この作品は、上演回数から見ても、武者小路の戯曲作品の中でも最も人気の高い作品である。小学館版『武者小路実篤全集』第六巻の「解題」には、一九八八（昭和六三）年四月までの、武者小路戯曲の過去一四〇回分の上演記録があるが、うち「その妹」の上演回数が最も多くて一四回、次いで「愛慾」（『改造』大15・1初出、大15・7初演）が一〇回、「だるま」（『中央公論』大13・1初出、大13・5初演）が七回、「或る日の一休」（『白樺』大2・4初出、大7・11初演）、「三和尚」（『太陽』大4・9初出、大10・6初演）、「一日の素盞嗚尊」（『改造』大10・1初出、大11・2初演）、「桃源にて」（『改造』大12・9初出、大13・2初演）がそれぞれ六回、「二つの心」（『白樺』大元・11初出、大4・11初演）が五回と続く。この数字によっても、「その妹」の戯曲としての人気は明らかだ。関口弥重吉は「昭和初年までに『新潮』広告面では六一版の記録があり、また六三版の本も確認されたということであるから、当時からかなり多くの人々に読まれたことがわかる」[*2]と述べている。

　しかし実際に上演された作品の印象は、役者や演出者の意図によってずいぶんと異なってくるものだ。藤木宏幸によれば、一九六六（昭和四一）年に新人会公演（広次・山本学、静子・渡辺康子）で上演された時には美しい兄妹愛がテーマとされ、その結果「お芝居じみて、新派くさくなって」しまったようだ。[*3] さかのぼって、一九二〇（大正九）年の上演（有楽座で広次・守田勘弥、静子・森律子）でも、久保田万太郎に「身売りの芝居でもみてゐるやうな甘さ」を指摘され、酷評されているという。[*4] もちろん好評な上演もあったわけだが、このような評価の振幅は、作品自体の持つ特質に由来する部分もあるのではないか。

武者小路の戯曲作品自体については、政治経済史ないしは思想史的な批評基準の用いられがちな小説の研究史上のみならず、より芸術的であり得べき戯曲の研究史の上でも、概して「いささかの対立もない」、「舞台軽視、技巧無視」と評され、[*5] また別の評者には「はたして劇は存在するのであろうか」と言われ、たとえば戯曲「愛慾」を「作者の「思想」の破綻を示す唯一の作品」と見るまでに批判されている。[*6]

本章の目的は「その妹」の評価であるが、作品自体を論じることは前章でおこなったのでここではしない。本章では、武者小路の戯曲ないし作品創作論を中に挟みつつ、その戯曲作品としての発表と同時代評、およびその上演と同時代評を見ながら、「その妹」および武者小路文芸の新しい評価軸を探っていきたいと思う。

2 「その妹」という作品の持つ魔力

「その妹」は、戦争で目が見えなくなった天才画家が、それに追い打ちをかける様々な不運から最愛の妹を失ってさらに不幸に陥る物語である。逆境の中で必死に生き抜こうとする人間の力を表現しようとした武者小路は、目が見えないというハンディを背負った人間を主人公とした作品を二たび試みては失敗し、四度目についに完成させた[*7]

が、それは作者の意図とは微妙に異なる色合いを持ったものとなってしまった。次に引用するのは、武者小路がその創作過程を述べたものである。ここには作品の素材とそこに込められたモチーフが示されているので、あらすじの紹介も兼ねて少々長く引用しよう。なお、文中「彼」とあるのは武者小路のことである。

ともかく彼は天才のある画家が戦争で目をつぶした。この想像は「彼が三十の時」をかく時、一寸考へた筋であつたのだ。画家が盲目になる。之だけで彼の同情は十二分に生きることが出来る。

自己を生かす道を新たに考へなければならない。いくら目をとりもどしたくも、この事実の前に立つた以上はさけることは出来ない。それで生きる道をやつと見出したのが文学である。そしてそれには一人の助手が必要で彼はその助手としてよき妹を与へたが、そこから事件が発展しだした。彼は人間がどんなに苦しくも生きやうとするその力がかきたかつた。

よき目をもつた画家が目を失ひ、よき妹をもつてゐた画家が妹を失ふ。そしてなほこの世にしがみついて、更に生きやうとする。其処がかきたかつた。

しかし彼はその妹をいやな男と結婚させたくはなかつた。しかし運命ととつくんで、血みどろになつて、それでも勝てない事実はこの世にも多くある。彼は日中の幽霊に勝つ所がかきたくはなかつた。現実ととつくましてどつちでも本当の方にゆかすより仕方がなかつた。そして彼にはその妹を生かす力が自分にあるとは思へなかつた。西島は彼よりも力あるものではなかつたが、力なきものでもなかつた。そして彼は泣きく、その妹を不幸な位置におとし入れた。兄の犠牲にした。

「或る男」〈百七十七〉[*8]

こうして作品自体が独自に走り出して作者の意図とは異なり、純然たる悲劇的情調のドラマとなってしまった結果、武者小路は「今度の自分の脚本は社会劇でも問題劇でもない。（中略）盲目とその妹をあゝ云ふ境遇におくと自分の今のリズムは二人をあすこに迄流れつかすのである。問題劇とか、性格劇とかを書かうとは夢にも思つてゐないのである」（「六号雑記」『白樺』大4・3）[*9] と弁解めいた補足を加えざるを得なくなった。それは「人間がどんなに苦しくも生きやうとするその力」が、作品末尾の広次の姿にはあまり強く感じられないからである。

そこで武者小路は広次の末尾の台詞に大変苦心することになった。自筆原稿には「だが俺は今に力を得るだろう。俺は俺は今力がほしいよ。」と書き直しがあり、『白樺』初出（大4・3）の「俺は今力がほしい。」から戯曲集『向日葵』（大4・9）収録時に「（泣く）」が付け加えられ、初演時の脚本となったと思われる新潮社版『その妹』（大5・12）では「俺は今自信がほしい。目まひがして来た。」へと変り、岩波文庫版（昭3・4）では最もシンプルな「俺は力がほしい。」に戻されている。[*10]『向日葵』収録時の改変は、三井甲之の批評で「単に『力』といはずに『何しろ金の力といふものが』とやうに考へ又言へば事実に随順する」（「白樺派の人々」『文章世界』大4・4）と言われ、「そんな風にとられてはたまらないと思つた」からだ、と後に武者小路は述べている（「六号雑記」『白樺』大6・4）[*11]。出来上がった作品と作者の意図とが異なる以上、作者と批評家との議論がどこか嚙み合わないのは当然のことと言える。

しかしそれにもかかわらず、山田檳榔の「主人公の広次が絶大の勇気を以て頑強に運命の力と闘つてゆく、その凛々しい。而かも悽愴な戦闘の生活を写してある。気高い人道主義が全篇を貫いてゐるので、読者をして覚えず切歯扼腕せしめ、倶に泣き、与に憤らしめる。斯くの如き作品こそは真に傑れたる芸術品である」（「三月の文壇」『文章世界』大4・4）といった評価もあり、また、読者からの手紙も増え、「その妹」はおおむね好評を博したのである。

三井甲之や山田檳榔のような毀誉褒貶が武者小路にとっては「理解なき好評」と感じられた（『向日葵』あとがき）[*12]

のは、こうした事情のためであろう。

そもそも武者小路は「その妹」の発表以前から「自分は今脚本の第一幕をかいてゆきなやんでゐる。（中略）／新年の雑誌の小説を三つ四つ読んだが世界があまりにちがうので淋しかつた。しかしやり上げたいと思つてゐる」（「その妹をかきつゝ」『白樺』大4・2、[*13]／は改行、以下同じ）と述べている。この一九一五（大正四）年一月に発表された小説は、谷崎潤一郎「お艶殺し」、森鷗外「山椒大夫」、徳田秋声「あらくれ」、永井荷風「夏姿」などであったが、このことも先の「理解」のなさと無関係ではない。

作者自身の制御を超え、また一方で同時代の批評家たちの評価を揺るがせた「その妹」という作品の持つ魔力はどこから来るのかを、次に見てみよう。

3　人物の相克と人生の必然の表出

武者小路は、つねにその創作時の感情の白熱を根底に持つために、地の文や叙景を苦手とし、逆に会話による想像が得意で、したがって戯曲や「雑感」と呼ばれるエッセイの創作に自ずと向かうことになった。これらについては、すでに前章「戯曲「その妹」の悲劇性――生命力表現の変容――」および第五章「〈初期雑感〉の特質――〈聖典〉としての文芸――」などで論じたので、これ以上触れない。

ここでは、武者小路文芸における外来の影響を、武者小路自身の言葉を引用して確かめたい。ゴーリキーやストリンドベリなどの海外の演劇を見、また戯曲を読んで感じたことを、武者小路は次のように述べている。「或る男」〈百六十一〉からの引用になるが、これは一九一三（大正二）年一〇月末から翌月末にかけてのことを述べたものである。[14]

彼はその秋、（だつたと思ふ）自由劇場でやつたゴルキーの「夜の宿」を見てすつかりおどろいた。彼は自分の自信をすつかり打ちこはされたやうな気がした。こんない、脚本が他にあるかと思つた。ともかくその全体の感じが、一つの地の底から燃え上る生命の炎のシンホニーのやうな気がした。（中略）うちくだかれた自信をとり戻すのに二三日か、つた。

その後、彼はストリンドベルヒの「死の舞踏」をよんだ。そして「夜の宿」にまさるとも、劣らない恐ろしさを感じた。この作のそばにゆくと、どんな作も甘いやうな気がするだらうと思つた。之は彼にとつてまるでちがふ世界ではなかつた。其処がなほ恐ろしかつた。

「或る男」〈百六十一〉[15]

ここには武者小路が文芸の理想として求めるものが、「一つの地の底から燃え上る生命の炎のシンホニー」という言葉で言い表されている。これは「その妹」の目指したものではなかったか。そして「死の舞踏」については「之は彼にとつてまるでちがふ世界ではな」い、と述べている。

また、「その妹」の一年ほど前に書いた戯曲「Aと運命」（『白樺』大3・4）に関連して、次のように述べている。

ストリンドベルヒの影響をうけてドイツに表現派が出来たとすれば、彼のこの芝居もストリンドベルヒの「ダマスカスの方へ」から影響をうけて出来た点で、何処か似かよひがあるかも知れない。彼は精神的にセザンヌやゴオホの影響をうけたことは前にかいた。

彼は脚本の方ではあきらかにイブセン、マーテルリンク、ストリンドベルヒの影響をうけた。

「或る男」〈百六十六〉[*16]

ここでは武者小路は自らをドイツ表現主義文芸の作家になぞらえている。また、セザンヌやゴッホなどの後期印象派から表現主義の先駆となった画家からの「精神的」影響を述べている。こうした深さや力強さ、緊張感は、武者小路の表現の特質である無技巧の意識化によって可能になるのだ。

枝葉の内要に拘泥しすぎて文章のリズムがバラ〳〵になることは元より恐れる。それから意味のありさうな顔をしたがる言葉をつかう《ママ》ことを嫌ふ。自分のかくものに技巧があるとすれば、それは技巧をなるべくつかはない処にある。事実つかへないのであるが、つかう《ママ》ことが又気がひけるのでもある。（中略）尤もニイチェが云つてゐるさうだが、頭が白熱し切つた時には自覚する余裕もない言葉がほとばしり出ることがある。自分はその時、勿論さう云ふ言葉を尊重し、その言葉の火を少しでもよわめることを恐れはする。

「自分の文章」（『白樺』大4・6）[*17]

この後の方で武者小路は「この自分の行き方が近頃の日本では幾分か珍らしかつたのである。さうして自分が新らしい文壇、或は芸術に運動を起し得たならばその点だ」と述べているが、それが先に見た「その妹」執筆時の淋しさと無縁でないことは言うまでもない。

事実は小説に向き、空想は戯曲に向くと言う（「自分の創作する時の態度」『新理想主義』大5・3）[*18] 武者小路にとって戯曲様式は、より自由な物語世界の創造の場であったのだ。そこで登場人物相互の心理的相克、主人公の生き方の必然性が最も重んじられて創作される。その結果、武者小路の書く作品には自ずと運命との、それもより悲劇的で過酷な運命との格闘が描かれてゆくことになる。こうして「その妹」のような運命劇・境遇劇にも読みとれる悲劇が生まれるのは「死を恐れながらも死を選ばなければならない人間。或はそれに比敵するだけの緊張した生命《ライフ》の底に流れることを強いられてゐる人間をか、なければならない」（「死以上のもの」『白樺』大3・5）[19]と考える武者小路にとって必然的なことであった。

4　悲劇の上演の成功

「その妹」発表の三ヶ月後、一九一五（大正四）年六月に帝国劇場で戯曲「わしも知らない」が上演された（釈迦・守田勘弥、流離王・市川猿之助）。これは武者小路にとっては初めての自作の上演であったが、彼自身にはとうてい満足できない出来映えであった。第六章「戯曲「わしも知らない」の世界——信仰によって生きること——」で述べたとおり、作者にとっては重要であった運命観照の内的苦痛のモチーフは、舞台ではそれほど重く緊張感のある表現を克ち取れなかったのである。その後「二つの心」も新富座で上演された（大4・11・29〜同12・13）が、これは喜多村緑郎、川上貞奴らの役者があまりにいい加減なので、武者小路自身もその成果には期待しなかったらしい（「或る男」〈百九十一〉）[20]。

　こうして三度目の自作上演となった「その妹」の上演は、一九一七（大正六）年三月三〇日と三一日の二日間、赤坂見附ローヤル館でおこなわれた。文壇は『白樺』全盛期を迎えつつあり、武者小路は前年に戯曲「ある青年の夢」

の連載を終えてこの年一月に刊行、また上演と同じ三月には小説「不幸な男」を脱稿した。翌年九月には「新しき村」建設のために、日向に旅立つことになる、そのような上昇的な時期だった。

武者小路は上演に先立っての講演会で、今の日本の演劇には芸術味が足りず、戯曲もイプセンやストリンドベリに比肩しうるものがないと演説している（「雑感」『白樺』大6・4）[21]。自作によほどの自信があったのだろうが、同時に「広次に傑作をつくらしたい気では人後に落ちない」とも述べ、そこにはやはり多少の不安もあったようだ。

加藤精一の広次と三井光子の妹静子（右上は同時上演の「債鬼」）

さて、山本有三の演出（舞台監督）のもとに、広次を加藤精一が、静子を三井光子が演じた舞台は概して好評であった。

■三月三十日　久方ぶりの舞台協会劇を見る為に井桁君と赤坂ローヤル館に行く、武者小路氏の『その妹』を非常に面白く見た。あの狭い舞台を巧に使つてさのみ窮屈な思を与へなかつたのは監督者の賢いところであらう。幕あひに勘解由小路子爵の紹介で武者小路氏に始めて逢つた、同氏は『人任せにしてゐた芝居ですから心配してゐましたが……』といつて反響のあるのを喜んでゐた。

（署名は（豊後）、「演芸日誌」『新演芸』、大6・5）

武者小路自身は上演後の感想で「自分は「その妹」を泣いてかいた。かいてゐる時散歩しながら泣きすぎる程泣いたこともよくある。自分はその感じが見物人に伝はるのを見た。自分の心の動きの見物人の心に伝はつてゆくのを見た」（「「その妹」上演に就て」『新演芸』大6・5）[*22]と一応は満足の意を表明しているが、第五幕初め近くで広次が「理想」と言う時の自己憐憫的なニュアンスが役者に伝わらなかったと悔やんでいる。しかし、それ以上に問題だったのは、「その妹」に続けて演じられた出し物が、武者小路の最も畏怖するストリンドベリの「債鬼」（一幕）であったことで、「或る男」〈二百五〉ではこれに触れて「彼の作の感じは圧倒された」、「勝利の感じが得られなかつたことはたしかだ」[*23]などと述べている。武者小路のプライドの方が高かったということもあろう。[*24]

5　評価軸としての〈表現主義〉

武者小路の戯曲を評価する視点として、関口弥重吉は状況設定の単純や会話の平易を、演出者や役者の自由の余地として評価している。[*25]祖父江昭二は武者小路の対話的発想を「リアリズムの契機」として評価している。[*26]しかし、こうした評価は従来の批判に対して水掛け論となるかもしれない。

武者小路辰子は武者小路に対してトルストイやメーテルリンクが与えた影響は、思想であって文芸ではないと言う。確答はないとしながらも、代って、ストリンドベリというドイツ表現主義の影を指摘しているが、[*27]私もこれに賛同する。

東珠樹は高村光太郎の評論「緑色の太陽」（『スバル』明43・4）を紹介し「この高村の評論とそれに続く有島（壬生馬・筆者注）のセザンヌ紹介が、「自己を生かす」ことを、文学（芸術）の最大の眼目とする白樺同人たちに強い感動と共感を呼び起したことは、想像に難くない」[*28]と述べている。言うまでもなくセザンヌは後期印象派に分類され、

「物の実在と量および空間を表現しようと努め」（竹内敏雄編『美学事典』[*29]）た画家であり、同じ後期印象派で武者小路が繰り返し憧れを述べたゴッホは「強烈な色と筆触で内的生命を表出しようと熱中する」（同）画家であった。ここから表現主義への距離は、そう遠くはない。ただ、このことは「その妹」より十数年遅れて日本に流行することになる、一連の表現主義戯曲と同一であるという意味ではない。しかし、西洋美術・芸術の性急とも言われる紹介者であった『白樺』派の視線は、確かに世界の同時代芸術を見据えていたはずであり、事実、志賀直哉や有島武郎ではない、武者小路実篤こそが、自身の資質に適った力強い、緊張感のある表現を、その作家活動の初期から目標としていたことだけは確かである。この問題については、終章においてもう一度考える。

ここにおいて、もはや戯曲「その妹」の悲劇性・ドラマツルギーのアリバイを繰り返す必要はないだろう。戯曲を論じた本章は、最後に力強さ溢れる武者小路の小説における、劇的な表現を引用して締め括りたい。

> 何しろ自分はおちついてゐられない。しかし母に打ちあけて云ふのは気まりがわるかつた。昼飯食つてからもじつとしてはゐられないので神田に行つた。さうして一人鶴のことを思つて微笑《ほゝゑ》んだ。
> 美しい、美しい、優しい、優しい、気高い、気高い、鶴は女だ！
> 自分はその夕、麻布の友を訪れて、『鶴に逢つたよ』と簡単に話した。友は『さうかい、そりやよかつたね』と云つた。
>
> 小説「お目出たき人」〈十一〉（明44・2刊[*30]）

十月の或日自分は気分のい丶淋しい秋の気を深く呼吸しながら庭を歩いてゐたら女中が来た。さうして自分に一通の手紙をわたした。

自分の胸はおどつた。川路氏からの手紙である。

自分は封を切つた、さうして読んだ。自分は全身に力を入れた。目から涙がながれた。

鶴は人妻になつたのである。

自分は耐えやうくとしたが耐え兼ねて声出して泣いた。自分はどうしてい、かわからなくなつた。自分は夢中で庭を歩きまわつて自分の室に入つて机の上に泣き伏した。

同〈十一〉[*31]

野島はこの小説を読んで、泣いた、感謝した、怒つた、わめいた、そしてやつとよみあげた。立ち上つて室のなかを歩きまはつた。そして自分の机の上の鴨居にかけてある大宮から送つてくれたベートフエンのマスクに気がつくと彼はいきなりそれをつかんで力まかせに引つぱつて、釣つてある糸を切つてしまつた。そしてそれを庭石の上にた、きつけた。石膏のマスクは粉微塵にとびちつた。彼はいきなり机に向つて、大宮に手紙をかいた。

小説「友情」下篇〈十二〉（大8・12完結）[*32]

注

＊1 大津山国夫作成の年譜（『武者小路実篤研究—実篤と新しき村—』（平9・10、明治書院）、358頁上）には「三月二〇日から、舞台協会が「その妹」を赤坂見附のローヤル館で上演」とあるが、雑誌『新演芸』（大6・5）の「芝居興行一覧」によれば「三月三十　三十一日午後五時開演」とあり、また後に引用する資料等によっても、三〇日と三一日が正しいと思われる。

＊2 関口弥重吉「解題」（『武者小路実篤全集』2、昭63・2、小学館）、677頁下。

＊3 藤木宏幸「問題性に迫り得ず」（『テアトロ』278、昭41・10）。

＊4 同「「その妹」の上演をめぐって」（『武者小路実篤全集』2、月報、昭63・2）。

＊5　大山功「武者小路実篤」（『近代日本戯曲史』2、昭44・10、近代日本戯曲史刊行会）、345頁～346頁。

＊6　永平和雄「白樺派の劇作家――人間探求の文学・武者小路と有島の間」（『近代戯曲の世界』昭47・3、東京大学出版会）、108頁～109頁。

＊7　「六号雑記」（『白樺』大4・3）には、「盲者を主人公にして何か書かうとしたのは今度で四回目である」とあり、三回目の構想では、小説「彼が三十の時」の筋にさへ使おうとした。『武者小路実篤全集』3（昭63・4、小学館）、684頁下～685頁上参照。

＊8　「或る男」〈百七十七〉の引用は、『武者小路実篤全集』5（昭63・8、小学館）、251頁下に拠る。

＊9　「六号雑記」（『白樺』大4・3）の引用は＊7と同書、684頁下～685頁上に拠る。

＊10　＊2に同じ、680頁上。

＊11　「六号雑記」（『白樺』大6・4）の引用は＊7と同書、740頁上に拠る。

＊12　『向日葵』の「あとがき」には「『その妹』はわりに理解なき好評を得た。しかしその他は理解なき悪評を得た」（＊2に同じ、677頁下）とある。

＊13　「その妹をかきつゝ」（『白樺』大4・2）の初出総題は「六号雑感」、引用は＊7と同書、442頁下～443頁上に拠る。

＊14　詳細は本書第Ⅰ部第六章「戯曲「わしも知らない」の世界――信仰によって生きること――」第5節参照。

＊15　「或る男」〈百六十一〉の引用は＊8と同じ、232頁上～同下に拠る。

＊16　「或る男」〈百六十六〉の引用は＊8と同じ、237頁上に拠る。

＊17　「自分の文章」（『白樺』大4・6）の初出総題は「雑感」、引用は＊7と同書、461頁上に拠る。

＊18　「自分の創作する時の態度」（『新理想主義』大5・3）には「自分は事実をかく時は主に小説の形をとる。想像でかく時は主に脚本の形をとる。」とある。引用は＊7と同書、441頁下に拠る。

＊19　「死以上のもの」（『白樺』大3・5）の初出総題は「雑感」、引用は＊7と同書、373頁上に拠る。

＊20　「或る男」〈百九十一〉には、「彼は木下利玄を通して喜多村には好意をもつてゐたが、彼はこの時から、喜多村に好意がもてなくなつた。そして新派の人達は作家を尊敬しないこと、作品を尊敬しないこと、そして稽古に不熱心なのにおどろいた。

彼は志賀、園池と、芝居の始まる前日、舞台稽古を見に行つたが、行つたことを後悔した」などとある。引用は＊8と同じ、268頁上〜同下に拠る。

＊21 一九一七（大正六）年三月二一日、舞台協会講演会での演説。「雑感」と題して『白樺』（大6・4）にその草稿が掲載されている。これによると、「自分は日本の新らしい作にまだ〳〵本当に神品と云ひたいやうな作はないと思つてゐます。このことは作者の立場に立つてゐる自分の云ひたくないことですが、事実だから仕方がありません。／トルストイやイブセンやストリンドベルヒや、マーテルリンクのものに比較出来るやうな作はまだないのは誰も認める処です。味が足りなく、深さや、強さや、美が足りません。之は作者、及び作者にならうと云ふ人の責任です」、「私は「その妹」の広次が傑作をつくり得る人間か、どうかを解決せずに幕にしてしまいました。そして作者の自分も知りません。しかし自分は広次に傑作をつくらしたい気では人後におちない心算です」などと述べている。引用は＊7と同書、569頁下〜572頁下に拠る。

＊22 「「その妹」上演に就て」（『新演芸』大6・5）は、小学館版『武者小路実篤全集』未収録。なお、本文中に引用した写真は同誌による。

＊23 「或る男」〈二百五〉の引用は＊8に同じ、280頁下に拠る。

＊24 なお、藤田洋は「武者小路実篤と「その妹」」（『講座日本の演劇』5、平9・2）において、この作品の一九七八（昭和五三）年までの上演史を追いつつ、それぞれの時代背景、演出、批評をよく分析して興味深い。

＊25 関口弥重吉「解説」（＊2と同書）、659頁上参照。

＊26 祖父江昭二「実篤における「戯曲」」（『武者小路実篤全集』6、月報、昭63・10）参照。

＊27 武者小路辰子「解説」（『武者小路実篤全集』6、昭63・10、小学館）、562頁上〜同下参照。

＊28 引用は東珠樹『白樺派と近代美術』（昭55・7、東出版）、13頁に拠る。

＊29 引用は「造形美術の時代様式 印象主義」（竹内敏雄編『美学事典』増補版、昭49・6、弘文堂）に拠る。

＊30 「お目出たき人」の引用は、『武者小路実篤全集』1（昭62・12、小学館）、105頁下に拠る。

＊31 同前、106頁下。

＊32 「友情」の引用は、『武者小路実篤全集』5（昭63・8、小学館）、56頁下〜57頁上に拠る。

第九章　小説「友情」の世界――生命力と宗教――

1　はじめに

武者小路実篤の傑作「友情」は、永遠の青春文芸として、現在でもなお不動の地位を保っている。[*1] それはこの作品が、恋愛と友情という青春の普遍的問題を深く鋭く追求しているためであり、研究史の上でもこの二点に関して、作品の主題をめぐる様々な説が出されている。しかし、その文芸的価値は、作品がこの二点を越えて、人間相互のドラマから人間と世界のドラマたり得た所に認められる。楽天的理想主義、強烈な自我肯定と評される武者小路文芸において、いかなるドラマが創作されたのか、そしてその主題は何か。これらの問題の解明によって、そうした評価は変更されねばならない。

2　三つのモチーフと劇的構造

小説「友情」は、『大阪毎日新聞』に、一九一九（大正八）年一〇月一六日から同年一二月一一日まで、四八回（九回休載）にわたって連載され、翌年四月に以文社から刊行された。作品は日向の「新しき村」で執筆され、[*2] 小説「幸福者」が一九一九（大正八）年六月に完結、「友情」と同時に書かれていた評伝「耶蘇」は、翌一九二〇（大正九）年六月に完結した。この「幸福者」と「耶蘇」は、後の小説「第三の隠者の運命」(大10・1〜大11・10)と共にキリスト教三部作と評される小説[*3]であるが、「友情」創作の、こうした空間的、時間的背景は考慮されねばならない。亀井勝一郎は、この背景に言及しつつ、「友情」の主題について、次のように述べている。

「友情」は、恋愛、結婚、友情、芸術、社会問題、それをめぐる様々の感情を描いてゐるが、この一切を含めて貫く主人公の祈りに、とくに留意しなければなるまい。「幸福者」「耶蘇」などにもうかゞはれるが、この時期の武者小路氏はかなり宗教的である。これも誤解され易い言葉だが、むろん一宗派の使徒、あるひは一教義の信仰に入つたといふ意味ではない。苦悩する魂のぎりぎりのおもひが、おのづから祈りのすがたをとり、仏陀や耶蘇の強烈な言葉にその表現を求めたのだと云つてよい。この祈りは作品の根本である。[*4]

このように、亀井は「一切を含めて貫く主人公の祈り」を「友情」の主題とする。すでに述べたように、この作品の主題論は、恋愛と友情との二説に別れており、本多秋五[*5]、紅野敏郎[*6]などは前者に、橋浦兵一[*7]、山室静[*8]などは後者に重点を置いている。しかし後に詳述するが、作品の特質上、恋愛か友情かという立論自体が有意義であるとは言い難い。亀井説はこの意味で重要であるが、その「祈り」という宗教性は、さらに、武者小路文芸の根本的表現様式、つまり劇的様式における生命力表現[*9]において捉え直されねばなるまい。

さて、作品の構成については、次々頁**図表**を参照されたい。これについて多少説明を加えよう。篇と章とは、テクストの区分そのままである。上篇のすべてと下篇の最終章は、野島を視点人物とする三人称叙述の形式に、下篇は最終章を除いて、野島を読み手とする、大宮と杉子との往復書簡(十一章は大宮から野島への語りによる地の文)からなる二人称叙述（書簡体）の形式になっている。したがって主人公は野島と見てよい。

　全四七章は、空間と時間の変化を基準として、五部に区分できる。登場人物は、野島、大宮、杉子の三人が中心であり、野島と杉子、および大宮と杉子の人物関係において恋愛のモチーフが表現され[*10]、野島と大宮の関係では友情のモチーフが表現される。さらに作品の特質から、野島の祈りにも注目すべきであるため、これもモチーフに加えた。各モチーフの継続と強弱は、矢印と斜線によって示した。これらのモチーフがプロット展開に関係する内容に注意することによって、さらに全体を⑨段に区分することができる。

　以上の検討から、「友情」は序破急の三部構造[*11]であることが、次のようにわかる。恋愛のモチーフの中心となる野島の、いわば恋愛事件の経過が、上篇のプロット展開の動力であったのに対して、下篇の大宮の書簡体小説は、上篇の謎解き、つまり友情のモチーフによる上篇のプロットの再構成となっている。したがって、上篇すなわち第①段から第⑤段までは発端部、つまり序であり、下篇の第⑥段から第⑧段までは展開部、つまり破である。大宮の小説によって真相を知らされた野島の反応が描かれるのが第⑨段であり、作品のすべての要素が、緊密な内的必然性によって、この部分に集中する。ここに劇的表現が完成されるので、この第⑨段が結末部、つまり急である。「友情」が、このような劇的構造を持つことは、作品論において、最も重視されねばならない。

　森田亨は、小説「友情」と有島武郎の小説「宣言」（大4・12完結）とを「書簡体型式」の共通性から比較検討し、『友情』は『宣言』に比して読者により強い現実性を帯びて作品の主題を訴えている」理由として、「「三人称叙述」＋「書簡」の二者共存により、現実性という歯車をがっしり嚙み合わせて回転させている」と述べている。[*12]「友情」における展開部、つまり破の部分に、野島を読み手とする書簡体小説が用いられているのは、その「現実性」によって、結末部、つまり急の部分に至る緊張感を高めるという、作者の劇的表現の意図によるものであることを、付言しておきたい。

図表「友情」の構成

段	篇	部	章	叙述形式	時間	空間	内容	モチーフ：恋愛	モチーフ：友情	モチーフ：祈り	構造
①	上	一	1〜6	三人称叙述	春〜夏	東京	野島が杉子に恋する	■	―	―	序
②			7〜16				野島の大宮への告白	■	■	―	
③		二	17〜27			鎌倉	鎌倉へ行く	■	■	―	
④			28〜34				大宮の渡欧の決意	■	■	―	
⑤		三	35		二年半	東京	野島の求婚と失恋	■	■	―	
⑥	下	四	1〜6	二人称叙述（書簡体）往復書簡	（約半年）	（パリ〜東京）	杉子の大宮への求愛		■		破
⑦			7〜10				大宮の杉子受容				
⑧			11	地の文			大宮の謝罪				
⑨		五	12	三人称叙述	翌春	東京	野島すべてを知る			■	急

3　**恋愛のモチーフの特質**

「友情」において、青春の普遍的問題としての恋愛と友情の二つが重要なモチーフであるのは、それらの深く鋭い追求によって、作品世界が、より高次な問題に到達するからである。したがって、恋愛と友情の二者に優劣を下すのではなく、それらが作品の中で占める位置と役割を、丹念な読みによって解明せねばなるまい。

恋愛のモチーフは、プロット展開と密接に関係する。すでに述べたように、上篇では、主人公野島の恋愛事件の経過がプロット展開の動力となっており、また、下篇の往復書簡には、大宮と杉子との恋愛関係の進展というプロットを読み取ることができるからである。この意味では、恋愛のモチーフは作品全体にわたると見られ、「友情」を恋愛小説とする説の根拠となる。しかし、野島を視点人物とするこの作品では、やはり主人公である彼の恋愛のみが、そのモチーフの中心となるのは明らかである。また、下篇の杉子と大宮との恋愛は、確かに激しく、美しいが、野島自身にとっては、単なる恋愛事件として傍観されるはずもない。

野島の杉子への恋愛のモチーフの内実は、杉子の神格化と自我の尊重との二面性である。恋愛における神格化とは、現実の自己と理想の他者との間の落差による憧憬を生ぜしめ、自己を理想にまで高めようとする原因となる。自我の尊重とは、こうした意味での自己研鑽の決意と、恋愛における潔癖感のことである。この段階において、野島の観念的な恋愛、つまりプラトニック・ラブは美しい。その観念性ゆえに、神格化と自尊とは調和されてある。野島は次のようなことを、繰り返し考える。

> 自分は恋する女の為に卑しい真似はしたくない、自分を益々立派にしたく思ふだけだ、（中略）正直な男と云ふ倣《ママ》りを失つてまで、女を獲やうとすることは彼にはあまり耻かしいことだ。それは自分の一生を汚すことだ。彼はいくら恋しても自分の倣りを捨てることの出来ない人間だつた。
>
> 上〈十八〉[*13]

しかし、野島が恋愛感情の昂まりによって、その実現を強く乞い願うようになったとき、その調和は破壊され、本来矛盾すべき二律背反は露呈せざるを得ない。激しく他者を求める行為は、その原因において自愛にほかならないが、そのためにあらゆる他の自己を提供する点において、それは他愛と言い得る。野島の自我尊重は、この提供の基準であったが、杉子の神格化を過ぎて現実に彼女を切望したとき、その基準は曖昧になる。大宮の洋行に関して、野島は次のように考える。

や、もすると押へやうとしても押へきれない気持はどつちか。それは寧ろ大宮の外国へゆくことをのぞむ心だつた。（中略）そしてその根性を自分でも醜く思つた。之が自分の本音か、自分の友情か、野島はさう思ふと自分が骨の髄迄利己主義のやうな気がした。しかし大宮は外国へ行けば行くで、何か獲物をしてくる男だ。（中略）彼はさう思ふと其処に又一種の恐れを感じた。お丶お、自分は何と云ふ見さげた男だ。　上〈二十八〉*14

およそ恋愛は、自己の欲望から始まる自己喪失の過程にほかならない。それは得恋であっても失恋であっても変らない。ただ、得恋の場合の恍惚、夢想の自失が、失恋においては、対象の消滅による、無力でただ絶望的なだけの自失となるに過ぎない。野島にとっては、親友そして自尊心を失ってまでも手に入れたい杉子であった。

しかし、野島は失恋した。そして彼は、その想いの純粋な強烈さゆえに、自己喪失の極みにある。対象を失った情熱を、自我の尊重へと逆転する力は残されていない。大宮に送られた、失意の野島の手紙には次のようにある。

僕は淋しい。（中略）本当に失恋すべきものではないと思ふ。子を失なふ母よりもつとつらいやうに思ふ。自然は何の為に人間にこんな淋しさを与へるのだらう。人間はなぜ又この淋しさを耐えなければならないのだらう。（中略）僕の生長力は凍えさうだ。君よ僕を慰めてくれ。　下〈九〉*15

野島から杉子への求婚の拒絶によって、上篇の最終章とともに、恋愛のモチーフはプロット展開に対する役割を終えることになる。野島の恋愛の物語は、ひとまずこの時点で幕となるが、実は、作品世界はここでようやくその序を終えたに過ぎない。

4 友情のモチーフの途絶の意義

野島と大宮の人物関係に表現される友情のモチーフは、仕事に関する友情と、恋愛に関する友情とに区別し得る。前者はプロット全体にほぼ一貫し、野島と大宮とに相互的であるが、後者は大宮から野島に一方的に与え続けられた。それはプロット展開上、野島が大宮に杉子への恋を告白した上篇第七章以降、特に下篇の大宮の書簡体小説の謎解きによって、作品の主題とまで見られるほどに、その意義が強められる。言うまでもなく、大宮が自身の恋心を抑制して、親友野島の恋愛の成就に協力し続けたからである。野島の告白によって発生した恐るべき三角関係の顕在化を防ぎ得たのは、大宮の献身的行為によってであった。上篇と下篇を読み比べ、その謎解きの一つを見てみよう。場所は鎌倉、野島と大宮は散歩の途上、杉子の歌声を耳にする。仲田兄妹と、その取り巻きに遭遇したわけである。二人は仲田に同行を誘われるが、大宮の強い辞退と共に野島も断った、その直後の二人の会話である。

「君はのこればい、のに」
「だつて仲田は君の方にのこることをす、めてゐるらしかつたから」
「ともかく君は惜い機会をのがしたやうな気がしたらう」

「そんなことはない。あの歌をきいたゞけで本望だ。君に云はれて始めて杉子さんの歌のうまいことを知つた」

大宮は暫らく黙つてゐたが云つた。

「僕は君の幸福をのぞむよ」

「ありがたう」

野島は心から感謝した。

上〈十八[*16]〉

この場面について、大宮の小説では次のように回想されている。

この女は友の恋人だ。自分が愛することは禁じられてゐる。すきになつてはいけない。さう思つた。それで一緒に散歩しないかとその兄にすゝめられたが、自分は断つて一人わかれて帰ることにした。すると友も一緒について来た。二人は暫らく黙つてゐた。しかし友は傲るやうに見えた。自分はその時から、やゝもすると、ある謀叛心が出かけた。しかし自分はそれを恐れた。（中略）あの女に無頓着になりたい。そして友人の妻としてのみ、あの女を見るやうにしたいと思つた。自分はある処までそれに成功して、道徳的傲りを自分でさへ感じた。

下〈九[*17]〉

上篇の大宮の沈黙とそれに続く彼の言葉が、作品中、最も感動的な友情表現であることが、下篇から知られよう。後に「自分は口と行ひと手紙とでは友の為に尽した[*18]」と大宮が回想するように、彼は意識的行為において、完全に友情を尽くしたと言える。しかし、杉子の熱烈な求愛に応じた、下篇第七章での大宮の決断によって、結果的に友情のモチーフは途絶する。大宮を動揺させたと思われる杉子の表現を引用しよう。

私はあなたのわきにゐて、あなたを通じて世界の為に働きたい。人生の為に働きたい。私のこの願ひをどうか、友情と云ふ石で、たゝきつぶさないで下さい。 下〈五〉[*19]

また、後には次のような表現もある。

私はあなたの処に帰るのが本当なのです。大宮さま、あなたは私をとるのが一番自然です。友への義理より、自然への義理の方がいゝことは「それから」の代助も云つてゐるではありませんか。 下〈八〉[*20]

大宮は、自身の決断について次のように述べる。

俺は運命の与へてくれたものをとる。恐らく、友は最後の苦い杯をのむことを運命から強られて其処で彼は本当の彼として生きるだらう、自分は女を得て本当の自分として生きるだらう。それは自分達が選択してきめることの出来る道ではなく、強ひられて自づと入る道である。 下〈九〉[*21]

友情のモチーフの途絶には意味がある。それは以上の引用の「友情と云ふ石」、「自然への義理」、「運命」、「強ひられて自づと入る道」という表現に求められる。これらの言葉を単なる杉子の自己主張、大宮の自己弁護とのみ見てはなるまい。ここでは二つの価値が衝突している。友情の美的、道義的価値によって、きわめて厳粛に「自然」、「運命」の意義が表現されたと考えるべきであろう。また、この作品では、友情と恋愛とは対立されていないことがわかる。したがって、一般的な三角関係からの解釈は難しい。[*22] 友情に対置され、そしてそれを超越したのは「自然」、「運命」であり、それらが恋愛を包含するのである。こうして作品世界は、友情から「自然」、「運命」に向かうことになる。

5　恋愛に対する野島の宗教的解釈

序破急三部構造を持つこの作品は、その急、つまり下篇最終章の野島の姿に劇的表現の焦点を結ぶことになる。その極限状況の野島の祈りが、祈りのモチーフの表現の中心となる。その意義、さらに作品の主題を解明するために、友情を超越し、恋愛をも包含する「自然」、「運命」などの宗教的な用語について考察せねばならない。

作品全体を通じて、「自然」、「運命」、さらに「神」などの語のほとんどが、野島の恋愛に関係して用いられている。恋愛現象に対する野島の解釈が宗教的であるのは、恋愛が強く人間に働きかけるものでありながら、それは人間にとって根本的に不可解な現象であるからだ。恋愛とは自己内部の問題であると同時に、自己と他者の関係の問題であり、野島は第一に前者、すなわち自己認識において、第二に後者、すなわち自己実現の方途において宗教的な解釈を下す。これらは、下篇最終章の野島の祈り、つまり現実との格闘における宗教的解釈の前提となる。

第一の自己認識における恋愛の宗教的解釈とは、恋愛の歓喜の実感の源を、自己を超越した存在に認め、杉子への恋愛はその超越的存在の意志による、という解釈である。野島は散歩の途上で杉子に遭遇し、日記に次のように記す。

「人生は空かも知れないが、そして色即是空かも知れないが、このよろこびは何処からくる。このよろこびを我等に与へてくれたものに、讃美あれよ。」

上〈四〉[*23]

また、杉子の家でピンポンをした時の野島の歓喜については、次のように表現されている。

すべては彼の為に神から送られた喜びの饗宴のやうに見えた。彼はそれを謙遜な心をもつて、しかしわき上るよろこびにすなほに身をまかせて、幸福を感じ切つてゐた。

上〈十三〉[*24]

したがって、野島はこの「よろこび」の大きさに比例して、強い感謝の念を、その超越的存在に対して表現することになる。鎌倉の別荘で杉子らとトランプをした翌朝早く、野島は一人海岸で次のように思う。

幸福は彼の心を満してゐた。希望は輝いてゐた。彼は何かに感謝したい気がした。それと同時に、何かに未来の幸福の為に祈りたかつた。

上〈二十四〉[*25]

自身の「よろこび」の実感の源を自己の外部に認め、それに対して感謝するという野島の態度は、自己を超越的存在に委ねるという意味で、宗教的な態度と言えるだろう。恋愛を契機とする、野島自身の自己の発見、確認は、完結し閉じられた自己ではなく、超越的存在に対して開かれた自己においておこなわれている。野島は次のように考える。

彼は自然がどうして惜し気もなくこの地上にこんな傑作をつくつて、そしてそれを老いさせてしまふかわからない気がした。　上〈四〉[*26]

また、野島が戯画化されている、ある男から杉子へのラブ・レターには、次のようにある。

自然がこんなにまで強くあなたのことを思はないではゐられないやうに私をつくつてくれたことを、私には無視することは出来ないのです。（中略）運命があなたをつくり、私をつくり、そして二人を逢はしたことを、私は無意味とは思へないのです。二人が一つになることが二人にとつて最大幸福であり、又それが何かの意志だと思ふのです　上〈八〉[*27]

すでに以前の幾つかの引用からも察せられるように、この作品では超越的存在は「自然」、「運命」、「神」などの語で表現されている。そして「神よ。私を彼女に逢はし、かくまでも深く恋させて下さつた神よ」（上〈十四〉[*28]）という表現も見受けられるように、これらの宗教的な用語間には、意味上の相違はあまり認められない。ここでは、特に「自然」が「運命」、「神」などの宗教的理念とほぼ同様に用いられていることを確認したい。[*29]

第二の、自己実現の方途における恋愛の宗教的解釈とは、恋愛の成就を信じようとする意志の力を、祈りの行為によって具象化する野島の態度に表現されている。すでに述べたように、杉子への恋は超越的存在――以後、「自然」と呼ぼう――の意志によると野島は考えていたが、その成就もまた「自然」の意志によって保証されるはずだ、と考えるのは必然であろう。しかし、それはあまり理性的とは言えない。野島は知性と感性の均衡を保ちつつ、恋愛の神秘に思いを巡らせ、自己実現のために、ただ一途に祈るという行為をとる。野島は早朝の鎌倉の海岸に杉子と二人で座っている。深い歓びの実感の中で次のように思う。

あまり幸福すぎる時、彼は一種の恐れを持つ。人間にはまだあまりに幸福になり切れるだけの用意が出来てゐないやうに彼には思へた。生れたものは死に、会ふものは又別れる。さう云ふ思想は何時となく彼の心にも忍び込んでゐる。

「幸福であれ」と彼は心に祈つた。 上〈三十一〉[*30]

野島は無常の思想にまで思いを巡らせ、自身の幸福を真摯に謙虚に祈る。自身の力のみでは左右し得ぬ現実は、人間に自己の無力を認識させる。自己実現の方途としての祈りは、こうした弱い自己の認識によるのだ。上篇の中では、最も深い祈りであろう。引用文には「心に祈つた」とあるが、祈りの対象がないのではない。野島の恋愛が「自然」の意志による以上、その祈りは「自然」に向けられる。そしてその「自然」は、野島の実感によって、開かれた自己との関係の中で認められた超越的存在、宗教的理念である。したがって「心に祈」るとは、「自然」による恋愛の成就を信じようとする意志の力の具象化にほかならない。

6　過酷な現実の超越を持続させる祈り

本章の副題は「生命力と宗教」である。前者は作品の表現様式としての劇的表現を意味し、後者は作品の表現内容としての思想表現を意味する。それらの統合の中心に「自然」があり、作品の主題はそこに隠されている。

恋愛のモチーフは、上篇の終了とともに、野島を失恋による自失の無力な状態に置いて終った。しかしその作品構造上の役割は、作品結末部で劇的に解放されることになる野島の情念《パトス》の力を、あらかじめ潜在化することにあった。大宮の、杉子からの熱烈な求愛の受諾によって、野島は、恋人と親友を同時に喪失するという悲劇的現実を突きつけられた。もとより野島の恋愛は、自身の強い信仰と大宮の献身的な協力によって守護されていた。しかし大宮と杉子との結合は、その守護の消滅ばかりでなく、いわば野島の存在理由そのものの強奪をも意味する。恋人に対してひそやかに示し、親友に対してはばからず打ち明けた胸中の真実の深さにおいて、野島の自我は侵略され、蹂躙されたのである。単なる失恋ではなく、親友によって恋人を奪われるとは、そういうことだ。

しかし、大宮と杉子を動かしたのは、野島自身が信仰する「自然」の意志にほかならない。野島が口にする「自然」、「神」、「運命」は、それまでの彼の願望や解釈とは正反対の形で、重苦しい現実そのものと化して、彼に対決を迫る。野島は大宮や杉子に対していかなる反発を感じても、自ら彼らを裁くことはできない。それればかりか、野島に許された行為は、ただひたすらこの苦境を耐えることでしかない。それが野島に苦痛であるほど、それだけ強く、彼は己れの信仰する「自然」の意志を感じなければならない。

自身の願望や欲求は観念世界の中ではなく、現実世界において実現されねばならなかったはずだ。小説「友情」

が宗教性を持ち、それが真に意味あるものだとすれば、野島と現実との格闘こそが注目されねばならない。作品のすべての要素が内的必然性によって集中する部分である。最初の野島の反応は、上篇最終章の沈鬱な無力感とは逆の、強烈な怒りの表現である。

野島はこの小説を読んで、泣いた、感謝した、怒つた、わめいた、そしてやつとよみあげた。立ち上つて室のなかを歩きまはつた。そして自分の机の上の鴨居にかけてある大宮から送つてくれたベートフエンのマスクに気がつくと彼はいきなりそれをつかんで力まかせに引つぱつて、釣つてある糸を切つてしまつた。そしてそれを庭石の上にたゝきつけた。石膏のマスクは粉微塵にとびちつた。　下〈十一〉[*31]

激しい怒りは強烈な力である。それは、失恋の自己喪失にあって対象を失った情熱を、自我の尊重へと逆転する力となる。そして野島は、他者に求めて得られなかった充足を自身に求めようとする。

僕はもう処女ではない。獅子だ、傷ついた、孤独な獅子だ。そして吠える。君よ、仕事の上で決闘しやう。（中略）僕は一人で耐へる。そしてその淋しさから何かを生む。見よ、僕も男だ。参り切りにはならない、（同）[*32]

失恋と親友の背信という苛酷な現実に正面から向き合い、それを超越して生きようとする力の表現を、劇的構造から帰結された、生命力という情調の表現と見たい。

野島は大宮への手紙を書き上げてから、初めて泣き、日記に次のように記す。

「自分は淋しさをやつとたへて来た。今後なほ耐へなければならないのか、全く一人で。神よ助け玉へ」（同）[*33]

悲しみ、苦痛、祈り、それが野島の第二の反応である。すでに引用したように、亀井はこの祈りを「作品の根本」と見なし、さらに次のように続ける。

意志といふものの実体は、その忍耐的な持続性にある。それは持続する抵抗力である。そしてこれを可能にするものこそ祈りである。はじめて信仰といふ言葉が肉体化されたものとしてあらはれるのだ。「友情」におけるこの意味での祈りこそ、最も注目すべきである。[*34]

ここでも問題となるのは、野島の祈りの対象は何か、ということである。[*35]野島は、大宮や杉子を通して、自身の信仰の対象そのもの、つまり「自然」に裏切られたのではなかったか。しかし彼はやはり、悲しみと苦痛の深い実感を通して、「自然」に一心に祈りかけているのではないだろうか。この苦痛ほど、人に自身の生を、ありありと強く認識させるものはないだろう。苦痛は、強い実感である。

自然は何の為に人間にこんな淋しさを与へるのだらう。人間はなぜ又この淋しさを耐えなければならないのだらう。 下〈九〉[*36]

理由はわからない。しかし、強い実感として自身の内部から発する、この苦痛そのものが、自己を取り巻く世界を支配する摂理の存在を、野島に認識させるのである。野島を恋させ、彼に歓喜の実感を与えたものも、また、その野島から恋人と親友を奪い去り、彼に苦痛の実感を与えたものも、ともに「自然」の意志だ、と野島自身は解釈した。ありのままの現実世界を、このように解釈したのが野島自身なのである。世界は、解釈された後に初めて、その解釈された形をもって、解釈者自身の内に、その全貌を現す。その意味で「自然」の意志とは、野島自身にほかならない。自身の実感のあまりの強さゆえに、人間が自己の生きる世界に様々な解釈を与えることによって、自己と世界との懸隔を埋めようとすることは、人間の普遍的欲求であろう。野島は杉子への恋愛から親友の喪失までの過程において、自身の人生観、世界観を育て上げ、強く信じようとした。「自然」の意志としての運命は、それがいかに苛酷な現実であろうとも、野島自身への信仰力によって超越されねばならない。強い力と深い祈りによって超克されねばならない。ここに生命力と宗教の統合された姿がある。小説「友情」の主題は、極限的状況下の主人公による、信仰にまで高められた自身の生命力、すなわち恋愛を包含し、友情に超越し、さらに野島を成長させようとする「自然」への祈りである。[*37]

7　武者小路文芸における宗教的世界観

既成宗教に入信するという形ではなく、自己の実感、経験に即して世界のあり方を知り、そうすることによって、世界と自己との関係、すなわち自己の生き方を知ろうとする態度、そしてその態度によって自身に同一化され得た普遍性——それが自身の思惟、行為の原因であり、同時に目的でもあるような普遍性——それこそが、主体的、能動的に獲得された宗教的存在というものではないだろうか。小説「友情」は、恋愛と友情という人間的現象を通して、「自然」の意志の存在とその摂理、さらにその下で生きる人間のドラマを描いた作品なのである。そのドラマは、こうした宗教性の存在によって、人と人とのドラマを越えて、人と世界のドラマにまで昇華され得たからこそ、大きな文芸的価値が認められるのである。

武者小路の「神」に対する認識の出発点として、きわめて興味深い小品がある。「今に見ろ」という題で、『白樺』一九一二（明治四五）年六月号に発表された対話である。

或る男、　貴君は私にはどうしてさう親切なのでしやう。私はこの頃になつて貴君の私を愛して下さるのを感じて来ました。しかし貴君はなぜ他の方には無情なのでしやう。

或る神、　俺がお前に親切だと思つてゐるのか、俺はお前の三つの時父を殺した。それでもお前は俺に感謝するのか。お前は父の死んだことを喜ぶのか。又俺はお前が十六の時にたつた一人の姉を殺した、それでもお前は俺がお前を愛してゐると思つてゐるのか。俺は又お前を三度失恋さしてやつた。それでもお前は俺がお前を愛してゐると思つてゐるのか。

或る男、　それでもなんだか私は貴君に守護されてゐる気がします。

或る神、　今に見ろ、俺はお前をどのくらい愛してゐるかを示す時があるだらう。その時なほお前に俺が肥料をほどこす百姓のやうに思へるなら思つて見るがいゝ。

或る男、　思へる気がします。

或る神、　今に見ろ。*38

以上が全文である。「今に見ろ」とは武者小路の常套句だが、ここでは現実的痛苦を与える「或る神」の言葉であることに注意したい。「或る神」という表現も興味深い。武者小路は終生、冠詞なしの神を認めなかった。代って用いられるのが「自然」である。この対話の「或る男」の経歴は、武者小路自身のそれと同様である。ここで武者小路は、苦痛に満ちた悲惨な現実を、「或る神」の意志に帰した。一方、「或る男」は、熱烈に「或る神」の愛を実感し、信じている。そこには、「或る神」の慈愛の意志が、「或る男」の内部に存在する、という前提がある。問題は、「或る男」が、どこまでそれを信じ続けられるか、ということだ。つまり、この対話は「或る神」を克ち取る戦いなのだ。武者小路の自伝的小説「或る男」〈百七十四〉には、この対話を引用して、「この彼の精神が本当にわかる人で、始めて彼の楽天的な性質を知ることが出来る」[*39]とあるが、その戦いの過程で、苛酷な現実世界が文芸において劇的表現として創作されることになる。小説「お目出たき人」（明44・2）の主人公は、「友情」上篇最終章の野島と似た立場にあって、恋愛成就への強い信仰によって、自然に失恋の挫折から回復する。

鶴が『妾は一度も貴君のことを思つたことはありません』と自ら云はうとも、自分はそれは口だけだ。少くも鶴の意識だけだと思ふにちがいない《ママ》

「お目出たき人」〈十二〉、作品末尾の言葉[*40]

この作品は、「自然」と恋愛の関係について興味深い研究対象であるが、引用文からもわかるように、やや非現実的な人物造型となっており、「自然」ではなく、逆に強烈な自我肯定の表現とみなされることが多いのは、周知の通りである。戯曲「その妹」（大4・3）においては、最後には妹を失った目の見えない画家広次の「俺は今力がほしい」[*41]という無力の表白とともにその幕が閉じられ、純然たる悲劇の表現となった。対話「今に見ろ」の「或る男」

の意志は、生かされなかったのである。紅野の言うように、小説「友情」が「失望の極からの意志的な立ちあがり」[*42]の表現を意図していることは明らかである。[*43]主人公野島の姿の、「自然」の理念を背景とする、生命力と宗教の高度な統合は、「或る神」が克ち取られた証左にほかならない。このようにして、生き抜こうと意志する人間と、苛酷な現実との対立を素材として、劇的様式における生命力という情調の表現を意図した武者小路が、「自然」の理念に基づく宗教的世界観のもとでの文芸の創作に進んできたのは、当初からの必然であったのだ。

注

＊1　江間通子は「甦る「友情」――時代が押し出す力学によって構築される「読み」――」（『近代文学研究』21、平16・3）で、この小説の受容史を詳細に論じている。

＊2　「新しき村」との関連では、武者小路は「この小説は実は新しき村の若い人達が今後、結婚したり失恋したりすると思ふので両方を祝したく、又力を与へたく思つてかき出したのだがかいたら、こんなものになつた。三人を仲よくさせたかつたのだが流れるまゝに流れさしたら、こんな終りになつたのである。／この主人公達はまだ新しき村の人間になり切つてゐないのだからやむを得ない。新しき村でこう云ふことが起つたらどうなるかはまだ自分は知らない。しかしどつちにころんでも自己の力だけのものを獲得して起き上るものは起き上ると思ふ。」（大10・5、叢文閣の「再版自序」、引用は小田切進「解題」（『武者小路実篤全集』5、昭63・8、小学館、568頁下～569頁上）に拠る。／は改行）と書いている。「新しき村の人間になり切つ」た暁にはどのような展開となるのか、興味深いところではある。

＊3　朝下忠「武者小路実篤の三部作」（笹淵友一編『物語と小説――平安朝から近代まで――』昭59・4、明治書院）参照。

＊4　引用は亀井勝一郎「武者小路実篤 友情」（『亀井勝一郎全集』補巻1、昭48・4、講談社）、18頁上～同下に拠る。

＊5　本多秋五はこの作品を「後の恋愛小説の原型をなすもの」（「代表作についてのノート」、『『白樺』派の作家と作品』、昭43・9、未来社、53頁）としている。

＊6　紅野敏郎はこの作品を「近代文学のなかでの屈指の恋愛小説、永遠の青春の書」（「武者小路実篤（一）、作品の解説」、『人

と作品 現代文学講座』５、大正編Ⅰ、昭35・12、明治書院、130頁下）と述べている。
なお、他に濱川勝彦「「友情」・武者小路実篤――地としての友情、図としての愛――」（『国文学』36―1、平３・３）も恋愛を主と見て、野島、大宮、杉子の恋愛のありようを検討している。

＊7 橋浦兵一は「この青春物語は、しかし、いわゆる恋愛小説ではない。タイトルの通り、それは「友情」物語であり、恋愛を裏書きした友情に主題がある」と述べ、その理由を「友情は社会の義理、恋愛は自然の義理ともとれる」ので「社会的義理は自然のなかに調和する」べきであるから、とする（「実篤の「友情」」、『文芸研究』36、昭35・10）。また「フィクショナルな人物」杉子の造型に対して、「鶴」のモデルこと日吉タカのみならず、志茂テイへの作者の想いをも重ねて読み取って興味深い。
なお、杉子の人物造型の社会学的な分析について、楊琇媚は石井三恵「ジェンダーの視点からみた武者小路実篤『友情』」（『ジェンダーの視点からみた白樺派の文学』、平17・3、親水社）に対して「石井氏の言うような「ジェンダーフリー」の発想があるとは到底考えられない」と述べている（「武者小路実篤『友情』論―作中人物におけるジェンダー言説に着目して―」、『国文学攷』184、平16・12）が、筆者も楊に賛同する。

＊8 山室静はこの作品について「恋愛小説というよりも「友情」と題されるにふさわしい男性同士のエゴと友情の相剋を描いた作だ」（「解説」、武者小路実篤『友情・愛と死』、昭41・11、角川文庫、235頁）と述べている。

＊9 本書第Ⅰ部第七章「戯曲「その妹」の悲劇性――生命力表現の変容――」末尾で触れたが、筆者は武者小路の「自己を生かす」哲学の文芸的表現を、生命力という情調の表現と考える。

＊10 図表では、主人公野島の恋愛を示した。

＊11 「序破急」とは、雅楽における楽曲構成上の三区分を指す概念だが、古くは世阿弥「風姿花伝」の能楽論から、近くは戯曲や小説の、さらに広くは文章作法までをも含む、三部構造の様式概念である。

＊12 引用は森田亨「有島武郎と武者小路実篤――『宣言』と『友情』にみる個性の対極――」（『論究』１、昭57・１）に拠る。

＊13 「上〈十八〉」とは、小説上篇第十八章を示す。また、小説本文の引用は＊2と同書、23頁上～同下に拠る。以後、これをテクストとする。なお、この野島の考え方は字義通りに解釈するべきではなく、このように内面化された恋愛対象への強が

り、あるいは虚勢とも思われる。テクストの再読によって、むしろその行間には悲しみが漂うように感じられる。その意味では、この言葉は巧妙な悲劇の伏線でもある。

＊14 テクスト上〈二十八〉、37頁上〜同下。

＊15 テクスト下〈九〉、53頁下。

＊16 テクスト上〈十八〉、22頁下。

＊17 テクスト下〈九〉、51頁下。

＊18 同前、53頁上。

＊19 テクスト下〈五〉、48頁下。

＊20 テクスト下〈八〉、50頁下。

＊21 テクスト下〈九〉、54頁下。

＊22 藤森清は「欲望の模倣――武者小路実篤『友情』」（『国文学』46―3、平13・2）において、飯田祐子「逆転した『こゝろ』的三角形」（『彼らの物語 日本近代文学とジェンダー』、平10・6、名古屋大学出版会）所載の説に負いながら、「欲望の他者性」に基づく三角関係の解釈を試みるが、旧来の武者小路批判の域を出ない。その飯田の説とは、野島と仲田の恋愛観を同一視することで、それを大宮との友情における矛盾と指摘しつつ、この作品を小説「こゝろ」の無意識の模倣とする、曲解を含む難読な論である。また、ホモフォビアないしホモソーシャルの概念の横断的な適用には疑問を感じる。同様に飯田説に触れつつも、「素数のように孤立したものたちの連帯、共にあることの不可能性、負の連帯こそが友情の意味である」とする千葉一幹「クリニック・クリティック第三十一回 素数的友情」（『文学界』56―9、平14・9）の理解には説得力がある。
　なお、仲田の現実主義的な恋愛観の素材には有島武郎の言葉が用いられ、それがこの作品に幅を与えることとなった。詳細は本書第Ⅱ部第二章「武者小路実篤と有島武郎――宗教的感性と社会的知性――」第4節参照。

＊23 テクスト上〈四〉、7頁上。

＊24 テクスト上〈十三〉、17頁上。

＊25 テクスト上〈二十四〉、32頁上。

＊26　テクスト上〈四〉、7頁上。
＊27　テクスト上〈八〉、11頁下。なお、これは自伝的小説「或る男」〈百四十四〉には「彼が自分の手紙を思ひ出して少し滑稽化してかいたものである」とある。武者小路の第三の恋人で、小説「お目出たき人」（明44・2）の「鶴」のモデルである、日吉タカに出した手紙である。
＊28　テクスト上〈十四〉、18頁下。
＊29　厳密に言えば、用語（表現）上の相違と意味上の類似とは区別されねばならない。「自然」、「運命」、「神」の類義性は、武者小路文芸のこの時期固有の特徴とも考えられる。大津山国夫は『武者小路実篤論――「新しき村」まで――』（昭49・2、東京大学出版会）で「新しき村」移住以前の「自然」の意味を詳細に検討しているが、関係性、全体性の点においては不明確である。それは本著において述べたような宗教的文脈においてとらえ直されるべきと考える。なお、後の「武者小路実篤論」（『国文学解釈と鑑賞』64―2、平11・2）で大津山は「新しき村」移住以後を「新しき村、共生の時代」と呼び、それ以前を「個我の時代」における「指標」としての「自然」と「人類」の時期に整理した。これによって「自然」の位相はより明確となったが、逆に狭義化された憾みが残る。
＊30　テクスト上〈三十一〉、40頁上。
＊31　テクスト下〈十二〉、56頁下。
＊32　同前、57頁上。なお、「僕は一人で耐へる」の「で」は、初出紙・初版本は「に」、新潮社版全集は「で」だが、小田切進「解題」（＊2と同書、568頁下～571頁下）にはその異同の言及がない。筆者の判断により、ここはテクストに拠らず、「で」を採用した。また、小田切はこの野島の言葉について「作者が友情を破って恋人を奪った大宮のエゴをも肯定し、同時にそれに打ち勝とうとする野島の勇気に対しても真実を認めていることを示している」（「解説」、同559頁下）と説明しているが、なぜそれが「肯定」され「真実」と思われるのか、という問題を残したままである。
＊33　同前。
＊34　亀井勝一郎、＊4に同じ、18頁下。
＊35　宮沢剛の「『友情』論――他者との出会い――」（『語文論叢』18、平2・11、後に『『友情』』、『国文学解釈と鑑賞』64―2、

平11・2に改稿）は、語り論を用いて登場人物の陰影を適切に明確化し、この「神」を〈個〉としての人間と直接に向かい合う存在」と表現したが、明かされるべき問題はその先にあるのではないか。

一方、西山康一は「〈肉体〉におびえるとき──モダニズム前夜のスポーツ小説として『友情』を読む」（『スポーツする文学』平21・6、青弓社）で「大宮のなかの葛藤、野島と大宮の決裂は、「運命」「神」「仕事」といった言葉を持ち出すことで、予定調和的に解消・回避されていく」、「ある種強引な解決」（95頁）と述べ、旧来の武者小路批判の域を出ない。この西山も先の藤森、飯田同様（＊22参照）、野島と大宮の結束を強調するあまり早川とその取巻きを正当化し、野島と大宮が「女性にかしずいたり女性をめぐって男性同士が争ったりすることを嫌悪する、男性間のホモソーシャルな欲望やそれに基づく社会的価値観・〈倫理〉を、読者のなかにも徐々に喚起／強制していく」（87頁）と意図的な誤読を犯している。スポーツ小説の視点が斬新なだけに、残念なことである。

＊36　テクスト下〈九〉、53頁下。

＊37　遠藤祐は「武者小路実篤──初期雑感をめぐる覚書──」（『国語と国文学』35─1、昭33・1）で、生命力とは不可知性を有する「生きていく上の実感にほかならぬ」と述べている。卓見と言えようが、それは「自然」と自己との関係から捉え直されねばなるまい。

＊38　「今に見ろ」の引用は『武者小路実篤全集』1（昭62・12、小学館）、456頁下〜457頁上に拠る。

＊39　「或る男」〈百七十四〉の引用は＊2と同書、247頁下に拠る。

＊40　「お目出たき人」の引用は＊38と同書、107頁下に拠る。詳細は第Ⅰ部第三章「小説「お目出たき人」の世界──〈自然〉と〈自己〉──」第4節参照。

＊41　「その妹」の引用は『武者小路実篤全集』2（昭63・2、小学館）、495頁上に拠る。詳細は本書第Ⅰ部第七章「戯曲「その妹」の悲劇性──生命力表現の変容──」第5節参照。

＊42　紅野敏郎、＊6に同じ、130頁上。

＊43　初版本『友情』（大9・4）の「自序」で武者小路は「失恋するものも万歳、結婚する者も万歳と云つておかう」と書いている。＊2と同書、3頁上。

第一〇章　戯曲「人間万歳」の世界――人類調和の願い――

1　はじめに

従来、戯曲「人間万歳」を対象とする研究には、「奔放壮大な空想力」[*1]、「規模雄大で、しかもユーモラスな雰囲気にみちみちている」[*2]といった評価のほかには、まとまった成果と言えるものはあまりなかったと言ってよい。そこで本章では、天界、すなわち神と天使の世界がいかなるものとして造型されているのか、そしてそこで人間はどのように扱われているのか、これらを検討しつつ、この作品世界の文芸性、そして武者小路実篤の文芸様式を解明したい。それは、武者小路の世界観や宇宙観を探る重要な手掛かりとなるであろう。

2　作品の背景と素材および構造

戯曲「人間万歳」は、一九二二（大正一一）年九月、『中央公論』に発表され、翌一九二三（大正一二）年四月、『人間万歳、他二篇』と題して新しき村出版部曠野社から刊行された。初演は一九二五（大正一四）年三月二五日から三〇日、文芸座の林和の舞台監督により、帝国劇場でおこなわれた。[*3]

作品は一〇章から成るもので、登場人物の説明、幕や場などの指定は記されていない。これは「舞台や、その他の説明は出来るだけぬかした。それはその方に自分よりすぐれた人間があることも信じてゐるからだ」（「六号雑記」『白樺』大11・9）[*4]と武者小路が述べているように、すでに何度もの上演経験を経た上で、上演を意識しつつも、舞台脚本としての形式的完成を目指すよりは、その内容的完成に専心しようとしたためである。

時期区分上では本多秋五に従えば、「作者の身上と思想に変化の兆しはじめた時期」[*5]である「人道主義の文学」の時代の末期、次の「生命讃美の文学」の時代の直前に位置づけられる。この作品は日向の「新しき村」で執筆されたものであるが、武者小路はこれと並行して小説「第三の隠者の運命」（発表時の題は「出鱈目」）、自伝的小説「或る男」を書いていた。言うまでもなく「第三の隠者の運命」は、小説「幸福者」（大8・6完結）、評伝「耶蘇」（大9・6完結）に続くキリスト教三部作の第三作目であり、「武者小路実篤という作家の成熟期であったばかりでなく、まさしく創作力のもっとも昂揚した時期」[*6]に、この戯曲「人間万歳」が生み出されたのである。大津山国夫の時期区分では「新しき村、共生の時代」、筆者の考えでは〈祈る〉時代である。[*7]

この作品の素材には、天界、神、天使、悪魔など、一見してキリスト教的なものが用いられており、ノアの箱舟、イエスの磔刑、その弟子達の伝道などの描写もあるが、他にも釈迦が描かれ、また何よりも作品世界がキリスト教の枠に入り切らない、いかにも武者小路らしい世界観、宇宙観に満ち溢れているので、キリスト教的文芸とは言いがたい。しかし、この作品が宗教を正面から扱っていることは重視すべきであり、それが人間の側からではなく、神の側から描かれた所に特質がある。[*8] また、「奔放壮大な空想力」と言われる作品世界の背景には、全宇宙のみならず、「隣りの宇宙」、いわば異空間に存在する宇宙さえも用いられる。「隣りの宇宙の神様」がいよいよ訪れようとしている時に、男の天使の一人は次のように言う。

僕はこの宇宙より外に宇宙があるとはてんで考へても見なかった。しかし宇宙がある以上はそれ以上のものがなければならないと思つてゐた。宇宙以外が空なわけはないと思つてゐた。無限と云ふものは無限のさきに又無限があることを意味してゐるからね。〈一〇〉[*9]

「人間万歳」の世界は、こうした「無限」の概念を背景として構想されているが、これは素材のみならず、作品の思想内容にも表現されているのである。

それでは作品の構造を概観しよう。「人間万歳」の舞台は全一〇章を通して天界であり、神様がその全章に登場する。天界での事件はその中枢である神様を中心に展開するので、これによって作品の主要プロットが構成される。作品世界に抑揚を与え、その調和劇的性格[*10]の構成に関与するこのプロットを神プロットと呼びたい。これは〈一〉から始まり、特に〈六〉を中心として展開される天界の反逆が描かれる〈六〉までと、〈七〉から始まり〈九〉および〈一〇〉を中心として結末に至る、隣の神様との交渉との二部に分かれる。すなわちこの作品は〈六〉までを境にして前半と後半とに分けることができる。それに対してやはりほぼ全章にわたって登場し、地球の様子を報告する天使を中心とするプロットがある。それは作品世界を主導的に構築するものとは言えないが、重要なモチーフを表現する。これを天使プロットと呼びたい。この二つのプロットは、いわば主従関係をもって並行しつつ作品を構成するが、最終章に至って合流し、モチーフ相互の複合による昂揚した文芸美を醸成する構造となっているのである。

3　主導する神プロットの調和の歓喜

最初に神プロットの構成を見ていきたい。〈六〉までの前半部では、天使達の反逆事件の発生と進行をプロット展開の動力とし、天界の内政という問題を通して、神様の個人主義および天界の調和というモチーフが描かれる。最初に天界のありさまと、神様の日常生活が描かれる。神様の仕事は、天界の統治、星の創造と生命の賦与であり、根本的な事には自ら手を下すが、他のこまごまとした事は天使達に委ねる。そのやり方は極めて無造作で、地球の生物については「黙つて見てゐればいゝ」、「ほつたらかしておけ」、「い、加減でいゝ」〈一〉[*11]などと言っている。仕事へのこうした無関心にも見える態度に比べて、女の天使には夢中で、その無邪気な戯れが細かに描かれている。神様の仕事への態度や、不道徳的にも見える側面は、いわゆる〈神〉のイメージから逸脱するものであり、天使達の間に広まった不満、不評によって滑稽天使に諫められると、神様は次のように答える。

そんな時は今まで何億遍あつたか知れやしない。尤もその時から俺の評判はあまりよくなかつたが、少くも彼等は俺の利口さと俺の他人の快楽や自由の邪魔をしないと云ふことを知るだけの利口さを持つてゐた。〈五〉[*12]

「他人の快楽や自由の邪魔をしない」という事に自己の正当性を主張する点に、個人主義尊重の思想が表れている。同じように諫言する道徳天使に対しては、後悔する者は責めるな、逆に罪を犯した者であればこそ、道徳の価値を思わざるを得ないものだ、と道徳の内発性を諭す。さらに神様は「俺の道徳天使」と称して、生命天使を呼び出す。

生命の尊重は、当然その成長欲を阻害する要素を拒絶する個人主義思想に帰結するが、個人主義と社会調和とは矛盾なく統一されるであろうか。道徳天使の上位に生命天使が位置するのは、生命が道徳を支配することではなく、道徳を内包することを意味するものと考えられる。したがって生命の尊重から帰結された個人主義は、その厳しい内部規律によって、健全な社会調和をもたらすのである。神様はそのように考えている。[*13] しかし、これは天界のすべての天使達には理解されない。神様は天界の支配者として絶対ではあっても、皮肉にも平常からカリスマ性を漂わせている人物ではなく、人間的でさえある。したがって、この神様に対する天使達の信仰の動揺の問題が現れるのは当然のことであった。大挙して押し寄せて来た武装天使達は、神様の証しによって、ようやく自分達の真の神を知る。

大勢の一人。どうして神様と云ふことがわかるのです。
生命天使。さあ、神様、あなたの力を顕はして下さい。
神様。信仰のうすい奴だな。さあ之でも俺は神ではないか。光あれよ！
（異様の光り、室内に漲る。妙なる音楽と共に、童男、童女おどりながら顕はれる）
神様。悪魔よ地獄へおちろ。
悪魔。（群集にまぢつてゐた。急に身をふるはせもがく）あつ。（落ちる）
〈六〉[*14]

プロット展開上では、この場面が前半部の頂点と言えよう。悪魔を退治した神様は、再び天使達から畏敬されるが、このような時でも次のように言う。

俺のゐることは忘れて皆、自分のすることだけしろ。(中略)それから俺の云ふことも合点がゆかない時はいふことをきかないでもいゝ。しかし俺を不必要なものだと思ふな。〈同〉

反逆事件後、女の天使に「なぜあなたは、あんな力をもつてゐながら、普段はお出しにならないの」と尋ねられた神様は、「俺が全力を出して生きたら、(中略)皆は俺がゐると云ふことを強く知りすぎて独立性を失なつてしまい、「俺と云ふものは自由のない、皆の奴隷になつてしまう」〈七〉[*15]と答える。天界における信仰は、神様の右の言葉に窺われるような個人主義思想を基底とする、という逆説的特質が天使達に理解された時、天界には、はじめて真の調和が訪れるのである。この個人主義的調和が前半部のモチーフであるのは言うまでもない。

〈七〉から始まる後半部では、隣の神様の来訪という事件の進行をプロット展開の動力とし、天界の外交の問題を通して、神様の成長欲および神々の調和というモチーフが描かれる。生命の問題がここではさらに一歩進んで、その内発的な表れとしての成長欲の問題が扱われるのである。

交信装置を携えて初めてこの天界に来訪した隣の宇宙の天使が帰った後で、神様は次のように言う。

だが急に世界がひろくなつた。俺が安心してゐる内に隣りの奴は大したものを発明しやあがつた。しかし之から俺も真価を発揮してやるぞ。〈七〉[*16]

神様の自己成長を期する言葉としては、他にも「さあ面白くなつたぞ、俺にも話相手が出来、競争者が出来たぞ」、「今に隣りの宇宙の神様がやつて来るぞ。宇宙と云ふものさへ小ぽけな時代が来たのだぞ」(同)などがある。この事件を契機に神様はにわかに活気を帯びるが、前半部で描かれた、ややもすると弛緩しがちであった日常生活に比して、これ以降の神様は、自己と宇宙との関係と、それに対する姿勢を真摯に認識し、緊張した日々を過ごすことになる。プロット展開においては、隣の宇宙からの突然の来訪自体は必然的とは言えないが、後半部では自己成長の意欲が前半部の設定によって対照的に描き出されている。宇宙の複数化によってもたらされた自己の相対化を、自己成長の意欲によって超越することを決意する神様の緊張感は、隣の宇宙の大きさやその神様の力量について滑稽天使と話し合う場面に、そしてその不安の表れとしての〈九〉の夢の場面において描かれる。暴力と物質力による支配を主張する覆面の神に対して、神様は「強いものが弱いものに勝つ、それは地獄での事実で、天界の事実ではない」〈九〉と答え、天界を支配するものは「愛だ。生命だ。心のよろこびだ。深いよろこびを与へる力をもつものが勝利者だ」[*17]（同）と言う。覆面の神にその杖で殴打されても全く抵抗せず、最後に神様の予言通りに杖が折れ、覆面の神は逃亡する。無抵抗と精神力による勝利であり、徐々に高められた緊張が解放される場面である。これらが夢、いわば劇中劇という設定で描かれるのに対し、実際には隣の神様との調和が最終章で描かれることになる。二人の神様は談笑しながら登場し、互いに「千万億年の知己」を得て、「実にうれしい」〈一〇〉と言う。「真理や、美や、生命にまのあたりあつた時と同じよろこび」[*18]（同）と表現されるような「よろこび」の語が頻出する。このように最終章では神と神、宇宙と宇宙との調和が歓喜の色彩をもって描かれるのである。

作品を主導する神プロットでは、以上のように、その前半では個人主義が、後半では自己成長がモチーフとして描かれていたが、これらはプロット展開における一貫した必然性をもって一つの宇宙内部の、そして複数の宇宙相互の調和の表現に収斂し、作品の調和劇的性格を表現する。したがって神プロットのライト・モチーフは調和の歓喜と言えよう。しかし、この作品の「人間万歳」という題名からわかる通り、天使を中心とする人間に関するプロットとモチーフの重要性を閑却することはできない。

4　神プロットと天使プロットとの構成的結合

天使の最大の関心事は、地球とその生物、すなわち人間の発生と成長である。神様に地球上の事件を報告に来る場面は〈一〉、〈二〉、〈四〉、〈六〉、〈七〉、〈八〉、〈一〇〉とほぼ全篇にわたっているが、プロット展開の動力としてではなく、神プロット、すなわち天界での諸事件と効果的に関連しつつ、従属プロットとして人類愛のモチーフを表現している。これが神様の人間への態度と相並ぶことで、宇宙的人間観が表現される。その内実をこれから見ていこう。

冒頭で天使は地球に生命を与えることで神様に相談に来る。こまごまと心配する天使に比べて神様の態度が無造作であるのはすでに述べたが、この対位的関係が二つのプロット間の関係となって〈八〉まで一貫して続く。地球で発生する生物について神様は、「俺の脳味噌の垢のかけら」を「本当に生かすことが出来る奴が出来たら」「地球は面白いものになるだらう」〈一〉と言う。しかし、天使の期待や不安には無関心で、地球の寿命については「そんなことは俺も知らない。知りたいとも思はない。俺の子供は多すぎるから、何処で衝突しないとも限らない」(同)[*19]と言い、生物の管理については次のように言う。

随分お互に殺しあつたり、食ひあつたり、泣きさけんだり、苦しがつたりするだらうが、ほつたらかしておけ、たゞ他の星にぶつからないやうにするのと、天候のことを、一寸注意するといゝ。それも、いゝ加減でいゝ。

このような、いわゆる神のイメージからは想像しがたい意外な言葉によって、天使は悩むことになる。地球の洪水で生物が絶滅の危機に瀕している、と狼狽する天使への神様の態度は、相変らず無関心に近い。それ以上に夜を共にした女の天使との別れに夢中になっており、天使を早々に追い返して滑稽天使と次のような会話をする。〈一〉[*20]

神様。人のい、天使だが、あいつは大げさ野郎で困る。

滑稽天使。本当にあいつはお人よしです。きつと人間をつかまへて、お前は神の子だ、神に愛されてゐる、神様はわるいやうにはなさらない、神様がい、やうにして下さるから安心してゐるとい、。なぞと教へこんでゐるのでせう。

神様。俺は与へるものだけ与へたのだから、あとは勝手にするがい、。〈四〉[*21]

滑稽天使の言葉には皮肉も含まれてはいるが、もとより神様には天使のような人間愛はない。神様は望遠鏡を覗いて、ゴルゴダの丘の上で磔刑に処されるイエスらしき人物を見ながら「「なぜ俺をすてるか」とその男はどなつてゐるよ。はつはつは、おかしな奴だ」〈六〉と言い、瀕死の病人には「死んだ方がましだらう」、そして死んでしまうと「親達は神様はゐないと云つて、泣いてゐる。呪つてゐやがる。馬鹿だな。俺を呪ふと、安心が出来るのかな、変な奴だな」（同）[*22]と言う。天使に神様の考えが不可解に思われるのは当然であろう。

作品後半部の反逆事件解決後の平和なくつろぎは、〈七〉冒頭からの神様と女の天使との会話に描かれているが、従属プロットである天使プロットも、この場面では人間界の宗教的覚醒を喜び報告する天使を、神様が「気持のい、」〈七〉[*23]ままに祝福することによって、神プロットと一致して、作品世界の調和を表現している。しかし、隣の宇宙からの来訪と再度の人間界の混乱とによって、再び両プロットは転変し、対位的関係に戻る。天使は神様の「宇宙と云ふものさへ小ぽけな時代が来たのだぞ」(同)[*24]という言葉が理解できず、途方に暮れて泣く。「一たいあなたに神様の心はわかりますか」、「人間は苦しい時はきつと神様の名をよぶのですがね」〈八〉と滑稽天使に質問する天使に対して、「その呼び声が神様に聞へて神様からどうかしてもらへると思つたらまちがいですね」、そして「人間のことは人間に任せるより仕方がないでせう」(同)[*25]と答える。この宇宙の相対性を理解した天使が、地球の、そして人間の余りの卑小さに自己憐憫、自己嫌悪に陥ると、滑稽天使は、それ程に卑小な人間はかえって同情すべき、愛すべきものだと諭し、次のように続ける。

　人間の内にはさう云ふ生活の内に、本当に神を愛すれば本当の深い、我々でさへやつと味はへるやうな深いよろこびを感じることが出来てゐるのですから。すべての人間のそれが本当に生きるやうになつたら、彼等は自分の小さいことを不幸だとは思はないでせう。寧ろそんな小さいものにまで、無限の心の深さが与へられてゐることを感謝し、其処に救ひを求めるでせう。〈八〉[*26]

　天使が求めているのが神様の救いであり、それに対して滑稽天使が諭しているのはより本質的な救い、生命天使に象徴されている救いである。神様が人間の苦悩や悲哀を放置し、神の名を呼ぶ人間を嘲笑するのは、すでに見てきたように、神様が与えた生命の中に「脳味噌のかけら」〈一〉が入っていて、「与へるものだけ与へた」〈四〉からである。神様が期待しているのは、そうした内面的価値を人間自身が発見し、発展させて幸福を得ることであり、それが滑稽天使の言う「救ひ」なのである。この内面的価値は、神プロット前半部で表現されていた個人主義の内在的道徳の根本に存する生命と同一であるのは言うまでもあるまい。こうした神様の苛酷にも見える態度に比して、天使は人間をどこまでも憐れみ、自己同一化し、感情移入する。

　それでも、人間は可哀さうです。食ふものもなく、着るものもなく、餓えてゆき、凍へてゆく人間は可哀さうです。抵抗力を失なはされてその上なぶり殺しになる人間の顔をあなたは見たことはない。あ、、、早く彼等を、神の国につれてゆきたい。あ、、。〈八〉[27]

　言うまでもなく、天使は最初から地球上の生物を過剰なほどに愛し憐れみ続けていた。しかし、彼は全智全能の神ではないから、現実の災害や戦争や人間相互の確執を阻止することはできなかった。それだけにますます人間を憐れみ、神様に救いを求めようとする。作品冒頭からの神様と天使との対位的関係はここにあり、それはこの宇宙に存する根本的で不可欠の掟であり、この世界に生を享けたすべての生物に与えられた、神様の試練と天使の愛である。[28]これがこの作品の宇宙的人間観の内実である。
　最終章では二人の神様、二つの宇宙の調和の歓喜とともに、天使が思いがけぬ幸福を得る。天使が隣の宇宙の神様に人間のことを尋ねると、「今は滅亡しましたが」と答えて次のように続ける。

　彼等はよろこんで死んだのです。彼等は実に不思議な生物でした。ある時は私達にまけない程利口です。しかしある時は、他のどの生物に比べても残酷です。狂気じみます。（中略）だが滅亡する一万年程前に、彼等は不意に目ざめました。そして不調和的な性質を公明正大な生長慾と、仕事と、美の創造とに変形さしました。そして調和的な性質から、協力的な社会組織を生み、全体と部分が同時に生きるこつをのみ込みました。（中略）それ等あらゆる生活を彼等はよろこびにかへることを会得し、ついに彼等の星が滅亡した時、大会堂に生き残つてゐたものが集り、宇宙を讃美し、神を讃美し、自分達の生命の再生を讃美して、実に見上げるやうな死をとげました。〈一〇〉[*29]

この隣の神様の話に一同は感動し、人間を讃美することになる。


神様。本当に面白い話ですね。どれ、この頭にそんな力が入つてゐるのですかね。一つ余興に皆で人間万歳をとなへてやりませう。あなたと二人で音どをとつてやりませう。

隣りの神様。いゝ、でせう。

神様。それならやりませう。

神様、隣りの神様。人間万歳、万歳、万歳。

皆。万歳、万歳、万歳。

天使。ありがたう。ありがたう。僕は死んでもいゝ。（泣き出す）〈同〉[*30]

つねに神様の苛酷で、しかし深遠な試練を思い悩んでいた天使は、愛する人間の運命への思いがけぬ祝福を受け、歓喜の涙を流す。神様と天使との対位的関係は解消し、神プロットの調和の歓喜のモチーフと天使プロットの人類愛のモチーフは、最終章に至ってこのように高度に芸術的な構成的結合を遂げ、神々の栄光と調和の中で、人間讃美がなされるのである。

5 「無限定の愛」が生んだ「狂言」

神プロットで表現された、天界の調和的理想社会は、地球上の人類社会が目標とする究極の姿であり、それが達成されることを望んで神々は祝福を与えたのであった。この点にこの作品のテーマを探りたい。また、「人間万歳」という題名は、この天使プロットによって表現された人類愛のモチーフの最も昂揚した場面から付けられたものであり、作品構造から見ても、この題名が一篇の文芸的特質を集中的に表現していることがわかる。しかし、この作品が受けてきた多くの誤解を考慮すると、そのテーマを人間讃美のみとすることは憚られる。戯曲「人間万歳」のテーマは、人類調和の願いである。願いと言ったのは、最後の人間讃美が地球上の人間の姿を根拠としたものではないからである。「滅亡する一万年程前に」「不意に目ざめ」るのはいつのことか、それは誰も知らない。しかし「目ざめ」ることへの強い希望——すなわち、矛盾に満ちた現世を深く観照し、そこで生きることの意味を問い続けようとする意志と願望が、この作品の主題であることは疑いを容れない。「人間万歳」は、あるがままの人間肯定では決してない。人間を肯定しようとする、願いと祈りの文芸である。[*31]

本多秋五はこの作品について「宇宙に存在する法則を「意志」という風に擬人化して考える傾きのある作者が、その思考方法を逆手にとって、作者が宇宙と人生についていだく考えを「神」にいわせた作品である」と述べている。つまり「神の意志」の表現、ということになるが、一方、天使については「いわば善意の人であるが、善意の人などは可憐なセンチメンタリストとして遇されている」と述べている。[*32]しかし、天使の地位はそのように低いものではない。大津山国夫は「自然」を「荒御魂」、「人類」を「和御魂」と表現して次のように述べている。

「自然」は本能の跳梁もエゴイズムの充足も意に介さない。人間が不倫の淵に沈んでも、エゴイズムとエゴイズムが衝突して人類全体が滅亡の危険にさらされても、それは「自然」の関知しないところである。むしろ、「自然」はそれらを矯めることによって力と自由が失われることを恐れる。しかし、人間社会以外に自己の版図をもたない「人類」は、「百万や二百万」の喪失には驚かないにしても、人類全体の滅亡を座視することはできない。そのとき、「人類」は「自然」に黙認される範囲で愛と連帯を力説することになる。[*33]

大津山はここで戯曲「人間万歳」を解説しているわけではない。しかし「荒御魂」としての「自然」が神に対応し、「和御魂」としての「人類」が天使に対応していることはよくわかる。このように、「自然」および「人類」という理念が、奔放壮大な想像力によって具体化されたことで、この作品は高度の文芸的表現を得たのである。

この戯曲「人間万歳」の題名には「(狂言)」[*34]の文字が付されている。これはその喜劇的側面、すなわち滑稽性をも意味するものと考えられる。この作品の滑稽性のほぼすべては、神様、天使と並ぶ主要登場人物である滑稽天使によって表現されている。滑稽天使が登場して笑いを生ぜしめる場面は、神様の好色さ、不道徳性を対象としており、時に鋭い諷刺を投げかける。神様が毅然として人間について「俺は与へるものだけ与へたのだから、あとは勝手にするがいゝ」〈四〉と言うと、「あなたの好色も人間と云ふものにうつつたら一寸困りますな」(同)[*35]とやり返す。

また、神様を称して「大将」〈四〉[*36]、「喰へない親爺」〈五〉[*37]、「俺の玩具」〈六〉[*38]などと言う。むろん神様への深い信仰と愛はあるが、滑稽天使は神様の〈神〉らしからぬ部分を突いて、神様の権威にまとわりつく緊張感を解放し、相対化する。そこに価値の逆転が生じ、滑稽性が表現されるのである。また、武者小路独自の文体、そして会話のリズム（詳細は本書第Ⅰ部第七章「「その妹」の悲劇性――生命力表現の変容――」第2節参照）の効果も見逃がせまい。以上のような喜劇性、滑稽性が、作者の言う「狂言」の内実であろう。

武者小路の思想に触れて、本多秋五は「おお根のところは単刀直入につかんで、あとは融通無礙にまかす、といったところがあり、そこに無飾のユーモアが生れている」[*39]と述べているが、これが神様の発想と同様であることは言うまでもあるまい。また、亀井勝一郎は「自然の意志」を「無限定の愛」と言い換え、「無限定な大生命としての自然こそ神である」[*40]と言い、「それは自然の無尽蔵な生命力への随順に発したものであり、そのまゝ作品の方法ともなつてゐる」[*41]と述べている。「人間万歳」における「無限」の概念とは以上の意味にほかならないが、これが、「人類の意志」そして「自然の意志」が作品に具体化された独自の宗教的世界を、「狂言」という一見不似合なジャンルにおいて創作し得たゆえんなのである。武者小路はこの作品について次のように述べている。

この世では夢中によろこべる時を持つことは幸福なことゝ思ふ。寓意や、理屈をあの内からさがし出さうとするものは失望するだらう。もつと子供のやうな気持で見たらよろこんでもらへると思つてゐる。自分以外の人間にはあんな出鱈目なものはかけないと思ふ。しかし云ふまでもなく芸術品にはなつてゐるつもりだ。

「六号雑記」（『白樺』大11・9）[*42]

神様の「無限定」の思想および行為には、滑稽天使の諷刺や諧謔を許容するところがあったからこそ、この作品は「ユーモラスな雰囲気にみちみちている」のであり、天界という宗教的想像空間を舞台にしつつも、自由奔放な世界観、宇宙観のもとで、純粋な歓喜の劇を描き得たのである。そしてなお、人間の生に対する深い洞察による、真摯な問いかけと熱い希望を描き得たのである。こうした意味で、確かにこの戯曲「人間万歳」は完全な芸術作品であり、武者小路その人によってしか創作され得ぬ文芸作品なのである。

注

＊1　本多秋五は「その奔放壮大な空想力は、宮沢賢治やアラン・ポーの天才的空想力に比して遜色がないといっていい。これは武者小路氏の最高傑作の一つである」（「人間万歳」、『武者小路実篤の人と作品』、昭39・6、学習研究社、276頁上）と述べている。

＊2　紅野敏郎は「場所を天上界にとっているが、神が人間化され、この神に武者小路の思考のすべてが投入され、規模雄大で、しかもユーモラスな雰囲気にみちみちている」（「武者小路実篤（一）、作品の解説」、『人と作品　現代文学講座』5、大正編Ⅰ、昭35・12、明治書院、132頁）と述べている。

＊3　『武者小路実篤全集』6（昭63・10、小学館）の「解題」末尾の「武者小路実篤作品上演年表」（昭63・4まで）によれば、初演以後は宝塚雪組（昭29・7、帝国劇場）、および霞座（昭32・11）による公演があったという。

＊4　「六号雑記」（『白樺』大11・9）の引用は『武者小路実篤全集』8（平元・2、小学館）、529頁上に拠る。

＊5　引用は本多秋五「代表作についてのノート」（『『白樺』派の作家と作品』昭43・9、未来社）、74頁に拠る。

＊6　同前、65頁。

＊7　時期区分の名称に関する大津山国夫の言葉は「武者小路実篤論」（『国文学解釈と鑑賞』64―2、平11・2）に拠る。また、筆者の考えは、本書収録にあたって書き加えた。

＊8　後に本文に引用するが、本多は「作者が宇宙と人生についていだく考えを「神」にいわせた作品である」（＊1と同書、276

頁上）と述べている。

＊9 〈一〇〉とは、作品の第一〇章を示す。また、本文の引用は＊3と同書、40頁下～41頁上に拠る。以後、本章ではこの本を「テクスト」と記し、引用表記についても同様とする。

＊10 岡崎義恵は劇の種類について「近代になつて、喜劇（Lustspiel）に対し、悲劇（Trauerspiel）と解決劇（Schauspiel）を立てるといふ説もドイツに出てゐる。フライタークの「戯曲の技巧」には、現代の舞台において解決劇を正当とする根拠が大きくなつたといつてゐる。解決劇とは喜劇にも終らず、悲劇にも終らず、無事に事件が解決するもので、むしろ悲劇的事件が喜劇的に解決されるものである。（中略）またこの結末が調和的になる劇を調和劇（Reconciling drama）と呼ぶ者もあり、解決劇は単にDramaとか、Drama sérieuxとか呼ばれることもある」（『文芸学概論』、昭26・4、勁草書房、441頁）と説明している。初出時では、隣の神様の来訪を控えて見た夢の〈九〉を頂点とする、神プロットの緊張とその解放を表すために「解決劇的性格」としたが、本書収録にあたり、これを「調和劇的性格」と改めた。本章については、以後同じ訂正を施している。

＊11 テクスト〈一〉、14頁上。

＊12 テクスト〈五〉、21頁下～22頁上。

＊13 このような一般的な道徳にとらわれない、神様の自由な発想や言動、行動は、戯曲「或る日の一休」（大2・4）に通ずるものがあると考えられる。

＊14 テクスト〈六〉、27頁上～同下。

＊15 テクスト〈七〉、28頁上～同下。

＊16 同前、32頁上。

＊17 テクスト〈九〉、38頁上。

＊18 テクスト〈一〇〉、41頁上。

＊19 テクスト〈一〉、13頁下。

＊20 同前、14頁上。

＊21 テクスト〈四〉、20頁上。

*22 テクスト〈六〉、24頁下〜25頁上。
*23 テクスト〈七〉、29頁下。
*24 同前、32頁上〜同下。
*25 テクスト〈八〉、32頁下。
なお、菅野博は「「人間万歳」の位置―武者主義の頂点」（『千葉大学日本文化論叢』1、平12・2）で、この引用文中にもある「仕方がない」、また他に「見てゐる」という言葉を「武者小路主義のキーワード」と考え、「「神様」は、存在やその営みを「仕方がない」こととして無条件に認めた上で、「見てゐる」ことを「天使」たちに要請」し、そうした「諦観と謙虚」を通して「間接的に影響し合う関係」が「最も「自然」であり、気楽である。そこにユーモアも生まれる。それが調和である」と興味深い指摘をおこなっている。しかし、それは「諦観と謙虚」と呼ぶほど消極的ではなく、また「無条件」とも考えられない。神様自身も日々絶えざる自己成長を期していること、同時に天界や人間に対しては、その信仰を期待していることの意義を重く考えたい。
*26 同前、33頁下。なお、引用部末尾は新潮社版『武者小路実篤全集』16（昭31・1）、271頁では「其処にあの生命の救ひを求めるでせう。」（傍点は筆者）とあるが、テクストには傍点部「あの生命の」がない。『中央公論』の初出本文においても同様である。武者小路辰子による「解題」には「初版本と初出誌、芸術社版・新潮社版全集との異同については、句読点、仮名遣いの異同を除き、大きな異同は少ない」（*3と同書、573頁下）としてこの点には触れていないが、いかがなことか。なお、このテクスト変更にともない、新潮社版全集をもとに考察した筆者の初出時本文に対し、本書では多少手を加えた。
*27 同前、34頁上。
*28 初出時「神様の父なる試練と天使の母なる愛」と書いたが、本書収録にあたり「父」「母」の言葉を取り払った。「神様」は男であるが、この「天使」も男であること、また家庭の人間関係をイメージさせる「父」「母」の隠喩は不適切と判断したためである。
*29 テクスト〈一〇〉、42頁上〜同下。
*30 同前、42頁下〜43頁上。

＊31　渡辺聰は「神との対話―武者小路実篤「ある青年の夢」「人間万歳」―」（『駒澤大学大学院国文学会論輯』21、平5・5）で「人間が「不意に目ざめ」たのは彼らの自主的な努力によるものではなく、それは神によって「自分達にゆるされている」力のおかげであり、「神の愛」が彼らに届いたという理由によるもの」とするが、その「力」や「神の愛」を生かそうとする不断の努力や祈りこそが、この作品では最も強調されていることを見逃してはならないだろう。

また布施薫は「『人間万歳』」（『国文学解釈と鑑賞』64―2、平11・2）で、この作品を芥川龍之介「河童」（大15・3）と比較して論じつつ、「〈意味〉を求めて動揺する」「〈近代〉からの脱却の方策としての〈新しき古典主義〉樹立の試み」は「その安定と永続性が信じられる場合にのみ」「可能になる」と評しておおむね賛同できるが、やはりその信仰こそが最も重要だと筆者は考える。

＊32　本多秋五の解説の引用は＊1と同書、275頁下～276頁下に拠る。

＊33　引用は大津山国夫「「人類」への傾斜」（『武者小路実篤論――「新しき村」まで――』昭49・2、東京大学出版会）、298～299頁に拠る。

＊34　テクスト表題、13頁上。なお、「狂言」とは台詞と劇的行動を伴う芸能として、歌舞中心の能、踊に対する謂であり、後に歌舞伎劇の演目あるいは劇そのものを指すようになった。この当時の演劇誌においても、近代劇は「狂言」と記されている。しかし武者小路にとって「狂言」とは、空想ものの戯曲のうちの、ある一種を指すものと思われる。

＊35　テクスト〈四〉、20頁上。

＊36　同前、19頁下。

＊37　テクスト〈五〉、23頁上。

＊38　テクスト〈六〉、24頁上。

＊39　本多秋五「初期「雑感」集について」（『『白樺』派の作家と作品』昭43・9、未来社）、34頁に拠る。

＊40　亀井勝一郎「宗教的人間武者小路実篤」（『文芸』12―12、昭30・8、臨時増刊号　武者小路実篤読本）に拠る。

＊41　同「武者小路実篤論」（『武者小路実篤集』、現代日本文学全集19、筑摩書房、昭30・5）、409頁上に拠る。

＊42　「六号雑記」（『白樺』大11・9）の引用は、＊4に同じ。

第一一章　小説「第三の隠者の運命」の世界──悟りきれない人間の祈り──

1　はじめに

『白樺』時代の武者小路実篤の著作では、自伝的小説「或る男」（大10・7〜同12・11）に次ぐ長篇小説である「第三の隠者の運命」は、亀井勝一郎[*1]、稲垣達郎[*2]、朝下忠[*3]らによって高く評価されている。しかし本多秋五のように、この長篇の茫洋とした雰囲気によって「興味を持続できない[*4]」などという批判的見解もある。日向の「新しき村」で書かれ、その作品世界が理想的共同社会を舞台としていることと符合するとはいえ、時空を超えた舞台に時空を超えた人物たちが登場し、武者小路文芸のあらゆるモチーフが表現されている、この作品を論じるのは、確かに困難である。亀井、稲垣、朝下らの評価にせよ、総合的な作品論によるものとは言い難く、本多の見解はこの困難さを言い当てている[*5]。本章では、作品の梗概、構成、筋展開、モチーフなどを検討し、この作品の主題、そしてその武者小路文芸様式における意義の解明に努めたい。

この作品は発表当初「出鱈目」という題名で、『白樺』一九二一（大正一〇）年一月号から翌一九二二（大正一一）年一〇月号まで断続的に一四回にわたって連載され、完結の翌年の一九二三（大正一二）年五月に『第三の隠者の運命』と改題の上、新しき村出版部曠野社から刊行された。この原題と作品の構想について、武者小路は、第一回を掲載した『白樺』の「六号雑記」で、「自分の今度の小説の題はもう少しかいた上でかへるかも知れない。どんなものが出来るか自分にはまだわからない。出鱈目と云ふ題をつけて自由にかきたいものをかいて見やうと思つてゐるが。まだ力がたりないらしい[*6]」と書いているが、結局、その題名は完結まで変えられることはなかった。ただし「出鱈目と云ふ題をつけて自由にかきたいものをかいて見やうと思つてゐる」とあるように、その題名がふさわしいような「自由」な内容にしたいという構想がここには認められる[*7]。

また、この作品は亀井勝一郎が「廿世紀が生んだ最大の基督教文学と云はるべき作品[*8]」と言うように、キリスト教的素材が多用され、それが作品の主題と深く関わっている。そして朝下忠も注目しているように、小説「幸福者」（大8・6完結）、評伝「耶蘇」（大9・6完結）に続くキリスト教三部作の最後の一つである。筆者は「出鱈目」という原題と、このような宗教的背景に関連性を見出したいと思うが、それは後に述べる。

2　梗概

さて、作品分析に入る前に、八六章から成るこの長篇の梗概を次に記す。多少長くなるが、全体像の把握がやや困難なこの作品を考えるためには必要な作業と思われる。なお、筆者による構成と小題については後に説明する。また、作中ではこの社会は「世界」と呼ばれることが多いが、「外国」という表現もあるので、以後これを「国」と呼ぶ。

序　〈一〉〜〈二〉

森の中で清浄な生活を送っていた三人の隠者たちが、三人の水浴する女たちを発見する。その異教的な美しさに魅惑され、それまでの禁欲的な生活を続けることができなくなった第一、第二の隠者は、三人目の女を第三の隠者にめあわせようとするが、その時すでに第三の隠者はいなくなっていた〈一〉。何年か後、第一、第二の隠者は、すでに隠者とは言えぬ、平凡な家庭の父となり、第三の女をめぐって不安な日々を送っていた〈二〉。

第一部　不思議な国　〈三〉～〈十二〉

ある日、第三の隠者が突然戻って来た。以前よりも元気と力に満ちたように見える彼は、それまでに体験した様々な出来事を語る（この語りが〈六十六〉まで続く）。第一、第二の隠者たちより以前から女たちを覗きに行っていた第三の隠者は、それを禁ずる老人に導かれてイエスらしき人物に出会って心が清まり、しばらく行動を共にした後に、再び老人に導かれて、今度はAに出会い、彼の率いる国に行く。性と社会の問題や、死や人生についてAと語り合う〈三〉。松子の家で、その婚約者Bに会い、四人で松子の姉梅子の清らかな回心の話をする〈四〉。求婚箱をめぐって、この国の結婚の問題が話し合われ、松子の妹で一六歳の桜子の夫となるべき人が、第三の隠者（以後、Zと呼ぶ）以外の三人によって密かに決められる。そこに桜子も来る〈五〉。皆で見舞いに行った病院では、回心の衝撃を癒す梅子を担当する医師から、梅子の清らかさが病院内の人間に与えた影響が語られる。看護婦から復活したイエスらしき人物を見たと聞く〈六〉。にわかに回復した梅子は、今後の旅立ちのことと、働き者で善良な女道子のことを話す〈七〉。Zは徐々に末の妹の桜子に想いを寄せ始める。翌朝の食堂で、この国を離れようとする男の話を耳にする。その後、病院で桜子に会い、道子に従って桜子とともに働くことを勧められ、Zは自分が信頼されていることを知る〈八〉。桜子と共に、彼女らの家に行き、指導者A、実務家Bとその妻松子、労働者Cと道子、学者Dら、選り抜きの人々と共に山に向かう。Aの紹介を聞いて、ZはCやDの人格に感銘を受ける〈九〉。小高い山上の東屋でZのささやかな歓迎会が開かれ、ZはAらの仲間となってこの国のために働くことを明言する〈十〉。男五人がそれぞれの立場から、この国の危難についての考えを述べる〈十一〉。そこでX派のことが語られ、Zはこの国の強さと弱さを知る〈十二〉。

第二部　恋愛の不安　〈十三〉〜〈二十四〉

Zは山から降りてXとその一派に出会い、桜子に関するAへの疑惑を抱かされる〈十三〉。翌日、ZはAを無邪気に信頼する桜子の様子を見て、その不安をますます強める〈十四〉。実務家Bから寺院建設の計画と、それに先立つ学校での清い思想の説教を依頼される。またBから、X派の噂に出たAや桜子の話を聞くが、彼女の婚約者はやはり明かされず、Zの不安は消えない〈十五〉。そのような時、Zに用意された新しい家にXらが訪れ、桜子はZを引き留めるおとりだという疑惑を強めていく。Zはいたたまれずに外出する〈十六〉。しかし歩いている間に、自分に向けられたAらの厚い信頼を考え、桜子への想いによる心情の不安定を反省し、心を清らかにして、自分をこの国に連れてきた老人の意志にかなう人間となることを決意する。その時X派の演説に出くわすが、その言葉に反対して怒鳴るDを好ましく思う〈十七〉。AやDについてCと話し、Zは力が満ちてくるのを感じる〈十八〉。夕食後、Aから改めて演説の依頼を受け、正しい労働によって成り立つ、この国の理想実現に向けたさらなる決心の必要を聞き、Aのためなら死ねるとさえ思う〈十九〉。Zは皆の信頼を思い、桜子への気持ちを断ち切っても、それに応えようとして神に祈る〈二十〉。清い心になって窓辺から月を見ていた晩、X派に就くことを迷う青年Vが相談に来て、快楽の害悪について語る〈二十一〉。そうして同じような日々を過ごしつつ、桜子のことを思い切ったつもりで平穏に暮らしていたZは、演説の前日、一八、九歳の美しい青年Eと桜子が花を持って歩くのを見て打撃を受ける。X

は、その晩の自分達の集会にZを誘いに来るが、Zは相手にしない〈二十二〉。人類や神から愛される人間となり、この美しい仕事を完成してもらいたい、という説教は成功して終り、桜子から花束を受け取ったZは、泣きたいほどの幸福を感じる〈二十三〉。午後になって、Vが再度訪れてX派の集会の様子を語る。Zは桜子への想いのおかげで、誘惑に陥らずに済んだことに感謝の気持ちを持つ。その後Aがやって来て、Vが実はX派の探偵であったことを知らせる〈二十四〉。

第三部　予言の不安　〈二十五〉～〈三十七〉

Aは潜入して見てきたX派の祭の内容をこと細かに話し、ZはAを信頼する。そこでAから「三十の誕生日まで女を知らない男」がこの国を救うという予言と、それがZであると信じられていることを教えられ、再来月の誕生日まで身を慎むように強く頼まれる〈二十五〉。外を歩き回りながら、Zは自分が信頼されてきた理由や、死を賭した犠牲となる可能性まで様々に考え悩んだあげく、自分の信仰だけを信じることによって、この国にとどまる決意を固める。しかし、祈ろうと思って森に向かう途上で、水浴するX派に出会い、気楽になると同時に生命が惜しまれてくる〈二十六〉。彼らに予言について尋ねるが、真偽のほどは分からない〈二十七〉。森の中で迷いの内に神に祈り、すべてを任せようとする〈二十八〉。初夏の日の入りが月の輝きに変る風景の中、自然の美しさと人間の生命のはかなさを想い、清らかな慈愛と深い孤独感に包まれる〈二十九〉。人の温かみを求めて食堂に行くが、すぐに自分の部屋に戻る。それでもいたたまれず、Bに心の内の不安を正直に打ち明けて少し気軽になり、説教から始まって様々な出来事のあった一日に疲れ果てて眠る〈三十〉。その晩、自分の三〇の誕生日にAらに殺される夢を見、目覚めの後もその恐怖は消えずに残り、Zは衝動的に逃亡する〈三十一〉。町はずれで例の老人に出会い、イエスらしき男の最期の様子を聞かされ、悔悟して泣く〈三十二〉。Zは、A派ともX派ともくみせず、自分の真心を生かして愛を広め、この国の犠牲になっても働く誓いを立てる〈三十三〉。その朝、畑で桜子に会い、彼女から厚い信頼を寄せられて、複雑な気持ちの内にも喜びを感じ、同時に慎む気持ちを強くする〈三十四〉。帰宅して桜子への想いに耽っていると、急にXが訪れ、Aと桜子の関係、労働問題、イエスらしき男や神の存在について話し合う。そこにAが来て、AとXの論争となる〈三十五〉。ZはAへのこだわりを捨てきれずにいたが、桜子とEがAの子であること、そして秘密とされていた桜子の婚約者が実は自分であったことを初めて知らされる〈三十六〉。Aとの信頼関係は完全なものとなるが、軍隊を用意する現実主義者のAは、精神性の高いZが必要であることを説く〈三十七〉。

第四部　得恋した救世主　〈三十八〉〜〈五十六〉

Aの家で、A派の祭の打ち合わせがおこなわれるが、桜子に夢中なZは皆の話についていけない〈三十八〉。帰りに松子と桜子を送り、有頂天になる〈三十九〉。翌日、桜子と畑で語り合う。AはZをこの国の軍隊に紹介し、Zの指示を最優先とするように命じる〈四十〉。桜子の家で夜遅くまで愛を語り合う〈四十一〉。Zは家に戻って、X派の脅迫の手紙を発見する〈四十二〉。これをAに相談すると、Aは面白くなってきたと言い、Zと桜子の身の安全を保証する〈四十三〉。その夜半、Xの女がZの床に忍び入るが、Zは危うく難を逃れる。己の気のゆるみを反省して水をかぶる〈四十四〉。翌日、この事件を桜子に知られるが、Aによってとりなされる〈四十五〉。しかし、周囲の者はその事件の噂を聞き、Zに冷淡な態度をとるが、Zは謝罪と感謝によって心が透明になる〈四十六〉。自室で桜子に抱き付こうとして彼女にたしなめられる〈四十七〉。Vが再三訪問し、桜子への疑惑を与えようとするが、自分の真心を生かす決意によって、Zは動じない〈四十八〉。夕食後、桜子に愛する喜びと誓いの手紙を書く〈四十九〉。翌朝、桜子はそれを読み、二人は手を握り合う。Zは自然が男と女を創ったことを感謝する〈五十〉。Zの桜子への思いは極みに達し、自己の独立性の喪失を感じる。桜子と水浴する〈五十一〉。恋人の明るく美しい裸身の記憶で眠れなくなったZは散歩に出る。桜子の家でEを発見し、激しい疑いと嫉妬のあまり桜子を打つが、彼らが本当の兄妹であったことを知り、謝罪する〈五十二〉。打たれたことにこだわる桜子ではあったが、三人で和やかに語り合う〈五十三〉。Eと共に帰り、Zが X 派から命を狙われていること、それに対する用心を諭される。床に入って桜子を打ったことを反省する〈五十四〉。翌朝、桜子と接吻する。Zは身も心も桜子に依存してしまい、もはや自身を制御できぬことを思う〈五十五〉。ある日、Zの命を狙っているという、桜子を恋する X 派の男に出会うが、二人は自分達の幸福を思うばかりである〈五十六〉。

第五部　社会の結束　〈五十七〉～〈六十六〉

祭の夜、最初は X を揶揄する狂言が演じられる。暴力による圧政に抵抗し、独立と尊厳のためには死も辞さないことを呼びかけ、Aが讃えられる〈五十七〉。次に、天使に扮した桜子と悩める男との狂言が演じられ、天使は兄弟姉妹のことを思って自分の仕事に励んだら、後は主なる神と親なる人類の御心に任せて生きるべきことを説く〈五十八〉。その次に、ある夫婦の素晴らしい踊り、そして神と人類と社会のための労働賛美の詩が朗読される〈五十九〉。次のAの演説では、暴力と権益と隷属の危機に瀕した国を守るために、自他の独立自尊を尊重し、神と人類、真理と正義と愛を守ろうと訴えられる〈六十〉。次に、AとZとの対話劇によって、この国の美点、そしてZのこれまでの迷いや不安と決意が語られ、拍手喝采を浴びる。その時、火災が発生する〈六十一〉。それは X 派からの襲撃であったが、手際よい抗戦と避難によって被害は少なかった。この事件によってA派との連帯感は、ますます高まる〈六十二〉。翌朝、Ｚは桜子に非武装無抵抗を説き、釈迦らしき者の教えに従って隠遁生活をしていたことを明かす〈六十三〉。そこにＡが来て、Ｚに定例の説教を依頼する。Ｘは外国に逃亡する〈六十四〉。Ｚは説教で、万一の時は無抵抗の降伏を覚悟すべきことを説く〈六十五〉。しばらく不気味に平穏な日々が続く。Ａに緊急時の避難先の手配を依頼され、Ｚは第一、第二の隠者のもとへ行く〈六十六〉。

第六部　受難と勝利　〈六十七〉～〈八十五〉

第三の隠者Ｚはここまでの長い物語を終え、第一、第二の隠者から百人ずつなら引き受けられると聞いて帰っていった。しかし避難民を連れて戻ることはなく、そのまま長い年月を経たある日、再び戻ってきた彼は、その後のことを話し出す〈六十七〉。Ｚは隠者たちの所から、Ａらの所へ帰る途中の森の中で、釈迦らしき男に出会い、いかなる時にも落ち着いて、運命を甘受することを諭される〈六十八〉。さらに行くと、突然現れたＸ派の人間に捕えられ、Ａらも桜子も皆死んだと告げられ、囚われの身となって激しく思い悩む〈六十九〉。しかし、忍び込んだ味方から皆無事であるとの連絡を受け、安心はするものの、身の危険に変りはない〈七十〉。死の恐怖と戦い、冷静になることに努める〈七十一〉。うまく忍び込んだＥに助け出され、夜遅くＡらのもとに生還し、無事の再会を泣いて喜び合う〈七十二〉。Ａ派は凱旋する。Ｚは捕えられたＸらの死刑に反対することを思う。桜子と共に歩ける幸せに涙する〈七十三〉。Ｘの女が、Ｘの助命を桜子に嘆願に来る〈七十四〉。朝食後、ＺはＸの死刑についてＡと討論し、死刑反対の思いを強くする〈七十五〉。その午後、広場でＸの処置について集会が開かれ、しばらく留置して様子を見ることが決められる〈七十六〉。何日か後、Ｚの誕生日の二、三日前にＸは逃亡し、外国の軍隊がやってくるという噂が伝えられる。Ｂが出迎えに行く〈七十七〉。Ｚの誕生日の前日、Ｘを先頭に数千の外国軍隊がやって来る。Ａも

Bも捕えられ、覚悟を決めたZは将軍に会おうとすると、Zを呼び止めた士官は、なんとZの従兄弟であった。この偶然によって予言が叶えられる〈七十八〉。将軍はZの叔父であった。Aらは釈放され、Xは死刑に処せられるために森に連れられるが、その途中で梅子と一人の若者に出会い、突如泣き崩れる〈七十九〉。その頭に香油を塗られ、その足を洗われて、Xは回心し、放心状態のまま森の中にさまよい入っていく〈八十〉。ZはXの変化の中に見えた神を思い出し、不思議な感動を覚える〈八十一〉。軍隊の歓迎会が催される中、Xを回心させた男と共に、イエスらしき師の話をする。Xは一人首を吊る〈八十二〉。その翌日、Zと桜子の結婚式が盛大に催される。軍隊は引き上げた。発見されたXは手厚く葬られる〈八十三〉。桜子はこの上なく幸福な表情である〈八十四〉。その晩、Zと桜子の家に主な人たちが皆集まり、今度の事件、特にXの回心について語り合う〈八十五〉。

結〈八十六〉

その後、万事は順調に進み、Zと桜子の間には一六、七歳を頭に三人の子ができる。Aは惜しくも去年病死したが、清らかな最期だった。Zは感謝と喜びに満ちて第一、第二の隠者に別れを告げて帰って行ったが、その国が実在のものであるのか、そしてその後のZがどうなったのかは、誰も知らない〈八十六〉。

3　構成と素材、およびそのモチーフ

以上の章立てを構成として整序すると、次のようになる。

序　　　　　〈一〉〜〈二〉
第一部　不思議な国　〈三〉〜〈十二〉
第二部　恋愛の不安　〈十三〉〜〈二十四〉
第三部　予言の不安　〈二十五〉〜〈三十七〉
第四部　得恋した救世主　〈三十八〉〜〈五十六〉
第五部　社会の結束　〈五十七〉〜〈六十六〉
第六部　受難と勝利　〈六十七〉〜〈八十五〉
結　　　　　〈八十六〉

最初に、この作品の物語言説のありように注意しながら、右の構成について説明する。この作品は第三の隠者、すなわちZの体験した様々な出来事を中心とする物語である。したがって主人公はZである。そしてこの物語は、超越的話者を介して、Zが第一、第二の隠者に対して物語る、という形式で叙述される。したがってこの物語世界は二重の語り手に包まれている。そしてZによる物語は回想という告白の叙述である。このような物語構造を踏まえて、次にその時間と部立てについて説明する。

Zの回想は二度にわたって語られる。第一の回想は〈三〉の途中から〈六十六〉までの部分で、〈一〉の途中から行方不明になっていたZが〈三〉の冒頭で戻って来るまでの、何年か——最短でも三年間ほど[*9]——の間に体験した出来事が語られている。最も長いこの第一の回想を、その内容に従って第一部から第五部までの五つに分ける。第二の回想は〈六十八〉から〈八十六〉までの部分で、〈六十七〉で再び去ったZが、二〇年弱を経て再度戻るまでの期間に体験した出来事が語られる。ここは単独で第六部とする。この二つの回想の周辺、すなわち〈一〉から〈三〉の冒頭までと、〈六十七〉、および〈八十六〉の末尾の、計三つの部分が超越的話者による説明である。この冒頭と末尾をそれぞれ序と結とする。このようにして、この作品の構成は、序と結および六部の、計八つの部分に分けられることとなる。

次にこの作品の物語内容に即して、それぞれの部の小題について説明する。第一部は、ある不思議な国の説明的部分であるので「不思議な国」という小題が付けられる。第二部では、桜子に恋したZの恋愛成就への不安を中心に描かれているので「恋愛の不安」という小題が、第三部では、已に与えられていた予言の謎に対する、Zの不安を中心に描かれているので「予言の不安」という小題が、第四部では、桜子との恋愛が成就し、同時に予言を受け入れ、救世主としての自覚を得たZの心情が描かれているので「得恋した救世主」という小題が、第五部では、X派の襲撃事件を契機に、この国の中枢をなすA派の結束が固まる過程が描かれているので「社会の結束」という小題が、第六部では、Zの受難とこの国の危機、そして勝利が描かれているので「受難と勝利」の小題が付けられよう。なお、この第五部から第六部は、作品世界全体に影響を及ぼす事件とその解決が描かれることで、作品構成上の頂点として、その調和劇的特質を表している。*10

次に、この作品の登場人物とモチーフについて検討する。すでに述べたように、この作品の主要部分の語り手で、かつ視点人物であるZが、この作品の主人公である。したがって、Zの恋愛や予言の意識、そして自身の生き方に関する細かな心情の起伏と思考の中に、社会、労働、快楽、結束、恋愛、生と死、信仰、平和、人生などの、この作品世界を中心的に形成する種々のモチーフが含まれる。Zの他の主要な登場人物は、この国の指導者であるA、その反対者であるX、Zの伴侶となる桜子の三人である。Aには労働を中心に社会を結束させる力、Xには快楽を中心に社会を解体させる力、桜子には恋愛を中心に人生を肯定する力が、それぞれ表現されている。これら三つの力が絡み合って、Zの心情と行動に様々な影響を与えている。

次に、この国をめぐる空間的構造とそのモチーフを考える。この国は、ある信仰に貫かれるべき理想的社会である。森という境界を隔てて、その外側すなわち「外国」には、特別な信仰は持たず、軍隊を擁する資本主義的な現実的世界がある。そして、様々な矛盾を持つその現実的世界には、しかし、イエスや釈迦のような宗教的人物が存在する。彼らは森の中で、あるいは森を通過してこの国に聖なる力をもたらす。この森の中では、啓蒙、訓戒、悔悟と回心がおこなわれる。ZやXも、この森の通過によって俗から聖への変容を促される。その過程は、この作品の筋展開の中心となる。そして、外側にある現実的世界、境界としての森、内側にある理想的社会の、すべてを統括する老人の姿を借りた神が、内側の理想的社会、すなわちこの国を育て、発展させようとしている。したがって、この国は聖なる力の集約の場であり、また、森は物理的な境界であると同時に、聖なる、精神的な境界であると考えられる。[*11] つまり、この国は、空間的には実在しない世界の可能性もある。作品末尾の「Zは何処かちがふ世界に迷ひ込んだのだと云ふ説もある」とは、このことである。

4　Z—Aプロット——社会・労働・結束

この作品には、主人公Zと、主要人物であるA、X、桜子それぞれとの関係を主軸とする三つの筋《プロット》が、時間経過の中で複合し、濃淡の色合いを変えながら流れていくという特徴がある。そこで、これからその三つのプロットとその展開を検討することで、作品の構造を探る。

第一は、Z―Aプロットで、旅人であるZが、予言に従うことで救世主となってこの国の危機を救い、終生の仲となる展開である。Zには予言に従うかどうかという選択枝があるので、その葛藤と行動が、このプロット展開の動力となる。社会と労働と結束という、より社会的なモチーフが表現される。次にZに焦点を当てて、このプロット展開を見ることで、作品の問題点を探る。

Zは初めてAと彼が率いる国を知って感心し〈三〉、A派の人々の歓迎会で協力を表明する〈十〉。X派の入れ知恵によって葛藤するものの、Aの厚い信頼心と熱意にほだされ、Aのためなら死ねるとまで思い〈十九〉、Aに頼まれた演説は成功する〈二十三〉。X派からの妨害に対抗して、Aから自分が救世主と信じられていることを明かされるが〈二十五〉、この国の温存ために自分が犠牲となる可能性と、Aへの信頼との間で激しく葛藤し、ついに悪夢による逃亡を企てるが、老人に諭されて覚悟を決めて戻る。しかし、桜子が婚約者であることを明かされたことで〈三十六〉、Aとの信頼関係は完全となる〈三十七〉。Aは全軍にZに従うよう命令し〈四十〉、Zと桜子の身の安全を保証し〈四十三〉、祭りの夜、AとZは対話劇を演じて社会の結束を訴え〈六十一〉、X派の攻撃によってますます連帯感を高め〈六十二〉、Aの依頼により再び説教する〈六十五〉。隠者たちにA派の援助の約束を取り付けて戻る途中、X派に捕まってしまう。そこでAらは死んだと告げられ、絶望の中で自分も殺されかけたが、かろうじて救出され、Aとの再会を喜ぶ〈七十二〉。捕えたXの死刑をAに反対するが〈七十五〉、Xはうまく逃亡して外国の軍隊を連れて戻り、逆にAが捕われてしまう。しかし予言の成就によりAは解放され〈七十八〉、Xの死によってついに平和が訪れる。結婚式の晩、AらはZの家で語り合う〈八十五〉。その長らく後、Aの清らかな最期に立ち会う〈八十六〉。

このプロットは、この国の指導者で、労働を中心に社会を結束させる力を発するAに即する点で、この作品全体を牽引するプロットである。同時に、この国の波瀾万丈の歴史、というより神話を構成するプロットでもある。そこで改めてこの国の意義を考える。

この理想的な社会は、一人一人が独立自尊の精神を持ちながらも、自分の成長が他人の成長となるように、調和を努め合う人々が暮らしている社会である。その存在自体が高い価値であり、この作品の主要なモチーフでもある。テーマと言っても良いかもしれないが、それはこの社会を構成する人間たちの方にあるだろう。この人間たちは労働によってこの社会を支えている。それは人間たちの適性に応じて様々に種類や量が異なるが、自分と他人のためである点で公明正大である。独立自尊と調和に加え、この労働も作品のモチーフである。この労働ないし社会自体の正しい意義を、構成員たちがきちんと理解することで初めて、この社会は集団として結束する。この理解と結束も、作品のモチーフである。

予言の実現が、外国の軍隊を率いる将軍は、実はZの叔父であった、という設定はやや偶然に過ぎる感があるが、こういう幸運なこともある、という寓喩と考えれば良いのだろう。[*12] ともあれ、結果的に指導者Aの思惑通り、この国は守られたが、それにはAには不足している精神性ないし宗教性を有するZの協力が不可欠だった。直接的には、それは二度の説教〈二十三〉・〈六十五〉、文民統制〈四十〉、対話劇〈六十一〉、死刑反対〈七十五〉、および救世主としての行動〈七十八〉による。しかし、それはZが死を賭けた激しい葛藤の果てに、信仰に従って覚悟を決めたことによるもので、強く重視しなければならない。この点に、このプロットの信仰と平和のモチーフを見ることができる。

5　Z―Xプロット――快楽・信仰・死

第二は、Z―Xプロットで、反対勢力の首領Xが、新たにA派に加わった旅人Zを様々な方法で妨害するが、ついに敗れて回心の結果縊死するという展開である。Zがこの国にとどまって、予言の成就にかなう人物となるための葛藤と行動が、このプロット展開の動力となる。快楽と信仰と死という、より宗教的なモチーフが表現される。次にZに焦点を当てて、このプロット展開を見ることで、作品の問題点を探る。

Zは噂のXに出会い、桜子に関するAへの疑惑を抱かされる〈十二〉。家を訪れたXから、桜子はおとりだと言われる〈十六〉。Xはさらに代理Vを送って快楽への誘惑を続け〈二十一〉、また自らも訪れて仲間に引き込もうとし〈二十二〉、説教が終った後も再びVを送って誘惑を続ける〈二十四〉。葛藤と孤独の果ての、悪夢による予言への恐怖と逃亡〈三十二〉から立ち直った夜、訪れたXを相手に、Aと桜子の関係、労働問題、イエスらしき男や神の存在について論じ合うが、そこにやってきたAによってXは退散する〈三十五〉。ZがAの軍にまで指揮権を持ったことを知って、X派はついに脅迫状を送り〈四十二〉、またひそかに自分の女を送り込んで誘惑したり〈四十四〉、執拗にVを送り込んだりする〈四十八〉。A派の祭りでは放火をしかけるなど、ついに暴力化して〈六十一〉、Zを拉致監禁する〈六十九〉。Zは殺されることに決まったが、かろうじて救出され、逆にXが捕われる。しかし、うまく逃亡したXは外国の軍隊を連れて戻るものの、予言の成就により再び捕えられる〈七十八〉。Xは梅子と一緒にいた男に激しく動揺して回心し〈七十九〉、Zはその様子に感動を覚え〈八十一〉、梅子が連れてきた元の仲間弟子と語り合う。Xは一人首を吊る〈八十二〉。Xの遺体は手厚く葬られ、またそのことをAらとも語り合う〈八十五〉。

さて、XはAの影《シャドー》のような存在に見える。そこで改めてA、X、Zの三人の関係を整理すると、AとXはともに集団ないし派閥の指導者（政治家）であるという点で、また、ZとXはともにイエスらしき人物に従っていた時期がある（宗教者）という点で対関係にある。その意味で、政治性と宗教性を兼ね備えたXは、Aに勝る資質を持つと言える。AがZを必要とする理由がこれである。したがって、Aが己の娘である桜子をZに与えるという関係は、政治を背景とする恋愛、すなわち政略結婚となる。

XとAのこうした対関係は、このZ―Xプロットが、先のZ―Aプロットの、同時にそれぞれのモチーフの裏返しである点に表れている。つまり、理想的社会に対しては現実的社会を、独立自尊に対しては徒党隷属を、調和に対しては闘争を、労働に対しては快楽を、理解に対しては感情を、結束に対しては自由を、それぞれモチーフとしている。社会における営みとしての人生を思い浮かべながら、これらの対関係をよく見てみれば、それは断続ではなく、むしろ連続したものであることよくわかる。Zに向かって語るAの、「今この世界では、僕か、Xか、どっちか信じ、どつちかを疑はなければならない時が来てゐる。昨日まで僕が信じ切つてゐた若者が急にXを信じ出したり、昨日までXを信じてゐたものが、急に僕にたより出したりする。其処に何の根拠もないのだ。Dだつて今こそ僕を信用し切つてくれる。しかしそれは僕を最も憎み切つてくれた時に僕を信じたのだ。さう云ふことになると見当はつかない」〈二十七〉[*13]という言葉は、この対関係の危うさをよく表している。Aが欲したのは、その相対性を絶対性に向けるZの力である。それだけに、Zに対してXが最初に仕掛けた罠は、桜子をZに与えるという、Aの政略性の暴露となった。

裏切り者ユダをモデルとし、悪魔に魂を売って魔力を得たと噂されているXの主張する快楽は、死への恐怖を背景としている。だから生を楽しめ、という理屈である（〈十七〉、〈二十二〉など）。Xはこの恐怖としての死を効果的に用いることで、党派を固め、暴力的闘争に向かっていく。ここに死のモチーフがある。これに対してZは、真心に従う〈四十八〉など）という、己の信仰心一つに頼って、Xやその手先Vとの対立の中で、快楽や死を中心とする、この社会のあらゆる相対性と、そして自身の問題としては、恋愛の不安、予言の不安〈三十二〉での逃亡と老人の叱りを頂点とする）と向き合っていき、生死を賭けた闘いの果てに、Xの荘厳な回心と死に出会うことになるのである。ここに信仰のモチーフがある。

6　Z─桜子プロット──恋愛・精神・人生

第三は、Z─桜子プロットで、旅人Zが桜子への恋慕や葛藤を経て相思相愛の仲となり、結婚に至るという展開である。桜子への恋愛と精神性との葛藤がこのプロット展開の動力となる。恋愛と精神と人生という、より人生的なモチーフが表現される。次にZに焦点を当てて、このプロット展開を見ることで、作品の問題点を探る。

初めて桜子と出会い〈五〉、信頼を示されて喜び〈八〉、A派に協力することとなるが、Xたちの入れ知恵による不安も抱く。共に畑仕事をするようになって、ますます想いは募り〈十四〉、桜子をおとりと疑って葛藤するが、老人やAのことを考えて堪える〈十七〉。しかし若者Eと桜子が花を持って歩くのを見て打撃を受けるが〈二十一〉、それは説教の祝いの花束と知り、泣きたいほど喜ぶ〈二十三〉。しかしAに予言を打ち明けられることで、桜子を自分が犠牲となるおとりではないかと再び激しく思い悩む。葛藤と孤独の果ての悪夢によって逃亡を企てるが、老人に諭され、覚悟を決めて戻る。桜子から厚い信頼を寄せられて、複雑な喜びと慎みの気持ちを抱く〈三十四〉。しかし、Aから桜子の婚約者が自分であると告げられたことで〈三十六〉、桜子との心も通じ合い〈四十〉、すっかり恋愛に夢中になる〈四十一〉。Xが送り込んだ女のことでいさかいとなりかかるが、Aによってとりなされたり〈四十五〉、密室となった自室で抱き付こうとしたり〈四十七〉、ラブ・レターで愛を確認しあったり〈四十九〉、水浴で見た桜子の裸身の美〈五十〉に嫉妬心をあおられ、誤解の果てに桜子を殴ったり〈五十二〉と波乱もあるが、キスをしたりしながら〈五十五〉、桜子への想いにのめり込んでいく。二人は横恋慕の男を見ても歯牙にもかけない〈五十六〉。平和や人生について語り合う〈六十三〉。X派に捕まって桜子は死んだと告げられ、絶望の中で自分も殺されかけたが、かろうじて救出され、再会を心から喜ぶ〈七十二〉。逆に捕われたXの助命を、Xの女が桜子に嘆願に来るが、桜子は反対する〈七十四〉。逃亡したXが連れて戻った外国軍の攻撃は予言の成就によってかわされ、ついに三〇の誕生日を迎え、桜子との盛大な結婚式を挙げ〈八十三〉、桜子は幸福な顔をする〈八十四〉。後に三人の子を持つ、幸せな家庭を築く〈八十六〉。

これまでの二つのプロットと比べると、このZ—桜子プロットの対照性が際立って見える。現実に対して夢、公に対して私、義務に対して自由、意志に対して感情、結束に対して動揺、肉体に対して精神、死に対して生など様々だが、これらがこの作品の恋愛というモチーフの内実である。しかも興味深いことに、それらの方向性は必ずしもZ—Aプロットのモチーフと重ならず、むしろZ—Xプロットの方により近い。それはZに対するXの妨害の有効性を示すと同時に、Aを相対化して見せたXの有意義さえ暗示するかのようである。

桜子の存在がZに与えた最大の影響は、前の二つのプロットにおける様々な課題や、時には生死を賭けた困難を、Z自身とその信仰の力によって乗り越えていく、強力な動機や報償となる点である。その意味で、桜子は恋愛を中心に人生を肯定的に作り上げる力を持っている。

逆に、前の二つのプロットは、二人の関係に期待と誤解をもたらし、三〇歳までの肉体関係を禁じつつ、快楽の喜びを執拗にくどきかけるという、独特な媒介作用を働かせながら、Zの欲望と精神性との間の葛藤を生み出している。このような状況の中で、右のプロット展開に見られたような問題含みの経緯をたどりつつも、二人で恋愛を育てて幸せな家庭を築いたという結果においては、Zと桜子それぞれの深い考えによる努力が見られ、ここに精神と人生のモチーフを見ることができる。

突き詰めれば、幸福な人生を送ることが、人間の生きる目標であろう。その人生が幸福であるためには、そういう希望を持つ者たちが構成する社会が理想的なものであらねばならない。Aが守ろうとしていたものがこれである。しかしそれに固執するあまり、社会作りが先行して、行き過ぎた制度や軍隊まで持つようになれば、主客転倒となる。そこにつけ込んで、自分たちの勢力を伸ばそうとしたのがXである。XによるAやこの国の批判は、それが利己心に基づく点では意義が認められないが、固定化し、制度化していく思想や価値観を解体構築《ディコンストラクト》する契機を持つという意味では、この社会の維持、発展に意義なしとは言えない。とりわけ、Xの主張が快楽の尊重、追求という、きわめて個別的で人間的な本能に拠っているという意味では、それは無視できない問題提起となっている。次に、その点に関連するZ—桜子プロットが持つ否定的な問題を検討する。

7　得恋した救世主

この国を救うために老人という神から遣わされた救世主、すなわちZは、Aから桜子の婚約者が自分であることを告げられた〈三十六〉以後は、桜子への恋愛成就の甘い歓喜の中にあって、自己の独立性を失い、身も心もすっかり桜子に依存している。密室となった自室で抱き付こうとしたり〈四十七〉、ラブ・レターで愛を確認しあったり

〈四十九〉、水浴で見た桜子の裸身の美〈五十〉に嫉妬心をあおられ、誤解の果てに桜子を殴ったり〈五十二〉、キスをしたりしながら、桜子への想いにのめり込んでいく。[14] 次の引用は、そのキスの後に続く内省の告白である。

　自分はこの社会にとつて大事な人間のやうに云はれてゐる。しかしこの一個の女にしばりつけられてどうすることも出来ない自分が、果して大事な人間なのか。しつかりしなければ、皆にすまない、殊にAにすまないと思ふが、自分はたゞさうぼんやり思ふ許りで、強くは感じられない。たゞ強く感じられるのは「桜子よ他人を愛しないでくれ」と云ふことだけだ。何処に自分の独立がある。しかも、自分はどうすることも出来ないのだ。恥かしい気さへ強く感じられない。
　仕方がない、自然がさう自分をつくつてしまつたのだから。しかし心の平和を求めるものが、女を恐れるのは尤だと思つた。あの時分は心のどかだつた。自分の決心は強く、自分の心は清浄だつた。しかしその為に桜子を失なふわけにはゆかない。どつちが幸福か、それはわからないとしても。自分の顔にはいつのまにか、桜子のうつり香さへ感じられる。神よ。自分を罰し玉ふな。〈五十五〉[15]

　このように、自分の社会的立場を思いつつも、Zは己の心情を偽らない。恋愛の歓喜は肯定的にばかり語られてはいないのである。むしろ、Zの心情は極めて危ういものをはらんでいる。そして、桜子に身も心も依存して、自己の独立性を失いつつも、それなりに筋は進行してゆく。〈四十九〉の桜子へのラブ・レターは、美と愛と生の象徴として相手を讃美し、そのすべてを求め、また信仰の象徴として自分を讃美し、二人の真心を生かして良い夫婦になろうという、明るく力強い、自尊と調和のメッセージであった。しかし現実のZは、右の告白のような状態である。

それに対して、桜子の態度は毅然としている。次の引用は、密室となった自室で抱き付こうとしたZと桜子の会話である。


「あなたはこの室に二人きりゐないと思つてゐらしやるの」

「勿論です。誰かゐるのですか」

「この室のなかは二人切りです。しかし何処かに私達を守護してゐるものがゐるか、あなたは御存知ないのですか」

自分はそれを神の意味にとつた。

「さうです。私達は、何かに守護されてゐる。そのものがなかつたら、私はどんなに賤しい人間でせう」

「そんな誇張は私大嫌いです。私達は賤しい人間でも、罪人でもありません。しかし私達は兄弟にたいして沢山の義務を背負つてゐます。私達はそれを完全に果すまでは、よろこびに酔ふわけにはゆきません」〈四十七〉[*16]

先の引用の「神よ。自分を罰し玉ふな」に似た、宗教家Zの中途半端なもの言いと、桜子の明瞭で力強い言葉との対照が、痛快な鮮やかさである。もとより、指導者Aの勝気な血を引き、また最も清らかな女と呼ばれる松子と暮し、働き者の道子の指導を受けている桜子は、この国の理想的な女性の申し子である。次の引用は、逆の立場から、この国の女性たちの姿を評した男の言葉である。

「僕はこんなに無愛想な女許りゐる処は知らない。冗談一つ云ふ奴はゐない。中には平気で、真裸体で池へとびこんだり、男とさわぎまわつてゐる女もゐる。しかしそんな女だつて、僕達に媚を売るのぢやない。自分勝手にそんな馬鹿な真似をしてゐるので、一寸云ひよつたりすると、無愛想極まる肘鉄砲を食はせられる。（中略）食ふことに困らないから女は皆、図々しい。男を男と思つてゐない。自分勝手には男にくつついても、こつちからたのむやうにすると、味もそつけもない、御返事だ。僕はこんな面白くない処は始めてだ」〈八〉[*17]

このような評言があったのを思い出せば、〈五十二〉でZに殴られた直後に桜子が応酬しなかったのが不思議なほどである。もっとも、彼女は殴られても泣かなかった。興奮して泣いたのはZの方である。しかも桜子に優しい憐れみの言葉をかけてもらう。「私は今迄にない男である」〈四十九〉[*18]というラブ・レターの宣言も裏腹に、Zに自立は見られない。そもそも、たとえ嫉妬による誤解とは言え、Zは桜子を殴ってはいけなかった。この小事件は、この後の三章にわたって反省されている。そして、先に挙げた〈五十五〉の内省の告白に続く。

この告白には、そのような自己を「仕方がない、自然がさう自分をつくつてしまつたのだから」と言って認める言葉があるが、もちろん自然には肯定的な力がある。次の引用は、〈四十四〉でX派が仕掛けたスキャンダルの波紋が落ち着く場面のものである。

自分は皆にあふのが、一種の気苦労になつてゐた。世界は自分達二人で、あとは他人だと云ふやうな気がした。しかし皆に逢つたら、皆の態度は昨日とはすつかりかはつてゐた。そして自分をいつもよりなほ親しく迎へてくれた。自分は重荷がおりたやうな気がして皆に感謝したかつた。皆のために働きたく思つた。桜子もいつもより快活に見えた。自分は自然が男と女とをつくつた意味が本当にわかつたやうな気がした。そして自然に感謝したく思つた。 〈五十〉[*19]

自然は男と女を創ってその間に快楽を置いた。それが手に負えない闇雲な力となって、Zに襲いかかることもあれば、社会の中で調和して働く意義を実感させることもある。快楽に向き合って生きることは難しいことである。さかのぼって、X派のスパイとしてZに相談に来たVとの問答には次のようなものがある。

「人類の生長に害がない程度に快楽を味はうのはい、のですね」

「それはかまはないのです。しかしその程度にとめると云ふことはむづかしいのです。そしてさう云ふずるい考をもつ人より、人類の生長に少しでも役立たうとする人の方が人類から愛されるのです。人類から愛されると云ふことが、大事なのです」 〈二十一〉[*20]

この国に来て初めての〈二十三〉のZの説教でも、〈五十七〉から始まるA派の祭りでも、繰り返し説かれていたのは、自分たちを生かしたもの、すなわち神の意志に従って、人類とこの国を成長させようという主張であった。こうした信仰的態度が、自然の創った男と女に与えられた快楽と向き合っていく、あるべき姿であり、この点に信仰のモチーフが見られる。

このように、Z—桜子プロットが持つ否定的な問題、すなわち得恋した救世主に表された問題は、端的に言えば、快楽に翻弄されるZの姿である。そのようなネガティブな姿を浮き彫りにすることで、幸福な人生を送るための社会における理想的な男女のありよう、すなわち理想的なジェンダーへの課題が明示されたものと言える。

8　悟りきれない人間の祈り

以上のように、その物語構成、登場人物、筋展開、諸モチーフ、およびそれらの相互関係の検討によって浮かび上がってきた、この小説「第三の隠者の運命」の全体像を捉えたい。まず、この作品を一文で表現すれば、愛と信仰による理想的社会再生の神話である。そしてその主題は、三つの筋展開に共通する信仰と言えるだろう。信仰が必要となるのは、Aとのプロットに象徴された「社会」主義、Xとのそれでは「快楽」主義、桜子とのそれでは「恋愛」主義のそれぞれが内包する、相対性によって生ずる問題を超える指針となるからである。

さて、冒頭に述べたように、この作品連載中の題名は「出鱈目」で、武者小路には、それにふさわしい自由な内容を書きたいという構想があった。連載終了後の一九二二（大正一一）年一〇月の講演「自分の三部作について」の中では、その題名についてもう少し詳しく説明され、「人間が或る真剣な人間の純粋ばかりの人間ではなしに、もう少しいろ〳〵なものをもつて、さうしてそのいろ〳〵な本能を出来るだけ生かして、本能を生かしながら尚ほ人間が生きられるものだといふこと」[*21]を書きたかったと、さまざまな人間の「出鱈目」な本能を生かす物語としての意義が述べられている。特に主人公のZについては「ごく素直な人といふか、大した偉い人間ではありませんけれども、兎も角私見たやうな人間でもありまして、何でもものを素直に感じやうとしてゐる、事実悟りは得て居りませんし、自分は悟つたつもりで居りますけれども、実際に於てほんとうに悟りを得てゐないのです」[*22]と、作品においては宗教者の象徴であったZこそ、悟りきれない「出鱈目」な人間であるという意図が明かされる。

作品分析によって明らかとなった主題は信仰であったが、このように作者の構想と意図を加えて考えるならば、その信仰の意義はより明らかとなる。また、それは「出鱈目」という原題と、キリスト教三部作の最後の作品であることの関連性のゆえんである。なお、「第三の隠者の運命」という題名の「隠者」について、大津山国夫は「隠者でなければならない必然性は、それほど強くはない。（中略）Zはここで Aの後継者として生きる道を選んだ。彼は隠者であったという作者の設定をかりに受け入れるにしても、かなり還俗志向の強い隠者であった」[*23]と述べているが、Zが老人すなわち神によって導かれて入ったこの国は「俗」ではない。また、後継者となったのはZではなくてBである。

さて、最後にこの作品の情調について考える。三つの筋展開が、結末部に至って融合し、調和的に解決するという作品構造からは、歓喜という情調が、また作者の自負は回心して縊死したXの最期に漂う荘厳ないし崇高という情調にあるようだが[*24]、筆者は〈二十九〉の一節を挙げたい。この国に伝えられている予言とは、この世界が危機に陥った時、東方から来る三〇歳まで童貞の男が、その危機を救うというものである。自分にはそれほどの能力が無いと思っているZは、己の死を代償として予言が成就されるのではないか、と疑い始め、不安の深淵に落ち込んでゆく。しかし、自分が予言された人間でありたい、という願いもあり、すべてを神の意志に委ねようとする。この後のZの慈愛と孤独の心情の描写は、作品中、比類ないものであるので、以下に少々長くとも引用したい。

自分は考へに沈みながら森から出て、小川の岸を歩いてゐた。その時自分はふと夕日の沈むのに気がついた。夕日は遠い山の頂きに沈んでゆく、静かに。初夏の夕があたりを領してくる。それは実に美しく、平和である。自分はその景色を見てゐる内に次第に涙ぐみたくなつた。自分はいつまでもこの世に生きてゐたいと思つた。

死にたくない。殺されてはたまらない。いくら社会の為と云つても、自分の生命を、そのもの、為に愛してくれる人が一人か二人ゐてくれないことは淋しすぎると思つた。人の命を社会の為には、殺してい、と云ふ理由はない。人は平和に生きてゆかなければならない。自分は平和のどの位い愛すべきものかと云ふことを今更のやうに知つた。しかしそれと同時に自分はすべての人が、いづれは死んでゆくものだと云ふことを感じないわけにはゆかなかつた。自分も、桜子も、AもBもCもDも、そしてYもXも、自分は誰をも憎めない。すべての人の上に幸福を祈りたい気がした。

あの桜子も齢をとるのか、そしてあの美もいつかは消えてゆくのか。そしてこの俺もいつかはこの世から消えてゆくのか。

生きて来たことは死ぬ為か、そして生れたことは、つまり生れないことか。

何万年、何億年に比較して人間の生命のもろさは、何にたとへてい、か、消えてゆく為に生れた。何億年、無限の死から、一朝日ざまされた人間の果敢なさ、頼りなさ。人間は何の為に生きて、何の為に死んでゆくのだ。

そんなことを考へ、そんなことを要求するのさへ滑稽な程、哀れな、小さい、虫けらのやうなものではないか。しかしこの自然の美しさをこんなにまで感じる魂は何の為に存在してゐるのだ。消える為か、消えるにしては、あまりに勿体ない感じが与へられすぎてゐる。

〈二十九[*25]〉

日が沈むに従つて、月が光り出した。

Zの眼は、自分の生命のはかなさを知るにつれて、次第に透き通ってゆく。時々刻々変化する自然を前にして、その中に透入して、人間の生命の、途絶えそうな息吹を感じる。しかし、一度は仏教的無常感を思いつつも、「自然の美しさ」を「感じる魂」をまで否定はできない。異教的なまでの審美欲は決して生命を否定しないのである。これは哀しき慈愛の美とでも言うべきものであろう。

Zは凡庸な人間に過ぎない。一人の少女を愛するあまりに、周囲の人間には疑心暗鬼になる。身に余りある予言を知っては、己の死の恐怖ばかりを思う。事実、この晩、彼は悪夢にうなされ、この国からの逃亡を企てるのである。しかし、Zがこうした凡人であればこそ、このような感動が表現できるのであろう。人間は弱い。だから愛し、慈しみ合うべきなのだという思想は作品に一貫している。「罪なき者が、まずこの女に石を投げよ」というイエスの言葉が、梅子のエピソードとして書かれたゆえんである。

小説「お目出たき人」（明44・2）のお目出たさは、外面上の悲劇で終る。しかし、この作品は解決してしまう。それがこの作品の解釈を難しくしている。実は、ほとんど何も解決していないのだ。しかし喜びもある。というより、そこに喜びがあるべきなのだ、という愛の布置を与えられた作品なのである。「自分も、桜子も、AもBもCもDも、そしてYもXも、自分は誰をも憎めない。すべての人の上に幸福を祈りたい気がした」という言葉から、この作品の主題を、そっけない信仰という言葉に代えて、悟りきれない人間の祈り、としたいと思う。

注

＊1　亀井勝一郎「或る隠者の運命——武者小路実篤論——」（『亀井勝一郎全集』3、昭47・3、講談社）。
＊2　稲垣達郎「死と生」（『稲垣達郎学芸文集』3、昭57・7、筑摩書房）。
＊3　朝下忠「武者小路実篤の三部作」（笹淵友一編『物語と小説——平安朝から近代まで——』昭59・4、明治書院）。
＊4　本多秋五「代表作についてのノート」『『白樺』派の作家と作品』昭43・9、未来社、66頁。

＊5　近年では、プルー・ジェラルド「『第三の隠者の運命』論――構造と登場人物について――」（『繡』9、平9・3）、于耀明「『第三の隠者の運命』」（『国文学解釈と鑑賞』64―2、平11・2）などがあり、解釈への意欲は認められるものの、作品解説ないし紹介にとどまっている。

＊6　「六号雑記」（『白樺』大10・1）の引用は、『武者小路実篤全集』8（平元・2、小学館）、514頁上～同下に拠る。

＊7　本多秋五は「《シュールリアリズム》というほどの意味らしい」（＊4と同書、65頁）と「出鱈目」という原題の意味を解読し、朝下忠も「着想の時点における作品の意図する世界を暗示している」（＊3と同書、517頁）と、そこに作者の意図を読み取っている。

＊8　＊1と同書、30頁。

＊9　〈一〉の途中から行方不明になっていたZが〈三〉の冒頭で戻って来るまでには、最短でも三年間の時間経過があるはずだが、この国での体験を語る彼が過ごした期間は、わずか三ヶ月ほどである。〈六十七〉では、ZはA派の人々の避難先を求めて一時的に帰ってきたということになっているので、その三ヶ月に至るまでの年月は違う所で過ごしていた、ということになる。この期間には、〈三〉によれば、老人に導かれて出会った、イエスらしき人物とともに過ごした時間が含まれる。つまり、Zはこの国に至る以前のかなり長い期間を、キリスト教的宗教世界の影響を受け続けていたことになるが、聖書によれば、イエスの布教開始から磔刑までの期間はおよそ三年半である。作品中でも〈六〉で復活したイエスらしき人物が登場する点、〈八十二〉でZがXを回心させた男と知り合いであることがわかる点などから、Zはその約三年の間、イエスらしき男のもとにいたと言えるであろう。

＊10　〈八〉まで発表した、連載三回目の「六号雑記」（『白樺』大10・3）には「後半、三分の二以下が面白くなるつもりだ」（＊6と同書、515頁下）とあるが、この作者の言葉は、この作品の劇的特質が、この第五部から第六部に集中する構想を物語るものである。

＊11　本多秋五はこの森について「第一の隠者や第二の隠者の住む世界は、作品の中心部の世界を現実世界から区切るための濠として、垣として、此岸と彼岸をわかつ境界地帯として必要なものと考えられたのでもあろう。この境界地帯は、ほそぼそながら最後までつづいて円環をとじ、中心部の夢幻世界を《どこともない所》に漂わす役目を果している」（＊4に同じ）と

述べている。

＊12 〈二十三〉まで発表した、連載五回目の「六号雑記」（『白樺』大10・5）には「どうなるかは、まだ正確にはわかつてゐない」としながらも、「出鱈目は八月号迄にはかき上げたいと思つてゐる」、「最後のシーンは大概見当がついてゐる」、「八十五回で終りたく思つてゐる」（＊6と同書、517頁上）と、それなりの構想はあったようである。つまり、この偶然性に頼った決着は、当初からの作者の意図通りだったと思われる。なお、皮肉なことにこの号で〈十八〉が二度繰り返されてしまったため、実際には八六回終了となってしまった。武者小路が八五という数字にこだわったのは、「生年の一八八五によるのであろうか」と大津山国夫は推測している（「解題」、『武者小路実篤全集』4、昭63・6、小学館、647頁下）。

＊13 〈三十七〉の引用は、『武者小路実篤全集』4（昭63・6、小学館）、472頁上に拠る。以後、これをテクストと表記する。

なお、この章は他にも興味深い会話がある。右記に続くZとAの会話であるが、これは前章のAとXの一騎打ちの討論の中で、AがXに武器の用意を暴露されたことを受けての問答である。「しかしさつき君達の話では、武器を君がためてゐると云ふのは本当か」／「本当なのだ。そして僕が合図をすれば、たちどころに何百人の義勇兵があつまることも本当なのだ」／「それは何の為なのだ」／「僕達の自由をさまたげるものを威圧する為だ。この世界をつぶすものをやつつける為だ」／「武力で押え《ママ》つけやうと云ふのだね」／「今の世ではまだ仕方がない。しかしその武力は、この世界における、最も平和を愛するものによつて保たれてゐる」／「だれがその隊長なのだ」／「僕だよ」／「Xの云ふことも満更、嘘ぢやないのだね」／「大ぴらな事実だよ。かくしてはゐないのだ。たゞ必要がないので、君の目にふれる処までのさばり出なかつたゞけだ」（テクスト472頁上〜同下、／は改行）この皮肉と諧謔味の効いた会話の翌々日、Aは数百名の全軍を招集して、Zへの指揮権委譲を宣言することになる。

＊14 桜子の裸身を見て、いよいよ想いが募り、嫉妬心の余り殴打すること、またそれを桜子が受け入れてしまったことなどは、象徴的な肉体関係の成立と言えなくもない。これ以後結婚式以前までの挿話は、その過程までを主軸とするこの作品では描き得ない、Zと桜子の結婚以後の二人の関係を暗示するものとも考えられる。

＊15 テクスト〈五十五〉、497頁下〜498頁上。

＊16 テクスト〈四十七〉、485頁下。

＊17　テクスト〈八〉、418頁下〜419頁上。
＊18　テクスト〈四十九〉、489頁上。
＊19　テクスト〈五十〉、490頁下。
＊20　テクスト〈二十一〉、440頁上。
＊21　講演「自分の三部作について」は、一九二二（大正一一）年一〇月に開かれた『生長する星の群』主催の第二回文芸講演会であり、同誌の同年一二月号に発表された。引用は＊13と同書、546頁下に拠る。
＊22　同前、549頁上。
＊23　大津山国夫「祈念と三部作」（『武者小路実篤研究—実篤と新しき村—』平成9・10、明治書院）、93頁。
＊24　改造社版『第三の隠者の運命』（大13・6）の「序」には「ユダらしい人間の改心する場面は世界文学の内でも最も緊張した場面の一つと思ふ」という、作者の自負の言葉がある（引用は＊13と同書、649頁上〜同下）。
＊25　テクスト〈二十九〉、454頁上〜同下。

第Ⅱ部　作家論

第一章　武者小路実篤と北海道

1　はじめに

『白樺』創刊の前後、一九〇八（明治四一）年六月と一九一一（明治四四）年五月の二度にわたって、武者小路実篤は札幌の有島武郎のもとを訪れている。本章では、特にその二度目の北海道旅行について考察したい。さらに、第一に武者小路の恋愛との、第二に武者小路の文芸との、北海道旅行との関係に焦点を絞りたい。というのは、この二点に関して、後に「涙の谷を通つた」（「或る男」〈百三十五〉）[*1]と武者小路が回想するような経験を、彼はこの旅行でしたからである。この旅行の伝記的事実については、すでに瀬沼茂樹の詳細な調査[*2]があるが、本章ではその二点について、武者小路文芸の、あるいはその思想の中心である〈自然〉に即して考察を加えたい。なお、後掲の**武者小路実篤と北海道関連年譜**を随時参照されたい。

2　女中との性交渉

武者小路が初めて女性を知ったのは、数え年二七歳の一九一一（明治四四）年三月頃のことで、相手は彼の家の女中であった。

武者小路実篤と北海道関連年譜[*3]（年号は明治）

年月日	北海道旅行との関連事項	札幌で創作した詩および会話
41 4	『荒野』出版	
6 25	東京発	
29	札幌着	
7 13	東京着	
19	タカへの求婚開始	
8	「ペルシヤ人」脱稿	
43 2	「お目出たき人」脱稿	
4	『白樺』創刊	
44 2	『お目出たき人』出版	
5 3	東京発	
5	札幌着	
6	農科大学運動会	
7	風邪で寝込む	
8		嘲笑へ
9		我は軽蔑す
44 5 10		彼は天才か 自己と他人
12	小樽にお貞さんを訪ねる	誕生日に際しての妄想
14	能成評を読み、有島と語り合う	他人の親切 今の自分の仕事
15	志賀から激励の書簡来る	彼の風評 我は孤独に非ず
16	志賀へ返事を送る	罪悪の犠牲者
17		黙して歩け
18		ある批評家とある画家 （以上「日記の内より」）
22		自分達は 五十まで 意力をもつて （以上「成長」） 宿屋の設計（「会話」）

44.5.24		死
		新らしき家
		若い男と若い女
25		一人の女と三人の男
26		師よ師よ
		バン、ゴォホ
		ホイットマン
		ホドラー
		ドストエウスキーの顔
		（以上「成長」）
		気の毒だね
		ある意味で
		わからない
		負け惜しみ
		（以上「会話」）
28		淋しさ
		汝よ
29		神の意志
		巨人
		卵の殻
		鼓舞してくれる人
		希望に満てる日本
		どっちが勝つか
44.5.30		泉の嘆き
		別れた処
		流
		太陽と月
		（以上「成長」）
		不快な雛っ児
		土台
		ころばぬ先の杖
		（以上「会話」）
31		自由になる女
		（「成長」）
6.1	札幌発	
3	東京着	
25	タカへの求婚終了	
45.3	「或る日の夢」発表	

彼はたゞ性慾だけでその女を求めた。之が彼には実に心苦しかつた。彼は自分が偽善者に見えて仕方がなかつた。又さうより他取りやうがなかつた。一人で自分をけがすことを絶対には打ちかてなかつた彼は、今度はもつと醜いことを二人でしてゐるやうに思つた。彼は何度後悔し神の前に謝罪したらう。しかし彼はその機会があると打ちかてなかつた。

「或る男」〈百三十〉[*4]

このように、この女中との性交渉は、恋愛感情を伴わない、単に性欲のみによる関係であった。武者小路は懺悔の意味で「我を憎め！」という詩を創り、『白樺』（明44・6、執筆は同年4・23）に発表した。

始めより汝と運命を共にすることを心より恐れし我を憎む、（中略）

我は自己の運命と良心と名誉を傷つけてまで
禁断の果をぬすむものに非ず、
我は罰をさけえられるが故に禁断の果をぬすむものなり、（中略）

かくして我はなほ恋人を想ふ、（中略）

我は自己の卑劣を憎む、
高きに憧れて罰を恐る、

卑劣なる自己を憎む。[*5]

武者小路が自身を「偽善者」と言い、ここにあるように「卑劣なる自己を憎む」のは、この女中との性交渉が「かくして我はなほ恋人を想ふ」とあるように、真の恋人を得ることの妨げとはなり得ない、と知っていたためである。後述するが、当時武者小路は日吉タカに熱心に求婚を繰り返しているさなかであった。もとより、二七歳の武者小路は「彼の性慾はいろ〳〵の意味で解放されたがつて来た。／彼はもう性欲をさう罪だとは思はなかつた」（「或る男」〈百三十〉[*6]。／は改行、筆者注、以下同じ）とあるように、性欲そのものを罪悪とは考えていなかった。これも後述するが、当時の武者小路には性欲という本能は、自己の〈自然〉として、むしろ尊重されるべきものであった。むろん、恋愛感情もまた、自己の〈自然〉に属するものである。したがって武者小路の問題は、自己の〈自然〉のなせるわざとしての恋愛と性欲とが別々の対象に向けられざるを得ない、という自己の矛盾の表面化にあったわけである。

自身を「偽善者」と呼び、自らを告発する詩を公にしつつも、しかし、女中との肉体関係には「その機会があると打ちかて」なかった。つまり、武者小路は自身の肯定した性欲という〈自然〉に完全に翻弄されていたのである。

彼はこのまゝ東京にゐると自分が益々堕落しさうな気がした。それで武郎さんの処へ手紙を出して、北海道へ暫くゆきたいと思ふと云つた。武郎さんからいゝ室の見つかつたことを知らせてくれた。それで彼は四月の末に北海道の札幌に行つた。

「或る男」〈百三十一〉[*7]

このように、武者小路は自ら進んで北海道への旅行を決意した。つまり、武者小路の渡道の直接の理由は、この女中との性交渉にあったのである。

さて、武者小路はこの北海道旅行について「彼は札幌では何にもしなかった」（同〈百三十五〉）[*8]と書いている。つまり、本当は何かしようという目的があったわけであるが、武者小路の渡道には、単に東京を離れるだけではなく、「武郎さんなんかのやつてゐる夜学の先生にでもしてもらはう」（同〈百三十一〉）[*9]という目的があったのである。この「夜学」とは、一八九四（明治二七）年、新渡戸稲造によって経済的に困難な家庭の児童教育のために、札幌基督独立教会附属豊平日曜学校を母体として創立された遠友夜学校のことで、一九〇九（明治四二）年一月から一九一五（大正四）年三月までは、有島武郎がその代表者となっていた。夜学校の性格から、無償奉仕であったため、教師の入れ替りも多く、農科大学の学生の手を借りていた。[*10] すでに武者小路は一九〇八（明治四一）年の北海道旅行の際、有島に案内されてこの夜学校を見学した頃から「その学校の先生にでもなりたい夢」[*11]を持つようになった。そしてこの一九一一（明治四四）年の渡道の目的に、この遠友夜学校の教師になる、ということがあったわけだが、東京で女中との堕落した関係に陥っていた武者小路にとって、夜学校教師になるということは、札幌での清浄な生活を、懺悔と献身の精神をもって過ごすということにほかならない。しかし、結局は武者小路は教師にはならなかった。このことは後述したい。

3 タカへの求婚

武者小路は一九〇八（明治四一）年七月から一九一一（明治四四）年六月までの約三年の間にわたって、彼の第三の恋人、日吉タカに求婚を繰り返していた。この武者小路の実体験を素材として、小説「お目出たき人」（明44・2刊）という虚構が創作されたのは周知の事実である。この求婚と北海道旅行との時間的関係に注意してみると、偶然にも一九〇八（明治四一）年の旅行から帰京した直後に最初の求婚をおこない、一九一一（明治四四）年の旅行の直後にも求婚をしていることがわかる。しかもこれは最後の求婚であった。次の文章は、一九〇八（明治四一）年の、つまり最初の北海道旅行について書かれたものである。

彼はその後まもなく札幌に（有島）武郎さんをたづねた。
北海道は彼にはなつかしい処である。彼には遠いとは思へない。北海道の小樽にはお貞さんが居るから。しかし彼はお貞さんに逢はなかつた。そして武郎さんのゐた農学校の寄宿舎に一週間許りゐて、帰つた。その帰りのことは、彼のかいた「ペルシヤ人」と云ふ簡単な短篇にかいてゐる。彼は武郎さんに随分好意をもつことが出来、札幌の風景も気に入り、お貞さんも小樽にゐたが、彼女のことがあるので、帰りを急いだ。

「或る男」〈百十五〉[*12]

「彼女のこと」とあるのは、この日吉タカへの求婚のことである。引用文からわかるように、この時すでに武者小路の初恋の人「お貞さん」は結婚して小樽で暮していたわけだが、タカのことに夢中な彼には、彼女に会う必要はなかった。さて、それに対して一九一一（明治四四）年の、つまり二度目の北海道旅行の時点では、日吉タカへの求婚はすでに何度か手痛い拒絶を受けており、事実上、タカとの結婚は望めない状態であった。小説「お目出たき人」では、主人公の恋する「鶴」は遂にある工学士のもとに嫁いでしまい、主人公の夢の実現は不可能となるが、周知の通りこれは虚構であって、タカはまだ結婚してはいなかった。この作品の脱稿は一九一〇（明治四三）年二月であるから、武者小路はすでにこの頃から、現実の厚い壁を意識しつつ、あえて困難な戦いに挑んでいたわけである。とはいえ、こうした求婚の度重なる拒絶と、先に述べた女中との性交渉とは関連付けて考え得ると思われる。つまり、一九一一（明治四四）年の渡道の直接の理由は女中との性交渉にあったわけであるが、さらにその性交渉の背景に、このタカへの求婚の不首尾があったのではないか、ということである。先に見た詩「我を憎め！」で、武者小路の自己嫌悪の中心にタカへの恋愛の意識があったことは、その証左にほかならない。

4　お貞さんのいる小樽

「お貞さん」こと志茂テイ（結婚後は香村と改姓）は、武者小路の深く愛した初恋の女性である。しかし、二人の間にとり立てて言うべき交渉もないままに、武者小路数え年二〇歳の一九〇四（明治三七）年三月、東京での学業を終えた彼女は郷里の大阪へ帰ってしまった。これが、「それから起き上り切るには九年か十年を要した」（「或る男」〈八十二〉）というほど痛切な、武者小路の大きな失恋となった。多くの若き青年の恋愛がそうであるように、武者小路もまた、この失恋によって自己を知り、人生を考えるようになった。トルストイを知り、キリスト教に眼が向けられるようになったのも、この失恋ゆえのことである。[*13] 彼女と離れた翌年の一九〇五（明治三八）年の夏、武者小路はお貞さんがすでに人の妻となったことを知り、[*14] さらにその二年後の一九〇七（明治四〇）年二月にお貞さんは東京の武者小路の家を訪れている。[*15] 武者小路には三年ぶりの対面で、別れ際に手を握った瞬間は、死の恐怖に打ちかかった、という。[*16] しかしその翌年、つまり一九〇八（明治四一）年の北海道旅行の時には、武者小路はその頃小樽にいたお貞さんを強く意識しつつも、会うことはしなかったということはすでに述べた。

さて、問題の一九一一（明治四四）年の渡道のことだが、すでに触れたように、当初の目的は遠友夜学校の教師となることであったが、しかし、それは興味深いことに、小樽のお貞さんとの再会にとって代えられた。その事情は次に引用するとおりである。二つ引用しよう。

初め武郎さんなんかのやつてゐる夜学の先生にでもしてもらはうかと云ふ気があつた。しかしそれを云ひ出す前に彼はお貞さんのことが頭につき出した。逢つてもそれは淋しさを新にするにすぎないことを知つてゐた。しかし逢ひたい気持はます〳〵強くなつた。

「或る男」〈百三十一〉[*17]

今度は札幌に行く時、彼は小樽にゐるお貞さんに逢ふことはあまり考へてゐなかつた。しかし札幌について武郎さんに逢ふと、ついた翌日が農学校の運動会だと云ふことを聞いた。それを聞くと彼はすぐお貞さんのことを思つた。もう他のことは彼の頭になくなつた。お貞さんに明日は逢へるだらうと云ふことが彼の頭を全部占領した。お貞さんの夫の弟が農学校に入つてゐることを彼は知つてゐた。そして運動会のやうな所にゆくことをお貞さんは実に好きだつた。お貞さんはきつとくるだらうと思つたのだ。

同[*18]

夜学校の教師となる代りにお貞さんと会うことになった、これは何を意味するだろうか。東京での女中との堕落した関係から逃れ出て、札幌で夜学校の教師となり、清浄な献身的生活を送ろうとしていた武者小路にとって、つまり、お貞さんとの再会とは、精神的な、清浄なるものに触れるという意味で、夜学校の教師になることと類似した意味を持つこととなったのではないだろうか。このことをもう少し詳しく考えるために、次にこのお貞さんへの恋愛とタカへの恋愛を比較して考えてみたい。

5　タカとお貞さん

すでに触れたように、武者小路はお貞さんへの失恋の代償に、清かれ、働け、愛せ、というトルストイの思想を得た。キリスト教を知ったのも、このトルストイを通してであった。武者小路はトルストイやイエスといった人生の師を目標として、日々、自己をより高きものに近づけることに呻吟することで、失恋の苦痛を乗り超えようとしていたのである。むろん、その中心的問題の一つは、性欲との闘いであった。いわば、武者小路にとってお貞さんとは、このような意味で、肉体性に対する、精神性の象徴なのである。それに対して、武者小路が当時求婚を続けていたタカへの恋愛には、それが結婚を目標とするという意味で、性欲をも含むものであった。タカをモデルとする小説「お目出たき人」（明44・2刊）で、「自分は女に餓えてゐる」[*19]と繰り返されるのは、性欲は肯定されるべきである、というあからさまな表現にほかならない。もとより、武者小路がタカへの求婚を始めた一九〇八（明治四一）年は、メーテルリンクの思想によって、それまで抑圧されて来た自我そして性欲を解放し始めた時期である。つまり、武者小路にとってタカは、精神性に対する、肉体性の象徴と言えよう。お貞さんの精神性とタカの肉体性は、「お目出たき人」では、「月子さん」と「鶴」との対比によって描き出されている。小説から二つ引用しよう。

自分は女に餓えてゐる。

誠に自分は女に餓えてゐる。残念ながら美しい女、若い女に餓えてゐる。七年前に自分の十九歳の時恋してゐた月子さんが故郷《くに》に帰つた以後、若い美しい女と話した事すらない自分は、女に餓えてゐる。（中略）月子さんが故郷に帰つてから三年目失恋の苦がうすらぐと共に鶴が益々可憐に見え、可愛らしく見え、鶴に逢はない時は淋しくなつた。

自分はその時分から鶴と夫婦になりたく思ふやうになつた。　　　　「お目出たき人」〈一[*20]〉

自分は今迄の恋に於て自分は結婚する資格ないものと思つてゐた。しかるに今度の恋は自分に彼女と結婚せよと命じてゐる。

自分はこの事実の裏に自然の命令、自然の深い神秘な黙示があるのではないかと思ふ。この黙示は『汝、彼女と結婚せよ、汝の仕事は彼女によつて最大の助手を得ん。さうして汝等の子孫には自然の寵児が生れるであらう』

と云ふのだ。

之が自分の迷信である、どうしてか、さう思へる。さうして運命がお夏さんを恋させて失恋させたのは彼女と自分を結びつけるためではなかつたらうかと。　　　　同〈九[*21]〉

また、この「月子さん」と「鶴」という名付けも二人の対比を象徴している。つまり、「月子さん」は空高く輝き、その神々しくもほのかな光を下界の「自分」に投げかけるばかりだが、「鶴」は同じく美しい空の住人であると同時に、月とは異なって、下界の「自分」のもとに舞い降りて来る、手で触れることのできる生物なのである。

言うまでもなく、すでに人の妻となってしまったお貞さんは、武者小路にとって、まさに月の世界の人にほかならない。そして、東京での「鶴」ならぬタカへの求婚がうまくゆかず、そればかりか女中との肉体関係というハキダメにあった武者小路にとって、小樽のお貞さんに会うということは、彼の恋愛における精神性の回復となるゆえんなのである。

6　恋愛と〈自然〉

以上述べてきたような、武者小路の恋愛における危機とその克服の様相を、次に〈自然〉の観点から少し考えてみたい。トルストイの厳しい倫理的要請を、メーテルリンクの思想の助けを得て脱却し、性欲の肯定に始まった武者小路の〈自然〉の肯定は、それが自己の実感を通してのみ得られるものであるだけに、際限ない自己肯定に陥る危険をはらんでいる。亀井勝一郎は武者小路の「自然の意志」を「無限定の愛」と表現し、そうした際限ない妥協の危険の克服は、〈自然〉への自己放下による、と述べている。[*22] つまり、亀井は武者小路の〈自然〉を自己の内にありながら自己を超越した、一種の宗教的理念と捉えている。筆者もこの考え方に賛同する。武者小路文芸が単なる独我の産物か、あるいは日本にも伝統的な〈自然〉という宗教的理念の賜物かの差異は、ここにあると言えよう。後述するが、「絶対的に自分の性格にたよつてゐる」（「自分の立場」、『白樺』明44・6）[*23] という武者小路は、まさに〈自然〉が無限定であるがゆえの危険を知り尽くしていた。その危険のきわめて即物的な現れが、先の、女中との性交渉にほかならない。すでに引用した文章だが、「今度の恋は自分に彼女と結婚せよと命じてゐる。／自分はこの事実の裏に自然の命令、自然の深い神秘な黙示があるのではないかと思ふ。この黙示は／『汝、彼女と結婚せよ、汝の仕事は彼女によつて最大の助手を得ん。さうして汝等の子孫には自然の寵児が生れるであらう』／と云ふのだ」[*24]というような、小説「お目出たき人」では調和的に保たれていた、〈自然〉における精神と肉体とのバランスが、現実にはこの女中との過失によって明らかに崩壊してしまったのである。そこで、武者小路の北海道旅行における、小樽でのお貞さんとの再会を、〈自然〉における精神と肉体のバランスの回復、と表現したいと思う。

7 「お目出たき人」の批評

さて、一九一一（明治四四）年二月、北海道旅行に先立つこと三ヶ月ほど前に、武者小路は『お目出たき人』を上梓していた。しかしこの作品に対する批評は、彼の自負心にも関わらず、芳しいものとは言えなかった。武者小路は小樽のお貞さんに会った二日後の五月一四日晩、札幌で安倍能成の理解に乏しい批評[*25]を読み、作家としての自信を喪失するほどの打撃を受けた。これが北海道での武者小路の、文芸における危機である。次に引用するのは、後に札幌での、この晩のことを回想して書いた公表書簡「能成君に」（『白樺』明44・8）であるが、ここにその状況が詳しく描かれている。

私が君のあの評を読んだのは五月十四日の晩でした。七時半頃でしたか、武郎さんが君のあの評の出てゐる朝日新聞を持つて私を訪ねて来て下さつたのです。私はその二日前に可なりひどいまいり方をして一晩目がさめると泣きました。そのよどもりがその晩まであつたと思つて下さい。その上に私が君の評を読んでゐる時、武郎さんは「日記の内より」を読んでゐたのです。その内にある「我を憎め」を武郎さんに私のゐる前で読まれるのは可なりつらいこと、思つて下さい。その時君の評から可なりひどい打撃を受けたのです。神ならぬ君はあの評がそんな時に私に読まれるとは思つてはゐなかつたでしやう。私は君の評をよみ終つて淋しい心をかくしながら武郎さんと話てゐると内にこらえられないで声出して泣いてしまいました。涙が可なりひどく流れ出てきました。私は泣き声できれぐに自分の未来に就いて、自分の仕事に就いて、自分の宗教家になりたいことに就いて武郎さんにいろく話ました。武郎さんの目にも涙がありました。私は武郎さんには二日前にあつた出来事で泣いたやうなふりをしてゐました、武郎さんもそれで私が泣いてゐると思つてゐるふりしてくれました。君の評に就いては二人は一言もしやべりませんでした。その夜私は二時頃に起きて君の批評に対する不服を三枚許りかきました。私は自分の未来に希望がなくつては一時も我慢の出来ない人間なのです。[*26]

注意したいのは「私は泣き声できれぐに自分の未来に就いて、自分の仕事に就いて、自分の宗教家になりたいことに就いて武郎さんにいろく話ました」という部分である。ここで、なぜ武者小路は「宗教家になりたい」と語ったのだろうか。そしてその「宗教家」とは何なのだろうか。ところで、「お目出たき人」については、すでに『白樺』一九一一（明治四四）年四月号で、武者小路と有島との間でやり取りがあった。有島はここで「お目出たき人」に「広汎な同情」[*27]の欠如を指摘し、それに対して武者小路は「自分は他人の運命を気にする苦痛に耐へられない男なのです」と答え、次のように続けている。

私は何日か「桃色の室」を出たく思つてゐます。しかし出たく思つてゐながら出られないで死ぬかも知れません。その方がありさうなこと、思ひます。私の良心がより強くなるか、私の心がより強くなるかしたら他人の運命のことも心配することが出来るでしやう。しかし今は出来ません。さうすると苦しくつてやりきれません。私は芸術家や、慈善家になるよりも宗教家になりたく思つております。この頃しきりとさう云ふ気がしてゐるのです。しかしまだどうしても宗教家になれるとは思ひません。それで自己を欺いてその日〳〵を平和に送つてゐます。かくて母を安心させてゐます。

「武郎さんに」(『白樺』明44・4)[*28]

さて、ここでも武者小路は「宗教家」になりたいという希望を語っている。ここでは、「宗教家」とは、利他的な社会的良心を意味する「慈善家」と、利己的な芸術的精神を意味する「芸術家」との両者を止揚する人間、という意味で用いられている。つまり、「広汎な同情の欠如」という批判への解答となるゆえんだが、この文脈においては、あくまでもその対社会的側面の意味合いが、有島の批判に対して強調されている。しかし、より根本的な問題は、作家にとって、あるいは文芸の創作にとって、宗教家とは何かということである。次にこの問題を考えてみたい。

8　〈宗教〉の意味するもの

武者小路は先の能成の批評について、次のように述べている。

○能成君の「お目出たき人」の評を武郎が持つて来てくれたので、自分のものをあんな処で堂々と批評して下さつた厚意を感謝しながら読んだ。さうして「こんなに見えるものかなー」と思つた。他の人のものもさうだが自分のものはなほ先入主できまるもの、やうな気がした。「序文や広告文がなかつたらどうだつたらう」とか、

「能成君に自分の与へてゐる感じはこんなものだらう」とか考へて見た。（以上於札幌）

「編輯室にて」（『白樺』明44・6[*29]）

ここで武者小路は「自分のものはなほ先入主できまる」と述べているが、そこで刊行本『お目出たき人』の序文および広告文を見てみよう。

自分は我儘な文芸、自己の為めの文芸と云ふやうなもの、存在を是認してゐる。この是認があればこそ自分は文芸の士にならうと思つてゐる。されば自分の書いたもの、価値は読者の自分の個性と合奏し得る程度によつて定るのである。従つて自分の個性と合奏し得ない方には自分は自分のかいたものを買ふことも読むことを《ママ》要求する資格のないものである。

序文[*30]

この作者は他の作家と内面的に全く異なれる世界に生活してゐる。さればこの作者に他の作家に得られるものを求めることは出来ない。この作者独特のものを求めなければならない。さうして「お目出たき人」は「お目出たき人」の恋物語を書けるものにして今迄この作者の書いたもの、内で、最も大きい。《ママ》最も深い、最も真面目な最も面白い、最も特色の出てゐる小説である。作者自身もある個処をぬかして今迄自分の書いたもの、内で一番得意のものである。附録の小品五つもこの作者にのみ求められるものである。「誰も買つて後悔するやうな代物ではない」と「お目出たき人」申す。

広告文[*31]

これらから次のことがわかる。つまり、武者小路の言う「自己の為め」の「我儘な文芸」とは、その創作において、作者の側であらかじめ読者の理解をいっさい期待したり考慮したりせずに、「内面的に全く異なれる世界」を持つ「作者独特の」個性を表現した文芸、という意味である。したがってその作品の価値は、読者の「個性」が、作品を通じて、作者の「個性」と「合奏し得る程度」によって決定されることになる。武者小路はそれを「自分のものはなほ先入主できまる」と言ったわけである。

以上のことを踏まえて「宗教家」ないしは「宗教」の意味を考える時、先に少々触れた「自分の立場」（『白樺』明44・6）という感想が良い参考となる。これは武者小路の二度目の渡道の直前、一九一一（明治四四）年五月二日に書かれたものである。少々長いが、主要部を引用する。

今の自分は文士として一生をおくる心算である。しかし文士としての自分の立場は孤独である。自分は自分にとつては困難な道ではないが最も危険な道を通つてゐる。なぜかと云ふのに自分は絶対的に自分の性格にたよつてゐるからだ。自分は自分の思ふこと、感じることを最も正直に発表することより出来ない。（中略）平面描写は自分には出来ない。美しい着物をつくることも出来ない。また着ることも出来ない。能力と気持と二つの意味で出来ない。この弱点が時々自分に自分が今の所謂文士には生れついてゐないことを思はせる。このことを自分は時々不安に思ふ。

要するに自分はいろ〳〵のものをかくが、つまりは自己のうちに自我と他人と、人類と、自然とをさがし出してそれを紙の上にぶちあけることより外の能力はない。この一道をまつしぐらに進むより仕方がない。だから自分のものを他の人のものと同じ目で見てもらはれる時、甚だしい誤解をされて不快である。自分のかくもの、幼稚さは他人《ひと》まねがしたくつて他人《ひと》まねが出来ない幼稚さではない。自分一人の道をたどる者の幼稚さである。平面描写がしたくつて出来ないのではなく、始めつからしやうと思はないのである。一面から云ふと自分は自分の仕事の為に生きてゐる。他面から云ふと自分は自分を生かす為に仕事をする。両者は自分にとつては一つでなければならない。（中略）

自分のかくものは小説として、或は脚本として、或は詩として、或は論文として零であるかも知れない、形さえそなへてゐないものかも知れない、しかしそれは自分の恥ずる処ではない、（中略）

さうして自分が小説のやうな、脚本のやうな或は詩のやうな、或は論文のやうな形をとるのは自分の云ひたいことを最もよく人に伝え得る為である。

自分の技巧及び技巧上の苦心は一つにこの点にあつまつてゐる。自分は之をかく時我はかく見、かく感じ、かく思へりと常に云ひ得るものをかくことを唯一のほこりとする。かゝる自分のゆく極致は宗教であらねばならぬ。[*32]

ここに「平面描写は自分には出来ない。美しい着物をつくることも出来ない」とあるが、ある表現方法を選べば、それに応じた表現内容に近づくことは言うまでもない。平面描写という表現方法は自然主義的内容を、美辞を連ねるといった表現方法は耽美主義的内容に近づく。武者小路は、このような表現方法を拒否することで、新しい表現内容を創造しようとしたわけである。それを表現内容の側から見れば、「自己のうち」なる「自我と他人と、人類と、自然と」を「自分の思ふこと、感じること」として「最も正直に発表すること」が目標となる。

しかし、このような創作の立場は「絶対的に自分の性格にたよつてゐる」から、「自分は自分にとつては困難な道ではないが最も危険な道を通つてゐる」と言う。この「危険」とは、先に触れたように、「合奏」の可否に賭けられた、作品の価値決定のことを指している。

そこで、武者小路文芸がより一般的に読者に受け入れられ、評価されるためには、「自己のうち」なる「自我と他人と、人類と、自然」とは何か、ということが、より多様で適切な具体性をもって表現され、「自分の云ひたいことを最もよく人に伝え得」ねばならない。それは「我はかく見、かく感じ、かく思へりと常に云ひ得る」創作であらねばならない。

以上が、武者小路が「か、る自分のゆく極致は宗教であらねばならぬ」と述べるゆえんなのである。つまり「宗教」とは、〈自然〉を後ろ楯として、自己の思想・感情を唯一絶対のものとして表現する、という文芸創作の方法論であったのである。有島が「お目出たき人」に「広汎な同情」の欠如を指摘したのに対して、武者小路が「宗教家」になりたい、と答えた真意は、対社会的な意味ばかりでなく、むしろあくまでも作家としての、このような創作方法を意味しているのである。

9　北海道と創作

最後に、武者小路の北海道旅行と創作そのものとの直接的な関係を検討し、本章をまとめたい。武者小路は札幌滞在中、計四五篇の詩や会話を創作した。これらは「日記の内より」、「成長」[*33]、および「会話」の三つの詩篇などに分けられて、前者は『白樺』一九一一（明治四四）年六月号に、後二者は同七月号に掲載された。本章では、それらの中でも興味深い三篇の詩を選んで、少々批評を加えたいと思う。

最初に「今の自分の仕事」である。

今の自分の仕事は
自分を鼓舞する事だ、
や、もすると、いぢけやうとする
自分を鼓舞する事だ。
自分にとつて自分程大事な人はない、
自分の仕事をしてくれる人はない、
その自分を鼓舞する事だ。

「日記の内より」(『白樺』明44・6)[*34]

この詩は、自身を激励することが現在の自分の仕事だという内容だが、「自分にとつて自分程大事な人はない、／自分の仕事をしてくれる人はない、」という二行からは、その表面的な意味とは裏腹に、極限まで追いつめられた人間の、自己にしか救いを求め得ぬ状態が読みとれる。

次に、「流」である。

豊平川の堤に
腰かけて
川の面《おもて》を見つめてゐると。

流れてゆく〳〵、
ぴしやく〳〵と白浪立てながら
流れてゆく〳〵、
自分をさそひこむやうに、
さそひ込まないではおかないやうに。

自分は笑つた。

「成長」（『白樺』明44・7）[*35]

武者小路が、まがりなりにも自殺らしい詩を書くことは珍らしいので注目される。そればかりか、これは一篇の詩作品としても、すぐれた緊張感を表現している。一行の空白をあけて最後に「自分は笑つた」とあるために、かえって、それまで張りつめていたものが強調されている。「流れてゆく〳〵、」などのリフレーンの配置、また「さそひこむやうに、／さそひ込まないではおかないやうに。」の変形リフレーンないし強調表現も効果的と感じられる。

最後に「神の意志」である。

「神の意志なくては
一羽の雀も死なず」
こんな句が福音書の何処かにあつた。
我はこの句を呪ふ、

この句にして真ならんか、
殺人も、戦争も、死刑も、餓死も、
神の意志ならざる可からず、
さるはづなし、かゝる神あることなし、
我はかの句を呪ふ。
我にとりては、寧ろ
「神は人間の死に意を介し玉はず」
と云はれるこそ嬉しけれ。

同*36

これは詩作品としてではなく、「我にとりては、寧ろ／「神は人間の死に意を介し玉はず」／と云はれるこそ嬉しけれ」という、武者小路の、「神」なるものへの考え方が注目される。少し考えれば、この詩は人道主義的な考えを表したものではなく、まったく逆に、人間の現実世界の不幸などは神には無関係である、という武者小路の世界観を表していることがわかる。以上引用した三篇の詩からは、孤絶感の極限と、そうした状態から見た「神」が表現されている、と言えよう。

さて、また、武者小路は小樽でのお貞さんとの再会を素材として、戯曲「或る日の夢」を、再会の約九カ月後の一九一二（明治四五）年二月に書き、翌月の『白樺』に発表した。次に引用するのは、その創作事情である。二つ引用する。

二月の或る日彼は（中略）「或る日の夢」を二三日かゝつて書き上げた。彼にはこの脚本をかいた時程、自分の胸の痛みに自らさはる苦しみに参つたことはなかつた。失恋の痛手に自らさはつてやつと出来かけた薄皮を一つづつはいでゆくやうな気がした。

「或る男」〈百四十二〉*37

彼はこの淋しさに打ち克つのには随分力がいつた。やゝもすると泣きたくなつた。彼はその気持を翌年一月に「或る日の夢」と云ふ一幕物で再現した。

それは彼にあたる乙が夢の中で見知らぬ男甲につれられて、恋人に逢ひにゆき、一寸あつて又つれて帰られる脚本だ。彼はそれをかく時、泣けて泣けて仕方がなかつた。その最後に甲をして彼はかう云はした。

「いくぢのない奴だね。すつかり参つてゐるぢやないか。又心臓から生血でも流れ出たのだらう。君の得意な方法でその生血を生長さす力になほしたらいゝだらう。あはゝゝゝ」

彼はこゝで又死の淋しさに鍛へられた。

彼はその後もお貞さんに逢ひにゆかうと何度も思つた。しかしあつてどうしようと云ふのだ。お貞さんを奪はうと云ふのか。家庭の幸福を破壊しやうと云ふのか。それとも亦たゞ心臓に傷をつけにゆくのか。

同〈百二十二〉*38

武者小路は最愛の初恋の女性、お貞さんと一九〇四（明治三七）年に別れて約八年後のこの時まで、彼女のことを素材にした作品は書かなかった。それほどに失恋の痛手は大きく、それゆえに小樽のお貞さんとの再会の意味は大きいのである。*39

それでは本章のまとめに入りたい。武者小路にとって、小樽のお貞さんとの再会は、確かに精神的な、清浄なるものとの接触ではあるが、それは「心臓から生血」を流すような、深く強い苦痛を与えられることでもあった。また、武者小路が札幌で安倍能成の批評から受けた打撃は、彼をして「宗教家になりたい」と泣いて語らしめた。次に引用するように、武者小路は「涙の谷」を、この北海道旅行で通り抜けたのである。


彼は六月の初めには神田さんと一緒に東京へ帰つてゐた。

彼は札幌では何にもしなかつた。夜学校の先生になる気はなくなつてゐた。しかし彼はこの旅行を忘れることは出来なかつた。

彼はこの旅行によつて武郎さん夫婦に感謝した。又神田さんと親しくなつた。しかしそれ以上彼は鍛へられた。彼は涙の谷を通つたので。

「或る男」〈百三十五〉[*40]

武者小路にとって、北海道旅行での恋愛の問題と文芸活動の問題とには、共通する一点がある。それは、両者ともに、自己を絶対とすることによって危機に陥った、ということである。しかし、すでに見てきたように、武者小路にとって自己は〈自然〉を後ろ楯とするものであった。したがって、武者小路はその恋愛の危機において〈自然〉のバランスを保ち、その文芸活動の危機において、自己の内なる〈自然〉の表現への決意を強くするのである。つまり、北海道とは、武者小路にとって、〈自然〉の思想——というよりも信仰の強められた、畏怖と憧憬の聖地となったのである。

注

＊1　「或る男」〈百三十五〉の引用は『武者小路実篤全集』5（昭63・8、小学館）、206頁上に拠る。以後、「或る男」の引用はこの本に拠るものとする。

＊2　「武者小路実篤と有島武郎――日本文壇史第二百四回」（『群像』昭46・11、後に『日本文壇史 19 白樺派の若人たち』（昭54・3、講談社）に収録）。

＊3　札幌で創作した詩および会話の創作年月日については、初出誌に付記されている日付を参考にした。なお、一九一一（明治四四）年五月二六日の「気の毒だね」から「負け惜しみ」までの四篇の会話については、初出では六月二六日と付記されているが、前後関係から五月二六日のものであると判断した。

＊4　引用は「或る男」〈百三十〉、198頁上に拠る。この重苦しい告白をおこなっている、引用文中の「彼」とは、厳密に言えばこの自伝的小説の登場人物であるが、ここでは武者小路自身のこととみなして論を進める。

＊5　詩「我を憎め！」の初出総題は「日記の内より」（『白樺』明44・6）。引用は『武者小路実篤全集』1（昭62・12、小学館）、371頁上～同下に拠る。

＊6　「或る男」〈百三十〉、197頁下。

＊7　同前、198頁下～199頁上。なお、引用には「四月の末」とあるが、実際に東京を発ったのは五月初頭である。

＊8　「或る男」〈百三十五〉、206頁上。

＊9　同〈百三十一〉、199頁下。

＊10　遠友夜学校については、山田昭夫「有島武郎と札幌遠友夜学校―新資料による雑考―」（『有島武郎・姿勢と軌跡』昭48・9、右文書院）参照。

＊11　有島武郎の日記「観想録」14の一九〇八（明治四一）年七月八日の記述には「武者を豊平学校へ連れて行く」（『有島武郎全集』12、昭57・11、筑摩書房、430頁）とあり、この日に豊平学校、すなわち遠友夜学校を見学したことがわかる。また「武郎さんと僕」（有島武郎文学展実行委員会編『有島武郎文学アルバム』、昭42・10、北海道文学館）には、「札幌で農大の先生をしているかたわら、貧しい人の為に学校をつくり、其処で教えている話なぞ、僕は感心し、僕が最初に札幌に行った

時、まだ「白樺」は出していなかったが、処女出版の「荒野」は出していた。そして武郎さんから大変好意のある批評を戴いたのも元因してその学校の先生にでもなりたい夢を持っていたのだった。だが自信がないのでつい言い出せずに帰った」とある（31頁）。この回想は、最初の渡道と二度目の渡道の記憶が重なり合っているようにも見える。同じような回想は『自分の歩いた道』（昭31・11、読売新聞社、『武者小路実篤全集』15、平2・8、小学館、557頁下）、『思い出の人々』（昭41・11、講談社、同、664頁上）などにもある。

＊12 「或る男」〈百十五〉、175頁下。

＊13 同〈八十一〉、130頁上。

＊14 詳細は本書序章「武者小路実篤の世界観とキリスト教」第2節参照。

＊15 同〈九十四〉には「お貞さんが彼とわかれて二年程した時だつた。（中略）その年の夏休みであつたらう。（中略）それはお貞さんの手紙で、姓が既にかはつてゐた。それで始めて彼はお貞さんが人妻になつたことを知つた」（141頁下〜142頁上）とある。続けて「翌年の春」のこととして、一九〇六（明治三九）年五月四日の日記が引用されている。したがって、お貞さんの結婚を知ったのはその前年の一九〇五（明治三八）年夏、それが「お貞さんが彼とわかれて二年程した時」、より正確にはお貞さんが帰郷した一九〇四（明治三七）三月の約一年半後ということになる（お貞さん帰郷の時期については、生井知子「武者小路実篤と志茂シズ・テイ姉妹」（『同志社女子大学日本語日本文学』15、平15・6）の調査に基づく）。
お貞さんは小樽で雑穀などの仲買業を営んでいた香村英太郎の許に嫁いだ。その後のお貞さん、および香村家の伝記的事実等については、武井静夫「お貞さんのこと――武者小路の初恋――」（『北方文芸』昭48・9、後に『小樽の恋びと』（昭55・4、緑丘舎）に改稿収録）に詳しい。また、前掲生井の調査には、この前後のお貞さん姉妹の写真が多数紹介されている。

＊16 「或る男」〈百七〉には、お貞さんを描いた小説「第二の母」（『白樺』大3・4、後（昭21）に「初恋」と改題）の引用に続き、「その死に打ちかつた瞬間の経験は彼には貴いものであつた。彼は人間に死を歓迎できる瞬間が与へられてゐることを、その経験によつて本当に知つた」とある（163頁下）。

＊17 同〈百三十一〉、199頁下。

＊18　同前、199頁上。

＊19　「お目出たき人」〈一〉（＊5と同書）、79頁下。

＊20　同前、79頁下～80頁上。

＊21　同〈九〉、100頁上～同下。なお、引用文中で「お夏さん」とあるのは、小説中小説の形式によって名前が変ったもので、つまりは「月子さん」そして「お貞さん」のことを指す。

＊22　亀井勝一郎「宗教的人間武者小路実篤」（『文芸』12―12、昭30・8、臨時増刊号　武者小路実篤読本）参照。

＊23　「自分の立場」（初出総題は「六号雑感のかはり」、『白樺』明44・6）の引用は＊5と同書、367頁下に拠る。

＊24　＊21に同じ。

＊25　安倍能成「「おめでたき人」を読む」の全文は以下の通り。「武者小路実篤君の「おめでたい人」を読んで、真面目な、質朴な、のんびりとして大様な書方を面白く思つた。然し又一方にブリリアントな精彩がなく、鋭さがなく、細やかさが足らず、歯切れがわるく、ひどく云へば間の抜けた所のあるのを、随分物足らず思つた。／　著者は巻頭に我儘な文芸、自己の為の文芸の存在を是認すると宣言して居る。この作がその所謂「我儘な文芸」、「自己の為めの文芸」であることは個より言ふまでもない。自己の為めの文芸といふことになれば、随分広汎な解釈も下されることであらうが、これを平たく「我儘な文芸」といへば、著者の考へは恐らく自分のことを遠慮なく書いて、あまり他を顧みなくてもよい文芸といふ意味に解してこの小説によく当てはまる。かういふ風に見て、この小説の取柄は、第一に自己を飾りなく正直に質朴にかきあらはした点にある。著者はどうも自分の生活を他の人とスッカリ別な生活の様に思つて居られるらしい。このことはある程度までは認られる。主人公即ち著者の自分のモラールジンから芸者遊びを汚らはしとする様な生活は、今の多くの小説に表はれた文士の生活と比べて実に大した相違である。然しこの作に表はれた所では著者の生活には特殊な積極的内容が乏しい。際立つた鮮かな色がない。特色を強ひて求むれば敢てなさゞる所にある。消極的な所にある。賑かな色に乏しい所にあるといふ方がよい。主人公の悲みも喜びも一向痛快に極端でない。そして之に対する主人公の反省も随分徹底しないで歯痒い所がある。例へばこの主人公は若し恋人が自分を愛して居ないのならそんな人間と結婚するのはいやだ。自分は自分の個性を重んじる。個人主義者であるといつて居る、これは如何にもさうである。然し更に深く立ち入つて考へれば、こんなセルフ、ヂヤスチ

フイケーシヨンは往々にして自己の弱者たることを示す者である。自分の卑怯を弁護する者である。主人公の言ふ所の余りに堂々として確信に充ち過ぎて居る所が、浅薄である。こんなことをいひながら自分は作品の批評として言ふべき所を立ち越江たことを意識した。志かしこれは著者作の「自己の為めの文芸」なる点に特に興味を感じた余りである。／「お目出たき人」といふ名が第一に、気取つていやだといつた人があつた。自分はさう思はない。然しおめでたい人といふ名称が、主人公自身の鋭い意識的なゼルブストイロニーとなる程、主人公はおめでたくない人ではない。又おめでたい人といはれて随喜するには、主人公は余りに自己の個性の尊厳を重んじる。要するに著者は自分でおめでたいなと思つたりおめでたくはないぞと思つたり、そして結局おめでたい人であらうと思はれる点から、自分はこの作の名前に興味を感じた。／作の技巧から見ると、この作には殆ど描写といふ者がない。主として告白と説明とである、文章は素直にいや味がないが、うまい所デリケートな所も乏しい。志賀直哉氏等と比べるとこの点に於ては同日の談でないと思ふ。しかし素樸な書き振りに、主人公の面目がそのまゝに顕はれて居るいゝ所も数々あつた。仮へば主人公が自分の恋の成就する時のことを、単に「うまくゆく暁」といつて居る様なのや、中野の友といふ人が「美しい女の人で電車に乗つて学校に通つてゐる人はすぐ評判になるらしいね」といふ極めて当り前のことを断定的でなくいつて居るのや麻布の友に「鶴に逢つたよ」といふと「さうかい、そりやよかつたね」と云つた様な所は、一読して平凡の様であるが、主人公や並に主人公の交友間の如何にも寛潤な上品な、一寸外の小説で見られぬ所が伺はれると思つた。／「おめでたき人」一篇は素直な青年の清い恋愛の歴史である。正直な告白である。しかし一向精神《ガイステスクラフト》の力が見江ない。この点が最も物足らぬ。唯著者は女に飽いたとか女は分つたとか自称する世人の前に、敢て女に飢て居ると告白することにより、おめでたい馬鹿なやつと、嘲笑せられることを十分光栄としてかまはないと思ふ。」以上、引用は『東京朝日新聞』（明44・5・11）に拠る。なお原文は総ルビだが、一部を除き省略した。安倍のこの批評は、要するに「お目出たき人」の肯定されるべき「お目出た」さの意味が理解できなかった、ということに尽きると思われる。

＊26　「能成君に」（初出総題は「「個人主義者の感謝」と「能成君に」（六号雑感のかはり）」、『白樺』明44・8）の引用は＊5と同書、392頁上に拠る。

＊27　有島武郎「「お目出度人」を読みて」（『白樺』明44・4）の引用は、『有島武郎全集』（昭55・4、筑摩書房）、40頁に拠る。

＊28　「武郎さんに」（『白樺』明44・4）の引用は＊5と同書、364頁下に拠る。

＊29　「編輯室にて」（『白樺』明44・6）の引用は＊5と同書、639頁上に拠る。

＊30　『お目出たき人』（明44・2、洛陽堂）「序文」の引用は＊5と同書、79頁上に拠る。

＊31　『お目出たき人』広告文（『白樺』明44・3など）の例示は＊5と同書、745頁上にもあるが、異同が見られるため、ここでは原典から直接引用した。

＊32　＊23に同じ、367頁下〜368頁下。

なお、この文章には「幼稚」に関わる表現に、初出と定本（感想集『生長』、大2・12）との間で異同がある。主な変更点は、（初出）「自分は他人《ひと》まねがしたくつて他人《ひと》まねが出来ないので幼稚なものをかくのではない。自分一人の道をたどるので技巧が幼稚なのである。」→（定本）「自分のかくもの、幼稚さは他人《ひと》まねがしたくつて他人《ひと》まねが出来ない幼稚さではない。自分一人の道をたどる者の幼稚さである。」このように比べると、外見上の「幼稚」は「技巧」の程度の問題ではなく、「自分一人の道をたどる」という方法の相違の問題だ、という意味に変えられていることがわかる。

＊33　武者小路は、「成長」ではなく、「生長」と表記することがほとんどである。この「成長」が収録された刊行本（大2・12）の題名は『生長』である。

＊34　「今の自分の仕事」（五月一四日付、初出総題は「日記の内より」、『白樺』明44・6）の引用は＊5と同書、375頁下に拠る。

＊35　「流」（五月三〇日付、初出総題は「成長」、『白樺』明44・7）の引用は同前、382頁下〜383頁上に拠る。

＊36　「神の意志」（五月二九日付、同前）の引用は同前、380頁下に拠る。

＊37　「或る男」〈百四十三〉、212頁上。なお、「二三日か、つて書き上げた」は、新潮社版『武者小路実篤全集』3（昭29・12、301頁）に拠るもので、小学館版全集では「二三日かいて書き上げた」となっている。その小田切進による「解題」には、この点について異同の記述がないが、文脈上、ここのみ新潮社版全集の記述に従う。

＊38　同〈百三十三〉、203頁下〜204頁上。

＊39　また、同〈百三十二〉にはお貞さんとの再会後に「「あれでは君が参るのも無理はない。声が実にい、。あんな声の人が日本に三人ゐたら自分の人生観はかはる」と神田さんは云つた。／　彼はお貞さんの声がそんなにい、ことはこの時始めて知

った」〈203頁下〉とあるが、これは後の小説「友情」〈十七〉で杉子の歌声を耳にした野島と大宮の会話の素材となったと思われる。

＊40 「或る男」〈百三十五〉、206頁上。

第二章　武者小路実篤と有島武郎――宗教的感性と社会的知性――

1　有島武郎の本質的批判者

まず、次頁の**武者小路実篤・有島武郎関連年譜**をご覧いただきたい。この中で傍線部の項目は、この二人の主要な具体的交渉である。本章ではこれらのうちの二つの交渉を取り上げたいと思う。第一に、一九一一（明治四四）年二月に刊行された武者小路の小説「お目出たき人」をめぐって、同年四月の『白樺』誌上で交わされた二人のやりとりについて考える。第二に、一九一八（大正七）年五月の武者小路の「新しき村」提唱をめぐって同年七月から九月までに交わされた二人のやりとりについて考える。これら二つのやりとりには、単に文芸誌上で活字となった意見交換であるという以上に、武者小路・有島二人のそれぞれの個性がはっきりと対照的に現れているという点で大変興味深いものである。

結論から言えば、武者小路と有島の決定的な相違は、二人の世界観ないしは宗教観にある。それは文芸、つまり小説「お目出たき人」をめぐる二人の言説に関しても、また対社会活動、つまり後の「新しき村」の実践とそれに関わる論争と実践に関しても同じように現れた。それらを広く武者小路ロマンティシズム対有島リアリズムと捉えることはできるが、従来とは逆の方向から、この相違点を再考する必要があるのではないだろうか。

周知のごとく、本多秋五が言うように有島は『白樺』派の全幅的・本質的批判者であった。[*1] しかし、有島の批判

武者小路実篤・有島武郎関連年譜

年月	〈武者小路実篤〉	〈有島武郎〉
明11・3		生まれる
明18・5	生まれる	
明29夏		学習院中等科卒業、札幌農学校入学
明30・11		父、狩太の開墾地を借入
明32・2		キリスト教入信を決意
明33秋？		遠友夜学校を手伝い始める
明34・3		札幌基督独立教会に入会
明34・7		札幌農学校卒業
明34・12		一年志願兵として入営
明35・9	志賀直哉を知る	
明36・3・8	兄から有島への注目を促され、講演を聞く	
明36夏	トルストイを知る。また、聖書を読む	
明36・8		渡米
明38・1		ホイットマンを知る
明38	メーテルリンクを知る	
明39夏	学習院高等科卒業、東京帝大入学（翌年退学）	
明40・2？		亡命中のクロポトキンに面会
明40・4		帰国
明40・4・25	志賀と共に有島を訪問、生馬の絵を見て歓談	
明40・9		志賀の恋愛問題を調停、不首尾
明40・10？		河野信子との結婚を反対される
明41・1		農科大学英語講師として札幌に赴任、また社会主義研究会に出席
明41・4	『荒野』出版	武者小路に『荒野』評の書簡を書く
明41・6・29〜同・7・11	有島の招待によって札幌、旭川を旅行	
明41・7	日吉タカ宅へ求婚始まる（明44・6に終わるまで、繰り返し拒絶される）	
明42・1		遠友夜学校代表となる
明42・3		神尾安子と結婚
明43・4	『白樺』創刊	
明43・5		独立教会退会
明43		この年、結婚生活の危機
明44・1		「或る女のグリンプス」連載（大2・3完）
明44・2	『お目出たき人』刊行	
明44・4	「武郎さんに」発表	「「お目出度人」を読みて」

発表

明44・5・5〜同・6・1　**札幌に有島を訪ねる**

明44・7　『白樺』同人有志による有島懇親会開催

大元・9・26　武者小路から来信、旺盛な創作を勧められる

大元・11　**『世間知らず』刊行**

大2・2？　**竹尾房子と結婚**

大2・7　「草の葉」発表

大3・1　**「わしも知らない」発表**

大3・11　農科大学を辞職、帰京

大4・3　**「その妹」発表**

大5・8　妻を喪う

大5・12　**我孫子に移住**　父を喪う

大6　著作活動旺盛となる

大7　**文壇は『白樺』時代となる**

大7・7　「武者小路兄へ」で「新しき村」を批評

大7・8〜同・9　**「六号雑感」等で有島の批評に強い不服を述べる**

大7・9　「読者に」発表、武者小路に応酬する

大7・11　**日向の「新しき村」に移住**

大8・6　『或る女』後篇刊行

大8・12　**「友情」連載完結**

大9・6　『惜しみなく愛は奪ふ』刊行

大10・10・22　**「第一回新しき村の為の会」開催、有島との友誼を回復**

大11・1　「宣言一つ」発表

大11・7・18　狩太有島農場の開放を宣言

大11・10　**「第三の隠者の運命」連載完結**　『泉』創刊

大11・11〜同・12　倉田百三と論争

大11　**この年、房子と離婚、飯河安子と結婚**

大12・6・9　波多野秋子と共に縊死

大12・8　**「武郎さんの死」、「自分の考へ、其他」等、有島について発表**

大12・9　**「武郎さんについて」発表**

大13・1　**「日記の内より」発表、詩の中で有島の死に触れる**

大14・12　**奈良に移住、村外会員となる**

＊後、有島についての回想多数

によって現れる『白樺』派の特質は、結局は有島との相違点にほかならない。本多の論がすべてそうだとは言えないとしても、従来のほとんどの武者小路研究は、出自論的、合理主義的、社会的観点からの考察によるものであり、その観点では明らかに厳しく批判的な眼で見られてきた。また、そのような眼は「新しき村」に対しても向けられてきた。後の研究者による「新しき村」評価の試みが、くどいほどにそうした過去からの誤解を解く作業から始めねばならない状況[*2]にも、それは現れている。そうした合理主義的、社会的観点が、まさにこれから考察しようとしているところの有島の武者小路理解に負うところは少なくはあるまい。それによって、武者小路文芸やその行動に関する、他の多くの評価すべき特質への注意が、看過されがちであったと思われる。

そこで発想を転換しよう。逆に、武者小路は有島の本質的批判者だったとは言えないだろうか。後年の回想を読むばかりでなく、二人の交渉のあり方を調べてみると、まさにその感がある。武者小路の有島批判の要点を一言で言えば、人間の「真心」への信頼がないという問題に行き当る。それはさらに、真心を含む人間、人間を含む社会、社会を含む世界、世界を構成する超越的存在、そしてまた超越的存在を想う真心と循環して戻ってくる問題となる。つまりそれは、そうした意味での有島の世界観、宗教観への批判であったとは言えないだろうか。

ところで、武者小路研究において、朝下忠は一貫して武者小路文芸とキリスト教との関連から考察を続けている。[*3]先の本多にしても「新しき村」を始めた頃の武者小路に救世主意識[*4]を指摘している。一方、川鎮郎の研究[*5]のように武者小路とキリスト教との関係をきっぱり否定するものもある。けれども、〈宗教的なるもの〉と言えば、そこにはキリスト教だけではなく、仏教も儒教も、あるいは東洋的、日本的な自然観照も含まれる。武者小路が考えた宗教とは、そうした諸宗教の融合的、全体的なものと筆者は考える。亀井勝一郎は東洋的な「祈り」を武者小路文芸に見た[*6]が、先の社会的な視点に比較すると、このような宗教的な視点からの研究は少ない。[*7]

西垣勤は武者小路を始めとする『白樺』派の野放図な楽天性といったような怠慢な批評に対し、武者小路が自己主張をおこなうために闘い取ったトルストイ主義からの「転向」と、有島の青年期の体験に源を発する評論「宣言一つ」（大11・1）以後の挫折という、形は異なるが二つの厳しいブルジョア階級批判のありようを示しつつ、それらの共通性を指摘している。[*8] 本章ではそうした「文学史」的意義は当然認めるとしても、むしろより「文芸」に近い立場から武者小路と有島の相互の理解（ないしは誤解）をたどることによって、二人の世界観ないし宗教観の対照的な相違点の方を明らかにし、武者小路の文芸様式を解明する手だてとしたい。

2 「お目出たき人」をめぐって

一九一一（明治四四）年二月に刊行された武者小路の小説「お目出たき人」をめぐって、同年四月の『白樺』誌上で交わされた二人のやりとりについては、前章「武者小路実篤と北海道」第7節で簡単に触れたが、本章では、有島の言う「広汎な同情」の意味を検討することによって、さらに深くこの問題に立ち入りたい。

有島は『白樺』の一九一一（明治四四）年四月号に「「お目出度人」を読みて」という評論[*9]を発表した。ここで、有島はまず「兄の作品は凡て未成品」という厳しい批判と、同時に「兄の作品は他人の嘗て手を付けなかつた所に土台が据ゑられてある」という微妙な評価を与えている。有島はこれをさらに詳しく説明するために「芸術家の資格」として「鋭敏な感受の力」と「広汎な同情」と「表顕の技能」、そして「徹底的の誠実」の四つを挙げている。最初の「鋭敏な感受の力」について有島は「他人の嘗て手を付けなかつた所に土台が据ゑられてある」という冒頭の評価を訂正して「寧ろ他人の据ゑた地表より深く土を掘つて、兄は土台を据ゑようとして居られる」と言い直し、さらにそれを「表顕された兄の思想に特別新しいものがあるとは僕は思ひません。又夫れは博いものだとも思ひません」という批判に変えてゆく。このように他者に対して微妙に屈折する傾向のある有島の言葉を簡単に言えば、「お目出たき人」の「思想」には独自性は全く認められず、ただ従来ある思想を「感受力」と「執着」とによって更に深く掘り下げたに過ぎない、ということになるであろう。このことは確認しておきたい。

しかし、この有島の批評の眼目は、次に引用する「表顕の技能」の発展の成就を決定するという「広汎な同情」の欠如の指摘である。

兄の同情は広汎だとは如何しても云へないと思ひます。兄の作が未成品だなぞと云つたのも、僕は主に此点から思ひ付いた事であります。（中略）広く見、広く接すると云ふ事が、巳むを得ざる必要ではないかと思ふのです。（中略）兄は今自己の建立した堅固な高い城郭の中に閉ぢ籠つて居られます。（中略）夫れを僕は悪い事だと云ふのではありません。然し同時に兄が其境界に満足して居られない事も僕は感ぜずには居られません。兄が忙はしく自己の創造に腐心して側目もふらずに居られるのを僕は承知して居ます。而して夫れを最も確実な真正な芸術的良心の発露だと思つて居ます。然し兄は何処までも其境界に安住する積りではないのでせう。

有島武郎「「お目出度人」を読みて」（『白樺』明44・4）

ところで、この「広汎な同情」の欠如とはそもそもどういう意味だろうか。それは二つの意味を持つものと考えられる。第一に「お目出たき人」の世界の社会性の欠如という意味である。第二に「お目出たき人」の独特な思想の一般性の欠如という意味である。

第一の社会性の欠如という意味では、有島はこのうぶな恋愛小説にまったく無関係のものを求めたことになる。有島のこの評論には、武者小路がこの二ヶ月前の『白樺』に発表した戯曲「桃色の室」に言及している部分があるが、確かにこの戯曲において社会性としての「広汎な同情」の欠如は明らかである。と言うより、それはこの戯曲のテーマである。すると、有島のこの批評は「お目出たき人」ではなく、「桃色の室」にことよせて当時の武者小路の文芸に現れ出た（または現れ出ない）思想生活を論じたもの、ということになる。大津山国夫のように、有島と武者小路のこのやりとりを、「桃色の室」における武者小路の「「自然」の時代」の「閉鎖の擬態」の現れとして読むという見方[*10]の出されるゆえんである。

「広汎な同情」の欠如の第二の意味、つまり「お目出たき人」の独特な思想の一般性の欠如という意味では、有島の批判は、あるいは正鵠を得ているとも言える。「お目出たき人」の主人公の〈自然〉信仰はそれほどに独特である。ところが、すでに確認したように、有島はこの小説の「思想」を独自性としては全く認めていなかった。とすれば、有島は、この小説の〈自然〉信仰を無視して問題にしないか、あるいはそもそもこの小説が解らなかったのではないか、とも考えられる。自分には解らなかった、それを有島が「広汎な同情」の欠如と表現しても差し支えはあるまい。

さて一方、武者小路は有島のこの批評に対して、『白樺』の同じ号に「武郎さんに」と題する公表書簡を発表して応えた。次にそれを引用する。

私は何日か「桃色の室」を出たく思つてゐます。しかし出たく思つてゐながら出られないで死ぬかも知れません。その方がありさうなこと、思ひます。私の良心がより強くなるか、私の心がより強くなるかしたら他人の運命のことも心配することが出来るでしやう。しかし今は出来ません。さうすると苦しくつてやりきれません。私は芸術家や、慈善家になるよりも宗教家になりたく思つております。この頃しきりとさう云ふ気がしてゐるのです。しかしまだどうしても宗教家になれるとは思ひません。それで自己を欺いてその日〳〵を平和に送つてゐます。かくて母を安心させてゐます。

武者小路実篤「武郎さんに」(『白樺』明44・4)[*11]

ここには「広汎な同情」という表現は見当らない。しかし有島の批判を大変謙虚に受けとめ、「桃色の室」という表現によって、社会を遮断しなければおこなわれ得ない自己確立の苦痛を涙ながらに告白する、というスタイルを取っている。これはまさに戯曲「桃色の室」のテーマの実践である。つまり、武者小路はこの文章の大半で「広汎な同情」の欠如、すなわち社会性の欠如という、当時の武者小路の思想生活の苦痛を語っているに過ぎない。

ただし、この文章の末尾で武者小路は「私は芸術家や、慈善家になるよりも宗教家になりたく思つております。この頃しきりとさう云ふ気がしてゐるのです」と述べていることに注目したい。文中の「私の良心がより強くなるか、私の心がより強くなるかしたら」という表現から、「宗教家」とは、利他的な社会的良心を意味する「慈善家」と、利己的な芸術的精神を意味する「芸術家」との両者を止揚する人間、という意味で用いられていると考えられる。とすれば、武者小路の「宗教家」になりたいという言葉は、有島の言う「広汎な同情」の欠如、すなわち「社会性」の欠如の批判に応えたことになるであろう。

では、第二の意味、つまり一般性の欠如という批判に対する武者小路の応えはどうだろうか。そもそも、この「武郎さんに」には、小説「お目出たき人」は全く触れられていないように見える。すでに見たように、有島はこの小説の思想の独自性の意義を評価していないか、または理解していなかった。その意味では、武者小路がここでなおあえてその意義を説明しなかったのは当然かもしれない。しかし、結論から先に言えば、武者小路が「宗教家になりたく思」うと述べたその真意は、社会性も顧慮するというような意味ばかりではなく、むしろ作家としての創作方法論の確立の意志表明なのだと筆者は考える。そしてそれは、小説「お目出たき人」の根幹に触れる問題であるところの、一般性の欠如という批判への解答なのである。

武者小路はこの「武郎さんに」を発表した翌月の一九一一（明治四四）年五月に札幌の有島を訪ね、そこで「お目出たき人」に対する安倍能成の理解に乏しい批評[*12]を読み、大きな打撃を受けた。武者小路はその時のことを、後に「能成君に」と題して『白樺』（明44・8）に発表し、有島に「泣き声できれぐに自分の未来に就いて、自分の仕事に就いて、自分の宗教家になりたいことに就いて」語った[*13]と述べている。ここで、なぜ、武者小路は「宗教家になりたい」と語ったのか。そしてその「宗教家」とは何か。

これについては、前章「武者小路実篤と北海道」第7節で詳しく述べたので、ここではその要点のみを記すにとどめる。武者小路にとって文芸とは、読者の理解をいっさい期待しないで、「作者独特の」個性、すなわち「自己のうち」なる「自我と他人と、人類と、自然」を、「我はかく見、かく感じ、かく思へりと常に云ひ得る」ように「最も正直に発表」することで、作者の「個性」と読者のそれが作品を通して「合奏」し、「自分の云ひたいことを最もよく人に伝え」ようとするものである。これが武者小路の「かゝる自分のゆく極致は宗教であらねばならぬ」という言葉の内実であり、つまり「宗教」とは、〈自然〉を後ろ楯として、自己の思想・感情を唯一絶対のものとして表現する、という文芸創作の方法論であったのである。

このように、有島の「お目出たき人」への「広汎な同情」の欠如の指摘に対する、武者小路の「宗教家」になりたいという答えの真意は、対社会的な意味ばかりでなく、むしろあくまでも作家としての、こうした創作方法を意味しているのである。こうして見てくると、一九一一（明治四四）年の終りから翌年の初めにかけて武者小路が参入した、「絵画の約束」論争[*14]が思い起こされる。彼がそこで「公衆」の約束を顧みず、芸術の基準を自己に置くことを強く主張していたことは言うまでもない。有島の求めていたことと、木下杢太郎のそれは、ほとんど変るところがない。「武郎さんに」では、触れずにさらりとかわしていたこの個性尊重という問題は、相手を変えて、その半年余り後に大爆発を起こすのである。

3　「新しき村」論争について

武者小路が「新しき村」の現実的な創設を公にした一九一八（大正七）年五月発表の「新しい生活に入る道」（後に「新しき村に就ての対話 第二の対話」に改題）は、各界の賛否こもごもの反響を巻き起こした。有島武郎もまた武者小路の計画に手厳しい批判を与え、武者小路との間で論争となった。これについて紅野敏郎は先の「お目出たき人」をめぐるやりとりに触れ、「いずれもともにいかにも有島らしい、いかにも武者小路らしい、という確認がなによりも行なわれたもので、両者の相互滲透といったものはほとんど行なわれ」ず、この二人の「資質のちがいが、この論争で明確にされた」と述べている。[*15]ここでは特にその「資質のちがい」の内容を明確にしたいと思う。

一九一八（大正七）年七月、有島の最初の批判「武者小路兄へ」は、最初は「芸術家」としての武者小路の企図に大きな賛意を表しつつも、結局は次のように「新しき村」の失敗を予言している。

然し率直に云はして下さい。私はあなたの企てが如何に綿密に思慮され実行されても失敗に終ると思ふものです。（中略）あなたの社界を周囲から取かこむ資本主義の社界は何んといつてもまだ十分死物狂ひの暴威を振ふでせうから、ドハボールの移民達が外界から被つたやうな圧迫を受けられるでせう。あなたの社界の内部の人も、縦令覚悟は出来てゐても、今まで訓練を経てゐない境遇に這入つては色々の蹉跎を牽起すでせう。けれども失敗が失敗ではありません。今までか丶る企ては凡て失敗に終つてゐます。然しそれを普通の意味の失敗とは云へません。若し今の世の中でか丶る企てが成功したやうに見えたら、それは却て怪しむべき事であらねばなりません。そこに人は屹度妥協の臭味を探し出す事が出来るでせうから。

要するに失敗にせよ成功にせよあなた方の企ては成功です。それが来るべき新しい時代の礎になる事に於ては同じです。日本に始めて行はれようとするこの企てが、目的に外れた成功をするよりも、何処までも趣意に徹底して失敗せん事を祈ります。

有島武郎「武者小路兄へ」（『中央公論』大7・7）[*16]

このように、失敗の予言の理由は「あなたの社界を周囲から取かこむ資本主義の社界は何んといつてもまだ十分死物狂ひの暴威を振ふ」という社会の外圧、そして「あなたの社界の内部の人も、縦令覚悟は出来てゐても、今まで訓練を経てゐない境遇に這入つては色々の蹉跎を牽起す」という内部崩壊の予測であった。最後に有島は「ある機会の到来と共に、あなたの企てられた所を何等かの形に於て企てようと思つてゐます。而して存分に失敗しようと思つてゐます」と述べ、筆をおく。

これに対して、武者小路は翌月の『白樺』の「六号雑感」の一部でさりげなく、しかし猛然と反発した。

○武郎さんには返事をかくのが礼かと思ふが、僕はかく気になれない《ママ》 武郎さんと僕とのちがいが今更にはつ切りしたやうに思つた。矢張り武郎さんは武郎さんだと思つた。他の人のよりはずつと理解してくれてることは云ふ迄もないが、武郎さんに何か言はれて確信が爪のあか程でも動くと武郎さんが本当に思ひ込んでゐるならばそれは少し自惚れすぎてゐる気がする。武郎さんが百人出て来ても千人出て来ても。そして何を云つても僕は自分の確信は動かないし、勇気は一毛もひくまらない、その点は安心してほしい。

武者小路実篤「六号雑感」(『白樺』大7・8)[*17]

武者小路はここで、「何を云つても僕は自分の確信は動かないし、勇気は一毛もひくまらない、その点は安心してほしい」と訴えているが、その訴えは「新しき村」に参加、あるいは支援しようとしている人々に向けられたものであった。この文章に関して、武者小路は有島に宛てて、次のように書いて送った。

「御手紙拝見しました。あんな事は書く気はなかつたのですが、私達の仲間(新しき村)のものが他の人のは何にいつても気にしませんがあなたの言葉だけは可なり気にしたものがありましたので、喜んだ人もありましたが、あなたと僕との考へのちがひだけをはつきりしたく思つたのです」

有島武郎「読者に」(『白樺』大7・9)に引用された、武者小路から有島への第一の手紙[*18]

つまり、武者小路の激しい勢いの文章は、「新しき村」を始めるに当って、提唱者かつ指導者として(あるいは教祖として)どうしても示さねばならなかった政治的発言だったのである。武者小路が『白樺』の理論的指導者として書いた創刊当初の「六号雑感」等の勢いの良さが思い出されるが、「新しき村」はそれ以上に、精神的結束が何よりも重要であり、信仰にまで昂められる必要があった。

さて、その翌月の「六号雑記」（『白樺』大7・9）では、武者小路は比較的冷静に有島の批判に答えている。ここで、武者小路の「不服」は「外見上成功したら反つて本当の意味では失敗のやうに云はれた点」[*19]に集中している。確かに、有島のこの言葉は武者小路の行く手のすべてを塞いでしまう。もとより、武者小路は有島の最初の批判の一ヶ月前となる、一九一八（大正七）年六月の「失敗しても」という感想の中で、「人間に愛想をつかして成功するより、人間を愛して失敗する方が勝利者だ」[*20]と、大津山国夫が指摘しているように[*21]、すでに有島の批判を先取りして述べている。しかしより重要なのは、言葉の類似ではなく、人間の「真心」をどのように考えるか、という思想ないし信仰の相違である。

先の「六号雑記」に戻ろう。ここで武者小路は「ある人々が人間にたいする信仰を保つことが出来、本当に真心から欲しさへすれば、そして大勢が助けあへばいつの時代でも人間らしい生活は出来るものだと思ふ証拠を見せることは出来ると思つてゐます」と人間に対する信仰を述べ、さらに次のように続ける。

〇「新しき村」の仕事が資本家のために身動きも出来なくなると云ふことは同時に人間の真心が金に支配されつくすことを示すものです。真心にそれ位の力がないとは思ひません。（中略）もし万一この仕事が失敗すれば、それは資本家の為ではなく、我等の誠意が足りなく、我等の徳が足りなかつたのです。（中略）不徳や誠意の不足が仕事の失敗の原因になるならば、それは真心の力にたいする人間の信頼心を傷つけません。しかし本当に徳があり、誠意があると失敗すると云ふのは真心の力を軽蔑し過ぎてゐる話になる。（中略）武郎さんは真心を尊敬することを理屈ではちやんと知つてゐますから。しかしもう少し真心の力を信仰してくれないのが物足りないのです。あまりに常識すぎる。（中略）「もう少し上を見てほしい、僕はこゝにゐるのですよ」と云ひたくなるのは仕方がないことだ。

武者小路実篤「六号雑記」（『白樺』大7・9）

社会の外圧と内部崩壊の予測に基づく「新しき村」の運動の失敗という有島の予測に対して、このように、武者小路の武器は「真心」一つでしかなかった。つまり、有島と武者小路との相違は、社会の圧力を主と見るか、人間の誠意を主と見るかの相違である。概念的にはごく単純な対立だが、それが机上の空論ではなく、実行を明瞭に意図したものであることには注意したい。人間を実際に動かすということである。何がそれを可能にするのか。「武郎さんは真心を尊敬することを理屈ではちやんと知つてゐ」る、と武者小路自身が書いているように、有島が「真心の力を軽蔑し」てはいないことは言うまでもない。有島は単に、より多数の個からなり複雑な構造を有する現実社会が、小集団に与える外圧の強さを社会科学的に述べたに過ぎない。けれども「あまりに常識すぎる」という武者小路の批判の言葉からわかるように、むしろ武者小路の方が「人間の真心」を信仰して、いわば非常識を、言葉を換えれば奇蹟を実現しようとしたのである。「もう少し上を見てほしい、僕はこゝにゐるのですよ」と武者小路は締めくくっているが、「もう少し上」とは地上ならざる天上の楽園への志向を指しているのではないか。地上の楽園を創るには、地上の楽園を考えていてはできない、ということであろう。

大津山国夫は、武者小路と有島のこうした一連の応酬について、そもそも「有島の新しき村批判には、牛刀で鶏肉をさいているようなところがある」と述べ、有島の言う「失敗」に触れて、国家権力との関係から、「現実の新しき村は、権力の迫害をさほど経験しなかった。警察官や憲兵の調査と白眼視はあったが、有島のいう「死物狂ひの暴威」は受けなかった。しかし、それは有島の予想がはずれたからではない。新しき村が権力に脅威を与えるほど大きく育たなかったからである」と述べている。「新しき村」がそのように大きくはならなかったのは、一方で、武者小路の企画の非現実性にも由来する。大津山は「新しき村」の現実的不振について、「彼らは農地をさがすかわりに、太古の自然美をたたえた聖なる〝日向〟をさがして歩いたし、農夫を集めるかわりに〝天才〟を集めた」とその理由を指摘している。もちろん、その非現実性には別の意義がある。そこで、次に再び武者小路の「宗教家」の問題について考えたい。

武者小路の二度目の反論が載せられた『白樺』一九一八（大正七）年九月号に、同じく有島も武者小路への返答となる「読者に」を掲載した。有島は、まず、武者小路の第一の反論である「六号雑感」（大7・8）の「厚意を持ち合つてる人の間に取交はさるべきものと私には思へないやうな」表現に驚き、武者小路に「手紙で問ひ合せた」と述べ、続けて武者小路の有島宛の書簡を二通ほど引用する。第一の書簡についてはすでに触れた。第二の書簡は次のようなものである。

「僕と君との関係をよく知らないものは、君の言葉を過重し、僕が君の同意見で今度のことを始めたやうにとつたらしい人がありました。（中略）僕の不服は僕と云ふ人間に対しては君は一言も信頼を示さず、僕のする仕事をたゞ仕事としてのみ認めて、一般の場合として文士の仕事として尊敬してくれた事です。僕は文士として今度の事を始めたのではありません。僕は今度の事が出来ないで文士のなかにまぎれこんでゐたと云ふ方が本当の人間です。僕に宗教家的素質がある事は君も認めてゐて下さるはずと思つてゐます。」

有島「読者に」に引用された、武者小路から有島への第二の手紙（中略は筆者による）

これによれば、有島が先の評論「武者小路兄へ」で述べていたような「芸術家」のことを武者小路は「一般の文士」と捉え、それを否定し、自分は「宗教家」として「新しき村」の仕事を始めたということを強調していることがわかる。それも今までの「文士」稼業は仮の姿に過ぎず、本来、自分は「宗教家」であったというのである。それに対して有島は次のように述べる。

武者君はその公生涯の始めから今日まで芸術家として立つてゐた。君はそれを恥ぢてはゐられないと思ふ。然し現在のやうな生活の状態で芸術に従事する事は病ましい事だといふ念が段々強まつて来て、忍び切れなくなつた結果、今日の一転歩をされたのだと思ふ。而して僕の理解が間違つてゐなければ、新しい生活が成就された暁にはまた創作に帰られるのではないかと思ふ。さうでなかつたら、君は最初から新しき村の事業に没頭して居られなければならぬ筈だ。私が芸術家の所為として君の事業を考へた事は無理ではないと思つてゐる。

有島武郎「読者に」(『白樺』大7・9)

このように、ここでは武者小路の言う「宗教家」の言葉にはまったく触れられていない。そればかりでなく、武者小路をあくまでも社会的良心に駆り立てられた「芸術家」であるとする、有島の固定観念的な理解だけが強調されている。「新しき村」での創作という発想も、ここには認められない。

これに続けて、有島がさらに「但し私が武者君と芸術家とを切り離し、武者君と生活の改革者とを切り離して考へる事をしなかつたのが悪いと云ふのなら私は云ふべき事はない。私には武者君をそれらから離して考へる事が出来ない」と述べているのは興味深いことである。というのは、小説「お目出たき人」をめぐるやりとり(一九一一

（明治四四）年四月、この時から七年余り前になる）において、すでに武者小路は「私は芸術家や、慈善家になるよりも宗教家になりたく思つております」と有島に告白していたからである。すでに前節で見たように、「宗教家」という言葉においてそれらは止揚されてある、というのが武者小路の考え方である。また、武者小路が「最初から新しき村の事業に没頭」したいと願っていたのは言うまでもない。ただ、この一九一八（大正七）年に至るまで、その自信ができなかったに過ぎない。それは、文字どおり「宗教家」としての自己の修養の過程であった。つまり、有島は終始一貫して、武者小路の言う「宗教家」に理解を示さなかったのである。

晩年の有島の宗教観は、たとえば「即実の生活と宗教」（『新家庭』大11・11）[*22]によれば、「宗教とは」「超自然の超人間の境地への憧れそのものに認める」と述べ、「現在の私は無宗教者だ」と語る有島にとっては「他のある人々にあつては神と人間との問題であることが、私には私自身の内在上に於ける問題」であり、そうした中でも『法悦』や「宗教的」境地を感ずるというものである。何よりも、宗教を己の外部に客観視し、自己が独立的に閉鎖されているという点で、つまり、非宗教的理知的自我主義という点で（これを『白樺』派の自我主義と見なす研究もいまだに多いが）武者小路の自己と宗教との関係とまったく対照的である。このように、有島と武者小路の資質の相違は、ひとえに宗教に対する考え方の相違と言えるだろう。ここでいう「宗教」とは、宗教学的な見地、たとえばマルクス主義も一つの「宗教」だという意味におけるそれである。この宗教性の相違は、次に述べる二人それぞれの社会的実践の相違となって現れる。

有島も武者小路のような「共生農園」を夢み、一九二二（大正一一）年七月、狩太有島農場の開放を宣言した。これによってできた有島共生農団と、「新しき村」（大津山の言葉で言えば「武者主義共生農園」）は、どのように比較検討されているだろうか。それぞれの試みの発足時点での、有島と武者小路の姿勢の違いを評して、高山亮二は「武者小路の「新しき村」は彼の人生観から必然的に生まれた理想郷への夢であり、彼は積極的に率先これに参加したのに対し、有島の場合」は「創作に専念したいとの強い願いから」「受身の形で、その位置についたところに」「大きな心理的差異があった」と述べる。[*23] つまり、主導者の姿勢の違いとは、共生の農場というものに対する、それぞれの根本的な考え方の相違にほかならなかった。それはもちろん、農場を実際に引き継いでゆく人々の姿勢の違いとなって現れる。有島自身は、「農場開放顛末」（『帝国大学新聞』大12・3）[*24] において「私はこの共生農園の将来を決して楽観して」おらず、それが「四分八裂して遂に再び資本家の掌中に入る」であろうことは、「武者小路氏の新しい村はともかく理解した人々の集まりだが私の農園は予備知識のない人々の集まりで而かも狼の如き資本家の中に存在する」からであると述べている。安藤義道はこれに触れつつ、さらに「新しき村」出身者によって創設された協同農場の挫折の経過とも比較しながら「新しき村」の特質を探っている。[*25] その出身者は上野満という。彼は一九二六（大正一五）年三月から二年ほど「新しき村」に在住し、経済的自立性と表現の自由のないことを理由に離村、後に協同農場を創設し、一時は日本農業の協同経営の先進的役割を果すが、一九七八（昭和五三）年四月に後継者の青年たちの反対によって、やむなく農協の解散に踏み切った、という。その原因を安藤は次のように述べている。

上野は己の失敗の原因のひとつに後継青年への協同農業についての教育、その価値形成への努力不足をあげた。その点「新しき村」は、上野は「表現の自由がない」と否定したが木曜会の集まりを当初から今にいたるまでもってきている。また、有島は共生農団に「予備知識のない人々の集まり」への不安をもったが、「新しき村」は「理解した人々の集まり」である。彼らには「人類の真心を通して顕われる力を信仰する」という武者小路思想への共鳴がある。成員のこの点のちがいが試みの失敗と成功を分けたのである。

大津山が「農夫を集めるかわりに〝天才〟を集めた」と「新しき村」の現実的不振の理由を説明していたが、これは「新しき村」の、ひいては武者小路思想の宗教性に由来する二律背反と言わざるを得ない。安藤の言う「新しき村」の「成功」は、武者小路思想の熱心な信奉者の努力によってのみ達せられた。その意味での「天才」ならざる、一般の農民の集団では、「成功」は不可能なことである。したがって、その社会組織の拡大には、武者小路思想のより幅広い普及が前提となる。この点で、有島が「新しき村」に対してではなく、小説「お目出たき人」に対して指摘していた、武者小路思想の一般性の欠如こそが、大きな障壁となっていることは否めない。[*26]

4 遠い「類型」の人

本章の冒頭で、有島に対する武者小路の本質的批判者性を述べたが、ここでは武者小路から見た有島の姿を見ていきたい。

一九二三（大正一二）年六月九日未明の軽井沢で、有島は波多野秋子と共に縊死した。武者小路はその知らせを受け、「武郎さんの死」（『改造』大12・8）で、「自分は武郎さんがもう少しがむしやらな人間だつたら死なずにすんだらうと思ふ。武郎さんはあまり考へ過ぎる。そして本能とか、生命の力でそれを打ちやぶつて進むと云ふ気ではない」[*27]と追憶する。この「考へ過ぎる」点に関しては、「自分の考へ、其他」（『生長する星の群』大12・8）では、「有島武郎は理屈にとらはれやすい、処がこの理屈と云ふ奴はどうでも動くもので、動かないのはその人のもつて生れた生命とか、性格とかである」[*28]と述べる。

その典型的な現れが、有島のオール・オア・ナッシングの発想であるという。一九二三（大正一二）年九月の『婦人公論』に発表された評論「武郎さんについて」[*29]では、有島のキリスト教離教をそうした眼で批評する。「耶蘇教からはなれた元因の話はよく聞いたが、（中略）僕の聞いた所では米国の宗教界に愛想をつかすだけですみさうに思ふのに、耶蘇から離れたやうに思ふ」という武者小路の言葉からは、逆に「ものを全部的に、そのものとして静観すると云ふことは武郎さんにはむづかしいやうに思ふ」という、武者小路の発想の特質を見ることもできる。そのような発想は、有島の農場開放についての批評にも見られる。「私産をすてるのでも、もつと私有財産が不合理ならどうせすてるなら呑気にすてたらい〻のにと思ふ程、その金の利用法について心をわづらはしてゐた。そして世間の方が先に問題にした時も、反つて家の人にうちあけい〻のでよろこんでゐた」とあるが、この言葉からは、また、いかに武者小路が有島の社会思想を理解していなかったか、ということもわかる。

もっとも、有島の武者小路無理解はすでに述べたとおりだが、この無理解は武者小路に複雑な気持を抱かせている。一九〇八（明治四一）年の最初の北海道旅行の契機となった、創作集『荒野』（明41・4）に対して「武郎さんから大へん気持のい〻手紙をもらつた」ことに触れ、武者小路は「武郎さんは一体に他人のものに非常に感心する質で、武郎さんに賞められることは誰も又かと云つて笑つてすませるやうにしまひにはなつた」と述べ、さらに「自分は武郎さんにほめられて内々よろこんでゐると、同時に自分の感心しないものも同じやうに最上級で賞められてゐるのを知つて恥かしく思つたことがあつた。それから武郎さんにほめられることは、なるべく喜ばないことにした」と決心するようになる。[*30] そうは言っても、「武郎さんが人の心に餓えてゐて、少しでもその餓を満たすものがあると、最上級に感心するものらしい。殊に文章にかく時、自づと誇張されてゆくらしい」と、有島の対人的な弱さ、優しさ、そして文体への理解もあった。

結局、人間の個性の根を地中深くに探ることを至上の目的とする武者小路の眼には、有島は遠い「類型」の人であった。同じ「武郎さんについて」の中には「自分は武郎さんと云ふ一個の矛盾撞着を有する立体的の人間として浮ばずに、一つの類型として頭に浮んでくる。紳士的の人、立派な人、親切な人、頭のいゝ人、学問のある人、人格者、正直な人、真面目な人と云ふ風に」とあり、そして二人の関係を「一体僕の方が特別の性質なのか、武郎さんの方が特別なのか、両方が接するとさうなるのか、ともかく武郎さんとは気らくにつきあへ、うちとけることは出来るのだがいつも武郎さんの考へにぶつかつて、武郎さんにぶつかれなかつた」と考察している。

武者小路は有島の心中という死に遭遇して「始めて、概念でない武郎さんを見ることが出来たやうに思ふ」のであった。先の「武郎さんの死」で武者小路は、有島が「本能とか、生命の力で」「考へ」を「打ちやぶつて進」まないと述べていたが、これは人間それぞれの個性によるほかはない、としか言いようがない。ただ、それは武者小路の側においてのみ、その夥しい雑感で繰り返し述べられたテーマであったに過ぎない。周知のように、有島の心中の時は、偶然にも、武者小路も女性関係のスキャンダルの中にあった。武者小路は有島の遺体の発見された三週間ほど後の七月二九日の日記に、「私は生きるために／仕事のために／安子を知つたことを／よろこぶものです、／さう新聞記者に／答へてやらう、／新聞種になつたら。」と、そして、「俺の図太さの／爪のあかでもやりた／かつた／武郎さんに。」と記している[*31]（／は改行、筆者注）。これは、有島の死を深く悼んだ言葉として読む者の胸を打つ。

次に、二人の恋愛観の相違と、その文芸作品への素材化を見る。「有島武郎の思い出」（『自分の歩いた道』所収）[*32]では、先に触れた一九〇八（明治四一）年の最初の北海道旅行で、武者小路が聞いた「恋愛は白い布の上に画をかくようなもので、できる人とできない人がある。自分は恋愛のできない人間だ」という有島の言葉を「忘れることはできなかった」と回想している。この言葉は、一九一九（大正八）年の小説「友情」上篇第九章に素材として使われた。それは主人公野島と、彼の恋する杉子の兄、仲田との会話の中で、恋愛についての野島のロマンティシズムと、仲田のリアリズムとが対照的に描かれる場面である。ここで、仲田は「恋は画家で、相手は画布だ。恋するもの、、天才の如何が、画布の上に現れるのだ」[*33]という表現で、恋愛対象の選択の偶然性とその理想化作用を、さらに「布があつても画のかけない人」という表現で、そうした不確定な恋愛の不可能性を主張するが、野島は、恋愛対象の選択の必然性を、結果論までも持ち出し、苦しく反論している。現にこれだけ激しく恋している者は、一体どうすれば良いのか、ということである。この作品では、結果的には激しく失恋することになる野島の恋愛は、厳しく批判的な眼で語られているが、有島の言葉を素材として、そうしたリアリズムが描かれたことによって、この作品が〈他者〉なるものを含み得たことは、面白く、それが作品に重厚感をもたらしている。[*34]

最後に、「新しき村」論争の後の、武者小路と有島の和解の時期について、二人の全集の年譜の記述に相違があるので触れておく。一九二一（大正一〇）年一〇月二三日付け足助素一宛の有島書簡には、「昨日は武者の処で寄合ひがあり夜は追分の青年会館で会があつた。飛入りにホヰットマンの訳詩を朗読した」[*35]とあり、また、その三日後、つまり一〇月二六日の執筆になる武者小路の「六号雑記」（『白樺』大10・11）には、「今度武郎さんと旧い友情をすつかりとり戻した」、「友情は旧にふくした」[*36]とある。これらはそれぞれ、一九二一（大正一〇）年一〇月二二日に本郷の基督教青年会館で開かれた「第一回新しき村の為の会」で、武者小路と志賀が講演、有島が飛び入り参加した時のことを記したものである。この三ヶ月ほど後、つまり、一九二二（大正一一）年一月一三日付の有島の武者小路宛書簡には、新しき村支援の単行本の編集による「友情の回復」[*37]という表現が見られる。

ところが、筑摩書房版『有島武郎全集』別巻所載の年譜では、先の飛び入りの朗読のことに触れてはいるが、この一九二二（大正一一）年一月を二人の和解の時としている。[*38]一方、小学館版『武者小路実篤全集』第一八巻所載の年譜では、それは前年の一〇月となっている。[*39]このように、武者小路・有島どちらの方向から和解の時期を定めるかという、その相違・食い違いが、あたかも、あい混じり合うことのなかった武者小路実篤と有島武郎の二人の思想・文芸の関係を、皮肉にも表すもののように感じられ、興味深いことである。

有島との比較を通して、武者小路実篤という人の宗教家的特質を浮き彫りにしたような形になったが、確かに、私達を取り巻く高度資本主義世界を考える、そういう経済学的発想を基礎におく哲学の中では、武者小路という人とその思想・文芸は、隙間ばかりのようではあるが、「日本の観念論」[*40]とは言われても、世界の仕組みを実感に基づく洞察力によって、伝えようと、あるいは考えさせようとした武者小路文芸の世界は、そうした独自の宗教的世界観の理解によってこそ、評価できるのではないかと思われる。[*41]

注

＊1　本多秋五『『白樺』派の文学』(昭35・9、新潮社)、10頁～11頁参照。

＊2　たとえば、辞典類に見られる「新しき村」の紹介を列挙し、その活動にリベラルな理解を示した武藤光麿「武者小路実篤の「新しき村」試論」(『熊本大学教育学部紀要　第二分冊　人文科学』11、昭38・2)。なお、その後の「新しき村」に関する研究については、次章「武者小路実篤と「新しき村」」参照。

＊3　朝下忠「武者小路実篤の『耶蘇』」(『キリスト教と文学』、昭50・4、笠間書院)を始めとする諸論考。

＊4　本多秋五「代表作についてのノート」(『『白樺』派の作家と作品』、昭43・9、未来社)、73頁。

＊5　川鎮郎「解説・武者小路実篤」(『近代日本キリスト教文学全集』7、昭52・3、教文館)、「武者小路実篤とキリスト教」(『有島武郎とキリスト教並びにその周辺』、平10・4、笠間書院)、「武者小路実篤と『聖書』」(『国文学解釈と鑑賞』平11・2)等。

＊6　「武者小路実篤　友情」(『亀井勝一郎全集』補巻1、昭48・4、講談社)など。

＊7　ちなみに、本多は武者小路の「宗教的」の言葉を「強い感動はなんでも」それで表現される、としか理解していない

（＊1と同書、53頁）。

＊8　西垣勤「白樺派の位置」（『有島武郎論』昭46・6、有精堂）参照。

＊9　以後、「「お目出度人」を読みて」の引用は、すべて『有島武郎全集』7（昭55・4、筑摩書房）、38頁～43頁に拠る。

＊10　『武者小路実篤論――「新しき村」まで――』（昭49・2、東京大学出版会）、280頁～281頁。大津山はここで、「桃色の室」は「いっけんエゴイズムの宣言やヒューマニズムの拒否をテーマにした作品のようにみえるけれども、実は博愛主義やヒューマニズム、あるいは有島武郎のいう「広汎な同情」の正当性を否定できないから、武者小路はこの作品を書くことができた」と述べ、「広汎な同情」の意味を「博愛主義やヒューマニズム」と同様な社会性と解釈している。

＊11　「武郎さんに」の引用は、『武者小路実篤全集』1（昭62・12、小学館）364頁下に拠る。この引用については以後同じ。

＊12　前章「武者小路実篤と北海道」第7節およびその注を参照。

＊13　「能成君に」（『白樺』明44・8）、引用は＊11と同書、392頁上。

＊14　山田昭夫「「絵画の約束」論争素描」（『有島武郎・姿勢と軌跡』昭48・9、右文書院、388頁～408頁）参照。

＊15　紅野敏郎「「白樺」論争」の一項目の「「新しき村」論争」、長谷川泉編『近代文学論争事典』（昭37・2、至文堂）。

＊16　有島武郎「武者小路兄へ」の引用は、『有島武郎全集』7（昭55・4、筑摩書房）、209頁～210頁に拠る。

＊17　「六号雑感」の引用は、『武者小路実篤全集』3（昭63・4、小学館）、785頁上～同下に拠る。

＊18　有島武郎「読者に」の引用は、＊16と同書、229頁に拠る。この引用については以後同じ。

＊19　「六号雑記」の引用は、＊17と同書、788頁上に拠る。この引用については以後同じ。

＊20　「失敗しても」は、「新しき村に就ての雑感」（『白樺』大7・6）中の一項目である。引用は『武者小路実篤全集』4（昭63・6、小学館）、35頁上に拠る。

＊21　大津山国夫「新しき村の反響――有島武郎の批判をめぐって――」（『武者小路実篤研究―実篤と新しき村―』、平9・10、明治書院）、63頁。以後、大津山文の引用はこの書による。

＊22　有島武郎「即実の生活と宗教」の引用は、『有島武郎全集』9（昭56・4、筑摩書房）、302頁～303頁に拠る。

＊23　高山亮二『新訂 有島武郎研究』（昭59・4、明治書院）、84頁。

＊24　有島武郎「農場開放顛末」の引用は、＊22と同書、373頁に拠る。
＊25　安藤義道「「新しき村」とは何であったか―有島武郎「共生農場」との比較検討を中心に」（『社会文学』創刊号、昭62・6）。
＊26　西山拓「新しき村論争再考――佐藤春夫と倉田百三の賛同意見を中心に――」（『社会文学』16、平13・12）は、有島武郎の批判と佐藤春夫の賛同に共通する「失敗」という言葉の様々なコンテクストを比較検討する、大変興味深い論である。
＊27　「武郎さんの死」の引用は、『武者小路実篤全集』7（昭63・12、小学館）、20頁上に拠る。
＊28　「自分の考へ、其他」の引用は、『武者小路実篤全集』8（平元・2、小学館）、651頁上に拠る。
＊29　「武郎さんについて」の引用は、＊27と同書、523頁～531頁に拠る。この引用については以後同じ。
＊30　この点に関して書いたと思われる感想に「自分のものをほめた人が」（『白樺』大元・12）がある。＊11と同書、483頁下参照。
＊31　初出時題名は「日記の内より」（『女性改造』大13・1）。後に『気まぐれ日記』（大15・12、新潮社）に収められた。引用は、『武者小路実篤全集』5、448頁上に拠る。
＊32　「有島武郎の思い出」は、『読売新聞』（昭30・5・30）に掲載され、後に『自分の歩いた道』（昭31・11、読売新聞社）にまとめられた。引用は『武者小路実篤全集』15（平2・8、小学館）、557頁下に拠る。
＊33　小説「友情」の引用は、『武者小路実篤全集』5（昭63・8、小学館）、12頁下に拠る。
＊34　なお、宗像和重は「「新しき村」と『或る女』――『或る女』成立前夜の問題――」（『国文学研究』78、昭57・10）で、逆に有島や志賀直哉が武者小路の「新しき村」の実践から創作上の刺激を受けたことを検討している。同じく宗像は「「惜しみなく愛は奪ふ」成立の要因――武者小路実篤「自分の人生観」との関連において――」（同72、昭55・10）においても、武者小路の評論「自分の人生観」（『大正日日新聞』大9・4完）が有島の創作に与えた影響を検討している。
＊35　足助素一宛有島書簡（一九九八）の引用は、『有島武郎全集』14（昭60・6、筑摩書房）、413頁上に拠る。
＊36　「六号雑記」の引用は、＊28と同書、525頁上に拠る。
＊37　武者小路宛有島書簡（二一〇四八）の引用は、＊35と同書、437頁上に拠る。

＊38　山田昭夫・内田満編「年譜」（『有島武郎全集』別巻、昭63・6、筑摩書房）、172頁参照。

＊39　大津山国夫他編「武者小路実篤年譜」（『武者小路実篤全集』18、平3・4、小学館）、521頁中段参照。

＊40　久野収・鶴見俊輔『現代日本の思想―その五つの渦―』（昭31・11、岩波書店）参照。

＊41　初出時「コスモロジー」と書いたが、本書収録にあたり、「宗教的世界観」と書き改めた。また、こうした武者小路の独特な自然観、自己観を考察する補助として、寺澤浩樹「〈自然〉と〈自己〉――その文芸的表現論の序章――」（『研究紀要　福島工業高等専門学校』24、昭63・12）という論考を以前発表し、日本的「自然」の意義、その文芸的表現、自己に関する哲学、および「実感」と「生命力」の意義等を考察した。

なお、武者小路と有島の関係については、寺澤「有島武郎と武者小路実篤」（『有島武郎研究叢書』8（有島武郎と作家たち）、平8・6、右文書院）、および同「有島武郎と「新しき村」」（同5（有島武郎と社会）、平7・5、同）において、これを有島の側から考察した。

第三章　武者小路実篤と「新しき村」

1　武者小路実篤と宗教

武者小路実篤と「新しき村」というタイトルで論じるべきことは、武者小路の社会的実践の事実の調査と批評であろう。これについては、大津山国夫の『武者小路実篤研究―実篤と新しき村―』（平9・10、明治書院）、および奥脇賢三の『検証「新しき村」　武者小路実篤の理想主義』（平10・5、農文協）に詳しい。他にもこの実践を批評する指標・姿勢はかつてさまざまにあったし、これからもあり得るものである。[*1]

私は本章で武者小路の文芸と実践との関連を考えてみたい。そのとき、「新しき村」の実践を、武者小路の宗教家としての実践であるという仮説を置きたいと思う。「宗教家」という言葉は有島武郎との論争にもあったものである。[*2]文芸が宗教の代用であった時代の中で「文学」という言葉に含まれるものと宗教の類似性は、武者小路に限らず、一般的であると言える。まして武者小路においては明らかにそれは意識されたものである。この方向から考えるとき、武者小路の〈雑感〉も一種の聖典のようなものに見えてくる。[*3]このことからは、武者小路の著作全体の方向性が明らかになるように思える。

ここで、「新しき村」の実践者は作品を書いて発表する者であった、ということを考えたいと思う。明らかに聖典を意識した作品は小説「幸福者」（大8・9刊）である。そしてそれは「新しき村」時代の初期に書かれている。「幸福者」は評伝「耶蘇」（大9・9刊）、小説「第三の隠者の運命」（大12・5刊）とともにキリスト教三部作と評されている作品である。したがって、武者小路と「新しき村」のテーマは必然的に武者小路とキリスト教というテーマに結び付くことになる。厳密に言えば、キリスト教ではなくて、それを武者小路と宗教と言った方が正しいだろう。

2 〈習う〉時代から〈創る〉時代、そして〈待つ〉時代へ

「彼にとつては文学をやらうと思つたのと、新しき世界を生み出したいと思つたのとは、殆んど同時である。それは彼の双生児である」（「或る男」〈百〉）[*4]と武者小路は言うが、それはトルストイの影響によるものである。武者小路がトルストイを知ったのは、事業の失敗から精神的欲求に向かい、半農的生活を営んでいた叔父勘解由《かでの》小路《こうじ》資承《すけこと》による。当時、最大の失恋のさなかにあって、やはり精神的欲求の昂まっていた武者小路は、トルストイを通してキリスト教をも知った。こうして聖書・失恋・トルストイの三つが武者小路を文芸に向かわせ、第一創作集『荒野』（明41・4）に向かって結実していく。〈習う〉時代の始まりである。[*5]

以後、武者小路はトルストイに没頭し、現代の制度の誤りと自分の食客的・寄生的生活を知った。この世に不幸な人の多いことは武者小路の良心に重荷となった。自己を完成し、人類に役立たせること、そして自分の作品が一時的でも不幸な人を救うことが最初の目的であった。ここから「新しき村」の実践は非常に近い所にある。一方では、性欲と恋愛と結婚の問題――トルストイ主義では解決ができない――も重要なテーマであった。

一九〇八（明治四一）年五月一九日付け日記に、武者小路は「自分は此頃になつて何か仕事が出来る様に思へて来た。その仕事は大きい仕事ではないかも知れないが、しかし有益な仕事だ。さうして自分でなければ出来ない仕事

だ。／　それは新しき社会をつくる事だ。理想国の小さいモデルを作る事だ」（日記「彼の青年時代」[*6]、／は改行、筆者注）と書いた。ここには貧しく自由のない人々が恋し、結婚ができるような社会を創るために、新しい土台の上に新しい家を建てるという武者小路の想像がある。

しかし武者小路はその後、メーテルリンクの「智慧と運命」によってトルストイから「独立」する。

自分の力にあはない善事は自分にとつて重荷であり、そして生長に害のあることを知つた。自己を本当に愛すること、他人の内にある自己を愛することを知つた。彼はトルストイから得たものを失ふわけにはゆかなかつた。しかし自分の実力で立つと云ふこと、自分の頭で考へると云ふこと、運命が自づと開ける時を待つと云ふことを知つた。

「或る男」〈百四[*7]〉

ただしトルストイに対しては性欲の否定に対してのみ反抗した。武者小路は人間が自然から与えられたもの全体を肯定しようとしたのである。作品には小説「お目出たき人」（明44・2刊）、小説「世間知らず」（大元・11刊）等がある。いわゆる「自我主義」の最も強い、「『自然』の時代[*8]」である。私はこの頃を神の模索と確立の時代、〈創る〉時代と考える。

創作が進み、少しずつ世に認められるようになって、武者小路の自己意識と他者意識は違う形で現れるようになった。武者小路は自己を「生長[*9]」させることが目的であるが、それは他者の「生長」を害するものであってはならない。逆にそれが他者を「生長」させるものでなければならない。それが「自然」や「人類」の意志である。そして武者小路の信仰である。武者小路の言う「人類愛」とは自他を共に生かす愛である。

こうして武者小路は自身の力の大きさを、つねに自ら問いかけ続けた。たとえば、戯曲「わしも知らない」（大3・1発表）を書いてから戯曲「二十八歳の耶蘇」（大3・2、発表時の題は「二十八歳の耶蘇と悪魔」）を書いたのは「トルストイによつて自分の現在の生活をつゞけることに心苦しさを感じさせられながら、新しい生活に入れないので、その不安をあらはす」（同〈百六十五〉[*10]）ためであった。しかし「人類全体が救はれるまでは、健全な個人は何処かに疚しさを感じるのが本当」（同〈二百二〉[*11]）という思いは消えることがなかった。一九一六（大正五）年六月にも小説「或る国の話」という「新しき村」のモデルとなるようなものを書いている。この頃までがいわゆる人道主義の時代、「「人類」の時代[*12]」ということになるが、筆者は運命の観照の時代、〈待つ〉時代と考える。

3　宗教活動としての「新しき村」

武者小路が「新しき村」の活動を実際に開始するようになったのは、時の力（武者小路はこれを「人類の生長」と言う）、「兄弟姉妹」すなわち彼の考えに賛同する人々の協力、妻の協力の三つが揃ったためである。武者小路は後に「新しき村に就ての対話」としてまとめられる三つの対話を、一九一八（大正七）年五月から七月にかけて発表し、これらによって「新しき村」の現実的な創設が初めて世間に公表された。これは「先生」とその弟子らしい「A」との対話という形式の作品である。ここで先生は、労働を貨幣経済の側から人間の生きる意義の側に引き戻し得る社会制度のあり方についての見取り図を、徐々に熱を帯びつつ語り進め、ついには「新しき村」という理想社会の名前と、その設立のための同名の機関誌の発行をも決意するようになる。事実、同年七月に雑誌『新しき村』が創刊され、同時に会員の募集が始められた。最初はひとつの虚構でしかなかったものが、ついには現実のものとなってゆくという、作品と現実世界をダイナミックに結ぶドラマとなった。[*13]
ここで語られた理想の社会とは、その構成員の共同と自由の精神に基づいて、各自の個性を尊重、伸張させながら真の労働の喜びを得ることができる社会である。そこでは「皆義務を果した安心をもつと同時に自己の天職に安心して進むことが出来る。そしてあらゆる人は自己の才能を何処迄も発揮する余裕をもち、この世を楽しく美しくする為に働くことが出来る希望と努力をもつ」（「第二の対話」）[*14]のである。
六時間を超えない義務労働さえ果せば、村の品物は皆ただで、食費もいらない。労働の義務には融通を持たせる。土地や財産の私有さえも、制限を付けた上で認める。村には会堂を造る。それは美術館であり、劇場であり、集会場であり、音楽堂であり、学校でもある。印刷所も造る。住人はみな何らかの思想家や芸術家である。また、蚕を飼い、綿を作り、衣服をも自給する。発電所を造り、いずれは鉱山も製鉄所も造る。農作物を始め、村の産物は信用できる良質の製品である。
「カイザルのものはカイザルに返せ」という思想によって、現社会国家ともできるだけ調和する。「新しき村」がより大きくなって、世界的な仕事になるのか否かは「人類」あるいは「人間をつくつたもの」への信仰の問題である。「大事なのは自分達の生活が正しいか、正しくないかだ。今の社会よりもより正しければ、その正しさに正比例して我等の仕事は他人の真心をつかまへる」（「第二の対話」）[*15]と先生は語る。「我々は僧侶とはちがふが、一種の僧侶をもつて任じてゐ〻。新らしい生活の僧侶である。人間が人間らしく生きられる本当の道を発見しようとする僧侶だ」（「第二の対話」）[*16]という先生は、「新しき村」の広報活動を「伝道」（「第二の対話」）[*17]とさえ表現する。ここにおいて「新しき村」の活動が広義の宗教活動であることは明らかと言えよう。[*18]

4 「共生」と創作――〈祈る〉時代へ

さて、その実践のために武者小路は東京に一軒家を借りて、賛同者数人が移住し、そこを新しき村本部とした。月一回の集まりを開き、雑誌『新しき村』を発行した。土地のことを相談し、また第一種（村内に在住）と第二種（村外から援助）の会員制度を決めた。九月一四日に初めての新しき村の演説会を本郷追分の基督教青年会館で開催した。同二〇日に我孫子を発ち、浜松・長野・京都・大阪・神戸・福岡で演説をおこないながら一路、日向に向かった。交通は不便で天候もすぐれず、前途の多難を感じた。土地選定も地元民の思惑や買値などにより思うようにはかどらず、困難を極めたが、「新しき村」は宮崎県児湯郡木城村大字石河内字城の私有地を購入して創られた。[*19] 一九一八（大正七）年一一月一四日に売買内約が成立、それがたまたまロダンの誕生日だったこともあり、後にこの日が「新しき村」の創立記念日とされた。

城という地名からもわかるように、戦国時代に大友宗麟配下の伊東義祐が築城したことのある、川に三方を囲まれた台地だった。それだけに交通の便はすこぶる悪く、最寄りの駅から六里もの道のりを馬車や徒歩で行き来していた。川には橋がなく、電気はむろん水路さえなかった。ここに武者小路夫妻とその子、木村荘太夫妻、川島伝吉夫妻とその子、日守新一、後藤真太郎、辻克巳、萩原中、横井国三郎、松本和郎、伊藤栄、今田謹吾、小島繁夫、西島九州男の合計一八人が最初の村民として暮らし始めた。以後、在村者数は最大で五〇人、おおむね三十数人であった。

奥脇賢三は男女同権・障害者との共生・外国人の非差別を村の特質として実証し、「無差別・平等のユートピア」[*20]

と評価している。また、村内での芸術活動もすこぶる盛んであった。人間関係のもつれによる内紛や素人農法による自給の遅れと経済的困窮等、「新しき村」の前半生は困難に満ちてはいた[21]が、大正という時代の中でのこうした先進性と独創性への評価は忘れてはならない。

さて、武者小路研究において「新しき村」時代とは、武者小路が日向に在住したこの時代を指すが、本多秋五は武者小路の「半世紀をこえる文学的生涯は、関東震災を境にして前半生と後半生とに分けることができる」とし、それぞれ「倫理主義の時代」および「生命礼讃の時代」と呼んでいる[22]。「新しき村」時代には、このように創作史的分水嶺があるというわけである。

キリスト教三部作の最後の作品、「第三の隠者の運命」の完結が一九二二（大正一一）年一〇月、その翌年九月に震災があったわけだが、確かに「新しき村」時代の前半はキリスト教的・宗教的な作品が多く、また、小説「友情」（大9・4刊）を始め、ほかにも優れた作品の多い、もっとも豊穣な時代であったと言える。その意味で本多の区分には賛成できるが、いわゆる「倫理」という語感から来るものをこえたところに、武者小路文芸の真髄があるものと筆者は考える。武者小路も述べているように小説「第三の隠者の運命」は倫理を越えた人間全体を愛する意味での「出鱈目」という原題を持つ作品であって、本多が推測するような「シュールリアリズム[23]」というようなものではない。

大津山国夫はキリスト教三部作についてこれを「〝神の国〟の義《ただ》しさをあこがれた三部作〟」と呼び[24]、あえて「キリスト教」の冠詞を用いない。川鎮郎の指摘[25]を待つまでもなく、これらの作品を厳密にキリスト教文芸と呼ぶことには無理があるだろう。しかしこれらの作品の持つ宗教性への評価なしには、武者小路文芸の様式の解明は難しいと筆者は考える。たとえば、大津山は「耶蘇」や「幸福者」に漂う悲壮感や受難を指摘し、「武者小路文学における異例の悲劇の時代[*26]」と評するが、筆者には悲劇はすでに、戯曲「その妹」（大4・3発表）や小説「不幸な男」（大6・5発表）など、一九一四（大正三）年〜一九一五（大正四）年頃の作品にもあると思われる。やはり、ここでは宗教性の方に、より注目すべきではないだろうか。なお、時期区分の名称については、後に氏から「共生の時代」という言葉を伺う機会があった[*27]。「新しき村」の実践ばかりでなく、キリスト教三部作のテーマを言い表すにもふさわしい名称と思われたが、筆者は「〈祈る〉時代」と呼びたいと思う。「祈る」ことは、小説「友情」やキリスト教三部作のテーマに近しく、また「新しき村」を「共生」することと、表裏一体と考えられるためである[*28]。

最後に武者小路が離村するまでの村の歴史の概略を記す。最初は村の対岸の仮屋から舟で川を渡って開墾や建築に努めていたが、翌一九一九（大正八）年五月には村に母屋が完成（一九二一（大正一〇）年一月、失火により全焼）、続いて一九二〇（大正九）年四月には武者小路の家も出来、ほかの家族の住居も徐々に造られていった。この月に武者小路は義務労働を免除され、執筆と教宣活動に専念できるようになった。六月、初めて稲が植えられた。一九二二（大正一一）年一一月、奥地の水源から水を引く工事に着手（曲折を経て一九二八（昭和三）年に完成）、八月には地元の津江市作に農事指導を依頼した。九月、東京で新しき村電気事業後援会が結成された。しかし、実際の電化は一九四六（昭和二一）年になった。この年暮れ頃、房子と離婚し安子と再婚した。一九二三（大正一二）年九月、震災により『白樺』が廃刊となった。一九二五（大正一四）年七月、「新しき村」で出版部が創られた。そして一二月二〇日前後、武者小路は「新しき村」を離れ奈良に移住することになった[*29]。

注

＊1　大津山前掲書所載の「新しき村をめぐる文献」は、「新しき村」を視点とする武者小路実篤研究史とも呼ぶべき、詳細な言

説の歴史と解説である。なお、他に「新しき村」に関わる文献には、同『武者小路実篤、新しき村の生誕』(平20・10、武蔵野書房)、また評伝の関川夏央『白樺たちの大正』(平15・6、文藝春秋)等がある。

*2 詳細は前章「武者小路実篤と有島武郎――宗教的感性と社会的知性――」第3節参照。

*3 詳細は本書第Ⅰ部第五章「〈初期雑感〉の特質――〈聖典〉としての文芸――」参照。

*4 「或る男」〈百〉の引用は、『武者小路実篤全集』5(昭63・8、小学館)、155頁上に拠る。

*5 本書収録にあたり、初出に対して「〈習う〉時代の始まりである」と書き加えた。「習う」とは、思想は借り着、文芸もまだ習作であった時代であることを示す。詳細は本書序章「武者小路実篤の世界観とキリスト教」第2節参照。

*6 「彼の青年時代」の引用は、『武者小路実篤全集』1(昭62・12、小学館)、242頁下に拠る。

*7 「或る男」〈百四〉の引用は*4と同書、159頁下に拠る。

*8 大津山国夫『武者小路実篤論――「新しき村」まで――』(昭49・2、東京大学出版会)での命名に基づく。後の大津山の区分(冒頭前掲書、402頁)で言えば、「個我の時代」の「『自然』を指標」とする前半である。

*9 「生長」という言葉は武者小路独特の用語で、自らを生かして伸ばしていく、というイメージがある。なお、先に筆者が「一種の聖典のようなものに見えてくる」と述べた、武者小路の第一感想集のタイトルが『生長』(大2・12刊)であった。

*10 「或る男」〈百六十五〉の引用は*4と同書、235頁下に拠る。

*11 同〈二百二〉の引用は、同前、278頁下に拠る。

*12 *8と同様に大津山説による。後の大津山の区分で言えば、「個我の時代」の「『人類』を指標」とする後半である。

*13 「新しき村」に関する一連の論考で、そのユートピアとしての可能性を検討し続けている、社会学者の西山拓は「武者小路実篤とユートピア共同体――新しき村の構想について――」(『社会科学研究科紀要 別冊(早稲田大学大学院社会科学研究科)』8、平13・1)で「新しき村に就ての対話 第二の対話」を「村の設計書」と位置付け、その原則と実効性を分析し、「今日あるいは将来のユートピア共同体運動の指針となる可能性」を指摘している。

また同じく西山は、「新しき村論争再考――佐藤春夫と倉田百三の賛同意見を中心に――」(『社会文学』16、平13・12)では、佐藤春夫の評論から「新しき村の現出を契機に理想社会について多くの人々が模索を繰り返すべきだという提唱」を、倉田百三の評論から「宗教性・倫理性と世俗性の均衡を模索する必要」を指摘することで、「新しき村」の実践の歴史的、および現代的意義を解明している。さらに「大杉栄の「新しき村」批評――アナキズムと共同体主義の接点」（『初期社會主義研究』15、平14・12）では、批判者大杉栄と武者小路のやりとりを「日本社会において初めておこなわれたアナキズムと共同体主義の論戦」と定義した上で、これを丁寧に整理検討し、それぞれの立場と運動に「価値があり、優劣を付けることは不可能」と述べている。

＊14 「新しき村に就ての対話」の「第二の対話」の引用は、『武者小路実篤全集』4（昭63・6、小学館）、16頁下に拠る。

＊15 同「第三の対話」の引用は、同前、23頁下に拠る。

＊16 同「第二の対話」の引用は、同前、22頁下に拠る。

＊17 同「第三の対話」の引用は、同前、26頁下に拠る。

＊18 宗教学者の島田裕巳は「ユートピアへ――武者小路実篤と新しき村――」（『史艸（日本女子大学）』32、平3・11）で「新しき村」を「宗教的共同体ではなかった」、と述べつつも、その「理想」の存在を指摘している。島田の検討は興味深いが、武者小路の文芸ないし思想への考察が欠け、そのために「新しき村」の「イニシエーション」がその芸術活動にほかならないこと、それが構成員の信仰の内実と深く結びつくことを認めていないのは残念なことである。

また、経済学者の持田恵三は「近代日本の知識人と農民――（2）徳富蘆花と武者小路実篤――」（『和光経済』28―2・3、平8・4、後に『近代日本の知識人と農民』（平9・6、家の光協会）に収録）で、トルストイ主義の下地とその相違点を挙げつつ、「新しき村」存続の理由を「「新しき村」はいわゆる宗教はなかったが、武者小路実篤自身が一つの教祖で」、「その宗教は人類教とでもいうべきもの」でありながら、「近代的で合理的」であることが「精神的に楽だった」ため、と興味深い指摘をしている。

また、尹一の「武者小路実篤における「神の国」」（『Comparatio』5、平13・3）は、内村鑑三の影響を検討しつつ、「新しき村」の活動が武者小路の「神の国」の建設であったと述べている。

＊19 現在の宮崎県児湯郡木城町出身であるという河野真智子による「〈卒業論文〉日向新しき村における武者小路実篤」（『日本文学誌要』67、平15・3）は、日向の「新しき村」を多方面から概観している。

また、地理学を専門とする金素亭は「武者小路実篤による「新しき村」の地理学的研究」（『大学院年報』18、平13・3）で、宮崎と埼玉の「新しき村」を地理学の視点から考察している。

＊20 奥脇賢三『検証「新しき村」武者小路実篤の理想主義』（平10・5、農文協）、180頁。

なお、この書でも触れられている、視覚障害者の加藤勘助に関する調査として、望月謙二「新しき村の盲目の詩人 加藤勘助——その一 新しき村の土地さがしまで——」（『研究紀要 京都女子大学宗教・文化研究所』11、平10・3）、「新しき村の盲目の詩人 加藤勘助——失明そして入村へ」（『解釈』44—11・12、平10・11）、「加藤勘助——「新しき村」での生活」（『研究紀要 京都女子大学宗教・文化研究所』14、平13・3）がある。

＊21 今村忠純は「新しき村とポリセクシュアル」（『国文学』44—1、平11・1）で、「新しき村」の性に関わる諸問題を検討している。また、劉岸偉「周作人伝 ある知日派文人の生涯 第八回」（『アジア遊学』118、平21・1）は、最初の内紛直後の周作人の和やかな訪問と、その中国への影響を検討している。

＊22 本多秋五「武者小路実篤論」（『『白樺』派の作家と作品』昭43・9、未来社）、82～83頁。

＊23 同「代表作についてのノート」（同前）、65頁。なお、この問題については本書第I部第一章「「第三の隠者の運命」の世界——悟りきれない人間の祈り——」第8節参照。

＊24 大津山国夫『武者小路実篤研究—実篤と新しき村—』（平9・10、明治書院）、93頁。

＊25 川鎮郎「解説・武者小路実篤」（『近代日本キリスト教文学全集』7、昭52・3、教文館）、「武者小路実篤とキリスト教」（『有島武郎とキリスト教並びにその周辺』、平10・4、笠間書院）、「武者小路実篤と『聖書』」（『国文学解釈と鑑賞』平11・2）等。

＊26 大津山国夫、＊24と同書、92頁。大津山はここで三部作のうち「第三の隠者の運命」のみ「両作のような悲劇性を感じさせない」理由を、「新しき村」の「内紛が過去の語り草になったころ書かれたこと」に求めているが、作品解釈としては外的要因に偏している。

この問題は小説「幸福者」を論じた河原信義の「年譜的事実とべったり重ね合わせた上でのこの手の評価」（「武者小路実篤ノート（その二）」（『立教高等学校研究紀要』27、平9・3）という批判に通底する。河原はここで伝え語りの構造を明らかにしたが、石橋紀俊はそれをさらに詳細に分析し、「武者小路にとって理想が、『幸福者』の書き手「自分」の垣間見る果てしのない断絶を越境する耐《ママ》えざる賭としてあった」(「『幸福者』」、『国文学解釈と鑑賞』64—2、平11・2)と、この作品の悲壮感を的確に説明している。

*27 大津山国夫「武者小路実篤論」(『国文学解釈と鑑賞』64—2、平11・2)では、冒頭前掲書での命名「新しき村時代」から「新しき村、共生の時代」に改められた。

*28 初出時には「〈創る〉時代」、「〈待つ〉時代」に対応する、この時代の名称を記していなかったが、本書収録にあたり、それを「〈祈る〉時代」として節題に明記し、またこの一文を加筆した。

*29 最近の宮崎、および埼玉の「新しき村」の訪問、紹介記には、歌代幸子「「武者小路実篤」の理想郷「新しき村」90年の今」(『週刊新潮』53—45(2671)、平20・11)がある。

終章　武者小路実篤の表現様式——美術と文芸の間にあるもの——

1　はじめに

武者小路実篤が前期（明43～大2、筆者の時期区分による）の『白樺』において、評論や「挿画解説」で取り上げて言及した美術家は、彫刻家ではフランスのロダン、ベルギーのムーニエ、画家ではドイツのクリンガー、ホフマン、フランスのミレー、ルグラン、ドーミエ、ルドン、スイスのホドラー、スペインのゴヤ、ノルウェーのムンク、オランダのゴッホ、スウェーデンのソーン、オーストリアのオルリックなどがあり、他にも「六号雑感」などで言及した画家は様々に多い。「挿画解説」あるいは美術家の評伝などの執筆者は、同人の間で適宜決められたり、より適切な執筆者があれば、同人以外からの寄稿によった場合もあるので、この執筆状況から一概に武者小路の美術趣向を定めることはできないが、これらの文章を読むと、おのずと武者小路の力点が浮かび上がって見える。それはロダンとゴッホ、そしてムンクである。これらの中でも、特にゴッホへの熱い注目と言及が目立っている。

そこで本章では、この時期の武者小路によるゴッホとムンクの美術作品に対する具体的な言及を詳しく検討することによって、武者小路の表現様式を解明する手掛かりとしたい。またそれによって、日本近代美術史上の『白樺』の果した役割が、従来言われていたような「造形的、美術史的理解を欠いた」「文学的ないし人生感的理解」[*1]とは異なることも、おのずと明らかになるであろう。

『白樺』に初めて登場したゴッホの作品「河岸と橋」。
武者小路は「挿画に就て」で「この片々たるペン画を見ても彼の内心を覗く事は出来る」と解説した。『白樺』明44・6

2　武者小路の紹介したゴッホ

武者小路が『白樺』で初めてゴッホの名前を書いたのは、創刊二年目、一九一一（明治四四）年二月の「六号雑感」だった。ちょうど小説「お目出たき人」が刊行された月でもあった。

○もしこの世の中に。エマーソンとか、ホイットマンとかトルストイとか、イブセンとか、ニィチェとか、メーテルリンクとか、ロダンとか、Van Goghとか、云ふ人達が居なかつたらどんなに自分は淋しいだらう。かう云ふ人達が自己の全人格を以つて怒鳴つてゐてくれるのだから生きてゐるのが気丈夫なのだ。難有い〳〵。[*2]

改めて言うまでもなく、これらは武者小路に大きな影響を与えた一九世紀の偉人たちであり、ここからは、武者小路への外来の影響もよく見て取れる。右に記されている順のままに、その生年を記すと、エマーソン（1803）、ホイットマン（1819）、トルストイ（1828）、イプセン（同）、ニーチェ（1844）、メーテルリンク（1862）、ロダン（1840）、ゴッホ（1853）であり、これらがジャンルごとに、正確に生年順に並べられていること、そしてゴッホが武者小路に最も近い世代であることがわかる。

なお、これに遡ること約半年前、夏目漱石主宰の「朝日文芸欄」（明43・7・18）に武者小路は、漱石の小説「門」（明43・6・12完）を「じめくした、生気を消してゆくやうな芸術」とあからさまに批判した言葉に続けて「イブセン、ニイチエ、マネー、ロダン、メーテルリンク……が日本にほしい」（「五月雨」[*3]）と書いている。興味深いのは、その約半年の間に、印象派先駆者のマネが後期印象派のゴッホに置き換えられたことだ。実際、後の『白樺』誌上で繰り返し掲載、言及がおこなわれることになるゴッホに比べ、マネの特集号は一九一一（明治四四）年四月号の一度だけだった。

さて、この号には児島喜久雄による「ヴインツエント・ヴアン・ゴオホの手紙（一）」と題する、ゴッホが弟のテオドルスに送った数多くの書簡のうちの一通の翻訳が、ゴッホ小伝（美術史家マックス・オズボーンによる）の翻訳とともに掲載された。冒頭にはこれら原著の紹介と翻訳のいきさつが記されており、それによれば、前年つまり一九一〇（明治四三）年夏の初めに武者小路がドイツから入手した原著（ベルリンの大画商ブルーノ・カッシーラ編集）を児島に渡して翻訳を依頼したという。

この後も、武者小路によるゴッホへの軽い言及は何度かあったが、ゴッホへの賞讃を高らかに述べたのは、次の詩「バン、ゴォホ」（『白樺』明44・7）である。詩作品へのゴッホの登場としては世界初と言われるが[*4]、日本のゴッホ受容のありようを述べる時によく引用される詩なので、次に少々丁寧に分析したい。

バン、ゴォホ
バン、ゴォホよ

燃えるが如き意力もつ汝よ
汝を想ふ毎に
我に力わく
高きにのぼらんとする力わく、
ゆきつくす処までゆく力わく、
あゝ、
ゆきつくす処までゆく力わく。[*5]

ゴッホ「自画像（パイプを銜へたる）」
『白樺』明44・10

これは二人称を用いた呼びかけの讃歌である。したがって音読に適しており、それによってあたかも眼前に対象が浮かび上がるかのような演劇性すら生じる。全八行から成るこの詩は、最初の行で親しげに名前を挙げ、二行目では強烈な意志の力を持つ者として呼びかける。三、四行目は一文を二行に分けることで間を置き、四行目の「我に力わく」を強調する効果を持たせている。「汝を想ふ毎に」の「汝」とは、もちろんゴッホの創作をも含意するが、直接には凄惨な人生を送った芸術家ゴッホを指している。そのような創作も生きざまも含めた、全体としてのゴッホに思いを寄せるたびに必ず、新たな力が自分の中から湧き上がってくる、という意味に続く。「この力わく」という言葉は、直前に「する」や「ゆく」という意志的な動詞を置きながら、七行目の感嘆詞を挟んで、行末まで四度もリフレーンされることで、詩にリズムを持たせている。特に六行目と最終行は、同じ言葉のリフレーンによって、「のぼらんとする」「高き」場所が、「ゆきつくす処」であることが強調される。構成的には、前半四行の「燃える」「意力」「力」などの熱をもって圧縮されたものが、「汝」から「我」

への伝達を経ながら、後半四行の「高き」「のぼらん」「わく」「ゆきつくす」など、上方へ加速して伸びてゆくイメージを持つ。語り手の視線は上方に向けられている。また、用いられている単語は単純《シンプル》で明瞭で力強い。音韻的にはゴツゴツとしていて、軽く流しながら読み進めることはできない。

あえてこのような分析を加えたのは、日本のゴッホ受容を論じた多くの評者が、この詩を一つの資料以上に捉えないか、あるいは、この詩の内容にのみ目を向けて、その技法について論じることがないからである。さらに筆者は、ここで武者小路がゴッホを讃える詩に用いた、これらの技法とその内容が、まさしくゴッホがその創作で用いた技法とその内容に類似しているのではないかと考える。以後、この観点に基づいて、武者小路のゴッホを中心とする芸術家たちへの言及を検討していきたい。なお、この詩は札幌の有島武郎を訪問した時に創られたもので、武者小路にとっては様々な意味で低迷した、危機的な時期だった（詳細は本書第Ⅱ部第一章「武者小路実篤と北海道」参照）。作品解釈には二次的な情報だが、補足しておく。

ゴッホ「風景」『白樺』明44・10

武者小路自身が初めて書いた、ゴッホに関するまとまった文章は、その三ヶ月後の『白樺』（明44・10、ゴッホ挿画特集号）「六号雑感」の一節「ゴヤ、ドミエ、ミレー、ゴオホ」である。これは後に感想集『生長』にも収録された、重みのあるものである。この号には「自画像（パイプを銜へたる）」、「風景」、「郵便配達夫」、「プロヴァンスの田舎道」

ゴッホ「郵便配達夫」『白樺』明44・10

（以上挿画）、「手紙の一頁」（裏表紙）など、四点のゴッホの絵画と一点の書簡が掲載された。

この頃の自分の最も好きな画家はゴオホである。（中略）ミレーにはまだ余裕がある。ゴオホは更につき進んで、「生」そのものにふれやうとしてゐる。自然そのものにふれやうとしてゐる。前号に児島が訳して出した手紙の内に地面の堅さと、木の根の地面に根ざしてゐる強さにおどろいてゐる処があるが、実際さう云ふ力を知つた点では彼は未曾有の人と云つていゝと思ふ。彼が製作する時は自然そのものがあつた許りであらう。内からくる自然の力を最も強く味はつた人の気がする。彼は自殺した、自分の気の狂つたことを自覚した彼は、他人に迷惑を与へることを恐れて自殺した。彼は内からくる生の力をそのまゝ活かし得るには彼の肉体は弱かつたのであらう。彼の脳は弱かつたのであらう。しかし今の自分は彼の画の写真を見ることによつて最もよく内に力を漲ぎらすことが出来るのである。真に全身全心をもつて生きてゆきたい人には彼は最もよき鼓舞者であらう。中途にぶらついてゐる人には彼の調子は余りに高い恨みがあるかも知れない。*6

これはその抜粋であるが、ここで武者小路はゴッホの作品の印象をミレーのそれと比べながら「「生」そのもの」、「自然そのものにふれやうとしてゐる」点を評価している。続けてゴッホの手紙に表された「地面の堅さと、木の根の地面に根ざしてゐる強さにおどろいてゐる」、「さう云ふ力を知つた点では彼は未曾有の人」と、ゴッホの深い自然観照の能力を評価し、「彼が製作する時は自然そのものがあつた許り」で「内からくる自然の力を最も強く味はつた人」と、ゴッホの外なる「自然」の力と内なる「自然」の力との、自己内部での強く深い照応能力を説明、評価している。ゴッホに死をもたらした狂気に対しては「内からくる生の力をそのまゝ活かし得るには彼の肉体は弱かつたのであらう。彼の脳は弱かつたのであらう」と、肉体や精神の限界を超えるほどに強い、自己の内と外との照応能力のためだと想像し、それだけに「今の自分は彼の画の写真を見ることによつて最もよく内に力を漲ぎらすことが出来る」と、ゴッホの絵画鑑賞の芸術的情調を「内に力を漲ぎらすこと」であると端的に述べている。

この「前号に児島が訳して出した手紙」とは、先に見た児島喜久雄の翻訳による「ヴインツエント・ヴアン・ゴオホの手紙」の「(三)」(『白樺』明44・9)のことである。『白樺』における西洋美術紹介の一例としても興味深い資料と考えられるので、その一部を次に引用する。

ゴッホ「プロヴァンスの田舎道」
『白樺』明44・10

夫を彩描するのは大仕事だつた、地面に私は大鉛管の白を一つ半使つた、それでも地面はまだ非常に暗い、更に赤と黄と褐と赭黄と黒と焦赭と煤褐とを用ひた——そしてその結果は深い暗紅色から軟かな桃色までの変化を含んだ赤褐色である、苔と日に照されて強く輝いて居る鮮しい草の小縁とを写し出すのは頗る難しい、其の絵は之は人が見てもつまらなくはあるまい、之は人に何事かを語るぞと言つてやり度い写生画の一つなんだと思ひ給へ、私は遣つてる間始終自分に向つて「秋の夕べの情調が幾分か宿る迄は、不可思議な或物、深い真面目の籠つた或物の宿るまで筆を措くな」と言つて居た、
私は然し感じの脱けないやうに早く描かなければならない、人物は強《こは》い筆で続けて二刷毛三刷毛強く引いて塗《な》抹《す》つてある、——私は幹が地に根差して居る堅固さには驚いた、私は夫を筆で遣り出したが已に濃い色で塗抹《なす》つてあつた地面の特徴を取り去る訳には行かなかつた、刷毛で一つ引いた位はその特徴の中に跡形もなく消えてしまふのだつた、それだから私は根と幹とは鉛管から圧し出した、そしてそれをいくらか筆で補つて形をとつた、本当にそれで漸つと根や幹が地に刺《さ》立り、そこから生え出て堅固な根を持つた、

ゴッホの手紙の一頁
『白樺』明44・10、裏表紙

一読して、これがゴッホの製作のかなり精細な記述であることがわかる。『白樺』のゴッホ紹介が、「造形的、美術史的理解を欠いた」「文学的ないし人生感的理解」ばかりでなかった好例である。また、この手紙の言及はもちろん、絵画の技術論ばかりにとどまらず、その根幹にある芸術精神にまで及び、ゴッホが眼前の自然の中の「不可思議な或物、深い真面目の籠った或物」の観照と表現を目指していること、その実現のために、武者小路が注目したような、地面の固さと木の根の固さとの激しい拮抗の表現に苦心していることがわかる。[*7]

3　武者小路の芸術の言葉

ところで、武者小路はゴッホ挿画特集号の翌月の『白樺』（明44・11）の「六号雑感」に「自己の為の芸術」[*8]という文章を発表し、山脇信徳と木下杢太郎との間で続いていた応酬に参入し、これが後の「絵画の約束」論争に発展した。ここで武者小路は次のように書いている。

○自分はたゞ自分の為を計ることが同時に社会の為になり、人類の為になる時にのみ、社会の為、人類の為を計らうと思つてゐる。自己の為を計ることが同時に群集の為になる時にのみ、群集の為に働かうと思つてゐる。
○しかし社会の為、人類の為、群集の為を計ることが自己の為になる時は社会の為、人類の為、群集の為に働く気はない。さう云ふ気が出だすと堕落をするのだと思つてゐる。この処理屈では説明が出来ない、尊徳の所謂理外の理である。

「理外の理」とは言うけれども、この言葉には、後の「新しき村」の活動を含めて、武者小路の生き方やその創作意識がよく表されていると思われる。利他的意識や行為は、利己的意識や行為に含まれねばならない、ということだ。その鍵を握るのは、自己の内なる他者への道だが、そう簡単にたどり着けるものではない。この時期、すなわち前期〈創る〉時代の武者小路は、自然や人類という理念のもとで、自己の果てなき奥に他者を含むような、壮大な宗教的世界観を創ることに必死だった。そして、後に戯曲の「わしも知らない」（大3・1）や「その妹」（大4・

3）など、度重なる悲劇の創作の中期、すなわち〈待つ〉時代の中で、運命を考え、自己の世界の広がりを確信して、ようやく後期〈祈る〉時代で「新しき村」の活動を開始したのである。自己の内なる他者への道は、その間、一貫して追求されている。

さて、「自己の為の芸術」に戻ろう。これに続けて武者小路は「実際山脇は俗衆に自分の絵を自分が理解してゐるぐらいに理解してもらいたがつてはゐる。しかしその不可能なことを知り其処に芸術家の味ふ淋しい力を感じてゐる」と書いているが、この言葉には、武者小路の自著「お目出たき人」の難しさと、それゆえの理解なき世評に対する想いがよく表れている。この「芸術家の味ふ淋しい力」に関わるものとして、翌一二月の「六号雑感」には次のような言葉がある。

> ○自分は自分の言葉の内にも他人に理解してもらうことの不可能な言葉があるやうな気がしてゐる。恐らく誰でもさう云ふ言葉を多少は持つてゐるやうに思ふ。之が個性のある人間が負はされてゐる運命である。*9

これは後に「自分の言葉の内にも」という小題が付せられた箴言だが、筆者には簡単に見過ごせないものである。すでに「言葉」の形を持ちながらも、理解されることが不可能な「言葉」とは、いかなるものか。その背景には木下杢太郎との間で継続している応酬もあるだろう。しかし、すでに見たように、武者小路がゴッホの肉体や精神の限界を超えるほどに強い、自己の内と外との照応能力を高く評価し、また、ゴッホが眼前の自然の中の「不可思議な或物、深い真面目の籠つた或物」の観照と表現を目指していたことに強く共感していたことを思い起こせば、この理解されることが不可能な「言葉」とは、まさしく武者小路固有の文体そのものであり、その深さである、というほかはない。
この芸術における固有性についても、同じ「六号雑感」に、次のように書かれている。

○すべて偉大なる芸術家のア、トは皆自分の個性に恐ろしい程しつくりあつてゐる。
○細胞一つ見ても人間の細胞は人間の細胞と云ふことがわかる。更に進んで云ふと、甲の細胞一つを見ても甲以外の人の細胞と何処かちがふ甲独特の処があるやうに思ふ。かくの如く甲の書く一言一句は甲でなければ書けない一言一句でありたい。さもない限り借りものである。
○一つの線を見ても見る人が見ればロートレエークの線はロートレエークの線、ゴオホの線はゴオホの線、ムンヒの線はムンヒの線、ツオルンの線はツオルンの線……と云ふことがわかる。
○さう云ふ所に反つて個性が明らさまに出てゐる。[*10]

「すべて偉大なる芸術家のア、トは皆自分の個性に恐ろしい程しつくりあつてゐる」とは、どういう意味か。これは技術は個性による、という意味であるが、それは個性に「恐ろしい程しつくりあつてゐる」技術でなければならない。つまり、芸術家それぞれが、深く自己に向かい合わねば、すぐれた技術は出てこないという意味である。その上で、武者小路はここに、それぞれ極めて強く個性的な作風を持った、ほぼ同年代の画家たちを列挙している。後期印象派の画家たちばかりではない。ロートレックやムンクは一般に世紀末芸術、ムンクはさらに表現主義にも分類される。武者小路の興味関心が、このように個性の深い追求による、様々な意匠、具象性としての芸術表現にあることは明らかであり、それは「文学的ないし人生感的理解」とは別物である。

セザンヌ「静物」『白樺』明45・1

4　ロダンからゴッホへ

一九一二（明治四五）年一月の『白樺』は、巻頭に柳宗悦の「革命の画家」と題する、後期印象派を紹介した堂々たる評論を置く特集号となった。柳の評論の献辞には「此小篇を武者小路実篤兄に献ぐ／是等の画家を知るの悦びを君によりて得たるを知ればなり」（／は改行、筆者注）とある。武者小路自身も「後印象派に就て」という文章を書いているが、比較的短いもので、折しも続いていた木下杢太郎との論争に忙しかったのだろう。

さて、その武者小路の文章は「後印象派の人々はこの「無くて叶ふまじきものは一つ」と云ふ唯一つのものをつかんだ人」と熱烈に紹介した後にセザンヌの画風に触れて、セザンヌは「自然に肉薄した画家」であり、「自然の門戸を開いた人である。かくてゴオガン、ゴオホ、マチスはその門の中に突進し、更に自分の門を開いた気がする。さうして自然と自己に肉薄し」たと続け、「吾々文芸の士は「自然を愛し、自然の教に従はなければならぬ」と述べる。*11

ここで武者小路は印象派から出発して後に脱したセザンヌの位置と、また後の三人を正確に生年順に並べた上で、「自然と自己に肉薄」と、その進展を言い表している。そして文芸に携る者も同じ道を歩め、と鼓舞するわけである。

なお、美術史上では「後期印象派」という名称が一般的であるが、武者小路を始め同人たちは「後印象派」、すなわち「Post-Impressionist」と呼ぶ。この方が印象派との対立関係がわかりやすい。先の柳の評論ではむしろ「表現派」、すなわち「Expressionist」と呼ぶべきだ、と繰返している。*[12]

ところで、この号の編集を終える間際の一九一一（明治四四）年一二月末に、ロダンから三点のブロンズ彫刻が送り届けられ、同人たちを狂喜させた。もともとロダンは『白樺』創刊前から生誕七〇周年を祝う特集号を出す予定があったほど、彼らの強い尊敬と関心が寄せられていた。次の二月号は巻頭にロダンの書簡を置き、挿画に彫刻の写真が用いられ、巻末には早速その展示会の告知とともに、彫刻入手のいきさつが詳細に記されている。武者小路もその号の「ロダンから送られた三つの作品」*[13]（初出時の総題は「他人の内の自分に」）という感想の中で、その「充実した力」に「見てゐると苦しく」なる、その技巧は「巧いと云ふ感じを与へない」ところにあって「内要と技巧とがぴつたりあつてゐる」と深くその美を観照し、分析している。この「内要と技巧」の一致とは、先に見た「すべて偉大なる芸術家のアヽトは皆自分の個性に恐ろしい程しつくりあつてゐる」ことと同義であるが、「充実した力」とともに、それらが武者小路の創作の目標であることは、言うまでもない。

ロダン「ある小さき影」
『白樺』明45・2

また、興味深いのは、その途中の「ロダン崇拝の熱が再発して来た」という言葉で、同じ感想の後にある「自分の真価」*[14]ではトルストイ、クリンガー、ロダンに続いて「今又自分の性情を活かす為にゴオホを崇拝しだした」という言葉が見られ、この一九一一（明治四四）年末までの間には、武者小路の興味の中心がロダンからゴッホにすっかり移っていたことがわかる。あるいは、小説「お目出たき人」で予知されつつあった失恋が現実化していった過程（詳細は本書第I部第二章「小説「お目出たき人」の虚構性――素材の作品化の問題をめぐって――」第3節参照）の間の変化かもしれない。また、この間継続していた木下杢太郎との論争の影響も考えられる。

また「自分の真価」には、続けて「今後自分は誰を崇拝するか知らない。しかし早く自然自身を崇拝したい。さうしてロダンやゴオホを友達のやうに思ふ自分になりたい」とあるが、これは後年の評伝「耶蘇」（大9・6完）で自然ならざる神を崇拝し、イエスを友に見立てた発想の類型であり、芸術における自然が、宗教における神と見られていることがわかる。すでに述べたように、武者小路は深い芸術的感興を「自然」との「合奏」と考えることによって芸術的体験の宗教性、あるいは宗教的体験の芸術性を主張していた（詳細は本書第I部第五章「〈初期雑感〉の特質――〈聖典〉としての文芸――」第4節参照）。

5　武者小路の紹介したムンク

さて、武者小路がムンクに初めて言及したのは、一九一一（明治四四）年六月号の『白樺』に、当時有島武郎のもとを訪れていた札幌から、「挿画に就て」の原稿を書いて送った、短いものである。武者小路が尊敬する戯曲家イプセンと同じノルウェーの、一八六三年に生れた「最大画家」であると紹介し、次のように続ける。

彼は陰鬱なる、精神を以て精神を見る画家と云はれてゐる。実際彼のかく画には肉眼を以つて見られるものが描かれてゐない。彼の心の底にうつるものが描かれてゐる。彼の見る自然や人間は小川未明氏の見やうとしてゐる自然や人間に似てゐる気がする。
彼の自然は幽霊のやうに生きてゐる。さうして人間の心をおびやかす、彼のかく人間は、孤独と、恐怖と、不安におのゝいてゐる。彼のかき方や色は彼がゴーガンやヴアン、ゴオホと並び称せられるのでも如何に変つた処があるかゞ知れると思ふ。[*15]

ムンク「コラ」『白樺』明44・6

武者小路は『白樺』(明44・2)の「寄贈書目」で、この前年一一月に出された小川未明の小説集『闇』についての短い書評の中で「強くはないが、森みりしたものだつた。気分を顕はすのに絵画的なのも面白いと思つた。寒い越後の気分をもつと複雑に重くるしくねつちりと絵画的に神秘的に出したら非常に面白い郷土文芸が起るだらうと思つた」[*16]と書いていた。それを思い出してムンクの解説に引用したものか、より神秘的な他の近作について述べたのか定かではないが、ムンクの独特な絵画の情調を伝えるにあたり、小川の文芸のそれに比べているのは興味深い。

ムンクの挿画特集号となった一九一二(明治四五)年四月の『白樺』に、武者小路は長文の力を込めたムンクの評伝と挿画解説を書いている。その中から、特にその表現について触れている部分を以下に抜き出そう。

ムンク「叫び」『白樺』明45・4 裏表紙

一体自分が大なる西洋の画家の画の写真版を見て夢中になれる理由に二つある、一つは自然や人間をかやうにまで見ることが出来るか、斯程まで深くつかむことが出来るか、と云ふことを察知することが出来ることである、他は地上にこんな人が居てくれるかと云ふことを知ることが出来る事である。

我がムンヒはこの二つの要求を可なり強く満してくれる。説明する迄もなく本号の挿画を見ただけでも、彼の見た自然や人間の如何に吾人が日常にふれてゐる自然や人間と異なるかゞ知ることが出来るだらうと思ふ。彼の画を通して見る自然や人間は吾人の肉眼の見る自然や人間よりも遥かに強く深く生きてゐる。少くもある方面に於ては。さうして吾人にある意力と気分をもつておそつてくる、直接法に吾人の心に肉薄してくる。一寸見ると滑稽に見える本号の裏絵の「叫び」もよく見ると、自然が恐ろしく生きてゐる、さうして吾人を圧迫してくる。自分も夢の内で二度斯様な圧迫を感じたことがある。千丈もあらうと思ふ絶壁の山の下を歩いた時に何とも云へない深い恐れを感じた、又一度氷山の頂のやうな所にたつて見わたすと、夏よく見るやうな雲の峰のやうな大きい氷山がかさなりあつてゐる。自分はこの二つの夢の時程人間の小なことを痛切に感じたことはなかつた。ムンヒはかゝる圧迫を日常の景色に感じることが出来る程するどい神経を持つてゐる気がする。(中略)

又彼の鋭いもの、根本を直接法につかむ態度、それをまた最も簡単に力強く表現する態度は実に心地がいゝ、彼のドライポイントやエッチングやの線を見ると一つの線が如何にも力強く生きてゐるのに感心する。性急にひかれたやうな線が一々根の処までふれてゐるやうにひかれてゐるのには驚嘆する、痛快に感ずる。彼の石版によく見るぬる〳〵した曲線は一種のリズムを持つてゐる。さうして吾人に一種の恐怖を与へる。彼は彼独特の楽器をもつて自分の感じを恐ろしく強く直接に他人につたえる術を知つてゐる。*17

ムンク「臨終の部屋」『白樺』明45・4

ここで武者小路は美術鑑賞の意義を、第一に「自然や人間を」「斯程まで深くつか」み得た実例として、第二に「地上にこんな人が居てくれ」たという、優れた芸術家の存在の認識として説明している。その順序が、あくまでも作品自体への関心が最初であることを確認したい。続けて挿画に掲載されたムンクの絵画の特徴については、「吾人が日常にふれてゐる」ものとは「異なる」「自然や人間」が「ある意力と気分をもつて」「直接法に吾人の心に肉薄してくる」と評価している。武者小路の目標とする芸術表現がよくわかる言葉である。その作品「叫び」についても同じように評価し、続けて自分の見た夢の荘厳な光景とその情感を例示しつつ、こうした「何とも云へない深い恐れ」や「人間の小なこと」などの「圧迫を日常の景色に感じることが出来る程するどい神経を持つてゐる」と、ムンクの芸術的感性を洞察している。武者小路の分析はさらに美術の表現技法にまで及び、その線の引かれ方、曲線に見られるリズムを評価している。文芸研究で言えば、これはいわば文体論であるが、単純《シンプル》で力強い言葉のリズムを持った連なりこそ、武者小路の理想とする文体である。

このように、ムンクを評する武者小路の言葉は、あたかも自身の表現技法を語るかのようだが、「可なり強く満してくれる」の「可なり」や、「少くもある方面に於ては」といった限定的評価からわかるとおり、ムンクの芸術世界だけでは満たされないものもあるようであり、その点では、武者小路が全肯定するロダンやゴッホへの評言とは異なっている。

なお、深刻かつ悲愴そのものである「叫び」が「一寸見ると滑稽に見える」と武者小路は書いているが、それは、かく言う武者小路自身の文体にも見られる傾向である。極度の緊張とは、時にそのように見えるものなのだろうか。

6 武者小路とゴッホ

さて、その二ヶ月月後の『白樺』一九一二（明治四五）年六月号には、武者小路によるゴッホの挿画解説がある。短いものなので、全文引用する。

ゴオホについては今別に云はない。たゞ本号の挿画について一言する。ゴオホの素画には最も露骨にゴオホの特色が顕はれてゐる気がする。彼は何処と云つて特色のない景色をかいてゐる、しかし苦しい程緊張してゐる景色である。線が実に緊張してゐる。生の力が苦しい程充実してゐる。

彼の素画を見るとどれも実に忠実に見てある。さうして奇蹟と云ひたい程、かゝれた景色そのものを自分が見てゐるやうな気がする。さうしてどうしても之以上には見られないと思ふ程よく見てゐる。少しも難しいかき方をしてゐないのだが。さうして物の本質を顕はす事の確かさには驚く。木とか水とか庭とかの本質をいかに確かにつかまへてゐるかは本号の挿画を見ても明らかだと思ふ。

又彼の素画を見ておどろくのは部分々々が恐ろしい力をもつて生きてゐるのにか丶わらず全体の調子を少しもきづ丶けないことである。否全体がそれを充分に支配してゐることである。か丶る絶大の緊張、それを又押えつけながら物を何処までも委しく見る力の強さには、他の誰の画も比肩することは出来ない。彼が気狂ひになつたのは当然としか思へない。

他日彼の素画をもつとくわしく紹介することがあるであらう。[*18]

ゴッホ「噴水」『白樺』明45・6

同じような言葉が繰り返されているように見えるこの解説文だが、少々並べかえてみると、きちんと分析されたものであることがわかる。最初の印象としては、「何処と云つて特色のない景色」を「少しも難しいかき方をしてゐない」のに、「奇蹟と云ひたい程、か丶れた景色そのものを自分が見てゐるやうな気がする」。その理由を考えると「生の力が苦しい程充実して」いて、「物の本質を」「確かにつかまへてゐる」からである。このような絵を描くために、ゴッホは対象を「どうしても之以上には見られないと思ふ程」「実に忠実に見て」、「部分々々が恐ろしい力をもつて生きてゐるのにか丶わらず」「全体がそれを充分に支配」しているような「絶大の緊張」を構成し

ゴッホ「タンギーの小父さん」
『白樺』明45・1

つつ、「それを又押えつけながら物を何処までも委しく見る力の強さ」を持っている。だから「彼が気狂ひになつたのは当然としか思へない」と述べるのである。

ここで武者小路は、このゴッホの挿画の何を評価しているのか。意味と感情に満ちた、先のムンクの絵と比べればより明瞭となるが、より象徴度の高い（「噴水」自体にも、エネルギーの放出といったような寓意性はあるが、ここで武者小路はそれを問題としていないようである）このゴッホの絵に内在する、「物の本質」の感受と表現の、無限の緊張関係を、強く評価したものと思われる。

このようにゴッホの絵画における芸術表現の真髄を鋭く感受しながら、文芸創作においても同じ方向を突き進みつつあった武者小路にとっては、ゴッホの創作と同時に、その悲壮な最期への道も、我が事のように痛切に思われたであろう。『白樺』（大元・11）のゴッホ特集号に掲載された評論「ゴオホの二面」*19は、すでに亡くなっていたゴッホに改めて宛てられた、武者小路の厳粛な追悼文であるかのようである。

この評論の主旨は、「憐な人を救ひたい慾求と、自己表現の欲求」の二つの欲求の葛藤の中で、「画家になることによつて」、より「自己表現の慾求」に従って生きることで、より「大なる調和」を「人類」にもたらすことを「自然に命ぜられ」たゴッホの、「極端なエゴイスチックな道」、「発狂で終る道」を「讃美し感謝する」ものである。多くの研究者が指摘するように、これはまさに、前期〈創る〉時代の武者小路の作家活動のテーマであった。

だが、この評論には興味深い屈折がある。それは初出時の「ゴオホの一面」という題名が、後に「ゴオホの二面」

に変えられたところに端的に表れている。この評論で言及されている二枚の絵を解説した次の一節が、武者小路が当初述べたかった「一面」のことと思われる。

彼がもし社会と調和が出来たならば彼の絵はきつとちがつたものになつたらう。又彼に女の友が出来たならば彼の絵は恐らくかわつたらうと思ふ。弟も友達も彼のあせる性質に油をそゝぐことは出来ても、彼の心を融和することは出来なかつた。このことは感謝すべきことであるけれども、同時にいたましいことである。

○

しかし彼はたえずあせつてばかりゐた人ではない。今年の正月の白樺の挿画にした「タンギーの小父さん」にしろ、本号の挿画の「少女の肖像」にしろ、おちついた親しみいゝ絵である。之等の絵に顕はれてゐる、聖き真抜さは誰のにも求められない、ナイーブな貴いものである。彼の心が如何に優しかつたかは之等の絵が語つてゐる。

ゴッホ「若き女」
『白樺』大元・11裏表紙

彼がもし平和に生きてゆけたならば、この方面にもつと発達した気がする。しかし傷つける猪のやうな彼は主に他の方面に進んで行つた。さうして類のない、ものを見つめたそのくせこの上もなく強烈な絵をかいた。

吾人はこの強烈な絵が一糸乱れず、自然を少しも都合よく見ないで、深く〳〵つゝこんでかいたものであることを驚嘆する。

ここで「タンギーの小父さん」と「少女の肖像」（掲載題名は「若き女」）を評して武者小路が言った、「聖き真抜さ」とは何とも興味深い情調の表現である。それはムンク「叫び」の「滑稽」さと微妙に通底しながら、表れとしてはむしろ逆だが、それでいてこれらに共通する特徴を持っている。私たちはそこから、武者小路の創造した様々な登場人物《キャラクター》たちや、その本質にちなんで付けられた題名を、あるいは武者小路の文体そのものを思い出さずにはいられない。ちょうどこの月は、小説「世間知らず」が刊行された時でもあった。

武者小路は始め、ゴッホのこの優しく温かな「一面」をすくい上げようとしながらも、それだけに痛切で険しく、ついにはゴッホを狂気に導いた、その裏面を強く意識せざるを得ず、結果的に「二面」としなければならない文脈を余儀なくされたのではないか。この屈折には、武者小路の強い葛藤が見られる。[*20]

これに続けて「今の自分には彼の踏んだ道が一番理想的な道とは思はれない、しかしこの苦しい、淋しい真剣な道を何処までも踏んで行つたゴオホを思へば一種悲壮な宗教的気分にならないではゐられない」と武者小路は書く。ロダンの彫刻から受ける深い芸術的感興を「宗教」と言い、同じように深く、さらに強烈な芸術的感興を受けたゴッホに対しては、「一種悲壮な宗教的気分」と言う。それは芸術精神への殉教といった、一種漠然とした人生観照のみではない。すでに繰り返し述べたように、武者小路にとって「宗教」とは、利他的な社会的良心と利己的な芸術的精神の両者を止揚し、〈自然〉を後ろ楯として、自己の思想・感情を唯一絶対のものとして表現する、という文芸創作の方法論であった。武者小路はゴッホによって、美術におけるその実践の悲壮な先達をここに見出し、文芸における同じ道の、独自で別様な実践を決意していくのである。

注

＊1 匠秀夫「「白樺」と美術」(『日本の近代美術と文学—挿絵史とその周辺』平16・8、沖積舎)、128頁。

＊2 「六号雑感」(『白樺』明44・2)の引用は、『武者小路実篤全集』1(昭62・12、小学館)、355頁下〜356頁上。

＊3 「五月雨」の引用は、同前、337頁上〜同下。

＊4 匠秀夫「日本はゴッホをどのように受け入れたか」(『日本の近代美術と西洋』平3・9、沖積舎)、163頁。

＊5 「バン、ゴォホ」(『白樺』明44・7、初出総題は「成長」)の引用は＊2と同書、379頁上。

＊6 「ゴヤ、ドミエ、ミレー、ゴオホ」(『白樺』明44・10)の引用は＊2と同書、399頁下〜400頁上。

＊7 山田俊幸は「ハインリヒ・フォーゲラー追跡・V—『白樺』とゴッホの文学的理解、泰西版画展覧会まで—」(『帝塚山学院大学研究論集』26、平3・12)で、武者小路の着眼が「「対象」と「画家」の間に存在する「絵画」という「形象」を除外」していると批判しているが、山田のゴッホ書簡の引用は該当部分を外している。また、山田の論は、たとえば志賀直哉と武者小路という対極の個性の差異を顧みることなく、一括して『白樺』派として論じることによって生じる矛盾が多い。山田に限らず、「『白樺』論」なるものには、こうした傾向がよく見られる。

＊8 「自己の為の芸術」(『白樺』明44・11)の引用は＊2と同書、401頁上〜同下。

＊9 「六号雑感」(『白樺』明44・12)の引用は＊2と同書、407頁上。

＊10 同前、408頁下。後に「偉大なる芸術家の技巧」という小題が付けられた。

＊11 「後印象派に就て」の引用は＊2と同書、410頁下〜411頁上。

＊12 稲賀繁美「『白樺』と造形美術：再考—セザンヌ〝理解〟を中心に」(『比較文学』38、平7)によれば、この柳の主張は、「絵画の約束」論争を援護する、原典に対する意図的な逸脱的解釈ということである。なお稲賀はこの論考で、よく引用される本多秋五の「跨ぎ」の問題(『「白樺」派の文学』など)、およびその本多説に同調ないし補強する高階秀爾(『日本近代の美意識』昭53・3、青土社)や前出の匠の美術史的理解の誤りを明確に指摘している。また、亀井志乃の「〈学習院〉の青年《ユーゲント》たち——『白樺』前史・武者小路実篤を中心に——」(『文学』3—6、平14・11)は、武者小路の貧しい出自と当時の学習院の内実の関係を詳細に検討しつつ、『白樺』派の青年たちの苦悩に満ちた自己確立を証

した論考であるが、その目的は「〝白樺派＝学習院＝上流特権階級〟という概括が半ば公式化されている」言説の批判にあり、「『白樺』における美術研究の上」で「多様な美術紹介の軌跡が、多分に〈跨《また》ぎ〉（思想享受の飛躍）の問題にすり替えられがち」と述べているが、筆者も全く同意見である。なお、亀井の論は武者小路の美術志向と表現様式の関連にも言及する、優れた研究である。

＊13 「ロダンから送られた三つの作品」（『白樺』明45・2、小題は後に付けられた）の引用は＊2と同書、417頁上〜同下。

＊14 「自分の真価」（同前）の引用は＊2と同書、420頁上。
　なお、武者小路におけるクリンガーの意義については、江間通子「実篤の出発――マックス・クリンガーを合わせ鏡として――」（『大妻国文』31、平12・3）に詳しい。

＊15 「挿画に就て エドフアード・ムンヒ（Edvard Munch）」（『白樺』明44・6）の引用は＊2と同書、597頁下〜598頁上。

＊16 「寄贈書目 闇（小川未明著）」の引用は＊2と同書、633頁上〜同下。

＊17 「エドヴァード・ムンヒ」（『白樺』明45・4）の引用は、＊2と同書、600頁〜601頁。

＊18 「挿画解説 ゴオホに就いて」（『白樺』明45・6）の引用は、＊2と同書、606頁上。

＊19 「ゴオホの二面」（『白樺』大元・11、初出時の題名は「ゴオホの一面」）の引用は＊2と同書、475頁上〜479頁下に拠る。

＊20 饗庭孝男は「「物質」から「精神」へ」（『日本近代の世紀末』平2・10、文藝春秋）で、この評論に触れつつも、「このような見方には、画家としての在り方や、作品の美的価値、その表現の具体性は何らふくまれていない。問題はすでに柳宗悦がのべたように、芸術の目的が「美」ではなく、「自己」表現であってみれば、倫理的な集約の仕方よりほかはないと言ってよい。「美」はそうした努力の結果としてあらわれる」（42頁）と述べているが、美を見ずして「倫理的な集約」をおこなっているのは、饗庭の論ではないかと思われる。また、先の山田と同じように、これもやはり同人の個性を無視した矛盾を含む概論である。

なお、本章に引用した図版は、すべて『白樺』掲載のものを用いた。

おわりに

　武者小路実篤が書いた小説や戯曲の主人公は、必ず、何か大きな問題に突き当たり、苦心惨憺して、その解決の道を探ろうとする。そんなことは、どんな作家の、どんな作品でも、同じように言えることだが、特に、武者小路の作品の場合は、主人公とその問題の突き当たり方が、厳しく激しい。その結果、主人公は自分自身の中に潜り込んでいき、そのさいはてに何かを見つけ出そうとする。それが、「自然」、「人類」、「運命」という武者小路の〈神〉を表す言葉であり、「お目出たき人」、「出鱈目」という形をとった言葉である。

　けれども、自分という、たった一つの個性のさいはてにあった言葉が、果して他人に伝わるだろうか。自分が深いところで受けたゴッホの絵の感動は、どのような言葉によって、隣の他人が受けている感動と通じ合えるのだろうか。そんな迷いは武者小路にこそあったはずだ。そのとき彼は、逆にかえって自分自身の中に、さらに奥深く沈み込んでいく。そして、深さの極みにあるにちがいない、果てしない広がりに向かって祈るのだ。それが、自分をとても大事にすると同時に、他人と深くつながる方法なのである。そこにはもちろん希望がある。なぜならば、それが美によるものであるからだ。これが、本書のまとめである。

　次に展望を述べたい。本書のサブ・タイトルが示すとおり、私の武者小路研究の柱は、「美と宗教の様式」である。したがって今後の課題は、第一に、さらに武者小路様式の追究を続けることだ。具体的には、『白樺』時代以後の作品論である。小説「真理先生」（昭26・4刊行）についてはいくつかの小文を書いたことがあるが、それ以外は論文らしい形にしたことはない。それから、『白樺』時代の著作についても、本書ですべて論じたとは言えない。特に戯曲、というよりレーゼ・ドラマの「ある青年の夢」（大6・1刊行）や小説「彼が三十の時」（大4・2刊行）については、残された課題だろう。

第二の課題は〈宗教〉である。本書ではキリスト教を軸とする考察はおこなったが、仏教を軸とする考察がまだ果されていない。また、『白樺』時代の武者小路が言及することは少ないが、儒教的環境の中の世界観や発想は、わたしたち日本人の思考や感覚に大きな影響があり、この方面からの考察も必要だろう。また、本論で引用して論ずるには至らなかったが、宗教を対象とする学問の態度や方法は、とても参考になった。武者小路研究史では、おもにキリスト教の宗教者による論考は少なくないが、宗教者と宗教学者とでは、アプローチの態度や方法がまったく異なる。

第三の課題は〈美〉についてだが、これには二つの意味がある。それは、文芸の美と美術の美である。ここでは特に後者、美術の方面の研究についてひとこと触れておきたい。すでに本論の終章でも書いたことだが、『白樺』の西洋美術紹介の特徴は、「造形的、美術史的理解を欠いた」「文学的ないし人生感的理解」である、という指摘に関する問題である。ここには、何が『白樺』派的であるかどうかという問題以前に、美術と文芸あるいは音楽と文芸といった、ジャンルを超えた芸術間の相互関係を論ずる視点、すなわち芸術学的視点の不足が感じられる。それで本論の終章では、私なりの、文芸学に携わる者としての美術受容の考察のみを提示するにとどめた。もちろん、これはまだ過渡的なものに過ぎず、今後の課題となる。

本書刊行に至ったのは、同僚、というよりも畏怖する先学の江種満子氏の強い後押しによるものである。氏への感謝の思いは尽きない。また、学生時代から現在に至るまでも、学問の道を示し続けてくださった菊田茂男先生への感謝の念は言うまでもない。ほかにも研究を進める上で、多くの方々からの示唆や教導を受けた。出版までの準備を快く手助けいただいた、翰林書房の今井肇氏、静江氏にもお礼申し上げたい。また、表紙カバーに私の一番好きな、岸田劉生「武者小路実篤像」（大3、東京都現代美術館所蔵）を使うことができたのは、何よりも嬉しいことである。関係各諸氏、そして島津デザイン事務所の須藤康子氏に謝意を表したい。なお、本書は文教大学学術図書出版助成を受けて刊行された。

ひとつだけ残念なことは、この本を手渡したくてもできない人がいることである。だから本書は、亡き父に捧げる。

二〇一〇年六月

寺澤　浩樹

収録論文初出一覧

序章　「武者小路実篤の世界観とキリスト教」、『文教大学国文』第二二号、平成五年三月。この論文は東北大学文芸談話会昭和五九年度第一回研究発表会（昭和五九年六月）での発表をもとに改稿した。

第Ⅰ部

第一章　「武者小路実篤『荒野』の世界――調和的上昇志向の文芸――」、『甲南大学紀要』文学編八〇、平成三年三月。この論文は日本文芸研究会昭和五七年度秋季研究発表大会（昭和五七年一一月）での発表をもとに改稿した。

第二章　「「お目出たき人」の虚構性――素材の作品化の問題をめぐって――」、『日本文芸論叢』第六号、昭和六三年三月。

第三章　「「お目出たき人」の世界――〈自然〉と〈自己〉――」、『日本文芸論叢』第七号、平成元年一〇月。この論文は東北大学国文学会第一五回研究発表会（昭和六一年一二月）での発表をもとに改稿した。

第四章　「武者小路実篤「世間知らず」と〈運命〉」、『甲南大学紀要』文学編七六、平成二年三月。この論文は日本近代文学会関西支部一九八九年度春期大会（平成元年六月）での発表をもとに改稿した。

第五章　「武者小路実篤〈初期雑感〉の特質――〈聖典〉としての文芸――」、東北大学文学部国文学研究室編『菊田茂男教授退官記念　日本文芸の潮流』、平成六年一月、おうふう。この論文は日本文芸研究会第四三回研究発表大会（平成三年六月）での発表をもとに改稿した。

第六章　書き下ろし。なお、本章は「武者小路実篤「わしも知らない」」（日本近代演劇史研究会編『20世紀の戯曲　日本近代戯曲の世界』、平成一〇年一月、社会評論社）という小文を、大幅に増補してある。
第七章　「『その妹』の悲劇性――生命力表現の変容――」、『日本文芸論叢』第三号、昭和五九年三月。この論文は東北大学文芸談話会昭和五八年度第六回研究発表会（昭和五八年一一月）での発表をもとに改稿した。
第八章　「武者小路実篤「その妹」という戯曲とその上演」、『文教大学文学部紀要』第一一巻第二号、平成一〇年一月。この論文は日本近代演劇史研究会七月例会（平成八年七月）での発表をもとに改稿した。
第九章　「「友情」の世界――生命力と宗教――」、『文芸研究』第一一二集、昭和六一年五月。この論文は日本文芸研究会昭和六〇年度第三回研究発表会（昭和六〇年七月）での発表をもとに改稿した。
第一〇章　「「人間万歳」の世界――人類調和の願い――」、『日本文芸論稿』第一四号、昭和五九年一二月。
第一一章　書き下ろし。なお、本章は日本文芸研究会平成一三年度第二回研究発表会（平成一三年一一月）での発表をもとに改稿した。

第Ⅱ部

第一章　「武者小路実篤と北海道」、『研究紀要』（福島工業高等専門学校）第二三号、昭和六二年一二月。この論文は一九八七年度日本近代文学会北海道・東北各支部合同研究集会（昭和六二年七月）での発表をもとに改稿した。
第二章　「武者小路実篤と有島武郎――宗教的感性と社会的知性――」、『甲南大学紀要』文学編八四、平成四年三月。この論文は有島武郎研究会第九回大会（平成三年六月）での発表をもとに改稿した。
第三章　「武者小路実篤と「新しき村」」、『国文学解釈と鑑賞』六四巻二号、平成一一年二月。
終章　書き下ろし。なお、本章は有島武郎研究会第三九回大会（平成一八年六月）での発表をもとに改稿した。

88～90, 204, 209, 210, 216, 251, 259
　恋愛小説　202, 217, 218, 309
　恋愛体験　102
　恋愛対象　125, 218, 324
　恋愛（の）問題　112, 296, 304
連帯　35, 36, 67, 176, 178, 219, 235
連帯感　54, 247, 253

【ろ】

労働
　労働　17, 49, 244, 251～254, 256, 332, 333
　義務労働　333, 336
　労働讃美　247
　労働者　243
　労働問題　246, 255
論争　82, 246, 305, 326, 352, 354
論文　60, 64, 68, 69, 133, 134, 142, 290

【わ】

和解　324
枠組み　123, 127, 175
私小説　82, 101, 132

〈聖典〉の様式　132
第四の様式としての自照の系譜　134
表現様式　23, 172, 174, 199, 211, 341, 364
幼稚　290, 301
抑圧　27, 36, 282
欲望　17, 18, 21, 131, 203, 219, 221, 259
予言
20, 41, 42, 139, 154, 158, 169, 228, 245, 249～251, 253～255, 257, 258, 265, 267, 312, 313
予知　155, 354
予備知識　320
読み手　60, 199, 200
喜び
28, 54～56, 58, 62, 63, 66, 112, 154, 208, 231, 246, 248, 249, 257, 259, 267, 299, 333
よろこ（び・ぶ）
32, 148, 208, 228, 231～233, 236, 261, 322, 323

【ら】
ライト・モチーフ　86, 87, 93, 178～180, 228
楽園　65, 316
楽天家　46, 146
楽天主義　71, 81, 171, 181
楽天性　71, 81, 82, 98, 307
楽天的　198, 216
裸身　247, 258, 260, 269
ラブ・レター　82, 209, 258, 259, 260, 262

【り】
リアリスティック　87, 180
リアリズム　56, 193, 303, 324
リアリティ　92, 153, 156, 166
理屈　18, 89, 97, 236, 256, 315, 316, 321, 349
利己　60, 259, 287, 310, 349, 362
利口　114, 119, 225, 232
利己主義　203
リズム
38, 134～136, 139, 146, 168, 173, 179, 180, 187, 190, 236, 344, 357, 358
理性　56, 58, 112, 113, 118, 210
理想国の小さいモデル　331
理想主義　68, 97, 153, 171, 198
離村　320, 336
利他　287, 310, 349, 362
理念
23, 29, 34, 36, 40, 42, 66, 85, 88, 95, 100, 102, 209, 210, 217, 235, 284, 349
リフレーン　293, 344
良心　59, 60, 62, 276, 286, 308～310, 318, 330
隣人　18, 35, 48
輪廻転生、因果応報思想の希薄さ　151
倫理　33, 221, 284, 338, 364
「倫理主義の時代」　335

【る】
類型　321～323, 354

【れ】
霊性　59
隷属　247, 256
冷淡　35, 246
歴史　11, 14, 19, 182, 254, 300, 336～338
レトリック　139
恋愛
恋人
66, 73, 178, 205, 211, 214, 220, 247, 276, 277, 279, 295, 299
失恋
31, 32, 71～73, 81, 87, 93, 94, 97, 201, 203, 211, 212, 215～217, 221, 280, 282, 283, 324, 330, 354
失恋小説　85, 87
失恋体験　32, 34
失恋の痛手　295
得恋　93, 203, 246, 250, 251, 259, 263
得恋小説　85
初恋　31, 73, 279, 280, 295, 298
恋愛観　219, 323
恋愛関係　87, 93, 98, 109, 111, 118, 124, 202
恋愛感情　87, 88, 93, 202, 276, 277
恋愛結婚　94, 126
恋愛事件　200, 202
「恋愛」主義　264
恋愛（の）成就

待つ　42, 44, 163, 331, 335
〈待つ〉時代
24, 29, 37, 38, 44, 163, 164, 330, 332, 340, 350
真裸体　262
マルクス主義　319

【み】
身分　74
模倣（ミメーシス）　106
未来
77, 78, 108, 119, 157, 158, 168, 176, 177, 179, 183, 208, 286, 311

【む】
無意識、普遍的無意識　18, 89, 91～94, 98, 219
無技巧　190
夢幻　27, 268
無限　136, 143, 224, 231, 236, 266, 360
無限定　29, 236, 237, 284
無限定の愛　234, 236, 284
無差別・平等のユートピア　334
無常　66, 210, 267
無償奉仕　278
無抵抗、無抵抗主義
148, 149, 157, 159, 161, 228, 248
無理解　46, 322
無力　28, 177, 179, 183, 203, 210～212, 216

【め】
迷信　88, 89, 97, 98, 283
名誉　149, 276
妾制度　58
メタ・フィクション　121
メディア　22

【も】
モデル
70, 73, 80, 81, 104, 105, 218, 220, 256, 282, 331, 332
物語
物語
12, 56, 57, 62, 112, 120～122, 124, 130, 131, 133, 134, 147, 148, 168, 185, 191, 204, 218, 219, 248, 250, 251, 264, 288
物語構造の階層化　124
語り手Ａの物語　120, 122
作者Ａの物語　120, 121, 130, 131
作者武者小路の物語　131
Ｃ子の物語　112, 120, 123
物語についての物語　120
物語言説　250
物語内容　251
模倣　17, 146, 219
問題性　86, 168, 195

【や】
役者　184, 191, 193

【ゆ】
友情
20, 24, 57, 175, 177, 178, 198～207, 214, 215, 218～220, 324
ユートピア　19, 334, 337, 338
ユーモア　236, 239
幽霊　186, 355
誘惑　245, 255
夢
111, 158, 159, 165, 179, 187, 203, 228, 238, 245, 253, 255, 257, 267, 275, 278, 294, 295, 298, 320, 357

【よ】
余韻　12, 119, 157, 158, 163
様式
様式
13, 14, 22, 23, 53, 68, 133, 146, 171, 174, 178, 180, 217, 218, 222, 241, 307, 335, 365
戯曲様式　171, 173, 180, 190
劇的様式　46, 85, 168, 174, 180, 199, 217
〈雑感〉様式　136
時代様式　197
ジャンル　132～134, 236, 342, 366
叙事的様式　168
スタイル　13, 310

非日常、非日常的（な）洞察
87～89, 91, 93, 125, 136
批評家 137, 143, 187, 188, 274
ヒューマニズム、ヒューマニズムの時代
38, 39, 48, 145, 326
ピューリタニズム 61
表現技法 357, 358
表現形式 133
表現内容 211, 290
表現の自由 320
表現方法 290
表現様式 23, 172, 174, 199, 211, 341, 364
評伝
21, 40, 41, 47, 48, 150, 167, 180, 198, 223, 242, 330, 337, 341, 354, 355
評論
14, 16, 53, 60, 66, 70, 84, 126, 133, 142, 144, 193, 307, 309, 318, 322, 327, 337, 338, 341, 352, 353, 360, 361, 364
卑劣 276, 277
ピンポン 208

【ふ】
富貴 33, 62, 63
風景 245, 279, 345
諷刺 235, 237
不可解 207, 230
不可知 92, 177, 221
伏線 219
不合理 33, 88, 89, 97, 322
不首尾 141, 280, 304
物質力 228
不道徳 225, 235
プラトニック 102, 202
筋（プロット）展開、プロット展開
78, 86, 112, 116, 200, 202, 204, 225～229, 241, 252, 253, 255, 257, 259, 264, 265
プロット展開の動力、動力
155, 175, 200, 202, 225, 227, 229, 253, 255, 257
文学史 69, 307
文芸学、文芸学者 168, 366
文芸観 53, 54, 56, 67
文芸研究 53, 357
文芸創作の方法論 95, 291, 311, 362
文芸的価値 25, 41, 161, 172, 198, 215
文芸的表現 71, 72, 144, 161, 218, 235, 328
文芸の士 101, 288, 352
文芸美 224
文芸批評 53
文士 289, 299, 317, 318
文体 31, 69, 98, 146, 236, 322, 350, 362
文体論 358
文壇
82, 141, 146, 147, 161, 166, 187, 190, 191, 297, 305
文脈 157, 287, 301, 362
文民統制 254

【へ】
平面描写 289, 290
平和
64, 158, 230, 251, 253, 254, 258, 260, 265, 266, 269, 287, 310, 361
弁証法的運動 161

【ほ】
暴力 148, 149, 161, 228, 247, 255, 257
牧師 30
ポスト・コロニアル 18
北海道旅行、渡道
25, 273, 274, 278～280, 285, 289, 291, 296, 298, 322, 323
ホモソーシャル 219, 221
ホモフォビア 219
ポリセクシュアル 19, 339
本質的批判者 303, 306, 321
本能 34, 98, 235, 259, 264, 277, 321, 323
煩悩 157

【ま】
真心
35, 60, 92, 93, 136, 139, 246, 257, 260, 306, 315, 316, 320, 333
跨ぎ 363, 364

徒党隷属 256
ドライポイント 356
ドラマ
ドラマ
24, 152, 158, 162～164, 187, 198, 215, 333
ドラマ性、ドラマツルギー 163, 194
ドラマティック、ドラマチック 127, 165
レーゼ・ドラマ 366

【な】
内部崩壊 313, 316
内紛 49, 335, 339
殴（る）、殴打 228, 258, 260, 262, 269
謎解き 200, 204
涙、涙の谷
11, 32, 57, 146, 195, 234, 248, 265, 273, 286, 296, 310
〈習う〉時代 23, 29, 30, 44, 132, 330, 337
汝 36, 66, 91, 97, 167, 275, 276, 283～285, 344

【に】
和御魂 235
肉交 103, 104, 116
肉体、肉体関係
17, 111, 125, 213, 221, 258, 269, 277, 284, 285, 346, 347, 350
肉体性 282
肉薄 352, 356, 357
肉欲、肉慾 33, 56, 59
二元論 28, 64
入信 27, 28, 43, 214, 304
二律背反 177, 202, 321
人間愛 62, 230
人間観 53, 59, 61, 67, 229, 232
人間の本性、本性 56, 59
人称
一人称 77, 85, 96, 109
二人称 200, 201, 344
三人称 199～201

【ね】
涅槃 157, 158, 160
年譜
73, 83, 195, 273, 274, 303, 304, 324, 328, 339

【の】
農耕 59
農場開放 320, 322, 327

【は】
媒介、媒介作用 28, 32, 123, 259
背景
24, 36, 49, 67, 97, 113, 117, 130, 197, 199, 217, 222～224, 242, 256, 280, 350
背信 43, 212
破壊 36, 202, 295
破局 87, 175, 177, 178, 182
白熱 188, 190
罰、天罰 58, 154, 260, 261, 276
パトス（情念）、パトス的人物
132, 152, 155, 159, 168, 176, 178, 182, 211
バランス 285, 296
反体制 33
煩悶 58

【ひ】
悲哀 231
光の子 64, 65, 70
非現実 72, 86, 87, 182, 216, 317
悲惨 37, 151, 152, 155, 160, 163, 216
美術
美術
16, 21～23, 64, 194, 197, 341, 357, 362～364, 366, 367
日本近代美術史 341
美術家 341
美術館 333, 367
美術史 341, 348, 352, 363, 366
美術紹介 347, 364, 366
美術史家 343
非常識 316
悲壮 12, 47, 335, 340, 360, 362
悲愴 358
否定形の逆説 161, 166

350
磔刑　223, 230, 268
二重拘束（ダブル・バインド）　99
堕落　56, 58, 277, 278, 281, 349
短句　134, 136, 137
耽美主義　290
短篇　279
断片的文章　133

【ち】
地球　224, 225, 229～232, 234
知性　25, 143, 210, 219, 303, 337
超越的話者　250, 251
彫刻、彫刻家　22, 341, 353, 362
寵児　68, 76, 97, 283, 285
超絶　100
頂点　153, 155, 175, 176, 182, 226, 238, 251, 257
徴表　35
長篇（小説）　136, 137, 241, 242
調和劇　24, 224, 228, 238, 251
調和的上昇志向　23, 36, 53, 64～67
調和的世界　29, 59, 112
調和的世界観　29
直接法に　133, 134, 356, 357
地理学　20, 339
沈思　155, 159, 160
沈黙　158, 159, 161, 163, 166, 205

【つ】
対関係　256
〈創る〉時代
23, 29, 34, 44, 132, 164, 330, 331, 340, 349, 360
罪、罪悪、罪意識
28, 33, 54, 58, 62, 63, 119, 138, 225, 261, 267, 274, 277

【て】
解体構築（ディコンストラクト）する　259
テーマ（→主題）
13, 19, 21, 24, 43, 122, 125, 134, 141, 160, 161, 163, 166, 185, 234, 254, 309, 310, 323, 326, 330, 336, 360
手紙
62, 73, 83, 84, 105, 107, 116, 125, 128, 130, 133, 134, 166, 187, 194, 195, 203, 205, 212, 220, 246, 277, 298, 314, 317, 322, 343, 346～348
出鱈目
11, 223, 236, 241, 242, 264, 265, 268, 269, 335, 365
伝記、伝記的事実
72, 73, 75～79, 81, 96, 102, 106, 148～151, 161, 168, 273, 298
転向　182, 307
天才　18, 185, 186, 237, 274, 317, 321, 324
天職　67, 333
伝統、伝統の継承　134, 284
伝道　223, 333
天罰、罰　154

【と】
同一化　173, 214, 232
道学者　94, 100
動機　34, 37, 99, 141, 182, 258
洞察
87～89, 91, 93, 111, 112, 116, 119, 125, 237, 325, 357
同情、広汎な同情
62, 63, 95, 115, 138, 176, 186, 231, 286, 287, 291, 307～311, 326
登場人物
12, 24, 59, 81, 107, 120, 129, 131, 165, 173, 175, 178, 191, 200, 221, 222, 235, 251, 264, 268, 297, 370
闘争　111, 112, 256, 257
童貞　265
東洋　98, 306
動揺　63, 156, 206, 226, 240, 255, 258
独我　284
読者
24, 54, 55, 93, 95, 99, 101, 105, 123, 132, 134, 136, 138, 139, 141, 143, 146, 153, 161, 187, 200, 221, 288, 289, 291, 311
独立自尊　247, 254, 256
独立性　227, 247, 259, 260

ナイーブな貴いもの 361
性
ジェンダー 16, 17, 21, 182, 218, 219, 264
性交渉 273, 276～278, 280, 284
性道徳 86
性欲、性慾
27, 28, 33, 34, 94, 111, 276, 277, 282, 284, 330, 331
両性の研究 33
政治 185, 256
政治家 128, 256
政治的発言 314
政治と文学 14
清浄 165, 242, 260, 278, 281, 296
精神性 246, 254, 257, 259, 282, 284
成長、成長欲
16, 36, 65, 114, 214, 226～229, 239, 254, 263, 301
生長、生長慾
38, 39, 126, 141, 203, 233, 263, 295, 301, 331, 332, 337
制度 58, 99, 123, 153, 259, 330, 332, 334
「生命讃美の文学」の時代 223
生命の力 321, 323
「生命礼讃の時代」 335
生命力表現、生命力という情調の表現
12, 24, 38, 40, 171, 172, 174, 179, 180, 188, 199, 212, 217, 218, 221, 236
清冽 141
世界観
15, 22, 27, 29, 34, 37, 67, 70, 97, 99, 162, 214, 217, 222, 223, 237, 294, 298, 303, 306, 307, 325, 328, 337, 349, 366
石版 357
世間的なるもの 112, 117, 119
説教 57, 148, 244, 245, 248, 253～255, 257, 263
接吻、キス 110, 128, 167, 177, 247, 258, 260
説法 160
絶望 28, 78, 80, 85, 86, 99, 121, 203, 253, 258
絶望的状況 81, 85
摂理 214, 215
台詞 146, 163, 169, 187, 240
善 60, 61, 64, 69, 112, 113, 331
先生 74, 278, 281, 296～298, 365, 366
戦争 16, 18, 19, 185, 186, 232, 294
先入主 287～289

【そ】
造型、人物造型
69, 71, 86, 87, 89, 92, 99, 146, 163, 166, 182, 216, 218, 222
荘厳 12, 257, 265, 357
創作意識 349
創作過程 147, 180, 186
創作事情 294
創作史的分水嶺 335
創作方法 291, 311
創作モチーフ 27
創作論 23, 163, 185
相対化 123, 176～178, 228, 236, 258
創立記念日 334
僧侶 333
素画 358, 359
俗、還俗、世俗 252, 265, 338, 350
俗衆（→公衆） 350
素材
23, 24, 37, 71～78, 80, 82, 96, 102, 135, 146, 147, 149, 161, 164, 186, 217, 219, 222～224, 242, 249, 279, 294, 295, 302, 323, 324, 354
村外会員 305
尊重
34, 89, 91～93, 126, 139, 145, 190, 202, 203, 212, 225, 226, 247, 259, 277, 312, 333

【た】
対位、対位的関係 156, 158, 229, 231, 232, 234
体験と表現の環流 81
対照
62, 63, 80, 93, 125, 130, 158, 182, 228, 258, 261, 303, 307, 319, 324
大団円 57, 69
他者
35, 36, 48, 54～56, 64～67, 98, 123, 124, 143, 144, 202, 207, 212, 219, 220, 308, 324, 331, 349,

書簡体小説　68, 120, 122, 142, 200, 204
贖罪　28
植民地　18
叙事　68, 86, 168
助手　97, 186, 283, 285
叙述
77, 85, 86, 109, 120, 122, 123, 199～201, 250
抒情　68
女中
73, 106, 129, 194, 273, 276～278, 280, 281, 284, 285
食客的・寄生的生活　330
序破急　200, 207, 218
深遠　12, 119, 159, 161, 166, 233
真価　227
人格　27, 64, 243, 323, 342
神格化　66, 202, 203
審級　53
神経　27, 166, 356, 357
箴言　350
信仰（の）力　43, 214, 258
信じる　89, 111, 113, 154, 155, 245
人生
人生
21, 28, 31, 47, 48, 55, 59, 66, 70, 84, 113, 139, 144, 160, 188, 206, 208, 234, 237, 243, 251, 252, 256, 258, 259, 263, 280, 344
人生観　214, 301, 320, 327
人生観照　362
人生至上主義　140
人生態度　27, 89, 93
人生的なモチーフ　257
人生の師　282
精神と人生のモチーフ　259
文学的ないし人生感的理解
341, 348, 351, 366
新鮮さ　93
深層　48, 60, 91, 92, 125, 158, 182
身体性　96
人道主義　29, 39, 40, 171, 187, 223, 294, 332
信念　89
神秘、神秘主義
70, 88, 89, 97, 210, 283, 284, 355
単純（シンプル）　136, 193, 345, 358
真面目（しんめんもく）　348, 350
信用　108, 109, 115, 256, 333
信頼、人間信頼
30, 136, 145, 177, 243～246, 253, 257, 306, 315, 317
真理　37, 67, 155, 158～160, 228, 247
人類
「自己のうち」の「自我と他人と、人類と、自然」等　95, 137, 289～291, 311
「自然の意志、人類の意志」等
40, 42, 145, 172, 236, 331
主なる神と親なる人類　247
「人類」
12, 14, 29, 36～40, 66, 100, 220, 235, 240, 331～333, 337, 360, 365
人類愛　229, 234, 331
人類観　53, 64, 65, 67
人類教　338
人類調和の願い　24, 222, 234
「人類の意志」等　70, 181
「人類」の時代　29, 37, 38, 332
人類の生長　263, 332
人類や神、神と人類　245, 247
心霊学　97

【す】
随筆　133, 134, 142
崇高　67, 265
スキャンダル　262, 323
スポーツ小説　17, 221

【せ】
聖
聖き真抜さ　361, 362
神聖　64, 166
聖人　61, 67
聖地　296
聖典　24, 136, 137, 139, 141, 188, 329, 337, 354
〈聖典〉の様式　132
聖霊　61, 69, 70

「社会」主義 264
社会性 138, 309, 311, 326
社会制度 332
社会性の欠如 308〜310
社会（と）調和 226, 361
社会的実践 319, 329
社会的良心 287, 310, 318, 362
社会の外圧 313, 316
理想（的、的な）社会
33, 63, 234, 252, 256, 264, 323, 332, 337
理想的調和社会の建設 34
謝罪 118, 201, 246, 247, 276
影（シャドー） 256
私有、私有財産 322, 333, 334
自由
38, 64, 130, 133, 134, 145, 146, 157, 172, 173, 191, 193, 225, 227, 235, 237, 238, 242, 256, 258, 264, 269, 320, 331, 333
宗教
イニシエーション 338
既成宗教 214
「宗教」
12〜14, 139, 140, 289, 291, 311, 319, 362
「宗教家」
95, 140, 286, 287, 289, 291, 310, 311, 317〜319, 329
宗教家
33, 139, 261, 286, 287, 296, 310, 311, 319, 329
宗教学 319
宗教学者 338, 366
宗教活動 332, 333
宗教家的素質、同特質 317, 325
宗教者 161, 256, 264, 366
宗教性
41, 49, 140, 199, 212, 215, 254, 256, 319, 321, 335, 336, 338, 354
宗教的解釈 207, 209
宗教的覚醒 231
宗教的気分 126, 127, 362
宗教的共同体 338
宗教的人物 252
宗教的世界 24, 40, 180, 236
宗教的世界観 97, 162, 214, 217, 325, 328, 349
宗教的体験 140, 354
宗教的（な）理念 36, 88, 209, 210, 284
宗教的人間 14, 240, 299
宗教的背景 242
無宗教者 319
重厚感 324
充実 63, 136, 140, 146, 166, 181, 353, 358, 359
主観 82, 101, 137, 182, 183
祝福 59, 231, 233, 234
守護 211, 215, 261
主体 18, 27, 143, 173, 174, 180, 214
主題（→テーマ）
13, 47, 59, 63, 75, 76, 85〜87, 93, 109, 112, 146, 198〜200, 204, 207, 211, 214, 218, 234, 241, 242, 264〜267
出自 63, 69, 306, 363
出世作 145, 148
受容
15, 21, 27, 33, 44, 45, 97, 99, 138, 201, 343, 345, 366
受容史 217
止揚 63, 287, 310, 319, 362
照応能力 347, 350
障害者、視覚障害者 334, 339
正直
42, 54, 55, 105, 128, 202, 245, 289, 290, 299, 300, 311, 323
上昇、上昇志向
23, 36, 53, 59, 64〜67, 175, 176, 182, 192
小説家 122, 140, 172, 176
象徴
16, 48, 70, 80, 112, 151, 152, 154, 161, 169, 176, 177, 231, 260, 264, 269, 282, 283, 360
情調
12, 40, 93, 119, 141, 157, 161, 166, 172, 179, 180, 187, 212, 217, 218, 265, 347, 348, 355, 362
勝利
58, 59, 112, 152〜154, 183, 193, 228, 248, 250, 251, 315
書簡集
102, 103, 111, 120, 121, 127, 128, 130, 131

然」等　95, 137, 289～291, 311
自己否定　28, 31, 63, 99
自己放下　284
自己憐憫　193, 231
自己を生かす　34, 139, 172, 173, 178, 182, 193
「自己を生かす」哲学
29, 38, 40, 65, 172, 174, 178, 180, 218
「自己を生かす」道　32, 171, 174, 186
深層の（驚くべき）自己　91, 92, 125
我儘な文芸、自己の為めの文芸
95, 101, 288, 289, 299, 300
思考　27, 87, 90, 91, 93, 234, 237, 251, 366
地獄　151, 226, 228
仕事、職業
86, 97, 132, 137, 140, 143, 144, 164, 171, 181, 204, 212, 221, 225, 233, 245, 247, 257, 274, 283, 285, 286, 290, 292, 301, 311, 315, 317, 318, 323, 330, 333, 347
私小説　→　わたくししょうせつ
自信
54, 71, 82, 100, 104, 106, 108, 114, 117, 133, 142, 148, 165, 173, 187, 189, 192, 285, 298, 319
自責　57
自然
内なる自然、自己の内なる〈自然〉等
87～89, 91～93, 96, 137, 139, 296, 347
神・人・自然　28
「自己のうち」の「自我と他人と、人類と、自然」等　95, 137, 289～291, 311
「自然」
12, 14, 28, 29, 34～36, 40, 76, 99, 100, 130, 132, 137, 140, 142, 144～146, 207, 209～211, 213～217, 220, 221, 235, 239, 309, 328, 331, 337, 347, 354, 365
自然観　28, 44, 85, 96, 144, 328
自然観照　134, 306, 346
自然主義、日本自然主義　56, 81, 82, 290
自然神学的自然観　28
〈自然〉信仰、自然崇拝
87, 90, 92～94, 99, 100, 309
「自然の意志、人類の意志」等
40, 42, 145, 172, 236, 331
「自然の意志」、「超越的存在の意志」等
39, 126, 207, 209～211, 215, 236, 284
「自然」の意志としての運命、〈自然〉の意志による運命等　126, 214
自然の教　352
「自然」の肯定　34
「自然」の時代　29, 35, 132, 142, 146, 309, 331
自然の命令、自然の深い神秘な黙示
97, 283, 284
自然美　317
外なる自然　87, 90, 93, 96, 100, 347
超越的自然　87～89, 92, 93, 96, 100
超越的存在　113, 117, 130, 207～210, 306
超越的理念　29
汎神論的自然観　28
human nature　96
慈善家　287, 310, 319
思想家　89, 333
思想生活　309, 310
実感
61, 144, 207, 208, 210, 213, 214, 216, 221, 263, 284, 325, 328
実験　162, 174
実体験　80, 102, 104, 279
失敗
58, 116, 185, 312, 313, 315, 316, 320, 326, 327, 330
失望　62, 78, 80, 81, 85, 86, 89, 90, 217, 236
視点　57, 62, 85, 109, 199, 202, 251
自伝的小説
30, 45, 72, 73, 107, 170, 173, 216, 220, 223, 241, 297
指導者　243, 251, 253, 254, 256, 261, 314
地の文章、文　173, 188, 199, 201
資本家　315, 320
資本主義　252, 313, 325
使命　21, 44, 127
社会
社会科学　316
社会学者　19, 337
社会劇　179, 187
社会思想　322

滑稽 170, 220, 266, 356, 358, 362
滑稽性 235, 236
孤独
32, 34, 36, 57, 80, 94, 155, 212, 245, 255, 257, 265, 274, 289, 355
鼓舞 54, 81, 275, 292, 346, 352
孤立 36, 71, 181, 219
コンテクスト 327
文脈（コンテクスト） 121, 220

【さ】
罪悪 54, 58, 274, 277
再起 86, 89
作品化 23, 71, 72, 75, 78, 80, 354
作品（の）解釈 106, 167, 267, 339, 345
作品（の）構成 85, 109, 110, 116, 199, 224, 251
作品（の）構造 69, 175, 211, 224, 234, 252, 265
作品的現実 72, 77, 79, 81
作品（の）評価 86, 141
作品分析 22, 24, 106, 146, 242, 265
作品論
13, 15, 22～24, 51, 72, 81, 96, 145, 200, 241, 365
作家像 72
作家論 13, 18, 22, 23, 25, 81, 271
〈雑感〉 24, 132～136, 329
淋しさ、寂しさ
32, 35, 62, 63, 76, 140, 141, 144, 162, 169, 190, 203, 212, 213, 275, 281, 295
三角関係 15, 45, 99, 204, 207, 219
懺悔 58, 276, 278
残酷 233
讃美 35, 208, 223, 233, 234, 247, 260, 360
散文 68, 142

【し】
詩
詩形式 133
詩人 19, 28, 339
新体詩 35, 46, 68, 70
短詩型の文芸 135
死
縊死 255, 265, 305, 321
餓死 294
死刑 248, 249, 253, 254, 294
自殺 293, 346
死の恐怖 248, 267, 280
慈愛 39, 121, 216, 245, 265, 267
寺院 244
ジェンダー → 性
自我
自我
16, 21, 27, 71, 82, 88, 91, 95, 96, 98, 126, 137, 140, 144, 167, 171, 211, 282, 289, 290, 291, 311
「自我共鳴」の思想 71
自我肯定 71, 198, 216
自我主義 34, 37, 140, 319, 331
自我（の）主張 29, 36
自我伸張 175～180
自我（の）尊重 202, 203, 212
「自我の為」の文芸 137
自我の発展、自我の拡大 140
「自己のうち」の「自我と他人と、人類と、自然」等 95, 137, 289～291, 311
非宗教的理知的自我主義 319
時間
77, 86, 109, 110, 158, 165, 166, 177, 199～201, 250, 252, 268, 279, 333
時期区分 22, 23, 29, 132, 223, 237, 336, 341
色即是空 208
事件展開 57, 123, 152, 155, 175, 177～179, 180
自己
「自己」 14, 16, 31, 69, 100, 364
自己観 28, 85, 144, 328
自己観照 134
自己嫌悪 231, 280
自己肯定 86, 183, 284
自己実現 207, 209, 210
自己（の）成長 16, 36, 65, 227, 228, 239
自己喪失 203, 212
自己認識 88, 92, 207
自己の内なる〈自然〉 137, 139, 296
自己の内なる他者 349, 350
「自己のうち」の「自我と他人と、人類と、自

喜劇（性） 235, 236, 238
境遇劇 191
劇中劇 228
劇的緊張 112, 178
劇的（に）構成 69, 86
劇的構造 174, 198, 200, 212
劇的事件（展開） 88, 175
劇的性格 15, 86, 224, 228, 238
劇的（な）表現 180, 194, 200, 207, 211, 216
劇的様式 46, 85, 168, 174, 180, 199, 217
社会劇 179, 187
新派（劇） 185, 196
心理劇 156, 159
性格劇 179, 187
対話劇 247, 253, 254
調和劇 24, 224, 228, 238, 251
悲劇
39, 40, 95, 99, 153, 155, 177, 178, 180, 182, 191, 216, 219, 238, 267, 336, 350
悲劇性
21, 24, 40, 171, 178, 179, 182, 183, 188, 194, 218, 221, 236, 339
悲劇的現実 86, 87, 92, 93, 126, 211
悲劇的事件（展開） 177～179, 238
悲劇的動機 176, 182
悲劇の時代 336
問題劇 179, 187
結婚
結婚式 249, 253, 258, 269
結婚制度 99
政略結婚 256
恋愛結婚 94, 126
結束 221, 247, 250～254, 256, 258, 314
権威 126, 146, 158, 236
現実世界
86, 100, 124, 211, 214, 216, 268, 294, 333
厳粛 159, 161, 166, 207, 360
献身 16, 66, 175, 178, 182, 204, 211, 278, 281
言説 17, 48, 170, 218, 250, 303, 336, 364
見物人、見物 165, 166, 193
【こ】
講演 48, 192, 197, 264, 270, 304, 324
後悔 57, 106, 108, 116, 121, 197, 225, 276, 288
広告文、広告
22, 95, 101, 133, 141, 143, 184, 287, 288, 301
公衆（→俗衆） 312
好色 235
更生 57, 121
構成
22, 57, 68, 69, 85, 86, 102, 109, 110, 112, 116, 155, 160, 163, 175, 177, 199～201, 218, 224, 225, 229, 234, 241, 242, 249～251, 254, 259, 264, 306, 333, 338, 344, 359
構成員 254, 333, 338
構想
19, 196, 224, 241, 242, 264, 265, 268, 269, 337
構造
63, 69, 87, 89, 92, 98, 109, 120, 123, 124, 174, 175, 178, 182, 198, 200, 201, 207, 211, 212, 218, 222, 224, 234, 250, 252, 265, 268, 316, 339
公表書簡 133, 142, 285, 309
幸福
33, 59, 62, 63, 69, 80, 81, 88, 97, 119, 158, 159, 164, 205, 208, 209, 210, 232, 236, 245, 247, 249, 258, 259, 260, 263, 266, 267, 295
公明正大 233, 254
合理主義 138, 306
告白
58, 93, 102, 104, 107, 108, 201, 204, 250, 260, 262, 297, 300, 310, 319
極楽 58, 157
心の底 59, 115, 122, 354
個人主義 36, 153, 225～228, 232, 299
個人主義的調和 227
個性
55, 101, 132, 137～139, 145, 218, 288, 289, 299, 300, 303, 311, 322, 323, 350, 351, 353, 363～365
個性（を）尊重 312, 333
孤絶感 294
誇張 89, 122, 131, 139, 261, 322
国家 33, 62, 333
国家権力 316

虚構化 78, 80, 81, 85
虚構作品 102, 103, 124
虚構性 23, 71, 72, 77, 81, 82, 354
虚構テクスト 141
言語テクスト 102
フィクション 141
巨人 67, 275
虚勢 123, 155, 219
距離 123, 131, 194
義理 106, 206, 218
キリスト教
キリスト教観 34
キリスト教三部作
17, 43, 47～49, 199, 223, 242, 265, 330, 335, 336
キリスト教体験 27
キリスト教的神 36
キリスト教的宗教世界 268
キリスト教的・宗教的な作品 335
キリスト教的主題 47
キリスト教的世界 34
キリスト教的素材、もの 37, 223, 242
キリスト教的な宗教性 41
キリスト教（的）文芸 223, 335
キリスト教的要素 40, 43
キリスト教の影響 27, 28
基督教文学 242
キリスト教離教 322
トルストイ的キリスト教、ピューリタニズム 34, 36, 61
反キリスト教的 35
耶蘇教 322
緊張
63, 112, 163, 168, 176～178, 182, 191, 228, 238, 270, 358～360
緊張感 190, 191, 194, 200, 228, 236, 293

【く】
寓意、寓意性 236, 360
空間 194, 199～201, 223, 237, 252
偶然 154, 155, 249, 254, 269, 279, 323, 324
空想
72, 89, 98, 99, 164, 173, 190, 222, 223, 237, 240
空想家 99
寓喩 99, 254
具体性 291, 364
苦痛
37, 57, 177, 191, 211, 213, 214, 216, 282, 286, 296, 310
苦悩 33, 43, 69, 157, 199, 231, 363
訓戒 56, 57, 252
軍隊 246, 248, 249, 252～255, 259

【け】
警句 68, 135
敬虔 127
経済 112, 176, 185, 278, 320, 325, 332, 335
経済学者 338
形式・形態
24, 53, 68, 85, 96, 102, 120, 124, 133, 134, 136～139, 142, 173, 199～201, 223, 250, 299, 332
芸術
芸術家 21, 139, 287, 307, 310, 312, 318, 319, 333, 344, 345, 350, 351, 357, 363
芸術学 22, 366
芸術活動 335, 338
芸術家のアヽト 351, 353
芸術性 53, 140, 354
芸術（的）精神 287, 310, 348, 362
芸術的意図 102
芸術的価値 53, 68
芸術的感興 140, 354, 362
芸術的感性 357
芸術的情調 347
芸術的体験 140, 354
芸術表現 351, 357, 360
芸術（作）品 187, 236, 237
言語芸術 53
同時代芸術 194
軽蔑 30, 133, 274, 315, 316
啓蒙 252
劇
運命劇 191
解決劇 238

神の国　33, 37, 43, 44, 68, 232, 335, 338
〝神の国〟の義しさをあこがれた三部作　335
神・人・自然　28
キリスト教的神　36
主なる神と親なる人類　247
人類や神、神と人類　245, 247
神話　254, 264
カリスマ性　226
歓喜、調和の歓喜
12, 57, 207, 208, 214, 234, 237, 259, 260, 265
感謝
35, 36, 44, 88, 130, 195, 205, 208, 212, 215, 225, 228, 231, 232, 234, 245～247, 249, 262, 263, 287, 296, 300, 360, 361
観照
観照　234, 348, 350, 353
運命観照、運命の観照等　38, 40, 191, 332
自己観照　134
自然観照　134, 306, 346
人生観照　362
含蓄　136
換喩的行動　153

【き】
気がする
44, 89, 97, 98, 104, 125, 126, 140, 189, 314, 346, 352, 355, 356, 358, 359, 361
危機
151, 177, 230, 247, 251, 253, 265, 284, 285, 296, 304, 345
聞き手　60
危険　72, 74, 235, 248, 284, 289, 291
技巧
55, 56, 135, 139, 146, 182, 185, 238, 290, 300, 301, 353, 363
犠牲　58, 65, 179, 186, 245, 246, 253, 257, 274
奇蹟　43, 48, 316, 358, 359
偽善、偽善者　40, 276, 277
拮抗　63, 348
希望
71, 78, 80, 84, 88～90, 97, 108, 109, 121, 134, 141, 160, 178, 208, 234, 237, 259, 275, 286, 287, 333, 365
義務　104, 125, 126, 258, 261, 333
義務労働　333, 336
逆説　48, 115, 125, 156, 161, 166, 227
脚本
32, 146, 152, 164, 165, 172～174, 179, 187～190, 196, 223, 290, 295
登場人物（キャラクター）　362
求婚
58, 73～75, 78, 79, 85～87, 93, 175～177, 201, 243, 274, 275, 277～280, 282, 284, 304
求婚（の）拒絶　73～78, 80, 90, 204
救済
40, 57～59, 64, 65, 67, 109, 121, 124, 131, 180
救世主意識　28, 42, 306
救世主、救世者
41, 121, 169, 246, 250, 251, 253, 254, 259, 263
教育家　100
境界　252, 268, 308
狂気　233, 347, 362
狂言　234～236, 240, 247
教師　59, 278, 281
共生農園　319, 320
教宣活動　336
教祖　314, 338
兄弟姉妹、兄弟　247, 263, 332
共同体　19, 337, 338
協同農場　320
郷土文芸　355
恐怖
39, 154, 180, 245, 248, 255, 256, 267, 280, 355, 357
兄妹愛　175～178, 185
共鳴　54, 55, 67, 71, 139, 320
協力
118, 175, 176, 178, 204, 211, 233, 253, 254, 257, 332
極限　28, 161, 174, 207, 214, 292, 294
虚構
虚構
23, 72, 77, 78, 80, 81, 85, 101, 102, 106, 122, 131, 140, 279, 280, 332

運命観照、運命の観照等　38, 40, 191, 332
運命劇　191
運命信仰、運命の信仰等　115～117, 122, 126
運命の召喚　42
運命の力　156, 187
「自然」の意志としての運命、〈自然〉の意志による運命等　126, 214
他人の運命　286, 309

【え】
エゴ　218, 220
エゴイスチツクな道　360
エゴイズム　145, 235, 326
エッセイ　13, 18, 188
エッチング　356
エロチック　173
演劇
演劇　14, 147, 164, 170, 188, 192, 197, 240
演劇性　344
演出　163, 169, 184, 192, 193, 197
上演
24, 147, 164～167, 169, 170, 184, 185, 191～193, 195, 197, 223, 237
上演記録、上演年表　170, 184, 237
舞台監督　165, 184, 192, 222
怨恨　150, 152, 153, 155

【お】
応酬　262, 305, 316, 349, 350
厳か　156, 157, 159
〈お目出たき人〉　81, 85～87, 92, 93
重荷　262, 330, 331
音楽　165, 226, 333, 366

【か】
会員制度（「新しき村」）　334
絵画　21, 346～348, 355, 357, 360, 363
絵画的な作、絵画的なもの　165, 355
諧謔　237, 269
階級　54, 63, 307, 364
悔悟　246, 252
解釈学的循環　143
回心　243, 249, 252, 255, 257, 265, 268
回想
62, 78, 96, 133, 142, 165, 173, 205, 250, 251, 273, 285, 298, 305, 306, 323
回想小説　31
会堂、大会堂　233, 333
外来の影響　188, 342
快楽　60, 225, 244, 251, 255～259, 263, 264
「快楽」主義　264
会話形式　133
会話による想像　188
会話表現　68, 173
画家
16, 21, 174, 176, 185, 186, 190, 194, 216, 274, 324, 341, 346, 351, 352, 354, 356, 360, 363, 364
書き手　120, 340
確信　94, 300, 314, 350
火災　158, 247
語り　77～79, 96, 123, 129, 199, 221, 243
語り手
57, 62, 96, 120, 122～124, 129, 131, 250, 251, 345
語り手Aの物語　120, 122
語りの構造　123
楽器　357
活人画式な傾向　165
合奏
35, 36, 101, 139, 140, 288, 289, 291, 311, 354
葛藤
39, 46, 56, 57, 152, 158, 159～163, 174, 221, 253～255, 257, 259, 360, 362
家庭的幸福、家庭愛　80, 81, 86
金　42, 43, 58, 64, 111, 115, 165, 187, 315, 322
可能性　11, 33, 67, 98, 145, 174, 176, 179, 337
画布　324
歌舞伎、新歌舞伎　146, 240
貨幣経済　332
神
〈神〉　38, 40, 137, 139, 141, 225, 236, 365
「神」
35, 207, 209, 211, 215, 220, 221, 234, 237, 294
神の意志　235, 263, 265, 275, 293, 294, 301

武者小路実篤と北海道関連年譜　273, 274
武者小路実篤年譜　83, 328
木曜会（「新しき村」）　320
森江書店　151, 168
「門」（夏目漱石）　343

【や】
『闇』（小川未明）　355
「郵便配達夫」（ゴッホ）、および図版　345, 346
有楽座　185
「要約福音書」　43, 48
『読売新聞』、読売新聞社　298, 327
「夜の宿」（ゴーリキー）　164, 170, 189

【ら】
洛陽堂　71, 85, 102, 127, 141, 181, 301
「臨終の部屋」（ムンク、図版）　357
流離太子、琉璃太子、琉璃王經　150, 167, 168
論語　136

【わ】
わらんべ草　112

事　項

【あ】
愛国心　30
証し　160, 226
アナキズム　19, 338
荒御魂　235
反措定（アンチ・テーゼ）　99, 118

【い】
異化作用　99
意匠　351
一般性の欠如　308～311, 321
田舎　59, 62, 345
祈り
12, 24, 47, 199～201, 207～211, 213, 214, 234, 240, 241, 245, 264, 266, 267, 306, 313, 339
祈る　12, 37, 89, 210, 244, 336, 365
〈祈る〉時代
24, 25, 29, 40, 44, 223, 334, 336, 340, 350
畏怖　193, 296, 366
意力　274, 344, 356, 357
陰鬱　354
因果応報思想の希薄さ　151
「隠者」　265

【う】
嘘、うそ
43, 72, 76, 92, 108, 131, 134, 144, 148, 163, 165, 269
宇宙
宇宙
157, 158, 160, 223, 224, 227, 228, 231～234, 237
宇宙観　222, 223, 237
宇宙的人間観　229, 232
自惚（れ）　114～116, 314
運命
「運命」
38, 99, 100, 113, 114, 117, 126, 130, 156, 157, 183, 206, 207, 209, 211, 220, 221, 365

帝国劇場 164, 165, 191, 222, 237
『帝国大学新聞』 320
「手紙の一頁」（ゴッホ） 346
ドイツ 46, 168, 189, 190, 193, 238, 341, 343
ドイツ表現主義、同文芸 190, 193
東京
73, 82, 201, 274, 275, 277, 278, 280, 281, 284, 296, 297, 334, 336
東京帝大 304
「読者に」（有島武郎） 305, 314, 317, 318, 326
札幌基督独立教会附属豊平日曜学校 278
豊平川 292
トルストイアン 61, 69
トルストイ主義、トルストイズム
30, 33, 34, 37, 45, 53, 69, 70, 307, 330, 338
『トルストイ全集』 43
トルストイ的キリスト教、ピューリタニズム
34, 36, 61
トルストイの無抵抗主義 148, 149, 161
トルストイ離反 32, 34, 46

【な】
長野 334
「夏姿」（永井荷風） 188
奈良 305, 336
南史 113
『濁つた頭』（志賀直哉） 96
日新館 151
ネフリュードフ（トルストイ「復活」） 58
農科大学（東北帝国大学農科大学）
274, 278, 304, 305
農学校の寄宿舎 279
「農場開放顛末」（有島武郎） 320, 327
ノルウェー 341, 354

【は】
浜松 334
パリ 21, 201
毘沙門天（『釈迦実伝記』） 151
日向 20, 103, 192, 198, 223, 241, 305, 317, 334, 335, 338
表現主義 190, 194, 351
表現派 189, 353
日吉家（→**人名**、日吉タカ） 74
「風景」（ゴッホ）、および図版 345
「風姿花伝」 218
福岡 334
藤沢 114
『婦人公論』 321
舞台協会、同劇 184, 192, 195
舞台協会講演会 197
「復活」（トルストイ） 58, 59
仏教 24, 43, 47, 146, 161～163, 267, 306, 366
佛説義足經 168
「佛説琉璃王經」 168
『仏伝集成』 150, 168
フランス 341
「プロヴァンスの田舎道」（ゴッホ）、および図版 345, 347
文芸座 164, 222
『文章世界』 182, 187
「噴水」（ゴッホ）、および図版 359, 360
平家（平家物語） 112, 113
丙午出版社 150, 168
ベルギー 341
ベルリン 343
望野 76
Post-Impressionist 353
北海道
25, 45, 95, 273, 274, 277～280, 285, 291, 296, 297, 307, 311, 322, 323, 326, 345

【ま】
摩呵男（『釈迦実伝記』） 151
馬太伝（聖書） 30
「緑色の太陽」（高村光太郎） 193
宮崎県児湯郡木城村、同町 334, 338
三輪田女学校 74
武者主義 16, 239, 319
武者主義共生農園 319
「武者小路兄へ」（有島武郎）
305, 312, 313, 318, 326
武者小路実篤・有島武郎関連年譜 303, 304
「武者小路実篤像」（岸田劉生） 367

後期印象派 190, 193, 194, 343, 351, 352
神戸 334
ゴッホの手紙の一頁（図版） 348
五部三点説（フライターク） 175, 182
「コラ」（ムンク、図版） 355
ゴルゴダの丘 230
「今昔物語集」 168

【さ】
「債鬼」（ストリンドベリ） 192, 193
「叫び」（ムンク）、および図版 356〜358, 362
札幌
273〜275, 277〜279, 281, 285, 288, 291, 296, 297, 304, 305, 311, 345, 354
札幌基督独立教会、独立教会 28, 278, 304
札幌農学校、農学校 279, 281, 304
「三月の文壇」（山田檳榔） 187
「山椒大夫」（森鷗外） 188
「自画像（パイプを銜へたる）」（ゴッホ）、および図版 344, 345
時事新報 166
「死の舞踏」（ストリンドベリ） 189
「芝居興行一覧」 195
社会主義研究会（有島武郎） 304
『釈迦御一代図会』（山田意斎） 151, 168
『釈迦実伝記』（伊藤俊道） 151, 168
『釈迦史伝』（常磐大定） 168
釈迦八相記 147〜150
『釈迦牟尼伝』（常磐大定） 150, 168
『釈尊御実伝』（聚栄堂） 151, 168
奢摩童子（『釈迦実伝記』） 151
自由劇場 164, 189
聚英閣 127
聚栄堂 151, 168
儒教 47, 136, 306, 366
「少女の肖像」（ゴッホ）、および図版（「若き女」） 361, 362
『女性改造』 327
白樺派、『白樺』派
69, 194, 303, 306, 307, 319, 363, 366
「白樺派の人々」（三井甲之） 187
白縫物語 147, 148
『新演芸』 192, 193, 195, 197
『新家庭』 319
『新公論』 38
新人会 185
新潮社
70, 127, 128, 142, 181, 187, 220, 239, 301, 325, 327
新富座 191
『新理想主義』 190, 196
スイス 341
スウェーデン 341
『スバル』 193
スペイン 341
世紀末芸術 351
聖書、バイブル、福音書
30, 31, 42, 43, 45, 47, 48, 136, 268, 293, 304, 325, 330, 339
『生長する星の群』 43, 270, 321
青鞜 21, 103, 104, 131
「静物」（セザンヌ、図版） 352
「宣言」（有島武郎） 200
「宣言一つ」（有島武郎） 305, 307
増壹阿含経、同經 150, 151, 167
叢文閣 217
「即実の生活と宗教」（有島武郎） 319, 326
「それから」、『同』（夏目漱石）
15, 18, 45, 99, 131, 206

【た】
「第一回新しき村の為の会」 305, 324
帝釈天（釈提桓因）（『釈迦実伝記』） 151
大正大蔵經 167, 168
『大正日日新聞』 327
『太陽』 184
「ダマスカスの方へ」（ストリンドベリ） 189
「タンギーの小父さん」（ゴッホ）、および図版
360〜362
「智慧と運命」、『同』（メーテルリンク）
34, 46, 100, 331
『中央公論』、「同」
37, 145〜147, 149, 161, 164, 184, 222, 239, 313
中右記 112

事 項 名

【あ】
赤坂見附ローヤル館 184, 191
「悪魔の誘惑」(聖書) 43
旭川 304
朝日新聞、『東京朝日新聞』 137, 166, 170, 285, 300
「朝日文芸欄」 343
麻布 82, 194, 300
「新しき村」 17, 19, 20, 25, 29, 41, 47, 49, 103, 170, 192, 198, 217, 220, 223, 241, 305, 306, 312, 314〜321, 325〜327, 329, 332〜340, 349, 350
『新しき村』(雑誌) 42, 83, 332, 334
「新しき村、共生の時代」、「共生の時代」 220, 223, 336, 340
新しき村出版部曠野社 222, 241
新しき村電気事業後援会 336
「新しき村」の現実的不振 317, 321
「新しき村」の実践 34, 41, 42, 44, 70, 162, 173, 303, 327, 329, 330, 336, 338
「新しき村」論争、新しき村論争等 19, 303, 305, 312, 324, 326, 327, 337
我孫子 127, 305, 334
「あらくれ」(徳田秋声) 188
有島共生農団 319
有島懇親会 305
『或る女』(有島武郎) 305, 327
「或る女のグリンプス」(有島武郎) 304
「ある小さき影」(ロダン、図版) 353
『泉』 305
以文社 198
岩波文庫 182, 187
印象派 343, 353
ヴインツエント・ヴアン・ゴオホの手紙 343, 347
運動会(札幌農科大学) 274, 281
Expressionist 353
越後 355
「演芸日誌」 192
遠友夜学校、夜学校、夜学、豊平学校 278, 281, 296, 297, 304
大川書店 151
大阪 31, 42, 82, 280, 334
『大阪毎日新聞』 47, 198
オーストリア 341
「大津順吉」(志賀直哉) 149
「惜しみなく愛は奪ふ」、『同』(有島武郎) 305, 327
小樽 274, 279〜281, 284, 285, 294〜296, 298
「お艶殺し」(谷崎潤一郎) 188
「「お目出度人」を読みて」(有島武郎) 101, 143, 300, 304, 307, 308, 326
オランダ 341

【か】
「絵画の約束」論争等 16, 21, 22, 312, 326, 349, 363
『改造』 45, 184, 321
学習院 15, 68, 69, 363, 364
学習院中等科、同高等科 304
『学習院輔仁会雑誌』 84, 144
「革命の画家」(柳宗悦) 352
「河岸と橋」(ゴッホ、図版) 342
「河童」(芥川龍之介) 240
鎌倉 201, 204, 208, 210
狩太、狩太有島農場 304, 305, 319
軽井沢 321
「観想録」(有島武郎) 297
神田 148, 194
祇陀太子(『釈迦実伝記』) 151
京都 334
キリスト教 → 事項
基督教青年会館、本郷追分 324, 334
鵠沼 110, 111, 165
「草の葉」(ホイットマン作、有島武郎訳) 305
虞美人草(夏目漱石) 112
「クロイツエル・ソナタ」(トルストイ) 33
芸術社 127, 141〜143, 181, 239
警醒社書店 53
後印象派 352, 363

宗像和重　19, 327
ムンク（↓）
23, 341, 351, 354, 355, 357, 358, 360, 362
ムンヒ　351, 356, 364
姪（武者小路芳子）　79, 80
メーテルリンク（↓）
21, 34, 46, 61, 71, 89, 95, 97, 100, 193, 282, 284, 304, 331, 342, 343
マーテルリンク　190, 197
持田恵三　338
望月謙二　19, 339
森鷗外　188
守田勘弥　165, 185, 191
森田亭　200, 218
森田喜郎　100
守屋貴嗣　15, 83
森律子　185

【や】
耶蘇（→イエス）
30, 44, 48, 140, 162, 169, 199, 322
柳宗悦、柳　97, 352, 353, 363, 364
山田昭夫　297, 326, 328
山田意斎　151, 168
山田俊治　18, 144
山田俊幸、山田　363, 364
山田檳榔　187
山室静　199, 218
山本学　185
山本有三　184, 192
山脇信徳、山脇　349, 350
ユダ　41, 43, 256, 270
尹一　19, 338
楊英華　21
楊琇媚　15～18, 96, 182, 218
横井国三郎　334
吉田隆　20
吉野未央　18
吉本弥生　16, 144
米山禎一　22, 53, 95, 100

【ら】
劉岸偉　20, 339
ルグラン　341
ルドン　341
ロートレック、ロートレエーク　351
魯迅　21
ロダン
21, 22, 139, 140, 144, 334, 341～343, 352～354, 358, 362, 364

【わ】
和田敦彦　96
渡辺聰　167, 240
渡辺康子　185
和田博文　21
王泰雄　15, 17, 18, 47, 98

徳田秋声 188
徳富蘆花 338
富澤成實 21
トルストイ
20, 28, 31～34, 36, 37, 43, 44, 46, 48, 58, 69, 100, 162, 169, 193, 197, 280, 282, 284, 304, 330～332, 342, 353

【な】

永井荷風 188
中川孝 71, 82
永平和夫、永平 146, 167, 169, 183, 196
中村三春 143
長与善郎 40
夏目漱石 20, 95, 99, 101, 113, 166, 343
羅蕙錫 21, 131
生井知子 18, 20, 45, 83, 298
成瀬正勝 97
ニーチェ、ニィチェ、ニイチエ、ニイチェ 190, 342, 343
西垣勤 307, 326
西島九州男 334
西田勝 19
西山康一 17, 221
西山拓 19, 327, 337
新渡戸稲造 278
沼沢和子 99, 130, 182

【は】

萩原中 334
橋浦兵一 199, 218
波多野秋子 305, 321
母（武者小路秋子）
42, 47, 73, 79, 111, 128, 129, 147, 148, 287, 310
馬場祐一 18
濱川勝彦 218
林和 164, 165, 222
日守新一 334
日吉タカ、タカ（→稲葉タカ）
73, 75, 77～79, 82, 218, 220, 274, 275, 277～280, 282, 284, 304
福田清人 182
藤木宏幸 182, 184, 195
藤田洋 197
藤森清、藤森 17, 219, 221
布施薫 240
仏陀（→釈迦） 44, 150, 199
フライターク 175, 182, 238
ブルー・ジェラルド 268
ブルーノ・カッシーラ 343
ベートフエン 195, 212
ホイットマン、ホヰットマン
275, 304, 324, 342
外尾登志美 98
ホドラー 275, 341
ホフマン 341
本多秋五、本多
14, 29, 41, 42, 47, 53, 56, 60, 61, 69, 70, 106, 108, 117, 118, 121, 129, 132, 134, 140, 142, 143, 172, 181, 199, 217, 223, 234, 236, 237, 240, 241, 267, 268, 303, 306, 325, 335, 339, 363

【ま】

まき 73
マチス、アンリ・マチス 21, 352
松井薫 15
マックス・オズボーン 343
松本和郎 334
松本武夫、松本 82, 96, 182, 183
マネ、マネー 343
水野岳 19
三井甲之 187
三井光子 192
源了圓 96
宮城ふさ（→竹尾房子、武者小路房子） 131
宮沢賢治、宮澤賢治 19, 20, 237
宮沢剛 220
宮野光男 28, 44
ミレー 341, 345, 346, 363
ムーニエ 341
武者小路辰子 193, 197, 239
武者小路房子、房子
20, 105, 107, 108, 131, 305, 336
武藤光麿 325

黄英　20
紅野謙介　22
紅野敏郎、紅野
16, 72, 81, 82, 96, 100, 103, 105, 107, 117, 118, 128, 129, 143, 199, 217, 221, 237, 312, 326
河野信子　304
ゴーガン、ゴオガン　352, 355
ゴーリキー、ゴルキー　163, 164, 170, 188, 189
児島喜久雄、児島　343, 346, 347
小島繁夫　334
ゴッホ
23, 190, 194, 341～350, 352, 353, 358～360, 362, 363, 365
ゴオホ
189, 343, 345～347, 351～355, 358, 360, 362～364
ゴォホ　275, 343, 363
Van Gogh　342
後藤真太郎　334
小林秀雄　20
小峰道雄　182
小宮豊隆　101
ゴヤ　341, 345, 363
近藤直子　21

【さ】
斎藤野の人　20
佐藤春夫　18, 19, 327, 337
佐藤洋子　22
志賀直哉、志賀
17～21, 27, 28, 40, 44, 48, 69, 73, 74, 76, 79, 82～84, 96, 136, 139, 143, 147, 149, 194, 197, 274, 300, 304, 324, 327, 363
島田裕巳　338
清水康次　21
志茂シズ　20, 45, 83, 298
志茂テイ、テイ（→お貞さん、香村）
20, 31, 32, 45, 73, 77, 79, 83, 218, 280, 298
釈迦（→仏陀）
36, 37, 145～152, 154～163, 165～168, 170, 191, 223, 248, 252
周作人　20, 21, 339
東海林広幸　17, 49
杦野信子　16, 18, 167
ストリンドベリ（↓）　163, 188, 192, 193
ストリンドベルヒ　189, 190, 197
世阿弥　218
関川夏央　18, 337
関口弥重吉、関口
150, 151, 167, 181, 184, 193, 195, 197
セザンヌ　189, 190, 193, 352, 363
瀬沼茂樹　273
園池（園池公致）　197
祖父江昭二　193, 197
尊徳（二宮尊徳）　349

【た】
高階秀爾　363
高島、高島平三郎　73～75
高堂要　37, 46
高村光太郎　193
高山亮二　319, 326
瀧田樗陰、滝田哲太郎、滝田　147～149, 164
瀧田浩　15, 45, 69, 82, 84, 99, 101
匠秀夫　363
武井静夫　298
竹内敏雄　194, 197
竹尾房子（→宮城ふさ、武者小路房子）　305
竹の屋主人（饗庭篁村）　170
立川和美　22
谷崎潤一郎　188
父（武者小路実世）　20, 42, 80, 128, 215
千葉一幹　17, 219
鄭旭盛　99
津江市作　336
ツオルン、ソーン　341, 351
筑波常治　181
辻克巳　334
妻（武者小路房子）　108, 332, 334
鶴見俊輔　328
テオドルス（・ファン・ゴッホ）　343
寺澤浩樹、寺沢　130, 328
ドーミエ　341
常磐大定　150, 168

稲垣達郎 241, 267
稲賀繁美 363
稲葉タカ（→日吉タカ） 82
井上承子 21
イプセン、イブセン
146, 190, 192, 197, 342, 343, 354
今田謹吾 334
今村忠純 19, 339
上田敏 46
上野満 320
臼井吉見 81, 96, 181
歌代幸子 20, 340
内田満 328
内村鑑三、内村 27, 28, 44, 338
于耀明 21, 268
E・シュタイガー 168
江種満子 21, 131, 366
エマーソン 342
江間通子 17, 21, 217, 364
遠藤祐、遠藤
14, 46, 71, 72, 77, 82, 84, 98, 145, 146, 167, 221
及川智子 21
正親（正親町公和） 74
大杉栄 19, 338
大津山国夫、大津山
14, 19, 20, 29, 34, 36, 40, 46, 53, 54, 61, 68～77, 80, 82～84, 87, 96, 105, 118, 119, 121, 123～125, 129～132, 138, 142, 143, 145, 146, 167, 182, 195, 220, 223, 235, 237, 240, 265, 269, 270, 309, 315～317, 319, 321, 326, 328, 329, 335～337, 339, 340
大友宗麟 334
大山功 146, 167, 183, 196
岡崎義恵 238
小川未明 354, 355, 364
奥脇賢三 329, 334, 339
叔父（→勘解由小路資承）
30, 32, 43, 79, 80, 81, 330
小田切進 217, 220, 301
尾竹紅吉 105
お貞さん（→志茂テイ、香村）
31, 32, 44, 70, 73, 274, 279, 280～282, 284, 285, 294～296, 298, 299, 301
オルリック 341

【か】
カーライル 28
笠原芳光 48
片上伸 20
勘解由小路資承、資承（→叔父） 30, 74, 81, 330
加藤勘助 19, 339
加藤精一 192
神尾安子 304
香村（テイ、→志茂テイ、お貞さん） 280, 298
香村英太郎 298
亀井勝一郎、亀井
14, 29, 199, 213, 217, 220, 236, 240～242, 267, 284, 299, 306, 325
亀井志乃、亀井 15, 20, 68, 363, 364
亀井祐美 21
河合隼雄 98
川上貞奴 191
川鎮郎、川 30, 31, 45, 48, 306, 325, 335, 339
川島伝吉 334
河野真智子 20, 338
河原信義 96, 131, 339
神田（神田金樹） 296, 301
菅野博 16, 239
菊田茂男 27, 44, 46, 95, 100, 366
岸田劉生 367
喜多村緑郎、喜多村 191, 196
木下杢太郎 312, 349, 350, 352, 354
木下利玄 196
金素亨 20, 339
木村昭仁 19
木村荘太 334
鏡花（泉鏡花） 122
久野収 328
久保忠夫 33, 45
久保田万太郎 185
倉田百三 19, 305, 327, 337, 338
クリンガー、マックス・クリンガー
21, 341, 353, 364
クロポトキン 304

「わしも知らない」を見て」 166, 170
「我にたよれ」 84
「我は軽蔑す」 274
「我を憎め！」、「我を憎め」 276, 280, 285, 297

人　名

【あ】

饗庭孝男 364
芥川龍之介、芥川 97, 240
朝下忠、朝下
43, 47, 48, 217, 241, 242, 267, 268, 306, 325
足助素一 324, 327
東珠樹 193, 197
アダム・スミス 60
兄（武者小路公共） 43, 79, 80, 128, 304
姉（武者小路伊嘉子） 74, 79, 147, 148, 215
阿部軍治 20, 69
安倍能成、能成
274, 285, 287, 288, 296, 299, 300, 311, 326
有島武郎、有島
16～19, 21, 25, 27, 28, 44, 45, 48, 69, 95, 101, 138, 143, 167, 194, 196, 200, 218, 219, 273, 274, 278, 279, 286, 287, 291, 297, 300, 303～329, 337, 339, 345, 354
武郎さん
101, 277～279, 281, 285～287, 296～298, 301, 304, 305, 309～316, 321～324, 326, 327
有島壬生馬、生馬 193, 304
有田和臣 20
有光隆司 18, 20, 48
安藤義道、安藤 320, 321, 327
飯田祐子、飯田 219, 221
イエス（→耶蘇）
28, 36, 37, 43, 44, 46, 48, 69, 160, 162, 163, 223, 252, 267, 268, 282, 354
イエスらしき
230, 243, 245, 246, 249, 255, 256, 268
飯河安子、安子（武者小路） 305, 323, 336
石井三恵 17, 218
石橋紀俊 340
市川猿之助、猿之助 165, 169, 170, 191
一柳廣孝 21, 97
伊藤栄 334
伊藤俊道 151, 168
伊東義祐 334

162, 164, 167, 169, 180, 181, 183, 184, 187, 196
序文（『向日葵』）、「「向日葵」の序文の内より」 37, 39, 46, 47, 162, 169, 180, 183
「不快な雛っ児」 275
「不幸な男」 38, 39, 46, 180, 192, 336
『不幸な男』（刊行本） 127
「不幸なる恋」 70
「二つの歌」 84
「二つの心」 146, 172, 181, 184, 191
「二人」（原題「聖なる恋」） 94, 99, 100
「二人」（詩「重い歌」） 84
「二日」 61, 68
「文芸の仕事」 171, 181
「平和の人」 70
「ペルシヤ人」 274, 279
編輯室にて
明44・6 288, 301
その他 142
「ホイットマン」 275
「亡友」 84
「ホドラー」 275

【ま】
「負け惜しみ」 275, 297
「三つ」 143
「無限の言葉」 136, 143
『武者小路選集』3（刊行本） 127, 128
「無知万歳」 84
「黙して歩け」 274
「桃色の室」 46, 286, 309, 310, 326

【や】
「耶蘇」、『同』
17, 28, 40～44, 47～49, 180, 198, 199, 223, 242, 330, 325, 335, 354
「序文」（『キリスト』） 47
「耶蘇と神」 37, 46
「宿屋の設計」 274
「友情」、『同』
12, 17, 24, 36, 41, 42, 46, 70, 180, 195, 197～202, 211, 213～220, 302, 305, 323, 327, 335, 336
『友情』（刊行本） 221
自序（「友情」） 217, 221
「有名にもならないのに」 172, 181
「ユダの弁解」 41, 43
「夢」 84
「能成君に」 285, 300, 311, 326
「ヨハネ、ユダの弁解を聞いて」 41

【ら】
「楽天家」 76, 79, 80, 84
「隣室の話」 68
「六号感想」
大2・12 144, 163, 170
「六号雑感」
明44・2 140, 144, 342, 363
明44・4 138, 139, 143
大4・9 174, 182
大7・8 313, 317, 326
その他 16, 307, 314, 341
「六号雑記」
大4・3 179, 180, 183, 187, 196
大6・4 187, 196
大7・9 315, 316, 326
大10・1 241, 268
大10・3 268
大10・5 269
大10・11 324, 327
大11・9 223, 236, 237, 240
「ロダンから送られた三つの作品」 353, 364
「ロダンと人生」 139, 144

【わ】
「若い男と若い女」 275
「わが一生」 84
「若き日の思ひ出」、『同』 18
『若き日の思索』（刊行本） 142
「わからない」 275
「別れた処」 275
「わしも知らない」
11, 12, 16, 24, 37, 127, 145～147, 151, 159, 161～170, 172, 180, 182, 191, 196, 305, 332, 349
『わしも知らない』（刊行本） 164, 167
「「わしも知らない」上演に於て」 165, 169, 170

「真理先生」 365
「成長」 274, 275, 291, 293, 301, 363
『生長』（刊行本）
16, 24, 132, 133, 141, 143, 164, 301, 337, 345
広告文（『生長』） 133, 141, 143
「世間知らず」、『同』
11, 12, 15, 16, 23, 96, 99, 100, 102, 105, 107, 108, 112, 118, 120～126, 129～131, 133, 166, 172, 331, 362
『世間知らず』（刊行本） 104, 127, 130, 305
自序、序文（『世間知らず』）104～106, 125, 129
「全身に力が満ちた」 84
「挿画解説」、同「ゴオホに就いて」
341, 355, 358, 364
「挿画に就て」、同「エドフアード・ムンヒ（Edvard Munch）」 142, 354, 364
「猜みと尊敬」 84
「その妹」、『同』
12, 16, 24, 38～40, 46, 127, 164, 166, 171～175, 178～185, 187～197, 216, 218, 221, 236, 305, 336, 349
『その妹』（刊行本） 187
「「その妹」上演に就て」 193, 197
「その妹をかきつゝ」 188, 196
「背かせんが為なり」 68
「「それから」に就て」 18

【た】
「第三の隠者の運命」、『同』
12, 17, 22, 24, 41～43, 46, 47, 49, 70, 199, 223, 241, 264, 265, 268, 305, 330, 335, 339
「出鱈目」（「第三の隠者の運命」原題）
11, 223, 241, 242, 264, 265, 268, 335, 365
『第三の隠者の運命』（刊行本） 241, 270
「序」（『第三の隠者の運命』） 270
『大東亜戦争私感』 16
『代表的名作選集』23（刊行本） 181
「太陽と月」 275
「武郎さんに」 101, 287, 301, 304, 309～312, 326
「武郎さんについて」 305, 322, 323, 327
「武郎さんの死」 305, 321, 323, 327
「他人の内の自分に」 143, 353
「他人の親切」 274
「ダビデの運命」 38
「卵の殻」 275
「だるま」 184
「誕生日に際しての妄想」 274
「男女交際論について」 76, 83
「短文」 55, 61, 68～70
「小さい樫」 84
『小さき世界』（刊行本） 167
「罪なき罪」 172, 181
「桃源にて」 184
「ドストエウスキーの顔」 275
「土台」 275
「どつちが勝つか」 275
「友に」 105, 130

【な】
「長い廊下」 84
「流」 275, 292, 301
「なまぬるい室」 83
「汝よ」 275
「二十一歳の広次」 182
「二十八歳の耶蘇」（原題「二十八歳の耶蘇と悪魔」） 37, 41, 43, 162, 163, 169, 332
「日記の内より」明44・5
133, 142, 274, 285, 291, 292, 297, 301
序文（「日記の内より」明44・5） 133, 142
「日記の内より」大13・1 305, 327
「人間の価値」 60, 69
「人間万歳」、『同』
12, 16, 24, 41, 42, 167, 181, 222～224, 228, 234～237, 239, 240

【は】
「初恋」（原題「第二の母」） 31, 298
「母上に」 42, 47
「バン、ゴォホ」 275, 343, 363
「光の子と闇の子」 64, 70
『一つの道』（刊行本） 127
『一人の男』 105
「一人の女と三人の男」 275
『向日葵』（刊行本）

「亀の如し」 84
「彼」 56, 60, 61, 68, 69
「彼が三十の時」 172, 186, 196, 366
『彼が三十の時』（刊行本） 164
「彼の結婚と其後」、『同』 105, 127
「彼の青年時代」 33, 45, 73, 79, 83, 331, 337
「彼の風評」 274
「我は孤独に非ず」 274
「彼は天才か」 274
「寄贈書目」、同「闇（小川未明著）」 355, 364
「貴族主義」 84
「気の毒だね」 275, 297
「希望に満てる日本」 275
『気まぐれ日記』（刊行本） 327
潔の日記、「旧稿の内より（潔の日記）」 76, 83, 84
「巨人」 275
「清盛と仏御前」（原題「仏御前」） 146, 147, 149, 172, 181
『キリスト』（刊行本） 47
「後印象派に就て」 352, 363
「幸福者」、『同』 17, 40～43, 46, 47, 49, 180, 198, 199, 223, 242, 329, 335, 339, 340
『荒野』、「同」（刊行本） 15, 22, 23, 29, 35, 36, 44, 45, 53, 54, 56, 59, 61, 64, 65, 67～70, 84, 100, 143, 173, 274, 298, 304, 322, 330
「序」（『荒野』） 54, 69
「ゴオホの一面」、同「二面」 360, 364
『心と心』（刊行本） 133, 164
「五十まで」 274
「「個人主義者の感謝」と「能成君に」」 36, 300
「鼓舞してくれる人」 275
「ゴヤ、ドミエ、ミレー、ゴオホ」 345, 363
「ころばぬ先の杖」 275

【さ】

「罪悪の犠牲者」 274
「雑感」 143, 171, 181, 192, 196, 197
「淋しい」 84
「淋しさ」 275
「五月雨」 343, 363
「三和尚」 184
「死」 275
「死以上のもの」 191, 196
志賀直哉宛武者小路実篤書簡 73, 74, 79, 83, 139, 143
『死』（刊行本） 164
「自己と他人」 274
「自己の為の芸術」 349, 350, 363
「自己を大にすることに就て」 83
「失敗しても」 315, 326
「死の恐怖」 84
「自分達は」 274
「自分と他人」 35, 36, 46, 84
『自分の歩いた道』（刊行本） 298, 323, 327
「自分の考へ、其他」 305, 321, 327
「自分の感想と創作」 133, 142
「自分の言葉」 136, 143
「自分の言葉の内にも」 350, 363
「自分の三部作について」 48, 264, 270
「自分の真価」 353, 354, 364
「自分の人生観」 327
「自分の創作する時の態度」 190, 196
「自分の立場」 101, 137, 139, 143, 144, 284, 289, 299
「自分の筆でする仕事」 137, 140, 143, 144
「自分の文章」 190, 196
「自分のものをほめた人が」 327
「釈迦」 150, 167
「上海まで」 21
「自由になる女」 275
「修養の根本要件」 95, 144
「賞翫者と批評家と創作家に」 137, 143
初期雑感、〈初期雑感〉 16, 24, 82, 132～134, 136, 137, 139～141, 144, 188, 221, 337, 354
初期習作 76
「師よ師よ」 275
「人生に就て」 66, 70
『人生の特急車の上で一人の老人』（刊行本） 84
「人道の偉人」 35, 46, 65, 70
「新編生長」 132, 142

索　引

作品名

【あ】
「あいつ」 135, 136, 143
「愛と死」、『同』 18
「愛慾」 17, 18, 46, 184, 185
「秋が来た」 84
「嘲笑へ」 274
「新らしき家」 275
「新しき村に就ての雑感」 326
「新しき村に就ての対話」 332
「新しき村に就ての対話 第一の対話」(「ある国」) 47
「新しき村に就ての対話 第二の対話」(「新しい生活に入る道」) 312, 333, 337, 338
「新しき村に就ての対話 第三の対話」 333, 338
「有島武郎の思い出」 323, 327
「ある意味で」 275
「「或る画に就て」及び其他感想」 144
「或る男」、『同』
30, 31, 39, 42, 43, 45, 47, 48, 72, 73, 75, 78, 79, 82, 83, 105, 107, 109, 129, 131, 147, 162, 164〜167, 169, 170, 173, 174, 179, 181, 183, 186, 188〜191, 193, 196, 197, 216, 220, 221, 223, 241, 273, 276, 277, 279〜281, 295〜298, 301, 302, 330, 331, 337
「ある家庭」 15, 45, 84, 99, 172
「或る国の話」 332
「ある青年の夢」、『同』 16, 38, 191, 240, 366
「或る日の一休」 161, 172, 184, 238
「或る日の事」 172, 181
「一日の素盞嗚尊」 184
「或る日の夢」 275, 294, 295
「ある批評家とある画家」 274
「いくら書いても」 140, 144
「泉の嘆き」 275
「偉大なる芸術家の技巧」 351, 363
「一行でかけるものを」 135, 143
「今に見ろ」 36, 37, 39, 215, 216, 221
「今の自分の仕事」 274, 292, 301
「意力をもつて」 274
「生れ来る子の為に」 15, 45, 84, 99
「生れなかつたら?」 84
「運命と自分」 126, 131
「「嬰児殺戮」中の一小出来事」 41, 47
「Aと運命」 38, 39, 42, 47, 189
「Aの手紙三つ」 130
「AよりC子に」
102, 105, 111, 120〜122, 127, 128, 130, 131
「男波」 70
「覚え帳」 83
「お目出度人」(有島武郎表記)
101, 143, 300, 305, 307, 308, 326
「お目出たき人」、『同』
11, 12, 15, 23, 71〜77, 79〜85, 90, 91, 94〜96, 98〜102, 104, 122〜127, 133, 144, 166, 172, 180, 194, 197, 216, 220, 221, 267, 274, 279, 282, 283, 285〜288, 291, 299, 300, 303, 307〜312, 318, 321, 331, 342, 350, 354, 365
『お目出たき人』(刊行本)
76, 79, 94, 95, 101, 125, 131, 274, 285, 288, 301, 304
広告文、序文(『お目出たき人』)
95, 101, 287, 288, 301
「お目出たう」 84
「重い歌」 84
『思い出の人々』(刊行本) 298
「女」 44

【か】
「会話」 275, 291
「過渡期」 76, 84
「彼女の手」 83
「神と男と女」 41
「神の意志」 275, 293, 301

【著者略歴】
寺澤浩樹（てらさわ・ひろき）
1987年、東北大学大学院文学研究科博士課程中退。
福島工業高等専門学校、甲南大学を経て、
現在、文教大学文学部日本語日本文学科勤務。

武者小路実篤の研究
――美と宗教の様式

発行日	2010年6月30日　初版第一刷
著　者	寺澤浩樹
発行人	今井　肇
発行所	翰林書房
	〒101-0051　東京都千代田区神田神保町1-14
	電　話　03-3294-0588
	FAX　03-3294-0278
	http://www.kanrin.co.jp/
	Eメール●kanrin@nifty.com
装　釘	須藤康子＋島津デザイン事務所
印刷・製本	総　印

落丁・乱丁本はお取替えいたします

ISBN978-4-87737-301-6